Siefkes · Kasjen und Amke

WILHELMINE SIEFKES

Kasjen und Amke

Ein Moorkolonisten-Roman

SCHUSTER

ISBN 3-7963-0048-0
3. unveränderte Auflage 1999

Einbandentwurf: A. Langwisch
Gesamtherstellung:
Hans Kock Buch- und Offsetdruck GmbH, Bielefeld
Printed in Germany

I

Es war in den neunziger Jahren.

Und es war an einem Donnerstag nach Ostern, einem der Tage, an denen in Ostfriesland der Dienstbotenwechsel vor sich zu gehen pflegte.

Kasjen Kasjens ging zum drittenmal den langen Pfad von der Tür bis an die Hecke, die das Gemüseland vor dem Hause von der Straße abschloß. Er stellte sich neben die Kiste mit seinen Habseligkeiten, die hatte Dirk Kasjens, sein Vater, ihm schon früh mit herausgetragen.

Dann sollte er man sehen, hatte der gesagt, ob es ihm bei den Kleibauern besser gefiele. Und war mit seinem bedächtigen Gang nebenan nach Jan Ottens Plaatze an die Arbeit gegangen.

Kasjens Augen liefen ungeduldig über die Dorfstraße. Die war voll Morgensonne, doch das war für ihn in diesem Augenblick so viel wie nichts. Aber die Bäume und Büsche auf den Wällen zu beiden Seiten starrten reglos und verzückt in die goldene Bläue, die in der letzten Nacht aus dem naßkalten Grau des Aprilmonats geboren war.

„Wor blifft he denn?" knurrte Kasjen und meinte den Botenfuhrmann Abbo Ahlers, der ihn und sein Gepäck mit auf die Reise nehmen sollte. Noch nichts zu sehen oder zu hören.

Verdrießlich schlenderte er zurück, die rechte Hand auf dem Rücken, genau wie sein Vater ging, von dem er auch die kurze, gedrungene Gestalt und das rundliche Gesicht unter dem blonden Schopf geerbt hatte. Nur die Augen, sagte Tante Sievertje, die ihrem Bruder Dirk den Haushalt führte, die blauen Augen hätte er von seiner Mutter, die eine geborene Visker gewesen war. Kasjen selber konnte das nicht wissen, denn als er zum erstenmal in diese Welt sah, hatte seine Mutter den letzten Blick hinein getan.

An der Seite des Hauses, da, wo das Dach links über das Hinterende hinwegsprang, ging die Tür auf, deren Grün mürrisch vor dem Leuchten draußen zurückwich, und Sievertje steckte den Kopf mit der weißen Nachtmütze heraus: „Kummt he noch nich?"

„Nee, Tant Sievertje!" rief er mißmutig.

Das wäre kein Wunder, meinte sie, bei Abbo Ahlers hieße es: Komm ich heute nicht, so komm ich morgen.

„Kumm man, ik schenk di noch en Koppke Tee in!"

Die kleine, schmächtige Gestalt verschwand wieder.

Kasjen blieb vor dem Hause stehen. Das war seinen Bewohnern irgendwie ähnlich in seinem gedrungenen Bau, neben Jan Ottens großem Platzgebäude duckte es sich dürftig und bescheiden in den Schatten der Linden, die das Nachbargrundstück säumten.

Dürftig und bescheiden war auch Kasjens Leben seit Anbeginn gewesen, ohne daß es ihm bewußt geworden wäre. Er und Freerk, sein älterer Bruder, der jetzt auf Busses Platz als Großknecht schaffte, waren in Arbeit und Mühe hineingewachsen, ihre Hände hatten zupacken gelernt. Darum hatte Bauer Rohlfs, bei dem Kasjen diente, ihn ungern gehn lassen. Er wäre auch geblieben, wenn Lammert Lammers, der eine Stelle in der Marsch hatte, ihm nicht Grappen in den Kopf gesetzt hätte.

„Kumm, drink man eben warm ut!" rief Sievertjemöh von binnen.

„Prr!" klang es in diesem Augenblick von der Straße her, und Kasjen, der grade eintreten wollte, drehte sich eilig um: „Geiht nich mehr, he is der!" Er stand schon bei Abbo Ahlers, der von seinem Leiterwagen herunterkletterte.

Es wäre wohl etwas spät geworden, sagte er, aber das würden sie wieder einholen.

Sie hoben die Kiste hinten auf den Wagen.

Da kam Sievertje gelaufen, gelblich silbrige Haarsträhnen hingen ihr unter der Nachtmütze weg in den Nacken und in das Runzelgesicht:

„Ocheer, nu geiht 't los? Gah doch noch eben hen, Kind, un drink ut!"

„Nee, Möke, nu laat man," er drückte ihr schnell die Hand und stieg auf seinen Sitz neben Abbo Ahlers, „holl di munter!"

„So is dat Jungvolk, Sievertjemöh," lachte der; er seinerseits nähme gern mit, was er kriegen könnte. „No, hü!"

Die Alte sah dem Wagen nach, bis er um die Biegung verschwand.

„So, Kasjen, meenst, bi de Kleibuurn word mehr upscheppt as bi uns upt Sand?" fragte Abbo Ahlers. „Ik weet nich, so en rechte dicke Pollerbuur is doch man van Knipphusen un Hollfast."

„Meenst dat?" sagte Kasjen.

„Ja". — Der Graukopf schob seine kurze Pfeife in den andern Mundwinkel. Er war froh, daß ihm jemand die Langeweile des Weges, den er seit Jahren einmal wöchentlich befuhr, vertreiben half und erzählte in behaglicher Breite, was seine Mutter in ihrer Jugend als Magd auf solchem großen Marschplatz jenseits der Ems für Erfahrungen gemacht hatte: da hätten die Dienstboten galstrigen Speck bekommen und am Weihnachtsabend nichts als einen Puffert, „so dröge as Sünnerklaas sien Neers"! Aber der große Knecht hätte die Stubentür aufgerissen und den Puffert hineingerollt, daß er gegen die Wand geflogen wäre: „De freet man sülst up!" Abbo Ahlers hatte noch jetzt seinen Spaß an dieser Heldentat, die seine Mutter — sie war lange tot — immer wieder hatte zum besten geben müssen. „Man so sünd se ja nich alle," tröstete er dann.

„Dat weer wat!" lachte Kasjen. Nee, Lammert Lammers hätte nicht zu klagen da, wo er diente.

„Na, dann magst du dat ok ja woll goot raken."

Abbo Ahlers fuhr bloß bis Leer. Aber in der Wirtschaft, wo er ausspannte, würden sie Fuhrmann Martens treffen, der sollte Kasjen samt seiner Kiste mit über die Ems nehmen.

Ob er sich den Handpfennig schon geholt hätte, wollte er wissen.

Ja, mal an einem Sonntag, sagte Kasjen.

So, dann wüßte er ja Bescheid. Für die paar Reichstaler, die er da mehr bekäme, müßte er aber auch schuften, wahrschaute der Alte. „Junge, Junge, sallst di wunnern — in de Klei!"

Kasjen reckte sich: „Ik bün nich bange vör Arbeit!"

Das wüßte er wohl, nickte der Fuhrmann, er wäre wie sein Vater, an dem hätte Jan Otten auch einen guten Arbeiter. „Kiek — is he dat nich, de dar mit de Schimmel geiht? He — moin, Dirk!"

„Moin!" rief Dirk Kasjens und drehte sich nach dem Fuhrwerk um, aber das Pferd machte einen Satz zur Seite, daß er stehen blieb und es mit beiden Händen hielt.

„De steckt woll de Hafer, wat?" rief Abbo Ahlers.

„Och, dat is Jungheit, he maakt sük licht bange. Nu fahr ji erst weg?" wunderte er sich.

„Ja," rief Kasjen, — wenn Abbo Ahlers ein Loch in den Tag schliefe!

Das Tier schnob und sprang, Dirk Kasjens klopfte ihm den Hals:
„Dann man goode Reise!"
„Ok so! Wor wullt mit Peerd hen?"
„Na de Smit —"
Kasjen nickte seinem Vater noch einmal zu: „Vader —"
„Mien Jung —!"
Und der Wagen ratterte weiter dem Dorfende zu an der Schmiede vorbei, deren offne Tür wie ein schwarzer Rachen, in dem eine glühende Zunge bleckte, in den hellen Morgen gähnte.
Der junge Zimmermann Bohlen, der daneben wohnte, hatte sich grade ein paar lange Bretter auf die Schulter geladen und ging mit der wippenden Last, die in der Sonne gleißte, an dem Wagen vorbei dorfein.
„Geiht't los, Kasjen?"
„Jawall, Siebo!"
„Koom man nich up Loop mit dien Planken!" rief Abbo Ahlers.
„Kien Sörge!" lachte der andre zurück, und Kasjen lachte auch, während er ihm nachsah. Er ahnte ja nicht, daß auf diesen Brettern das Unglück hockte, das dem Frieden dieser Morgenstunde gram war und das nur darauf lauerte, ihn zu zerstören. Es spähte und sah etwas weiß und lebendig daher tänzeln und etwas Dunkles daneben, das seine Mühe damit hatte. Da fuhr es kichernd hoch, daß der Zimmermann stolperte und die weißen Planken schaukelten.
Den jungen Schimmel aber sprang ein Schrecken an, er steilte wiehernd und raste dann vorwärts, daß der Mann neben ihm, der sich die Zügel um den Arm geschlungen hatte, mit mußte, ob er konnte oder nicht. Nein, er konnte nicht — zu jäh war das Losstürmen, er stürzte und hing an der Leine, die er krampfhaft hielt, und ein Huf des jagenden Tieres traf ihn, daß

der Tag vor seinen Augen in tausend Funken zerstob und schwarze Nacht wurde.

Der Zimmermann schrie, warf seine Last ab und eilte hinterdrein. Menschen liefen und riefen.

Die beiden auf dem Wagen, die gerade das Dorf hinter sich ließen, spürten wohl irgendwie das Morgenglück klirrend zerspringen, sie wandten die Köpfe und sahen den weißen Pfeil daherfliegen. Dem Jungen stockte das Herz.

„Dar — de Satan!" brüllte der Alte und riß mit einem Ruck die Pferde zur Seite, daß der Wagen quer vor der Straße stand.

Kasjen wußte hinterher nie, wie er heruntergekommen war, seine Arme hatten plötzlich den Schimmelhals klammernd gehalten, und dann waren Hände genug da, die das zitternde Tier hielten. Aber das dunkle Bündel da — an der Leine . . .

„Du leeve Gott!" sagte jemand.

Kasjen stand und starrte, sah den Schmied die Zügel durchschneiden, sah die Leute sich um den blutigen, schmutzigen Körper mühen und konnte keinen Finger rühren, und als sie ihn in das Haus von Peter Donn trugen, das das nächste war, da ging er mechanisch mit.

Lebt er? dachte er nur, lebt er? und wartete auf eine Bewegung, einen Laut.

Eine Frau kam mit Wasser und wusch vorsichtig das Gesicht, das von dem Schleifen über die staubige Straße unkenntlich war. Da sah er dicht bei den Augen Blut rinnen, und er fuhr auf wie ein Erwachender: „De Dokter mutt her!" stammelte er.

Der Schmied legte ihm die Hand auf die Schulter: Siebo Bohlen wäre schon unterwegs, er gäbe auch Freerk Bescheid.

Kasjen schob sich zu dem Liegenden hin: „Vader —"

Aber Dirk Kasjens hörte ihn nicht, er regte sich auch nicht, als Schmied Harders ihm das blutverklebte Haar aus der Stirn strich. „Dar hett dat Beest hum hauen — wenn he dar man nich tovöl van kregen hett."

Da wurden alle Gesichter bedenklich, denn Harders galt etwas mit seinem Wissen um Krankheit und Heilung.

„Vader —" sagte Kasjen wieder dicht an seinem Ohr, aber er hörte nichts als das Dröhnen seines eigenen Herzens.

Der Arzt mußte vom Nachbarort her, und sie konnten von Glück sagen, daß sie ihn so schnell gefunden hatten. Kasjen sah seinen Bruder Freerk mit ihm kommen und machte Platz für sie.

Doktor Nolt untersuchte nicht viel: „Gerade in die Schläfe — da kann ich nicht mehr helfen."

Die Brüder sahen sich an, mit hilfloser Qual in den Augen.

„Bringt ihn nach Hause," sagte der Arzt, „mehr könnt ihr nicht tun."

Abbo Ahlers, der Fuhrmann, kratzte sich den Kopf und setzte die Mütze wieder auf, die er in Ehrfurcht vor dem Toten abgenommen hatte. Er flüsterte Kasjen zu, seine Kiste käme heute hin, dafür würde er sorgen. Und Martens sollte dem Bauern sagen, warum sein Knecht erst später kommen könnte.

„Ja, Abbo," sagte Kasjen heiser, ihm war der Kopf so dumpf, als ob er getrunken hätte.

So brachte das Schicksal Kasjen Kasjens, der so viel Eile hatte fortzukommen, denselben Weg zurück in das Haus, das nun aufhören sollte, sein Vaterhaus zu sein.

Sievertje wollte es nicht glauben, daß ihr Bruder, den man da ins Haus trug und in die Butze legte, tot sein sollte. Er war in ihren Augen immer noch jung, sie war fünfundsiebzig und war fünfzehn Jahre älter als er, der wie sein jüngerer Bruder Tönjes ihrem Vater noch in zweiter Ehe geboren war.

Sie lief aus der Küche in den Stall, wo sie die Tiere doch schon versorgt hatte; das Schwein schmatzte an seinem Trog, die Ziege hob den Kopf, und im Schafstall blökten die beiden neugebornen Lämmer um die Wette mit dem Mutterschaf; sie hatte sie grade in Ottens Land bringen wollen.

Ihre alten Hände faßten die hölzerne Wand, als ob sie ihrem Zittern Halt geben könnte. So stand sie eine Weile; vielleicht war es das Lebendige in diesem Raum, zu dem sie unbewußt flüchtete vor dem Furchtbaren da drinnen. Für sie war das schlimm, was da geschehen war.

Dreiundzwanzig Jahre — seitdem der Jüngste, Kasjen, geboren war — hatte sie hier Heimatrecht gehabt, erworben durch nimmermüde Fürsorge für den Bruder und die Kinder, denen sie die Mutter ersetzt hatte. Und heute — heute war ein Sturm in diesen Hafen gefahren und hatte den Anker ihres Lebensschiffes losgerissen, nun schwankte es auf den Wogen — und wo konnte es landen?

Die Stalltür knarrte.

„Hier büst du, Tant Sievertje?"

Sie wandte ihr verstörtes Gesicht: „Ja, Kasjen. Och Kind —"

Plötzlich stürzten ihr die Tränen aus den Augen.

Kasjen hatte die alte Frau noch nicht weinen sehen, ihr Schluchzen stieß ihm ans Herz, daß die Starre, die es wie eine Zange hielt, zerbrach und es heiß in ihm hochquoll. Er stützte beide Arme auf die Tür des Schafstalls und sah mit schwimmendem Blick auf die Tiere, die verwundert plärrten.

„För mi —" bebte die Stimme neben ihm, „is dat — slimm! Un för di — ja, för di ok!"
Da wurde das Denken, das von der Wucht des Fühlens schier betäubt war, langsam in Kasjen wach:
Freerk gehörte das hier nun — er war der Ältere.
Kasjen sagte nichts. Seine Gedanken fingen an zu mahlen; wie eine Mühle, die bei kleinem in Gang kommt: ja, das war so — dem Ältesten — kam das zu. Das Haus — und die paar Äcker. Zu teilen ging das nicht. Und Freerk — war der Ältere.
Rund ging die Mühle, Ende ging in Anfang über. Kasjen tat der Kopf weh.
„Nu kann ik — up mien olle Dage — noch int Gasthuus gahn!" weinte die Alte.
Kasjen richtete sich langsam auf: „Och, Tante Sievertje —"
Ja — wenn Freerk nun heiratete —
Er legte den Arm um sie und drehte sie der Tür zu: „Nu kumm man, so wiet is dat ja noch nich."
In der Küche stand Siebo Bohlen mit bedrücktem Gesicht vor Freerk: Er käme nicht darüber hinweg — sollte das Pferd sich vor seinen Brettern bange gemacht haben?
„Dar mußt du nich over nadenken, Siebo," sagte Freerk, „well kann för en Mallör?"
„Ja, ja, man — wat seggst du, Kasjen?"
„Wat Freerk ok seggt," meinte Kasjen, der zu den beiden trat, Schuld hätte da niemand.
Siebo Bohlen müßte nun den Sarg machen, lenkte Freerk ab. Man spürte ihm an, daß er sich jetzt hier verantwortlich fühlte. Bei aller äußerlichen Ähnlichkeit mit seinem Bruder zeigte er eine gewisse ruhige Würde und Umsicht, während Kasjen noch immer die Ratlosigkeit in den Augen hockte.
Für Kasjen war es der erste schwere Schlag, den ihm das Leben versetzte. Zwar hatten keine Mutterhände

ihn durch Kindheit und Jugend geleitet, aber Tante Sievertje war da, er hatte nichts entbehrt. Er war immer satt geworden und hatte nicht Kälte gelitten, und gegen irgendwelche Fährlichkeit war da ein schützendes Haus. Und letzte Zuflucht bei jedweder Not war der Vater, seine stille Güte stand selbstverständlich über jedem Tag. Darum war er so leichten Herzens am Morgen davon gezogen: alle Straßen in die Ferne liefen ja zurück bis in das Haus, das er mit allem, was hinein gehörte, noch nie aus seinem Leben weggedacht hatte.

Kasjens Gedanken, die sonst über das Alltägliche nicht hinausgingen, irrten herum: wenn er nun nach Hause wollte, dann war es Freerks Haus, er hatte hier kein Recht mehr.

Kasjen strich durch den Garten, seine Hand fühlte über die rauhe Rinde des Apfelbaums, der bisher so ohne weiteres sein war. Eine Trostlosigkeit fiel über ihn her und riß an seiner Seele und weckte da etwas, was ihm fremd war. Das stand unbeholfen auf und fing an zu fragen: warum mußte das kommen? Warum mußte der Vater so aus dem Leben? Wer schickte diesen Jammer? Gott? Wer sonst? Aber warum? Wen wollte er strafen? Der Vatter hatte doch nichts getan? Oder Tante Sievertje — oder er, Kasjen? Hilflos stand er vor seinem eigenen Innern, das ihn bedrängte.

Der Arbeiter Dirk Kasjen Kasjens hatte ein großes Begräbnis. Er hatte nie zu seinen Lebzeiten Aufsehen erregt, still und freundlich war er seinen Weg gegangen. Aber dies gewaltsame Ende machte ihn zum Mittelpunkt der allgemeinen Teilnahme. Jan Otten stellte einen Wagen zur Verfügung, wie sich das gehörte für einen Bauern, der seinen langjährigen Arbeiter, der noch dazu in seinem Dienst verunglückt war, begraben mußte.

Aber die andern Arbeiter boten sich an, den Sarg zu tragen, das war die höchste Ehrung, die sie zu vergeben hatten. So machte Dirk Kasjens zum letzten Mal den Weg durchs Dorf, den er so unzählige Male gegangen war, und für ihn gingen die Füße der andern.
Sein hölzernes Haus, schlicht wie er selber, überragte sie alle, die ihn geleiteten, und hob sich schwarz aus dem hellen Tag.
Viele Menschen standen um das Grab. Die Frauen scharten sich in wortloser Mittrauer um Sievertje, die Männer um die beiden Jungen. Die Schulkinder sangen ein Grablied in das Klagen der Glocken, und die Klänge trugen alle Wehmut dieser Stunde in die empfänglichen Gemüter. Da floß Sievertjes altes Herz, das so randvoll von Kummer war, über, sie weinte hemmungslos.
Auch Freerk übermannte der Augenblick, er fuhr sich mit dem Handrücken über die Augen und mußte dann noch das rotbunte Schnupftuch zu Hilfe nehmen. Kasjen stand blaß und starrte dem Sarg nach, der langsam in der Gruft verschwand.
Der Pastor sagte, daß es vor Nacht leicht anders werden könnte, als es am frühen Morgen war und daß Gottes Wege unbegreiflich, aber dennoch gut wären.
Unbegreiflich — hallte es in Kasjen wider. Aber gut? Das konnte wohl einer sagen, dem es nicht an die eigene Haut ging.
Berend Riesbieter, der an solchen Tagen das Amt des Totenbitters versah, hatte die Träger und die nächsten Freunde feierlich aufgefordert, den Hinterbliebenen die Ehre anzutun und in das Trauerhaus einzukehren. So füllte sich denn die Küche, wo die Nachbarfrauen inzwischen ihren Pflichten nachgekommen waren. Schüsseln voll Butterbrote harrten der Trauergäste, Jan Otten hatte dafür gesorgt, daß die dicken Schwarzbrotschnit-

ten mit Käse und Schinken belegt werden konnten, und ein feiner Teeduft umschmeichelte die Eintretenden.

Sievertje ließ sich seufzend in den Hörnstuhl neben der Feuerstelle nieder, wo der schwarze Wasserkessel brodelnd an dem eisernen Haalboom über der Torfglut hin und her schwang. Eine der Frauen schob ihr eine warme Stove unter die Füße, eine andre drückte ihr das erste Koppke Tee in die Hand: „Drink man even, Sievertjemöh!" Und ihre kalten Finger führten die Tasse zum Mund, der den braunen Labetrank gierig schlürfte.

Die Frauen, die mit eingekehrt waren, setzten sich in ihre Nähe an beiden Seiten des Tisches, der durch Anleihe in der Nachbarschaft so lang geworden war, wie der Raum es zuließ. Am oberen Ende nahmen die Männer Platz, dicht an dicht, sie hatten die ganze Giebelwand mit den beiden Fenstern inne, soweit da Stühle unterzubringen waren. Eine Weile hörte man nur das Knistern der Kluntjes unter dem heißen Tee, den die Frauen einschenkten, und das leise Klirren der Tassen, die niemand lange voll stehen ließ. Dann setzte zögernd eine Unterhaltung ein, bei den Männern über die lange Kälte dieses Frühjahrs — und dabei nahmen sie dann auch den Schwarzbrotteller in Angriff — bei den Frauen darüber, daß der Pastor so tröstlich gesprochen hätte: „He hett 't moj maakt!"; und auch sie fingen bei kleinem zu essen an, hielten sich aber mehr an die Weizen- und Korinthenstutenschnitten, die so frisch und lecker dufteten.

„Ja, Freerk," sagte Schmied Harders, „nu büst du hier ja wall Baas."

Freerk rückte auf seinem Stuhl, die ehrliche Trauer in ihm trat ein wenig zur Seite und öffnete die Aussicht auf eine freie Bahn. Er war achtundzwanzig, und er ging schon so lange mit Gerdje Hook.

„Ja," sagte er, „dat bün ik dann ja wall."

Sievertjes Tasse klapperte laut. Da setzte er hinzu: „Man dat blifft erst alle as dat is."

Ein Murmeln lief durch den Raum, von einem zitternden „Ochottja" übertönt.

E r s t — klang es in der alten Frau nach. Was bedeutete da etwas früher oder später! Freerk — ja, aber die rasche, selbstbewußte Gerdje Hook, die konnte keinen alten Menschen im Wege brauchen. Sievertje sah immer eine der öden, backsteinkalten Küchen vor sich, die es in dem niedrigen, langgestreckten Bau gab, der ein wenig abseits vom Dorf stand und den sie das Gasthaus nannten. Ja, Gäste barg das wie Teetjemöh, die nur noch mit sich selber redete, und Krischan Kock, der all sein Hab und Gut versoffen hatte, oder Taalke Ramm, die nichts mehr hatte als ein Spinnrad. Ach Gott, da würde sie nun auch bald sitzen und den ganzen Tag spinnen — das war die letzte Zuflucht für alle, die nirgends mehr hin gehörten auf der Welt.

Er käme nun spät nach seiner neuen Stelle, wandte sich jemand an Kasjen, ob er nun morgen weg müßte?

„Ja," sagte Kasjen. Ihm war, als müßte er jeden Augenblick aus diesem schweren Traum erwachen und diese Festtafel wie ein sinnloser Spuk zu nichts werden.

Das Gespräch schleppte sich hin. Da erschien Berend Riesbieter mit der Flasche und schenkte den Männern einen Klaren ein und setzte Dirk Kasjens Tabakskasten in Gestalt eines kleinen braunen Fasses auf den Tisch. Einer nach dem andern zog seine Pfeife aus der Tasche des schwarzen Rockes und stopfte sie entweder mit dem angebotenen Tabak oder holte wie Abbo Ahlers bescheiden den eigenen Beutel hervor, während Berend Riesbieter die Fidibusse an dem Herdfeuer entzündete und im rechten Augenblick an den Mann brachte.

Da kam eine gewisse Gemütlichkeit auf bei denen, die hier zu Gaste waren, und mancher, der bis jetzt schweigend saß, ließ nun auch hier und da ein Wort fallen.

Auch Freerk konnte sich dieser gehobenen Stimmung nicht entziehen, und selbst Kasjen war es, als ob der scharfe Trank das Starre in ihm löse und fortschmelze.

Nicht daß es nun etwa laut und lärmend zugegangen wäre, aber seßhaft drohten die Männer zu werden. Da hielten es die Frauen für an der Zeit, an den Aufbruch zu denken, eine nach der andern erhob sich, und nun konnten die Männer nicht sitzen bleiben. Während Freerk die letzten hinausgeleitete, schob sich Kasjen durch den Gang in den dunklen Stall. Das Schwein rumorte, und die Ziege schaute meckernd über den Verschlag, sie waren heute vernachlässigt worden.

„Ja, ja, ji kriegen wat," sagte Kasjen, aber er stapfte an ihnen vorbei durch die Hintertür nach draußen.

Da lag der Acker, fein säuberlich in Beete geteilt, seines Vaters Feierabendarbeit. Wie manchen Spatenstich hatte er selber da liegen!

Er schlenderte bis an die Hecke, die Ottens Grünland abgrenzte, drehte sich um und lehnte sich dagegen. Sein Blick umfing das kleine Besitztum, das einst sein Großvater mit Fleiß und Sparsamkeit erworben und seinem Vater als dem Ältesten vererbt hatte. Der Vater hatte oft, wenn sie sonntagsabends ums Herdfeuer saßen, erzählt, wie er Engel Visker, ihre Mutter, ins Haus geholt und wie da Onkel Tönjes, sein jüngerer Bruder, hätte fort müssen, und der hätte es nie zu etwas Eignem gebracht. Warum nicht? hatte Kasjen wissen wollen. Weil er nie so viel Geld zusammenbrachte, hatte der Vater gesagt. Damals war in Kasjen die Überzeugung gelegt worden, daß es darauf ankomme, viel Geld zu verdienen und zusammenzuhalten. Und darum hatte

Lammert Lammers es leicht gehabt, ihn zu bewegen, sich in der Marsch zu verdingen, wo hohe Löhne bezahlt wurden.

Was es aber für seinen Onkel Tönjes bedeutet hatte, der Jüngere zu sein, das war Kasjen erst in diesen Tagen aufgegangen. Ob der wohl auch einmal so gestanden hatte wie er jetzt? Das war nun fast dreißig Jahre her.

Er hatte ihn selten gesehen, diesen Onkel. Zur Beerdigung war er nicht gekommen, vielleicht hatte ihn die Nachricht nicht früh genug erreicht, oder er hatte die weite Reise hierher gescheut. Er war noch heute in der Knechtekammer eines Bauernhofes im Butjadingerland zuhause.

Und das sollte nun auch sein Schicksal sein: ein Leben lang dienen — und nichts haben, was ihm zu eigen war? Es fing doch erst an für ihn, das Leben! Wollte er nicht gerade die Pforte aufklinken, die ihn hineinführen sollte? Gab es denn nur einen Weg hindurch, von einer Dienststelle zur andern?

Nein! begehrte es in ihm auf. Seine junge Kraft bäumte sich wie ein ungebärdiges Roß. Da waren seine Fäuste, die würden zupacken, was diesen Pfad verrammeln wollte und würden es hinter sich werfen! Hatte sein Großvater es nicht gekonnt? Ha — was war die Zukunft anderes als unbebautes Land? Graben und pflügen mußte man, und wenn man auch harten Kleigrund traf oder Steine oder Quecken — durch mußte man mit Schweiß und Schwielen! Jawohl, Onkel Tönjes, so ein Kerl muß man sein, dachte der junge Kasjen, dann bringt man es weiter als du!

Ein Frohgefühl schlug die Schwermut in die Flucht. Er wollte schon die Straße finden, die in freie Weite führte!

II

Mitten in der fettesten Marsch lag der Platz von Warner Esders, breit und behäbig, die verkörperte Wohlhabenheit.

Amke Veerkant, die neue Magd, kam aus dem Staunen nicht heraus, und sie war doch schon ein paar Tage da. Was war Eilt Wilms' kleiner Betrieb dagegen! Da war sie zuletzt im Dienst gewesen, und sie hatte fast zwei Jahre dort ausgehalten, obgleich ihr die Arbeit viel zuviel gewesen war. Ihre Mutter hatte zwar gemeint, besser könnte sie es nicht haben; Eilt Wilms und seine Frau waren alt und gutmütig, er hatte eine Bäckerei, und nebenher wurden ein paar Kühe und Schweine gehalten. Aber die Mutter, die selber die ganzen Tage bei den Bauern arbeitete, bedachte wohl nicht, daß sie, Amke, erst siebzehn Jahre alt war und die alte Frau Wilms ihr alle Arbeit aufbürdete!

Gewiß, sie wohnte im selben Dorf, und Amke konnte ihre freie Zeit zu Hause verbringen. Aber war es nicht lockend, einmal irgendwo zu sein, wo Mutter und Zuhause nicht so nahe waren? Ach — die weite Welt! Das war ein Begriff, der in der Mutter kargen Erzählungen immer wiederkehrte und sich in Amkes Kopf als etwas unerhört Fernes und schrecklich Schönes eingenistet hatte. Dahinein war der Vater plötzlich verschwunden und hatte sie, die Schwester Aaltje und die Mutter ganz einfach hier gelassen und vergessen. Amke hatte bei dem Wort Vater eine blasse Vorstellung von einem bärtigen Mann, der manchmal mit rauher Stimme gesungen hatte. Die vier Jahre ältere Aaltje wußte noch von einem Schiff, auf das dieser Vater sie und die Mutter einmal mitgenommen hatte, auf dem er dann aber allein nach Amerika gefahren war.

Amerika — das klang ebenso geheimnisvoll wie die weite Welt. Und Amerika lag am andern Ende der Erde, das hatte Amke in der Schule gehört. Und Aaltje hatte behauptet, wenn man ein tiefes Loch grübe, immer tiefer und tiefer, dann käme man schließlich in Amerika heraus. Aaltje war klug, sie ging gern zur Schule, und der alte Lehrer Röwsaat hielt große Stücke auf sie, während er Amke oft als Leiwams hingestellt hatte. Nun ja, die Schule hatte für sie zu den Übeln gehört, um die man sich möglichst herumdrückte. So lange Aaltje hinging, hatte sie schlecht wegbleiben können, aber im Sommer, wenn die Schwester wie die meisten armen Kinder bei den Bauern helfen mußte, hatte sie nicht selten deren Urlaub auch auf ihre Person auszudehnen versucht.

Als Aaltje mit vierzehn Jahren eine Stelle angenommen hatte, war für Amke goldene Zeit gekommen, sie hatte nach Herzenslust geschwänzt, und wenn die Vorwände, die sie erfand, allzu durchsichtig waren, dann hatte ihr dickes Fell die Strafgerichte mit Gelassenheit ertragen. Nein, an Wissen konnte sie sich mit ihrer Schwester nicht messen, das gab sie neidlos zu. Aber dies mit Amerika — das konnte sie ihr doch nicht glauben, und sie hatte manche Stunde hinter irgendeiner Hecke in der Sonne gelegen und darüber nachgegrübelt, während die andern Kinder sich an Rechnen und Schreiben abmühten.

Die Mutter hatte wohl oft genug den alten Röwsaat über ihre Kleine klagen hören müssen, aber sie war abends zu müde, um noch viele Worte zu machen und dachte, das Kind würde in seinem Leben noch genug arbeiten müssen. Ja, wenn Jans Veerkant, ihr angetrauter Mann, nicht so pflichtvergessen gewesen wäre, dann hätte sie Zeit gehabt, sich um ihre Kinder zu kümmern. Mußte sie nun nicht jede Stunde ihres mühseligen Lebens sorgen, daß sie nicht Not litten? Sie wußte wohl, daß sie sich auf Aaltje verlassen konnte und daß Amke des Vaters leichten Sinn geerbt hatte, aber wenn ihre Jüngste sie so harmlos mit den hellblauen Augen ansah, dann schwand ihr Zorn über die ihr vorgeworfene Faulheit dahin, und wenn sie das dichte Blondhaar, das das rotbäckige Kindergesicht umrahmte, zu einem dicken Zopf flocht, dann schmiegte sich diese seidige Fülle so zärtlich um ihre zerarbeiteten Hände, daß nur noch der Stolz ihrer mütterlichen Liebe das Wort hatte: „Mien Lüttje!"

Amke aber hatte mit der Zeit gelernt, mit aller Schläue, die ihr zu Gebote stand, der Arbeit aus dem Wege zu gehen. Niemand war froher als sie gewesen, als der Zwang der Schule ein Ende hatte. Mit Begeisterung hatte sie die Stelle als Kindermädchen angetreten, die die Mutter ihr vermittelt hatte: sie betrachtete diese neue Aufgabe als Fortsetzung des Spielens, das bislang ihren Sinn vollkommen ausgefüllt hatte. Und nur mit Widerstreben war sie nach einem Jahr zu Eilt Wilms gegangen, weil die Mutter glaubte, sie müsse nun in ernsthafte Arbeit hinein. Ihr lag nichts ferner, als die Arbeit zu einer ernsthaften Angelegenheit zu machen. Solange jemand zusah und überwachte, zeigte sie Eifer, besonders wenn es galt, im Hause Ordnung zu schaffen; sauber mußte alles sein, das sagte auch ihr zu. Aber Zeit brauchte sie dazu, es gab soviel dabei in die Hand zu nehmen und zu betrachten, sie hätte Stunden damit hingebracht, wenn Frau Wilms nicht getrieben hätte.

Melken machte ihr auch Spaß, sie gewann bald ein persönliches Verhältnis zu den drei Kühen, mit denen sie vertraute Zwiesprache hielt, während sie gemütlich auf ihrem Dreibein saß und die duftende Milch in den Eimer spritzen ließ. Darüber vergaß sie Zeit und Stunde, so daß der alte Wilms schließlich in dem Kamp erschien, um zu sehen, ob ein Unglück geschehen wäre. Und er hatte lieber selber dies Geschäft übernommen, solange die Tiere draußen waren, um nicht ewig Ärger zu haben.

Im Winter war es besser gegangen, obwohl Amke der Aufenthalt im warmen Stall durchaus behagte und sie ihn liebend gern ausgedehnt hätte, statt in der Küche andre Arbeit zu tun. Das war das Verhängnis, daß ihr dauernd jemand auf die Finger sah, da gab es kein Ausrücken.

Und ihre Gedanken waren auf der Suche gewesen nach Möglichkeiten, wie das Leben angenehmer zu gestalten wäre.

Da war eines Sonntags Fentje Meinen gekommen, die in der Marsch als Großmagd bei Warner Esders diente, und hatte ihr Lust gemacht, als kleine Magd bei ihr auf dem Platz in Dienst zu gehen. Fentje dachte es sich unterhaltend, eine Junge aus dem heimatlichen Dorf unter sich zu haben, darum kam es ihr auf ein wenig Schönfärberei nicht an. Und Amkes Phantasie ging in Siebenmeilenstiefeln: fort von zu Hause, von der lästigen Bevormundung, sogar übers Wasser würde es gehen, und war es auch nur über die Ems und nicht ganz nach Amerika, so war es doch die weite Welt, die sich ihr öffnen wollte! Amkes Entschluß war gefaßt, und war es der Mutter auch schwer gefallen, das Kind schon ganz fortzugeben, so hatte sie der Gedanke beruhigt, es in der verläßlichen Obhut Fentje Meinens zu wissen. Und Amke hatte am Donnerstag nach Ostern die erste

Reise ihres Lebens auf Fuhrmann Martens Wagen angetreten, und ihre Augen hatten mit dem blaßblauen Himmel um die Wette gestrahlt, während sie auf ihrem luftigen Sitz mit einem Freiheitsgefühl ohnegleichen durch die Straßen der Stadt und weiter über die Landstraße ratterte bis an die Fähre, wo es erwünschten Aufenthalt gab, ehe das Fuhrwerk auf der Pünte über den breiten Fluß befördert wurde. Sie hatte Schleppkähne stromab fahren sehen — ob ihr Vater einmal solch ein Schiff gehabt hatte?

„Fahren de na Amerika?" hatte sie den Fuhrmann gefragt. Der hatte gegnifflacht und im Bogen über das Tau weg gespuckt, an dem der Schiffer sie augenscheinlich ans andre Ufer zog. „Ja, Wicht," hatte er bedächtig gesagt, „dar sölen se wall wat an hebben — na Amerika —!"

„Dat is wiet, nich? Ik weet wall, up de anner Siet van de Welt!" hatte sie ihre Kenntnis angebracht. „Dar is mien Vader hen." „So?" hatte der Alte gefragt, „dann maakt he en lange Fahrt!" „Ja!" hatte sie genickt, und dann waren sie an Land gestoßen. Und alsbald hatten sie wieder oben gesessen, und Amke war sich vorgekommen wie die Prinzessin, von der Aaltje erzählt hatte, die immer in der gläsernen Kutsche fuhr, damit sie ihr ganzen Reich sehen konnte. Mehr hatte die auch nicht sehen können — soviel Land — und Baumreihen an den Straßenseiten und Wasser hinter dem Deich — und hinter ihnen Türme und Häuser der Stadt! Sie hatte vergessen, zu welchem Zweck sie unterwegs war und dies Neue mit Hingabe genossen.

Der Deich wand sich wie eine schwarzgrün gefleckte Schlange den Fluß entlang, und die Straße lief neben ihm her, bald dicht bei ihm, bald weit links von ihm.

Einige Male hatten sie in einem Dorf gehalten, und während Martens allerhand ablud und für eine Weile in dem Wirtshaus verschwand, vor dem sie standen, sammelte sich eine Schar Kinder um den Wagen, und sie und Amke bestaunten sich wechselseitig und wortlos, bis es weiterging.

Und nach geraumer Zeit hatte der Fuhrmann gesagt: „Kiek", und seine Peitsche hatte schräg ins Land hinein gezeigt, wo hier und da breit und rot ein Haus lag, „dar mußt du hen!" Da war ein Schatten über ihre unbekümmerte Reiseseligkeit geflogen, denn ihre Gedanken, die mit Behagen ziellos umherflatterten, wurden auf den Weg der Pflichten gelenkt. Doch nur für einen Augenblick, schon war wie ein Sausewind die Neugierde auf das Kommende in ihr hochgesprungen und fegte weg, was trübe werden wollte.

Bei dem nächsten Haus würde er ihre Sachen absetzen, da würden sie abgeholt. Martens hatte ein paar Züge aus seiner Pfeife getan, bevor er fortfuhr: „Ok de Kiste hier —".

Wem denn die Kiste gehöre, hatte sie gefragt.

Dem neuen Knecht, der wäre noch nicht mitgekommen, sagte er, „Sien Vader is dood."

„Oh! —" Aber ehe Amkes Denken diese Tatsache bewältigt hatte, mußte es schon wieder dem Peitschenstiel folgen, der querfeldein wies:

Ob sie über das Haus weg den hohen Baum sähe?

„Ja! —"

Der stände schon an dem Weg, den sie gehen müßte. „Un de Plaatze dar achter, dat is Warner Esders siene."

Damit war Amkes Fahrt in die weite Welt zu Ende gewesen. Benommen hatte sie dem davonrollenden Wagen nachgeschaut, und zögernd war ihr Blick von ihm ab in die Landschaft geglitten, die sie jetzt nicht mehr wie eben noch von oben herab wie im Spiel streifte und liegen ließ, sondern die plötzlich starr und fremd um sie stand. Ihre Augen liefen über das noch fahle Grün des Landes, stießen an ein fernes Gehöft und liefen weiter — weiter — und fanden nicht Haus, nicht Baum noch Strauch noch Wall, nichts als endlos fern den Himmel. Da war sie zu Ende, die Welt, die weite ... So hatte sie gestanden, bis die kalte Verlassenheit ihr ins Herz kroch. Heimweh hatte vertraute Worte geflüstert: Mutter und Aaltje — ach — gab es denn keinen Menschen in dieser Fremde?

Ein paar Kindertränen waren gerollt, bis ihr Fentje Meinen in den Sinn kam. Die war da auf Esders Plaatze! Da erst hatte sie sich in die Richtung des Weges vor ihr gewandt: da hinten lag das Haus, und ei — eine goldene Straße lief darüber weg, auf der war gerade die Sonne in ein Riesentor hineingegangen, ein glühender Zipfel war noch zu sehen.

Amke hatte noch ein paarmal geschluckt, aber sie stapfte schon auf dem Kleiweg dahin dem Märchen nach, das der Himmel da oben erzählte. Doch o — hier war die Erde Baas: sanft war der Fuß hineingeglitten, und nun hielt der weiche Grund ihn mit zäher Kraft. Erschrocken hatte sie den Boden nach einem Halt abgesucht, hier und da lag ein Stein, und mit Mühe hatte sie sich auf eine solche Insel gerettet. Ach, die schönen Schuhe, die sie zum erstenmal an hatte! Das derbe Leder ließ zwar nichts durch, aber die so blank gewichsten waren um und um voll Klei, sogar die dicken, von der Mutter gestrickten Wollstrümpfe waren nicht verschont geblieben. Amke hatte nicht gewußt, ob sie weinen oder lachen sollte, während sie langsam und vorsichtig auf glitschigen Sohlen vorwärts strebte.

Aber dann war da der große Platz, und Fentje wartete schon und freute sich über das Stück Heimat, das bei ihr einzog.

Und nun hatten Ort und Menschen schon ihre erste Fremdheit für Amke verloren. Anders war alles hier. Der Bauer war kein Eilt Wilms, der ihre Arbeit unter Aufsicht nahm, er hatte noch kaum mit ihr gesprochen. Auch die Frau machte nicht viele Worte, aber sie paßte auf die Finger, sagte Fentje.

Es war gut, daß Fentje da war. Wenn sie abends zu ihr in die Butze kroch, die die eine Wand des Ganges ausfüllte, der von der Sommerküche in den Stall führte, dann erzählten sie sich so lange, bis sie darüber einschliefen. Was allerdings schnell geschah, denn sie waren sehr müde.

Fentje zeigte ihr, was sie nicht kannte, und das war allerlei. Die Ältere hatte ihren Spaß an den großen Augen der Kleinen, die alles Neue umfaßten und dabei verweilen wollten und alles Mögliche daran entdeckten, nur nicht die Arbeit, die es forderte, und sie dachte, das würde sich bald geben.

„Unse Frau sall di wall Beene maken," lachte sie, „paß man up! Hier mutt wat daan worden."

Amke staunte. Was war hier aber auch alles! Drei Kühe hatten Wilms, hier waren doch sicher zehnmal so viel, die Pferde noch gar nicht mitgerechnet, und die Schweine und die Hühner!

Darum wäre hier auch zehnmal soviel Arbeit, meinte Fentje.

Die Knechte wären ja auch da und noch Arbeiter, wandte Amke ein. Was die tun müßten, das ginge sie nichts an, sagte Fentje, hier täte jeder sein Teil, und für jeden bliebe mehr als genug, das würde sie schon sehen.

Ja, das sah Amke bald. Von früh fünf Uhr an stellte jede Stunde ihre Forderung, und wenn sie, wie es ihre Art war, erst einmal um die Arbeit herumstrich, klang ihr schon Fentjes „To, Wicht, maak futt!" in die Ohren.

Das konnte sie noch überhören, aber dann stand sicher irgendwo die Frau da. Hochgewachsen und hager war sie, ein aschblonder Scheitel lag straff über der gefurchten Stirn, und die grauen Augen standen wachsam in dem schmalen Gesicht. Amke wurde es unheimlich unter diesen Augen, und sie griff unwillkürlich mitten in die Arbeit hinein.

Warner Esders Frau war der erste Mensch, der ihr Respekt einflößte, dem sie wie unter einem Zwang folgte, und ist auch der einzige geblieben.

Es war ein nasses Frühjahr. Zwar versuchte die Sonne unter den Regenwolken aufzuräumen, aber der Wind, der aus Westen kam, stieß ihr seinen feuchtkalten Atem entgegen, und er sog all ihre Wärme ein, so daß sie sich mißmutig wieder verzog.

Amke schleppte an einem Torffaß. Es gehörte zu den Pflichten der Kleinmagd, es morgens gefüllt neben die Herdplatte zu setzen, auf der das offene Feuer brannte. Sie hatte bedächtig Stück um Stück dem Torfhaufen im Stall entzogen und in das dickbauchige Holzgefäß geworfen, und ihre kräftigen Arme trugen die Last nun in die große Küche, vor deren Tür sie nach Fentjes Anweisung die Klumpen auszog.

Während sie auf Socken über die Strohmatten ging, die die viereckigen Bremer Fliesen zum Teil bedeckten, liefen ihre Augen durch den Raum, in dem die Dienstboten sonst nichts zu suchen hatten.

Die Frau war nicht da, nur die elfjährige Alida stand am Tisch, den Kopf in beide Hände gestützt, und las eifrig.

„Büst du hier?" fragte Amke.

Das Kind sah auf und nickte.

„Mußt du lesen?" erkundigte sie sich.

Nein, sie dürfte gar nicht, sagte Alida, aber es wäre so schön.

„So? Wat is dat dann?" wollte Amke wissen.
Eine Geschichte von der klugen Else, sagte das Kind.
Der klugen Else? wunderte sie sich, wer das denn wäre?
„Och — de muß Korn snieden."
„O so!" Das fand Amke weiter nicht aufregend, da war die Buddelei dort an der Wand anziehender.
„Feine Saken hei ji!" Sie bestaunte das Teegeschirr, das mit roten Rosen bemalt durch die kleinen Scheiben des Wandschränkchens lugte. „Un wat moje Biller! Is dat nich de Kaiser?" Ein paar Öldrucke leuchteten bunt in der Morgensonne, die einen kurzen Blick durch die beiden Fenster warf.
„Ja," Alida drehte sich um, „dat dar is de olle Kaiser Willem, de is dood."
Der hätte auch bei Wilms gehangen, erläuterte Amke, aber hier wäre er schöner.
„Un de dar ist Kaiser Friedrich," erklärte die Kleine weiter, „de is ok dood." Ihr Finger wies auf das Bild über dem Sofa: „Un de heet ok van Willem, de is nu unse Kaiser."
„O, wat weeßt du dat alle!" lobte Amke.
„Ja, dat vertellt mien Vader mi alle," sagte Alida stolz.
Amke schwirrte der Kopf von soviel Weltgeschichte, ihre Augen ließen die drei Kaiser und gingen zu den bunten Gardinen, die die beiden Butzen in der Wand gegenüber umrahmten: „Dar slaap ji?"
„Wat maakst du hier dann?" kam es plötzlich streng und verweisend von der Tür her.
Amke fuhr herum — o Gott, die Frau!
„Hebb Törf halt," stotterte sie.
So, ob sie nicht wüßte, daß draußen die Milcheimer warteten? „Nu man hannig derbi!"
Und Amke machte, daß sie in die Holzschuhe kam und klapperte nach draußen.
Ach, nun mußten die Milcheimer reingemacht werden!

Sie suchte den dicken Heidebohner, und während sie einen der schwarzen Eimer, die von innen tiefblau waren, in Angriff nahm, überließ sie sich dem Bedauern, daß ihre Besichtigung ein so jähes Ende fand. Solch feine Tassen waren in dem Schrank! Die kamen sicher bei Besuch auf den Tisch. Es mußte wunderbar sein, da in der großen Küche zu sitzen und daraus Tee zu trinken — wenn einem das alles gehörte! Ja, Bauernfrau müßte man sein und einfach befehlen können: grote Maid, du deist dit! und: lüttje Maid, du deist dat! Mit solcher Inbrunst malte sie sich dies Leben aus, daß sie gar nicht spürte, wie sie mit dem Bohner immer über dieselbe Stelle sänftiglich auf und ab fuhr. Bis ein harter Griff mit einem Male Hand und Bohner umspannte: „Dröömst du, Wicht?" und die zwingende Kraft, die ihrem Arm den nötigen Schwung beibrachte, bewies, daß die Frau noch mehr als befehlen konnte.
Der Schrecken war Amke so in die Glieder gefahren, daß sie im Schweiße ihres Angesichts die Eimer beging, bis sie blitzeblau leuchteten.
Da kam Alida aus der Seitentür.
„Du, Amke —"
„Wat wullt?" kam sie hoch.
Ach, meinte die Kleine, die kluge Else — die wäre gar nicht klug.
Amke wischte sich mit dem Arm die feuchten Haarsträhnen aus der Stirn. „Nee?"
„Nee!" sagte die Kleine. „Wat meenst, wat se dee?"
„Weet ik nich. Vertell even!" Amke sah sie gespannt an.
„Ja —", Alida kletterte bei der Eimerbank hoch und setzte sich darauf; sie hatte sonst keinen, der diese Interessen teilte.
Die Geschichte war lang, den Anfang schenkte sie sich. „Se sull Korn snieden, see Hans."

„Wat för'n Hans?“ Amke saß schon neben ihr, ganz bereit, in das Neue einzudringen.
„Hans, dat was hör Mann,“ wurde sie aufgeklärt.
„O so.“
Ja, und Elske hätte Brei gekocht und mit aufs Feld genommen, ging die Erzählung weiter.
„Un wat do?“ fragte Amke.
„Un do see se: Snied ik erst — of eet ik erst?“
„Ja —?“ Amkes Spannung wuchs.
„Och — ik will man erst eten, see se.“
„Dat was recht,“ nickte Amke.
„Du —“ widersprach Alida, „se muß doch erst arbeiden!“
„Warum?“ Das ging über Amkes Verständnis.
„Ja —“, das Mädchen wurde unsicher angesichts dieser Stellungnahme, „mien Moder seggt: erst arbeiden, dann eten!“
„Ja, dien Moder —“ meinte Amke gedehnt.
„Un dann hett se sük dick satt eten —“.
„Harr ik ok daan!“ unterbrach Amke.
„Man meenst, dat se dann anfung to arbeiden? Nee, do see se: snied ik erst, of slaap ik erst?“
„Un do —?“ Amke war ganz Ohr.
„Och, ik will man erst slapen, see se.“
Amke schlug sich vergnügt aufs Knie: „Junge, de was slau!“
„Meenst dat?“ fragte Alida, jetzt erschien ihr diese Ordnung auch nicht so verkehrt. „Man nee, se was doch neet slau — mußt man wieder hören —“
„Alida —!“ rief es aus dem Hause.
Amke sprang mit einem Satz an die Erde und stürzte sich auf einen Milcheimer, diese Stimme tat es ihr an.
„Ja —“. Das Kind ließ sich heruntergleiten. „Ik mutt komen, man ik vertell di noch wieder, hör?“ versprach sie im Weggehen.

III

Als der Tag graute, ging Kasjen Kasjens für immer aus seines Vaters Haus.

Abbo Ahlers fuhr heute nicht nach der Stadt, so mußte er den Weg unter die Füße nehmen. Es war ihm recht so, ihn verlangte nicht nach des redefreudigen Alten Unterhaltung. Er hatte seines Vaters nachdenksame Art, und die Stunden einsamer Wanderung, die vor ihm lagen, schreckten ihn nicht.

So, dachte er, das hätten wir hinter uns. Und er mühte sich, Tante Sievertjes zitternde Stimme loszuwerden, die ihm noch im Ohr lag: sie möchte seinem Vater wohl bald folgen, hatte sie gesagt, das beste wäre es. „Gah mit Gott, Kind, he sall wall weeten, wo't goot is."

Tante Sievertje ging viel mit dem lieben Gott um; sie besuchte ihn fast jeden Sonntag in der Kirche, und sie las über ihn in einem dicken Buch, dessen große Buchstaben ihr Finger langsam verfolgte, während ihr Mund die Worte murmelte, von denen manche in Kasjens Gedächtnis hängen blieben, wenn er auch weiter nichts damit anfangen konnte, als sie gelegentlich — gleichsam als Bestandsaufnahme seines geistigen Eigentums — laut aufzusagen.

Was sein Vater von diesen Dingen gehalten hatte, wußte er nicht. Er hatte nie davon gesprochen, wenn er auch ab und zu in die Kirche ging, wie sich das für einen rechtschaffenen Christenmenschen gehörte. Aber — Kasjen sah ihn so lebendig vor sich, den ruhigen, gelassenen Vater, dem jede Zärtlichkeit fremd war und dessen Dasein doch für seine Kinder ein ununterbrochener Liebesbeweis gewesen — das stand fest, wenn es so etwas wie einen Himmel gab, dann konnte Gott keine Ursache gefunden haben, ihn nicht hineinzulassen. Kasjens Blick ging unwillkürlich nach oben. Wie merkwürdig das alles war, das mit dem Sterben, das die Menschen so außer der Reihe überfiel; da mußte ja wohl einer sein, nach dessen Willen das alles geschah. Wer kannte sich darin aus? Die Pastoren, ja, die hatten eben besonderen Verstand und soviel Zeit — Herrgott ja, ein ganzes Leben Zeit, über so etwas zu denken und zu lesen — Kasjen wurde es schwül unter der Mütze bei dieser Vorstellung, was Wunder, wenn die Bescheid wußten!

Aber Sievertjemöh? War die denn klug, hatte die denn Zeit? Und sie wußte doch scheints auch allerhand.

Sein Grübeln machte halt. „Kasjen, du fangst an to simeleeren," sagte er zu sich selbst, „wat wullt du dann? Du büst kien Pastor un ok kien oll Wief. An de Arbeit mußt du, dat is wat för di!"

So trieb der junge Kasjen die Fühler seiner Seele, die um das große Rätsel zu tasten trachteten, in sich selbst zurück. Es war ihm nicht wohl bei sich selber, er strebte auf den gewohnten Weg zurück, auf dem er unbeschwert geschritten war, bis ihn der Finger des Schicksals anstieß.

Gestern abend hatte er doch einen befreienden Ausblick gewonnen und eine Lust gespürt auf diesen neuen Anfang, und nun lag ihm das Herz so freudlos in der Brust. Es war nicht leicht, alles hinter sich zu lassen.

Als er aus dem Dorf heraus war, drehte er sich noch einmal um. „Ja," sagte er, „dat helpt nu nich!" Und er gab sich einen Ruck und stapfte mit seinen schwerfälligen Schritten auf der Landstraße weiter.

Der Westwind blies ihm ins Gesicht, aber die Kälte focht ihn nicht an. Er dachte nur daran, wie weit das Winterkorn noch zurück war und wieviel es noch aufholen mußte, wenn sich am zehnten Mai eine Krähe darin verstecken können sollte. Gras war auch so wenig da, wenn es nicht bald wärmer würde, dann machte das Vieh keinen guten Tausch, wenn es in gut vierzehn Tagen die Ställe verließ.

Unmerklich waren seine Gedanken in gewohntes Geleis gekommen, und sie wandten sich der Arbeit zu, die vor ihm lag. Wieviel Ackerland mochte Bauer Esders bei seinem Platz haben? Viel würde es nicht sein, die Marschbauern im Reiderland betrieben ja hauptsächlich Weidewirtschaft. Er malte sich aus, wie ungefähr sein Tagewerk verlaufen möchte. Es würde wohl alles weitläufiger und manches anders sein als bei ihnen auf der Geest. Aber er hatte bei Rohlfs seinen Mann gestanden, warum sollte er es hier nicht schaffen?

Man muß nicht zu warm auf einer Stelle werden, dachte er, besonders wenn die Frauensleute es auf einen abgesehen haben. Damit meinte er Renske, die schon etwas angejahrte Magd. Er hatte ja nichts gegen einen gelegentlichen Spaß mit den Mädchen, aber das Herumalbern lag ihm nicht. Wenn man sich mit ihnen einließ, dann saß man nachher dran, und ihm eilte es nicht mit dem Heiraten. Und wenn schon eine so mit Gewalt darauf losging wie Renske, die es gar nicht merkte, daß man vor ihr weglief, dann war es am richtigsten, man überließ sie seinem Nachfolger, mochte der sehn, wie er mit ihr fertig wurde, lachte er in sich hinein.

Die ersten Häuser der Stadt tauchten auf, zwei Stunden waren doch nicht viel, wenn man sie hinter sich hatte. Wenn er nun Glück hatte, dann nahm Fuhrmann Martens ihn von hier mit.

Kasjens Schritt wurde langsamer, die Augen wollten hier und da verweilen, so oft kam man nicht in die Stadt. Seine derben Schuhe — zwei Paar waren in seinem Lohn einbegriffen, und diese hatte Schuster Dirksen neu gemacht — klangen laut auf dem Pflaster. Nein, immer so auf den Steinen herumtreten, das wäre nichts für ihn; überhaupt so Haus an Haus mit andern wohnen — wer's mag, mag's ja wohl mögen, dachte er, Kasjen Kasjens nicht! Die wissen ja gar nicht richtig um Sommer oder Winter, die Stadtjer.

Sieh, Kuper Voß hatte da ein feines Jauchefaß stehen, so eins müßte Rohlfs haben. Ach, das ging ihn ja nichts mehr an!

Bei kleinem erreichte er die Wirtschaft, wo die Fuhrleute ausspannten. Nein, Martens käme erst morgen, erfuhr er. So lange konnte er nicht warten, dann war es nichts mit dem Fahren. Aber einen Schluck trinken wollte er und die Beine eben lang strecken, bevor er die zwei Stunden, die es nun noch zu gehen galt, in Angriff nahm. Eine Stunde später stand er an derselben Stelle auf der Pünte, an der die junge Magd Amke vor ein paar Tagen mit ihren Gedanken auf die Fahrt nach Amerika ging.

Er sah einem mit Ziegelsteinen beladenen Schleppkahn nach. Da will wohl einer bauen, dachte er; wer das könnte — ein Eigentum haben, und wäre es noch so klein, auf eignem Grund und Boden! Und einen Herzschlag lang empfand Kasjen das Glück eines kaum bewußt gewordenen Wunschtraumes.

Dann aber ging er ganz wach und nüchtern an der andern Seite der Ems in die Marsch hinein.

Der erste grüne Hauch lag über dem weiten Land. Den Gräben sah man es noch an, wieviel Schnee darin geschmolzen war, und die Erde schimmerte feucht. Wie

Speck, verglich Kasjen. Hier hatte der Wind, der den Sand schnell trocknete, nicht so leichtes Spiel.

Es begegnete ihm kaum jemand. Nur in den Dörfern, durch die er kam, war etwas Leben. Die Bauernplätze verrieten nach außen hin so gut wie nichts von dem Werken, das in ihnen regierte.

Ein Frohgefühl kam wieder in ihm durch, als er endlich Esders Platz auftauchen sah; nach den unerquicklichen Tagen schweren Nichtstuns wartete dort die Arbeit.

Die langgestreckten, schmalen Dächer nicht weit vom Deich gehörten schon zu Esders Ziegelei. Das war ein Betrieb für sich, der vielen Arbeitern Brot gab. Ein hartes Stück Brot, dachte Kasjen, von morgens drei bis abends neun ist ein verdammt langer Tag! Er wußte das von einem, der mit ihm Soldat gewesen war.

Nein, dachte er, das ist nichts für mich, das ist wie Fabrikarbeit: immer Steine unter den Händen, und einer wie der andre, da ist kein Leben drin! Ich muß Land haben, wo einem was zuwächst. Und Tiere, mit denen man umgehen kann.

An seinen Schuhen spürte er die zähe Anhänglichkeit des Kleibodens. Aber als er in die Lohne einbog, die das letzte Stück Weg bedeutete, versank er nicht darin, sein Blick erspähte gleich, wohin er zu treten hatte.

Wie ein starkes, im bedächtigen Ruhen steingewordenes Tier lag der Bauernhof vor ihm. Die Butzenscheiben des Vorderhauses glitzerten weithin wie gewölbte Spiegel.

„Schummeltied!" sagte Kasjen vor sich hin, „dat is wat för de Fraulü!"

Er sah zwei gebückte Gestalten die Seitenwand bearbeiten. Wenn die Erde sich anschickte, wieder grün zu werden, dann hatten die Mauern das Recht verwirkt, ihre durch Wind und Wetter eines Jahres erworbene grünliche Schicht weiter zur Schau zu tragen, sie hatte im Frühjahrsgroßreinemachen, dem Schummeln, zu verschwinden, und die Mädchen mußten ihr mit Scheuerbürste und Sodawasser zuleibe gehen.

Eine der beiden richtete sich auf, stützte mit der einen Hand das Kreuz und legte die andre mit der triefenden Abseifbürste über die Augen, um sehen zu können, wer daherkam.

Neugierig sind sie alle, dachte Kasjen, aber es ist noch mit Unterschied.

Im Näherkommen sah er die roten Streifen eines hoch geschürzten Rockes schier fröhlich durch den Morgen leuchten, und der Kopf, der alle Augenblicke wieder hoch kam, trug so etwas wie eine Krone von seidigem Flachs.

„Wichter," sagte er, als er bei ihnen stand, „sünd ji ant Moojmaken?"

„Ja," lachte die Flachshaarige und sah ihn vergnügt aus hellblauen Augen an, während sie mit dem Handrücken über die hochroten Backen fuhr.

Kasjens Blick umfaßte das runde Kindergesicht und die kleine dralle Gestalt. „Lüttje Maid," dachte er, und dabei wurde ihm froh ums Herz.

„Ja," sagte auch die andre, und jetzt erst sah Kasjen das große, stattliche Mädchen mit dem rotblonden Scheitel, das soviel älter und gesetzter wirkte, obgleich auch seine Augen ihm entgegenlachten.

Er fragte nach dem Bauern, und sie wiesen ihn in den Stall.

„So, dat is he also!" sagte Fentje und tauchte den Bohner von neuem in den Wassereimer. „Gott ja, hett erst sien Vader begraben!" Und ihr Swientje fuhr schon wieder über die Steine.

Amke sah ihr gedankenvoll zu. Ja, seufzte sie, diese Tage hätte er man erst gehabt.

Wie sie das wohl sagen möchte, meinte die andere vorwurfsvoll, es wäre doch traurig genug.
„Weet ik wall, ik meen ja man so —" begütigte Amke.
„Nu maak man futt, wi mutten wieder!" trieb Fentje.
„Laat eene doch even verpusten, ik hebb't in de Rügge," klagte die Kleine. Sie reckte sich und rieb sich das Kreuz.
„Och — Müggen, hebben de ok Rüggen?" lachte die Großmagd und klatschte einen Napf voll Wasser gegen die Mauer.
Ja, ihr täte der Rücken aber weh, beharrte Amke.
„Büst ja noch dichter bi de Grund as ik! Mußt nich an denken, geiht van sülst weer over!" sagte Fentje ungerührt.
„Och du —" klang es gedehnt.
Die Frau würde ihr schon kommen, ereiferte sich Fentje. Überhaupt — sie hätte sie hier anrekommandiert, und sie wollte sich nicht sagen lassen, daß die neue Magd nichts tauge!
Zögernd stippte Amke ihr Swientje ins Wasser. „Wat meenst, of he wall Spaß maakt?"
„Well?" fragte Fentje, obgleich sie wußte, wer gemeint war.
„De grote Knecht," sagte Amke.
„Dar kikt he jüst nich na ut, he is ja nich mehr so'n Kindskopp as du!" entgegnete Fentje. Sie fand, er sah vertrauenerweckend aus, der Großknecht Kasjen.
Den Eindruck hatte Bauer Esders schon an jenem Sonntag gehabt, als er Kasjen den üblichen Reichstaler als Handpfennig gegeben hatte, womit für beide Teile der Dienstvertrag besiegelt war. Und aus der Art, wie der neue Großknecht seine Arbeit anfaßte, schloß er auch heute, daß wohl Verlaß auf ihn wäre.
Kasjen aber spürte, daß eine andre Luft hier wehte als daheim bei seinem Bauern. Der hatte mit seinen Leuten

den ganzen Tag gearbeitet, und wenn sie sich auch ihrer untergeordneten Stellung durchaus bewußt blieben, so war doch eine gewisse Vertraulichkeit zwischen ihnen, und ihre Abhängigkeit bedeutete zugleich Dazugehörigkeit. Hier jedoch stand ein herrschgewohnter Mann, groß und stämmig, mit lässigen Bewegungen, nicht unfreundlich, aber kurz angebunden und Abstand wahrend, und die stahlblauen Augen in dem etwas verkniffenen Gesicht blickten unpersönlich und abschätzend. Die Menschen sind verschieden, dachte Kasjen, wenn ich meine Arbeit tue, kann er mir ja nichts anhaben.

Seine Arbeit war für Kasjen immer der beste Teil des Tages gewesen. Bedächtig wie sein Gang war auch sein Schaffen, aber Müdewerden kannte er nicht. Er arbeitete unverdrossen und mit Hingabe, das lag ihm vom Vater her im Blut.

Was hier auf der neuen Stelle anders und schwerer war, wurde ausgeglichen durch die größere Selbständigkeit, die ihm zufiel. Denn der Bauer begnügte sich damit, einmal hier und da nach dem Rechten zu sehen und sich um das Geschäftliche zu kümmern. Daß alles in Stall und Scheune und auf Feld und Weide seinen geregelten Gang nahm, dafür stand ihm der Großknecht grade. Kasjens schwerfälliger Art machte diese neue Verantwortung erst zu schaffen, und er hatte kaum Zeit und Sinn für andre Dinge. Göke, der Kleinknecht, fragte Harm Puls, den Arbeiter, der ständig half, was er von dem Neuen hielte. „He is man still.“ „Och,“ meinte Harm Puls, mit den Tieren spräche er, und das wäre immer ein gutes Zeichen.

Ja, für Kasjen waren zunächst einmal die Tiere da: das schöne, gepflegte, schwarzbunte Vieh — dreißig Stück waren es, das Jungvieh noch nicht eingerechnet — es war eine Lust, über so einen glatten, warmen

Körper zu streichen! „Ji bünt goot dör de Winter komen!" lobte er.

Und die acht Pferde — wie stattlich sie waren! Mit Behagen sog Kasjen die Luft des Stalles ein, und seine Hand klopfte und tätschelte alles Fremdsein hinweg.

Erst beim Mittagessen sah er sich die Leute richtig an, mit denen er nun zu tun hatte. Zwar hielten Wurzeln und Speck durchweg seinen Blick fest, er hatte Hunger, und er aß ausgiebig und mit Bedacht, wie Göke, der Junge, freudig feststellte, weil sie alle satt sein mußten, wenn der große Knecht aufhörte — aber zwischendurch liefen seine Augen kurz zu den einzelnen hin, die da mehr oder weniger schweigend aßen.

Die Große, Rötliche, hatte Sommersprossen, sah er, doch ihre Hand wurde schnell mit der Gabel fertig; so sollte sie auch wohl mit der Heugabel zugange sein. Was für rote Backen die Kleine hatte, wie das ewige Leben sah sie aus!

Amke lugte verstohlen in die Runde, wie langweilig sie heute alle waren! Dieser Großknecht vergaß wohl das Sprechen ganz, wenn er aß! Sie blinzelte dem Jungen zu, der tapfer in sich hineinstopfte. Da blies er die Backen auf, und weil er den Mund voll hatte, platzten ihm die Lippen mit einem kleinen Knall voneinander, so daß er erschrocken die Hand dagegen schlug. Amke lachte laut heraus. Nichts konnte ihr Lachen hemmen, wenn es einmal herausgefordert war, es hüpfte eine ganze Tonleiter herunter in die Stille hinein.

Und es war so ansteckend, daß Göke sich ums Haar verschluckt hätte. Harm Puls grinste. Fentje gab ihr einen Rippenstoß, aber um ihren breiten Mund zuckte es auch.

Kasjen schmunzelte: „Jüffertje, Jüffertje!" Und seine

Augen blieben in zwei kleinen Gruben hängen, die plötzlich in den roten Wangen saßen.
„Wat hest to lachen?" fragte Fentje.
„Dat sünd noch en paar Spölkalver," sagte Harm Puls.
Aber das ging Göke doch gegen die Ehre seiner siebzehn Jahre, und er bemühte sich, ein ehrbares Gesicht aufzustecken.
Amke jedoch sah vergnügt von einem zum andern: „O ha, wat muß ik lachen!"
Unvermerkt hatte die Heiterkeit bei ihnen Platz genommen, und sie verdrängte schnell die Fremdheit, die noch zwischen ihnen gehangen hatte.

IV

Warm und behaglich war es im Kuhstall, und der Tierkörper war noch weicher als die blauweißleinenen Kissen des Bettes, das Amke so früh verlassen mußte. Sie hockte auf dem Dreibein, den Eimer zwischen den Knien, und lehnte die Stirn gegen den schwarzbunten Leib, während ihre Finger gemächlich Strahl um Strahl dem prallen Euter entzogen.

Amke gähnte — huja — so eine Nacht war auch zu kurz! Wenn man so richtig im schönsten Schlaf war, dann hieß es: heraus! Fentje, ihre Bettgenossin, gab nicht Ruhe, nicht einmal mehr umdrehn durfte sie sich. Ach — schlafen können, so lange man mochte — stundenlang, einen ganzen Vormittag —!

„Büst du nu rein un dall mall, Wicht?" war plötzlich Fentjes Stimme hinter ihr. „Lettst de Melk ja vörbilopen!"

Erschrocken fuhr Amke hoch und plierte in die Stalllampe: „Wat —?" „Büst ja wall weer inslapen — kiek doch hen!" schalt die Großmagd. Wahrhaftig, über die roten Steine sickerte eine kleine weiße Rinne. „Inslapen — du!" entrüstete sie sich. Sie hatte nur die Nase in das weiche Fell genüsselt, und darüber hatte sie den Eimer unten vergessen.

„Nu man los!" trieb die Große; sie hätte schon ein paar Tiere mehr gemolken, sie wollte nicht auch noch Amkes Arbeit tun, dann sollte die Frau nur merken, daß sie noch nicht fertig wäre.

„Jees ja, blot noch de Swarte!" Amke nahm Eimer und Dreibein und setzte sich unter die nächste.
„Paß up, de stött licht!" Damit ging Fentje den Kuhgang herunter ins Hinterhaus.
„He — stött nich!" Amkes Hand fuhr sachte über den Hals des Tieres. „Stöttst nich, olle Swarte, wat?" Ein kurzes Muh antwortete ihr, und der Kopf machte eine Bewegung nach ihr hin. „Kennst mi doch wall, wat?"
Die olle Swarte war offensichtlich angetan von dieser Stimme, die in kleinen, törichten Sätzen auf sie einredete. Sie vergaß ganz, sich gegen den ihr sonst verhaßten menschlichen Zugriff zu wehren, obwohl die Hände plötzlich beschleunigt losstripptеn: „Man gau — anners schellt unse Frau — olle Swarte — olle Swarte —" summte Amke den Takt zu ihrer Arbeit, unklar lassend, wen sie damit meinte.
Der Großknecht Kasjen, der den Jungtieren zu trinken gab, hörte das mit an: „So'n Kindskopp!" lachte er in sich hinein; doch für die Tiere hatte sie was über, stellte er fest.
Andern Tags wurde das Vieh auf die Weide getrieben. Es war schon Ende Mai, und erst jetzt wurde das Land einigermaßen grün. Alles war spät in diesem Jahr, der lange Winter hatte die Vorarbeiten weit hinausgeschoben. Nun mußte viel aufgeholt werden. Wohl stand die Milchwirtschaft im Vordergrund, doch es gab immerhin auch Land zu bestellen. Der Hafer hätte schon gesät sein müssen, sagte der Bauer zu Kasjen und Harm Puls, sie müßten sich dran halten.
Kasjen bewunderte den alten Arbeiter, der mit zäher Gelassenheit den schmierigen Kleiboden meisterte.
Er wäre ja darauf groß geworden, tröstete er Kasjen, als er merkte, wie der Jüngere oft die Zähne zusammenbiß ob der ungewohnten Anstrengung. „Langsam an, anners lett he sük neet dwingen, de Grund."

Amke mußte Harm Puls Kartoffeln pflanzen helfen. Arbeit, die in Gesellschaft getan wurde, war ihr nicht unlieb. Sie hatte noch nicht viel Worte von dem Alten gehört, bei den Mahlzeiten war er schweigsam. Amke aber unterhielt sich für ihr Leben gern, und alles, was den andern betraf, war ihr wissenswert.

„Wo olt büst du al?" eröffnete sie das Gespräch.

„O, — al over seßtig."

Sie musterte ihn, der, über den Spaten gebeugt, noch krummer erschien als für gewöhnlich: ja, der Kranzbart war grau, sogar die buschigen Augenbrauen sahen greis unter dem Rand der verwitterten Mütze weg. „Ja, ja," sagte Harm Puls und schob seinen Priem auf die andre Seite. „Nu smiet man in!"

Amke warf gehorsam ihre Kartoffel in den Spalt, den sein Spaten, der schräg in die feuchtschwere Erde stach, offen hielt.

„Du büst nich völ groter as ik," stellte sie dann fest.

Harm setzte den Fuß kräftig auf den Spaten: „Nee, ik waß al na unnen as en Koohsteert."

Amkes Lachen flog wie ein zwitschernder Vogel durch den Morgen. Sie warf den Kopf in den Nacken, und die frühe Sonne lachte mit.

„To, Wicht, wieder!" sagte Harm Puls, aber die vielen Falten seines mageren Gesichts zuckten doch verdächtig. Wann rief ein Spaßwort von ihm auch solche Wirkung hervor?

Die Kartoffel plumpste in den Spalt. „As en Kohsteert —!" lachte Amke, während sie vergnügt und rechtzeitig die nächsten Kartoffeln einwarf. Dabei fiel ihr auf, daß die Löcher sich von selbst schlossen.

„Ja," gniffelte der Alte, „dar sitt Leben in de Grund."

„Bi uns nich," sagte Amke.

„Nee, upt Sand —" knurrte er verächtlich.

„Och," kam sie hoch, auf dem glidderigen Klei könnte man ja gar nicht richtig gehen, sie wäre lieber auf Sandboden. Daran gewöhne man sich, meinte Harm. „To — insmieten!"

So sorgte Amke für Unterhaltung und der Alte dafür, daß die Arbeit nicht abriß. Im Grunde lauschte er ganz gern auf diese frische junge Stimme, die der gewohnten Eintönigkeit den Garaus machte. Daß sie immer wieder was wußte, wunderte er sich, er wüßte wahrhaftig nicht, worüber er noch sprechen sollte.

Amke aber mußte allem, was ihr durch den Sinn schoß, Ausdruck geben, und was über die Brücke ihrer Augen und Ohren in sie einging, war stets eines Wortes wert. „Kiek, en Vögel!" rief sie, und für den Augenblick gab es nichts als dies vorüberfliegende Wesen, dem sie hingegeben nachschaute.

„Laat hum," brummte Harm Puls, „wieder, Jan Snieder!"

Und ebenso bereit folgte sie dem Ruf, der sie an die Pflicht zurückrief. „Wieder, Jan Snieder!" mußte sie erst noch das alte Reimwort nachkosten und herzhaft belachen.

Auf die Dauer aber fand der Alte dies Hin und Her doch reichlich anstrengend. „Wicht, du prootst eene ja duddig," sagte er, „nu wees ins en Settje still un do wat!"

Ein Weilchen schwieg Amke wirklich, bis ihr einfiel: heute Mittag gäbe es Milchbrei.

„Labberkram," murrte er.

„Nee, lecker!" freute sie sich und fing an, ihre Leibgerichte aufzuzählen, und er konnte nicht umhin, ihr jeweils zu widersprechen oder zuzustimmen.

„Dat Wicht kann prootjen," sagte er nachher zu Kasjen, „de geiht de Mund as en Lammersteert!" Und Kasjen meinte, das hätten Frauleute wohl so an sich, besonders, wenn sie noch so jung wären.

Es war Sonntag nachmittag. Die Marsch lag in ihrem grünsten Kleid unter einem grauen Himmel und lauschte der Stille, die auf Feiertagsschwingen einherflog.

Kasjen Kasjens hatte einen Rundgang über die ausgedehnten Weiden gemacht und kam vor einen Graben, über dessen ansehnliche Breite ein Holzsteg führte. Drüben lag das Meedland. Noch ein paar Wochen, dachte er, dann würde hier die Arbeit losgehen.

Er trat auf die schmale Brücke und legte die Arme, die in sauberen blaubunten Buseruntjeärmeln steckten, auf das wacklige Geländer. Seine Augen gingen prüfend über den Graswuchs, und während er mit Genugtuung feststellte, daß sich die Mahd doch besser lohnen würde, als man es angenommen hatte, wenn der Juni nur Wärme und Trockenheit brächte, überließ er sich dem Gefühl, für die nächsten Stunden nichts zu müssen — ein Zustand, den er sich ab und zu mal gefallen ließ. Sein Blick wanderte über die Flächen in dieselbe Ferne, in die am ersten Tag Amkes junger Mut sich lahm gelaufen hatte, und auch er, dessen Augen Tag für Tag an dem hafteten, was seine Hände vor sich zu bringen hatten, sah zum erstenmal bewußt ein Stück Unendlichkeit.

Staunen weitete ihm das Herz, und etwas wie Ehrfurcht stand darin auf: „Land — bit an de Hemel —!" murmelte er.

Er schob die Mütze nach hinten und fuhr sich durch das kurzgeschnittene Haar.

Hier Bauer sein — Jungejunge! Das ist wie ein König — dachte er.

Der Sonntag war ohne Sonne, aber die Luft war seltsam weich und durchsichtig. Lautlos lag die Ebene, der Wind, der sonst hier ungehindert tollte, schlief so sanft, daß man nicht seinen Atem spürte, und Lerchengesang, dem Himmel näher als der Erde, schwang zart klingend in der Luft. Das Vieh war wohl rein der Verzauberung der Stunde erlegen, die schwarzweißen Tupfen leuchteten aus dem satten Grün, als wären sie hineingewachsen.

Ich sollte einmal wieder nach Hause gehn, dachte Kasjen unvermittelt, mal an einem Sonntag. —

Mitten in dieser freien Weite überfiel ihn die Vorstellung von wallumhegten Kampen, von weißen Sandpfaden, von Ackerland hinter hohen Hecken, von Menschen, die zur Heimat gehörten.

Langsam wandte er sich um in die Richtung, wo der Deich das Blickfeld begrenzte. Und ihn kam die Lust an, da hinauf zu gehen. Eine halbe Stunde Weg war es, aber Kasjen brauchte länger mit seinem Schlenderschritt, der zum Sonntag gehörte.

Ach, dachte er, was sollte er auch daheim. Tante Sievertje — ja, nach der müßte er sich mal umsehen, aber sonst . . .

Er beschleunigte den Schritt, um der Stimmung zu entrinnen, die ihn überfallen hatte.

Anders war es da oben auf der Deichkappe, ein frischer Luftzug war spürbar, und alles lag nahe und unverhüllt: das Wasser, das mit flinken Wellen vorbeizog, der Emsdeich gegenüber, an dem Tiere grasten, sogar die Stadt, obwohl sie eine Stunde entfernt war. Der Kirchturm des nahen Fleckens stand hoch über kleinen Häusern, und Mühlenflügel ruhten in der Sonntagsstille. Kasjen sah ein Ziel: der Deich schlängelte sich darauf zu, er brauchte nur seine Füße voreinanderzusetzen, um in den Ort zu kommen, den er noch nicht kannte.

Er hatte das Gefühl, der atembeklemmenden Einsamkeit des Unermeßlichen entronnen zu sein. Da müssen stolze Menschen sein, verstand er plötzlich, die nur achten, wer Herr über weiten Raum ist. Er sah Bauer Esders Augen vor sich: waren sie nicht auch wie diese Ferne?

Da waren links die ersten Häuser der Ortschaft, schier tröstlich wollte ihm ihr nahes Beieinander erscheinen. Es wird Zeit, daß man mal wieder unter Menschen kommt, ermunterte er sich. Er stieg vom Deich herunter und steuerte auf eine der winkligen Straßen zu mit der frohen Neugier dessen, der einen fremden Ort betritt zu keinem andern Zweck, als um ihn kennenzulernen.

Diese Neugier plagte auch die kleine Magd Amke. Sie hielt ja täglich Umschau, und wenn ihr Blick die Bäume der Landstraße entlang wanderte, dann endete er immer bei den vielen Häusern und dem Turm, dessen Dach rund wie ein aufgespannter Schirm war, und den beiden Mühlen, die mit vier Armen winkten. In einer guten halben Stunde konnte man dort sein, wußte sie von Fentje, und sie hatte auch ihr Versprechen, daß sie einmal Sonntags dahinaus keiern würden. Aber die Große war noch nicht soweit gekommen, und soviel Mut hatte Amke nicht aufgebracht, allein den Weg in diese Fremde zu wagen.

Die beiden Mädchen saßen an diesem Nachmittag im Kuhstall, dessen rote Steine vor Sauberkeit leuchteten, dicht bei der Hintertür, die weit offen stand, ein dunkler Rahmen um das Bild einer Landschaft in Grün und Grau, wenn man über das Braun des umfangreichen Misthaufens hinwegsah, der da gleich um die Ecke als Beweis des Reichtums dieses Hofes prangte. Diese frühen Sonntagnachmittagsstunden gaben in der Regel die Zeit her, um die eigene Kleidung und Wäsche in Ordnung zu halten; für solche persönlichen Notwendigkeiten schenkte die Woche keine Muße. Fentje setzte grade einen Flicken auf die stark mitgenommene blauwollene Schürze, während Amke sich mühte, ein großes Loch im Hacken ihres Strumpfes zu stopfen.

Sie müsse die Fäden nicht so fest zusammenziehn, belehrte die Großmagd sie mit einem mißbilligenden Seitenblick. „Dat sücht ja ut —!"

„Och wat!" Amke drehte die beanstandete Stelle flink herum und suchte einen neuen Schaden, nicht ohne erst einen Seufzer nach draußen zu schicken: „So moj un warm —".

Ja, so wäre Schafwolle immer, sagte Fentje.

Amke schmetterte ihr hellstes Lachen heraus.

„Wat lachst al weer?" fragte Fentje.

Schafwolle, kicherte sie, sie meinte doch das Wetter!

„O so!" lachte nun auch die andre. Es wäre bald Melkabend, und dann könnten sie ja mal ins Dorf gehen.

„O ja!" So schnell war Amke wohl noch nie mit dem Melken fertig geworden; sie erzählte es der ollen Swarten und der dicken Bunten und noch einigen andern Kühen, mit denen sie besondere Freundschaft hielt, daß sie gleich ausgehen würde. Sie flocht sich auch auf Fentjes Geheiß noch einmal den dicken Zopf, aus dem sich gleich wieder kurzes Geringel freimachte. Und dann zogen beide ihr Jackje an und banden die Sonntagsschürze über den Fiefschaftenrock, der in vielfachen Kräuseln bis auf die blanken Schuhe herabfiel. So zogen sie los.

Amke sah vergnügt zu der Großen auf, die sie um einen guten Kopf überragte.

„O!" rief sie und zeigte auf eine Kette aus blauen Glasperlen, die ihr plötzlich in die Augen schien. Fein — drei Reihen und ein goldenes Schloß! So eine möchte sie auch haben!

„Ja," lachte Fentje, „mußt sehn, dat du en goode Gallmarktsbrügen kriggst!"

Amke funkelte der Spaß aus den Augen: ob denn schon bald Gallimarkt wäre.

„He, Wicht, wenn Oktober is —" klärte die andre sie auf.

„Dat is noch lange hen, wat? Man ik frei mi dar nu al up!" rief Amke.

Sie kamen an die Straße, und die Kleine dachte an den Tag, da sie hier von Martens Wagen abgestiegen war. Wenn sie nach rechts abbogen, kamen sie zur Stadt. Schade, daß das so weit war!

„Wat wullst du dar denn?" wollte Fentje wissen.

Da wäre ihre Schwester in Ellermanns Gasthof, meinte sie. Die könnte sie doch mal an einem freien Sonntag besuchen, sagte Fentje.

„Ja —" kam es zögernd, „man allennig "

Fentje lachte: „Büst du dann noch en Puppke, dat di eene bi de Hand faten mutt?"

„Nee!" Amke warf den Kopf zurück, ihr war, als ob sie zusehends wüchse: warum sollte sie das nicht können, sie brauchte keinen zu fragen, dabei hatte ihr auch die Frau nichts zu sagen! Berauschend war diese Erkenntnis des Selbständigseins, und mit federndem Schritt ging sie vorwärts.

Sie kamen an die ersten Häuser. Der Ort war nicht groß, er hatte aber immerhin ein paar gepflasterte Straßen.

Es war allerhand Jungvolk unterwegs, sie hatten so ihre verschiedenen Treffpunkte. Auf der Brücke über dem Tief stand eine Gruppe Burschen; sie redeten laut und prahlend, als die beiden Mädchen vorübergingen, und einer rief etwas hinter ihnen her.

„Wat see de?" fragte Amke und sah sich verstohlen um.

„Och, lüttje Knechten! Mußt di nich um kümmern!" sagte Fentje wegwerfend.

Sie streiften durch die schmalen Straßen, hier und da blieben sie vor einem Ladenfenster stehen, das kaum größer als die übrigen, aber meist vorgebaut war. Amke bewunderte buntgeblümte Stoffe, die als städtische Mode schüchtern Eingang suchten.

„Dat is nix för unsereen," tat Fentje sie verächtlich ab, die wären viel zu dünn, es ginge nichts über Selbstgesponnenes und Gewebtes.

„Mag wall —". Amke stach das Rosenmuster doch mächtig in die Augen, Sie möchte wohl solch ein Kleid haben!

„Moin, Fentje!" rief es hinter ihnen. Es gab eine laute Begrüßung mit ein paar stattlichen Mädchen, die in der Umgegend dienten. Und nachdem Amke als die neue lüttje Maid, der doch mal etwas gezeigt werden müßte, vorgestellt war, zogen sie zu vieren eingehakt weiter. Sie kamen an ein Siel und in eine Straße, die nur an einer Seite Häuser hatte, deren Giebel wie freundliche Gesichter mit blanken Augen aufs Wasser schauten. Denn drüben lag der Emsstrom in seinem breiten Bett, und einen Arm streckte er bis an die Sielmauer aus, um auf ihm kleine Fahrzeuge dicht an den Ort heranzutragen, Kähne mit Torf und Gemüse und Fisch. Das wäre die Muhde, sagte Fentje und wies auf den Emsarm.

Amkes Augen fuhren lebhaft hin und her. Eine Ziegelei und gegenüber noch eine und soviel Steine am Ufer aufgestapelt! Die würden alle verkauft, wurde sie belehrt, und dann kämen Schiffe und holten sie weg. „Dar kummt al en Schipp!" rief Amke, und die Mädchen lachten: „Dat is ja dat Fährboot, dat brengt de Lü van een Siet na de anner!"

Amke hatte schon wieder etwas entdeckt, sie stieß Fentje an: „Kiek, dar steiht Kasjen!"

„So? Laat hum doch," tat Fentje gleichgültig, und es fiel keinem auf, daß ihre roten Wangen sich einen Ton dunkler färbten.

Kasjen hatte schon eine Weile auf der grünen Böschung gestanden, es war unterhaltend, dem Wasser zuzuschauen, das, wie der Fährmann ihm erzählte, eben den tiefsten Ebbestand hatte und nun unaufhaltsam die Schlammstreifen der Ufer, die es für geraume Zeit preisgegeben hatte, wieder in Besitz nahm. Hier und da kreuzten Segelboote, die bei dem schwachen Wind kaum von der Stelle kamen, sie wollten wohl nichts weiter als dahintreiben zwischen Himmel und Flut.

Kasjen ging das gegen seine tatfrohe Natur; ihm sagten mehr die Ruderboote zu, die mit jedem Schlag ins Wasser ein Stück vorwärtsschossen. Er schlenderte nach dem Steg hin, an dem das Fährboot anlegte.

Da kam einer von den Aussteigenden gradewegs auf ihn zu: „Kasjen, büst du dat?"

„Ja," sagte Kasjen und freute sich nicht wenig, als er Lammert Lammers erkannte, der ihn damals überredet hatte, in die Marsch zu gehen. Ein Stück Heimat stand unvermutet vor ihm.

Ob er nach Hause gewesen wäre, wollte Kasjen wissen. Nein, sagte er, nur nach der andern Seite der Ems. Aber vor ein paar Sonntagen. Kasjen war ganz Aufmerksamkeit: „Wo was dat dar dann?"

„Will ik di vertellen, kumm man," Lammert war ebenso froh wie er, „wi drinken en Lüttje mitnanner!"

Sie gingen nebeneinander dem Ort zu, und Kasjen sah die Mädchen gar nicht, an denen er dicht vorbei schob. Vielleicht tat er auch nur so, weil es ihm peinlich war, sie anreden zu müssen.

Amke war enttäuscht; sie hätte für ihr Leben gern ge-

wußt, wer der fremde Mann war, mit dem der große Knecht so bekannt tat.
„Gott," sagte Fentje, „de kennt doch ok Lü! Dat geiht uns ja nix an."
„Warum nich? Ik mag gern alls weeten!" verteidigte sich Amke.
„So?" lachte die andre, „dann will ik di man seggen, dat wi bi lüttjen na Huus hen mutten!"
Auf dem Heimweg malte die Kleine sich aus, wieviel schöner das Leben wäre, wenn man als Bauernfrau auf die Welt gekommen wäre. Dann würde sie immer bloß tun, was sie wollte.
„Ik bün bange, dann deest du nix!" meinte Fentje trocken. Sie stritt das gar nicht ab: was brauchte man denn auch viel zu tun, wenn man zwei Mägde vor sich hätte.
„Man unse Frau deit doch alltied wat," warf Fentje ein.
„Ja, unse —", sie warf verächtlich die Lippen auf, so eine wollte sie auch nicht sein!
O ha, lachte Fentje, dann möchte sie nicht bei ihr dienen!
Wieso? wunderte sie sich, bei ihr sollten es alle gut haben! Fentje schüttelte den Kopf über solche Gedankenflüge, sie befaßte sich nicht mit so abwegigen Wünschen.
Kasjen und Lammert Lammers saßen bei Ülderk Pruin in der Gaststube, wo allerlei Jungvolk einen freien Sonntag zu beschließen pflegte. Es war schon dämmerig drinnen. Das alte Wirtshaus, das letzte in der Häuserreihe der Straße, stieß an den Deich und schaute nur mit dem Dach über ihn hinweg, während es im übrigen seinen Schutz, aber auch seinen Schatten genoß.
Kasjen war zum erstenmal hier, er kannte keinen von denen, die den Raum füllten. Lammert jedoch hatte manchen Anruf zu erwidern, er war schon länger in

der Gegend, war auch von sich aus schneller geneigt, Bekanntschaft zu schließen. Obwohl Kasjen begierig war, Nachricht von daheim zu hören, wartete er schweigend, bis der andere von selber anfing: „Ja, Kasjen, bi jo in Hus word dat nu ja gau anners —".

„Dat sall wall —". Kasjen hob bedächtig das Glas und nahm einen Schluck von dem Krüden; seines Vaters Haus stand mit einem Schlag zum Greifen deutlich vor ihm.

Ja, sagte Lammert, Freerk wolle ja heiraten. Oder besser gesagt, Gerdje Hook wolle das!

Der Krüden war verdammt scharf, das brannte bis in die Brust hinein.

Mitten im Trauerjahr? fragte Kasjen.

Ach — das bliebe sich ja wohl gleich, begütigte der Freund.

So war das also, so schnell hatte Kasjen nicht damit gerechnet. Arme Tante Sievertje! Sie würde da dann nichts mehr zu suchen haben, und — er auch nicht.

Lammert erzählte, daß er selbst auch zu heiraten gedenke.

„Wat?" Kasjen sah ihn überrascht an.

Da setzte er ihm auseinander, daß er schon länger mit einer weitläufig Verwandten versprochen wäre, deren Vater eine kleine Moorstelle hätte, und da der Alte an der Gicht litte, wäre es für alle Teile das beste, wenn er, Lammert, seines Schwiegervaters Nachfolger würde.

Das war viel Neues auf einmal. Kasjen wiegte den Kopf: Im Moor? Wenn ihm das man zusagte!

Zusagen? meinte Lammert, dann hätte er was Eigenes!

„Ja," murmelte Kasjen, „wat Eegenes —".

„Dar will wi noch eene up drinken!" rief Lammert fröhlich, und in seiner munteren Art sprach er nun von der Arbeit, die ihn dort erwartete, die nicht leicht sein würde, da es noch viel Land zu kultivieren gäbe. Aber

man schaffe ja dann für sich selber, und wem es auf Schweißtropfen nicht ankomme, der könne es zu etwas bringen.
Kasjen hörte zu, wie man sich anhört, woran man unbeteiligt ist. Er kippte den Krüden, den Lammert neu bestellt hatte, herunter, er hatte das Gefühl, er müsse etwas wegspülen, was da irgendwo quälend in ihm saß.
Vielleicht käme er ihm noch einmal nach ins Moor, scherzte Lammert.
Da lachte er kurz und trocken: „Nu schei ut!"
„Warum nicht?" Lammert setzte ihm auseinander, daß es nicht so schwer sei, im Moor zu etwas Eignem zu kommen. Allerdings — etwas Kapital gehöre dazu, wenn man nicht das Glück habe, einheiraten zu können.
„Denn hest du dat raakt!" nickte Kasjen.
„Meen ik ok!" lachte Lammert und stand auf, er hatte noch einen Weg vor sich.

V

Wenn die beiden Mädchen abends in ihre Butze krochen, dann fielen ihnen die Augen meistens schon zu, während die Hände noch das schwere Federbett zurechtzogen.

An einem Sonntagabend aber saß die junge Amke aufrecht in den Kissen und sprach auf Fentje ein, die kaum noch zuhörte. Das kam, weil die Große heute fortgewesen und erst gegen Abend zurückgekommen war, vollbepackt mit Grüßen, Neuigkeiten und Erzählungen aus dem heimatlichen Dorf.

Den ganzen Tag hatte das Heimweh in ihr gebrannt, das jäh über sie kam, als die andere in der Frühe den weiten Weg in Angriff nahm, den sie jetzt — es war zwischen Heumahd und Kornernte, wo die Tage lang waren — am besten bewältigen konnte. Amke war wie verloren durch die Stunden gegangen und hatte so still und bedrückt an der Mittagstafel gesessen, daß Kasjen geschmüstert hatte: „No, Jüffertje, hest heelkien Sönndagsgesicht?" Da waren ihr ein paar dicke Tränen über die Backen gekugelt, daß Göke, der Kleinknecht, erst vor Staunen vergessen hatte, den Happen in den offenen Mund zu schieben.

Mit dem sinkenden Tag aber trieb die Erwartung ihr den Trübsinn aus, und die Frau mußte ein paarmal schelten, weil sie von der Arbeit weg vors Haus lief, um zu sehen, ob noch niemand den Weg daher käme. Und dann war sie kinderselig in den dämmernden

Abend hinein ihr entgegengerannt: „Büst ok bi mien Moder west?"

Ja, Fentje hatte auch ihre Mutter besucht, die so froh gewesen war, endlich ausführlich von ihrer Jüngsten zu hören, denn Schreiben war ein mühseliges Werk, das man denen überließ, die Geschick und Zeit dazu hatten. Aber ein Paar Strümpfe hatten ihre fleißigen Hände nach der harten Tagesarbeit noch aus selbstgesponnener Wolle zustandegebracht, darüber freute sich Amke mehr als über das blaue Garn, aus dem sie selber ein Paar stricken sollte. Als jedoch Fentje ihr ausrichtete, daß sie, Amke, an ihrem nächsten freien Sonntag, wenn das Korn herein wäre, zur Schwester Aaltje in die Stadt kommen und dort auch die Mutter vorfinden sollte, da faßte der Jubel sie wie ein Wirbelsturm, und sie drehte sich um sich selbst, daß die Röcke flogen.

Und die Aussicht auf das bevorstehende Ereignis ließ sie hell wach im Bett sitzen und Fentjes „Still, Wicht, nu slaap! Mörgen is froh Dag!" über den Haufen reden, bis ein Schnarchton neben ihr sie endlich verstummen ließ.

Es wußten bald alle im Hause von der großen Reise, die die kleine Magd vor sich hatte; wie hätte ihr Mund verschweigen können, wovon ihr Denken ausgefüllt war. So ausgefüllt, daß die Tagesarbeit kaum noch Platz darin hatte.

Es war ein Glück, daß Fentje für sie mitdachte und sie am Zügel hielt und zurechtruckte, wenn sie gar zu unbeschwert an der Pflicht vorbeilief oder sie in Trab brachte, wenn das Tempo allzu langsam wurde. Sonst hätte die Frau leicht noch ein Hindernis vor den Sonntag gestellt.

Die andern aber hatten ihren Spaß an dem Kind, das sich so hemmungslos freuen konnte.

„Heel na de Stadt?" neckte Kasjen, „wenn du dann man nich in de Sloot löppst!"

„Un wenn du dar man hen finnst!" setzte Harm Puls hinzu.

„Ha!" lachte Amke, „ik hebb ja en Mund!"

„Weet Gott," gab der Alte zu, „de hest du!"

Als sie am Sonnabend vorher beim Mittagessen saßen, sagte Kasjen: wenn sie früh genug aufstehn könnte und gut zu Fuß wäre, dann könnte sie mit ihm gehn.

„Wat wullt du dann?" fragte der Arbeiter.

„Ik will ins weer na mien Volk umkieken," sagte Kasjen.

„O!" Amkes runde Backen wurden noch einmal so rot; ein uneingestandenes Unbehagen angesichts des einsamen langen Wanderns suchte plötzlich das Weite, und an seine Stelle trat ein Stolz: mit Kasjen, dem Großknecht, auf die Reise!

„Dann paß man up, dat du dien Ohren an de Kopp hollst!" gnifflachde Harm Puls.

Kasjen war sich selbst nicht klar darüber, warum er, dem sonst nicht viel an Gesellschaft lag, sich die Kleine als Weggenossin aufhalste. Vielleicht fand er, daß die letzte Weghälfte, die ihm allein blieb, grade lang genug war für die grübelnden Gedanken um dies erste Nachhausekommen, das keinem Zuhause mehr galt.

Die Sonntagsfrühsonne schlief noch hinter weißem Nebel, als der große Knecht und die kleine Magd ihren Wanderweg begannen. Fentje stand und sah ihnen nach und meinte bei sich, daß Kasjen wohl einen ausgewachsenen Menschen neben sich verdient hätte, an den er mal ein vernünftiges Wort loswerden könnte, und daß so ein dummes Ding da ein Glück als selbstverständlich hinnahm, das andern ein Geschenk gewesen wäre.

Amke lief mit eiligen kleinen Schritten neben den bedächtigen Stapfen ihres Begleiters. Er brauchte um Unterhaltung nicht zu sorgen, es bedurfte nur einer Frage nach Mutter und Schwester, um ihrer Erzählerfreude die Tür zu öffnen. Sie hatte eine Art, einen gleichsam bei der Hand zu nehmen und bei dem zu verweilen, was sie beschäftigte, daß Kasjen, dessen Gedanken selten über seine Arbeit, seine Familie und seine Umgebung hinausgingen, sich unversehens in einen Kreis von Menschen und Dingen gestellt sah, die er nie gesehen hatte und die ihm mit einemmal irgendwie bekannt waren.

Er konnte nicht umhin, ab und zu mit einem Blick ihr Gesicht zu streifen, das so erwartungsfroh leuchtete. „Du Kind," dachte er, „wat kannst du di freien." Und etwas wie Neid wollte ihn ankommen.

Ob sie das fühlte oder ob ihre Neugier sich regte, sie wollte nun wissen, wer ihn denn zu Hause erwartete. Niemand, sagte er.

Sie sah ihn erschrocken an: Niemand? Ob er denn keine Mutter mehr hätte? Er schüttelte den Kopf: Nein, seine Eltern wären beide tot.

„Ocheer —", seufzte sie aus Herzensgrund, „wor geihst du dann hen?" Er gab mit spärlichen Worten Auskunft, ihm war es nicht gegeben, zusammenhängend zu erzählen, schon gar nicht über seine eignen Angelegenheiten. Aber Amke wußte zu fragen, und er, der sonst gegen Zudringlichkeiten sich zu wehren verstand, verschloß sich nicht vor ihrer kindlichenWißbegierde, die ihm natürlich erschien, nachdem sie ihr Denken und Fühlen so unbekümmert vertrauensvoll vor ihm ausgebreitet hatte.

Sie kamen an die Fähre, und sie wunderten sich beide, wie schnell sie den langen Weg hinter sich gebracht hatten.

An dem frühen Sonntagmorgen waren nicht viele Wagen unterwegs, so konnte die große Pünte ruhen, und ein alter Schiffer setzte sie, die im Augenblick die einzigen Fahrgäste waren, in seinem Boot über. Amke stieg ein wenig ängstlich in das schwankende Fahrzeug und hielt sich krampfhaft an Kasjens Hand, die er ihr helfend hinstreckte; allzu nahe schwappte das große Wasser gegen die schmale Holzkante.

„Büst bange?" lachte er.

Sie nickte unsicher: „In so'n lüttje Schipp hebb ik noch nooit in west —".

„Och Wicht," schmunzelte der Alte, „Bootjefahren is doch en Pleseer!" Aber sie ließ die Hand nicht los, bis sie am andern Ufer stand. Da lachte sie befreit: „Man good, dat du bi mi weerst!"

Eine Rührung machte Kasjen das Herz warm. „Ja —", sagte er, als wäre er überzeugt, sie vor Gefahr beschützt zu haben.

Langsam begann der Sonntag, sich auf seinen Namen zu besinnen, eine silbrige Helle quoll aus Osten und durchsickerte den Dunst, der mählich vor ihr entwich. Dächer schimmerten rot fernher über Wiesen. Da war die Stadt, die die Deiche ihnen so lange verborgen hatten, und die baumüberdachte Straße, die sie nun gingen, führte auf sie zu.

Amkes Augen wollten bei all den neuen Eindrücken verweilen, sie blieb stehen und zählte auf, was sie sah: Kirchtürme, Mühlen, Häuser, und ihr Finger wanderte eifrig.

„Ja, ja," sagte Kasjen, „kumm man, wi komen dar ja hen."

Und er fing an, von Ellermanns Gasthof zu sprechen, wo ihre Schwester Aaltje diente; da ginge es zu Gallimarkt hoch her, weil die Bauern dort ausspannten.

Da trat die Freude des Wiedersehens mit Mutter und

Schwester so nahe vor sie hin, daß sie alles andre vergaß und eilig weiterschritt: Gallimarkt — ja, dann hätte Aaltje es so drock, dann gäbe es immer Rotkohl und Schweinebraten mit Kartoffeln — und sie malte aus, was von ihrer Schwester Berichten in ihrem Gedächtnis hängengeblieben war, und ihre Phantasie half dabei nach: „All de Tuffels, de se dann schillen mooten — twee Dage lang, glöv ik — of twee Weeken lang — nix as schillen!" —

„O ha!" Ein breites Lachen ging über Kasjens Gesicht: die Kartoffeln möchte er auch nicht mehr, vierzehn Tage im Wasser! —

Sie sah ihn unsicher an: Nein — dann sollten es wohl zwei Tage sein. —

Die Stadt lag noch im Sonntagsmorgenschlaf. Amke war enttäuscht, daß sie kaum einen Menschen in den Straßen sah. Sie hatte von ihrer Fahrt mit Fuhrmann Martens noch die Erinnerung an geschäftiges Hin und Her, durch das sie viel zu schnell für ihre Neugier hindurchgerattert waren.

„Wat still!" Sie sah sich um: wo die Leute denn alle wären?

„Slapen," sagte er, „is ja Sönndag."

Ob die Stadtjers denn Sonntags nichts zu tun hätten? wollte sie wissen. Nichts — das wollte er nicht sagen, lachte er, aber viel täten sie nicht.

Amke fand die Stadtjers beneidenswert, und sie nahm sich vor, Aaltje genau zu befragen, wie es mit der Arbeit in der Stadt bestellt wäre; es könnte ja sein, daß da nicht dauernd jemand wäre, der einem auf die Finger sähe. Warum sollte sie es dann nicht auch einmal in der Stadt versuchen? Sie fragte Kasjen, was er darüber dächte.

Er sah sie ein wenig verwundert an und meinte, er wäre noch nie vor Arbeit weggelaufen, und arbeiten müßte man überall. Sie hat noch nicht den rechten Ernst, dachte er, wie ein junges Tier ist sie, das noch am liebsten spielt.

Sie kamen nun in die Hauptstraße und Amke hielt Ausschau nach Ellermanns Gasthof.

„Dat is dar sowat," zeigte er, „wor de Frau löppt."

Sie erging sich in Vermutungen, wann ihre Mutter wohl kommen möchte. Und plötzlich rief sie: „Dat is mien Moder ja!" und strahlend ging ihr Blick von ihm zu der Frau, die ihnen entgegenkam.

„Moder" — sie lief hin und hakte sich bei ihr ein, indem sie den blonden Kopf an ihrem Arm rieb. Wie ein Fohlen, ging es Kasjen durch den Sinn, wenn es zum Muttertier kommt.

Über das Gesicht der alten Frau — alt erschien sie ihm, obwohl sie nicht viel mehr als fünfzig Jahre zählte — huschte die Freude, huschte über all die Furchen hinweg, die der Sorgenpflug hineingegraben hatte, und die warmen, mütterlichen Augen rührten Kasjen tief innen an, daß ein wunderliches Gefühl in ihm aufsprang.

„Dat is Kasjen, Moder, unse grote Knecht," plauderte Amke neben ihm, „de geiht ok na Huus."

Nun ruhte der warme Blick voll auf ihm, doch die Stimme klang schüchtern wie bei Menschen, die nie nach ihrer Meinung gefragt wurden: „Dat hett se dann ja raakt, unse Lüttje."

Sie blieben nun vor dem Gasthof stehen, und Kasjen sagte etwas verlegen, daß er noch eine gute Strecke vor sich hätte, nickte freundlich und ging weiter.

„Kasjen," rief es hell hinter ihm her, „bit vannabends!"

Kasjen zog die Stirn kraus und sah sich nicht um; diese Selbstverständlichkeit, die da über ihn verfügen wollte, ging ihm gegen den Strich. „Ik bün ja kien Kinnermaid," knurrte er und stiefelte voran.

Soweit war das ja ganz unterhaltsam gewesen, das wollte er wohl Wort haben, aber zurückkommen wollte er, wann es ihm paßte. Er wußte ja auch gar nicht, wie lange es ihn daheim hielt.

Damit kam ihm wieder ein Grübeln um die Dinge, die er nicht ändern konnte; das ließ ihm die zwei Wegstunden zusammenschrumpfen. Fern zwischen Baumkronen entdeckte er den vierkantigen, schrägdachigen Kirchturm und die Mühle, die immer wieder hinter dichtem Laub verschwand.

Bei der Biegung, die das letzte schnurgerade Wegstück sichtbar machte, blieb er stehen: drüben war die Stelle, die er bis zur letzten Stunde seines Lebens nicht vergessen würde. Wie damals lag die Sonne auf dem Sand, und da aus der flimmernden Weite war es plötzlich hervorgeschossen, das weiße Unglück, das den Tod mit sich schleifte.

Kasjen stand, bis es plötzlich tief tönend durch die Sonntagsstille zitterte. „Unse Klocken," murmelte er; und obgleich er all die Monate nicht bewußt an sie gedacht hatte, kam es ihm jetzt vor, als ob er den Klang lange entbehrt hätte.

Nun machte Tante Sievertje sich auf den Weg zur Kirche, wußte er. Langsam ging er dem Dorf zu, all dem Kirchvolk wollte er nicht begegnen. So würde er denn wohl das Haus verschlossen finden, aber er kannte die Stelle auf dem Balken über der Haustür, wo seit jeher der Schlüssel verwahrt wurde.

Da vor ihm lag alles, was seiner sorglosen Jugend selbstverständlichster Besitz war. Die neuen Eindrücke und die Arbeit der vergangenen Monate hatten sein Denken in Anspruch genommen, jetzt ging es wieder alten Weg und umtastete das Schicksal, das in einem Augenblick den Tod ermächtigte, das Leben zu enterben.

Er kam an den Friedhof, den er früher unzählige Male gedankenlos als Richtweg benutzt hatte. Jetzt betrat er ihn scheu; er nahm unwillkürlich die Mütze ab, als er an das Grab seines Vaters trat. Müßte er nun nicht beten? Aber — was gab es hier zu beten? Das Unglück konnte auch Er da oben nicht mehr ungeschehen machen. Und danken? Wäre es nicht Hohn, hier ein Dankgebet zu sprechen? Kasjen verstand das Beten als eine Art Höflichkeit dem lieben Gott gegenüber, die man ihm bei gewissen Gelegenheiten schuldig war, etwa vorm Essen oder in der Kirche; aber wenn er so grausam schlug, wo man doch nicht sündiger war als andre, konnte er da noch eine Ehrenbezeugung verlangen? In einer trotzigen Aufwallung setzte Kasjen die Mütze wieder auf und verließ den Kirchhof.

Sauber geschnitten war die Hecke, die das väterliche Anwesen umgrenzte, das sah Kasjen auf den ersten Blick, und sonntäglich geharkt war alles, wie es sich gehörte. Das wäre ja auch noch schöner, wenn Freerk sein Eigentum nicht mit aller Sorgfalt behandeln würde!

Sieh, der Apfelbaum hatte sein gutes Jahr, Kasjen bestaunte die Fülle der roten Früchte, die sie Paradiesäpfel nannten. Das gab wieder ein Fest, wenn die gepflückt wurden! Ja, aber er — bekam nun wohl keinen davon.

Er schlängelte sich durch die grünen Kohlstauden hindurch. Da war auch noch ein Beet mit späten Bohnen, die hatte der Vater jedes Jahr mit derselben kindlichfrohen Erwartung gepflanzt: wenn das Wetter wollte, dann gab es nochmal frische grüne Bohntjes, wenn die andern schon geschnippelt im Faß saßen, und wenn nicht, dann waren schlimmstenfalls ein paar Handvoll Pflanzbohnen dran gewagt. Kasjen stellte fest, daß sie noch werden könnten.

Der alte Pflaumbaum da trug mal wieder nicht, den müßte man — ja so, das mußte Freerk dann ja wissen.

Kasjen stand still — was war das mit ihm? Stand er hier in seines Bruders Garten als ein — ja, als ein richtiger Neidhammel? Wozu war er überhaupt gekommen?

Er fuhr sich durch die Haare. Gewiß, das mußte er bekennen: ihm brannte das Herz um diese Heimat seiner jungen Jahre. Aber konnte Freerk dafür, daß er als der Erstgeborne der Glücklichere war? Ein Schamgefühl in ihm rückte langsam zurecht, was durch die Bitterkeit in Wirrnis geraten war. Und so sah er nüchtern der Tatsache ins Gesicht, daß früher oder später unweigerlich der Tag gekommen wäre, den seines Vaters unerwartetes Ende nur vorgerückt hatte, der Tag, der ihn, den Jüngeren, schicksalsmäßig enterbte, nur daß seine leichtherzige Jugend ihn nie in seiner Folgenschwere gesehen hatte. Diese Erkenntnis verdrängte die Unklarheit und Unsicherheit, die auf ihm lasteten, und gab ihm einen gewissen Halt. Und seine Füße, die zögernd die Gartenwege abirrten, setzten sich in Bewegung auf die Haustür zu, deren dunkles Grün wie die Beständigkeit selber in den bunten Herbst hinaussah.

Sie war nicht verschlossen, wie er angenommen hatte, sie stauchte sich nur, wie sie es stets getan hatte, aber sie gab seinem altgewohnten Druck mit dem ihr immer noch eignen Knarren nach.

Von der Küche her klang ihm das Kukerukuu der Turteltaube entgegen, als ob sie nimmer aufgehört hätte zu rufen. Er öffnete die Küchentür, und da saß Tante Sievertje im Hörn, die Füße auf der warmen Stowe, auf den Knien das dicke Bibelbuch. Ihre Augen sahen ein wenig erschrocken über die Brille weg, die nach alter Gewohnheit beim Lesen auf die äußerste Spitze der Nase gerutscht war.

„Och, mien Jung! Du büst dat, Kasjen?"

Überraschung und Freude hauchten einen warmen Schein über die welken Wangen, und die Hände mühten sich umständlich, das schwere Buch wegzulegen, während die Füße in den blauen Socken nach den Trippen fahndeten.

„Blief sitten, Tant Sievertje!" sagte Kasjen und drückte sie in den Binsenstuhl zurück. „Nu hebb ik di in dien Andacht stört. Ik docht, du weerst na de Karke hen."

Sie setzte die Füße wieder auf die von der durchglühten Torfkohle mollig durchwärmte Stowe: „Nee, ocheer, Kind — nee, mi word dat Lopen wat stur van wegen Reemtism, man — ocheer, wat bün ik bliede, dat du der büst!"

Kasjen ließ sich in den Hörnstuhl gegenüber gleiten. War es die Wärme des Herdfeuers, die ihn plötzlich so lind umfing? Es wurde etwas weit und weich in ihm: so würde er nirgends mehr zu Hause sein! „Ja, Tant Sievertje," sagte er, „ik muß doch ins weer na di umkieken. Man nu blief sitten — !"

Unter leisem Stöhnen war sie doch auf die Beine gekommen und schlurte nun nach dem Küchenschrank: „Erst en Koppke Tee, Leeve! Hest al so'n Weg achter di!"

Ihre Fürsorge, die ihm bislang selbstverständlich gewesen war, rührte ihn heute. Und es erschien ihm undenkbar, daß Freerk die alte Frau aus dem Hause gehn ließe. Er fragte nach dem Bruder. Und indem sie dicke Schnitten von dem selbstgebacknen Schwarzbrot abschnitt, fing sie an, von dem zu erzählen, wovon ihr das Herz voll war: daß Freerk nicht einmal das Trauerjahr abwarte, daß Gerdje Hook ihn so bald herumgekriegt und ihn um seinen klaren Verstand gebracht hätte,

so daß er sie nun heiraten müsse. Das wüßte jeder, daß sie es nur darauf angelegt hätte, und Freerk hätte längst seinen Verdruß darüber. Aber nun wäre es zu spät, und wenn sein Vater sich auch im Grabe umdrehte!
Sie schnitt mit zitternden Fingern an dem alten Käse herum, mit dem sie sein Brot belegen wollte.
„Und du, Tant Sievertje? Kummst du mit Gerdje Hook ut?" fragte er.
„Nee," sagte sie aus Herzensgrund, die hätte kein Herz für alte Leute.
„Man Freerk —" wollte Kasjen einwenden.
Freerk wäre gut, sagte sie, der würde sie nicht vertreiben. Doch ihretwegen sollte kein Unfriede ins Haus kommen.
Kasjen trank bedächtig seinen Tee aus, aber obwohl er süß war von dem dicken Kluntje, den Tante Sievertje liebevoll ausgesucht hatte, blieb ihm ein bittrer Geschmack zurück.
„Du büst doch unse Moder west —!" sagte er leise.
Da fingerten ihre Hände an der blaugestreiften Schürze herum, und ohne Rücksicht auf ihre gesteifte sonntägliche Frische knüllte sie sie vor den Augen zusammen und ließ ihrem Kummer freien Lauf.
Unermüdlich rief die Taube, als wollte sie keine Stille aufkommen lassen.
Kasjens Blick glitt über all die bekannten Dinge, die die Küche füllten und blieben auf dem dicken Buch haften, das neben dem Brot auf dem Tisch lag.
„Dat Gott di dat andeit," sagte er unvermittelt, „du büst doch alltied so froom west —"
Die Alte wischte mit der Schürze die feuchten Spuren von den Wangen und sah ihn groß an.
„Ja," sagte sie, „dar hett he wat bi. Ik bün bange," stieß sie heraus, „dit hier alls — un ji darbi — dar hett mien Hart to leep an hangen."

Und mit einer Stimme, die sich selbst überzeugen wollte, sprach sie davon, wie sie in ihrer kleinen Kammer im Armenhaus leichter den Sinn von allem Irdischen frei machen könnte, um sich ganz in Gottes Willen zu geben.

Kasjen starrte vor sich hin. „Dat begriep ik nich," murmelte er. War Gott eifersüchtig? Mußte er immer, wenn Menschen ihr Herz an etwas hängen, dazwischentreten und auseinanderreißen?

„Nee," meinte Tante Sievertje, „dar büst du noch to jung to, dat du dat begriepen kunnst."

Kasjen schüttelte den Kopf. Er fing an, so etwas wie Furcht zu empfinden vor dem da oben, der die Menschen nicht ruhig leben lassen konnte.

Die Alte aber besann sich schon wieder auf ihre irdischen Pflichten: sie wollte man Reis und Rosinen kochen für sie beide, nach dem Essen kämen Freerk und Gerdje. Und sie huckselte in der Küche herum, so schnell ihre steifen Glieder es zuließen.

Kasjen war froh, daß er noch einmal allein durch Haus und Stall und Garten gehen konnte. Ein Verlangen in ihm heischte Erfüllung, und sein nüchterner Sinn gab dem Unklaren Gestalt: was dem Bruder in den Schoß fiel, dafür würde er arbeiten müssen — schwere, lange Jahre. Ihm fiel Lammert Lammers ein, der war nun bald soweit, dem gab das Glück die Hand, und er brauchte nur zuzupacken. Das gab es also auch. Aber daß etwa an seinem Wege irgendwo das Glück ihm auflauern könnte, das erschien Kasjen so undenkbar, daß er daran keinen Gedanken verschwendete. Doch er mußte noch einmal mit Lammert sprechen, der hatte immer allerhand Pläne und war um Ratschläge nie verlegen. Und wenn man ihm auch nicht in allem beipflichtete, so wurde man doch nicht dümmer durch solche Gespräche.

Freerk und Gerdje waren erstaunt, aber auch erfreut über den Gast. Der Bruder erschien Kasjen ein wenig scheu, und weil sie beide in ihrer unbeholfenen Art nicht gleich die richtigen Worte fanden, dauerte es eine Weile, bis eine gewisse Verlegenheit überbrückt war.

Gerdje fühlte sich anscheinend schon hier zu Hause, sie holte die Milch aus dem Keller und klapperte mit den Teetassen, die sie dem Küchenschrank entnahm, ohne erst Tante Sievertje zu fragen. Die ließ alles geschehen, als ob es sie nicht anginge, doch ihre Augen verfolgten die Junge auf Schritt und Tritt. Auch Kasjen mußte Gerdje Hook ansehen, ihre kräftige Gestalt, die in der Größe gut zu Freerk paßte, mit den resoluten Bewegungen, ihr frisches Gesicht mit dem etwas scharfen Zug um den Mund, das strohblonde, glatt gescheitelte Haar, das in einer dicken Flechte den Hinterkopf bedeckte. Sie wird eine tüchtige Frau, dachte er. Aber trotz aller Freundlichkeit ging eine Kälte von ihr aus, daß ihn fröstelte bei der Vorstellung, sie dauernd um sich zu haben. Kasjen fragte, ob sie von Onkel Tönjes gehört hätten. Ja, sagte Freerk, der hätte bald nach des Vaters Begräbnis geschrieben. Es ginge ihm nicht gut, darum hätte er die Reise nicht machen können. Tante Sievertje kramte in der Tischlade und schob Kasjen einen Brief hin.

„Hier, kannst lesen," sagte sie, „he fragt ok na di."

Er studierte die krakeligen Schriftzüge, denen man ansah, wie schwer sie dem Schreiber geworden waren. „Was will Kasjen nu?" stand da, „muß er weg oder bleibt es so?"

Da schoß es wieder heiß in Kasjen hoch, und er spürte eine Abneigung nicht gegen den Bruder, aber gegen das Mädchen, das da so fremd zwischen ihnen war und das die heimelige Wärme des Zuhause nicht zu hüten wissen würde.

Kasjen sagte, daß er noch diesem und jenem die Hand geben wollte, und sie fanden das in der Ordnung. Er aber bog bald in den grünen Weg ein, der ganz um das Dorf herum führte und der das Reich ihrer Kinderspiele gewesen war. Und er sprach nur mit denen, die ihm zufällig begegneten, ein paar Worte und mied die Häuser seiner Bekannten. Denn ihm war nicht danach zumute, viel Rede und Antwort zu stehen.

Die vertraute Umgebung der bebuschten Wälle, der dichten Hecken, die das Weideland schützend einschlossen, der Bäume, deren breite Kronen die Wege lauschig machten, umfing ihn wohltuend, und ihm war, als müsse er sein Herz daran erfrischen, daß es für lange Zeit Kraft gewönne.

Dann ging er nach Hause, um Abschied zu nehmen, weil es Zeit für den Heimweg wurde.

Tante Sievertje sagte leise, er sollte sie auch später nicht vergessen, wenn sie allein wäre.

„Ik vergeet di nich!" sagte er rauh und drückte die alte Hand. Gerdje forderte ihn auf, bald wiederzukommen, als ob das schon ihr Recht wäre. Freerk sagte nichts, aber sein Händedruck verriet, wie er es meinte.

Kasjen dachte daran, wie er das letzte Mal auszog, fremden Verhältnissen, ungewohnter Arbeit und unbekannten Menschen entgegen. Heute ging er nicht mehr in die Fremde, er wußte, daß er drüben auch seinen Mann stand, und mit den Leuten kam er aus. Und doch gehörte er nicht dahin, er hatte kein Recht auf einen Fußbreit des Bodens, den er bearbeitete. Nicht mal von seiner Knechtekammer, die enger und dürftiger war als jeder Raum, den Bauer Esders Pferde inne hatten, konnte er sagen, daß sie sein eigen wäre. Und das war es, wonach seine innerste Natur verlangte, was je länger, je mehr ihm bewußt wurde: etwas Eigenes zu haben, und wäre es noch so klein und bescheiden. Und in aller Aussichtslosigkeit nährte er tief innen ein unvernünftiges Hoffen.

Die Sonne kroch schon hinter die Häuser des Westerendes, als Kasjen durch die Straßen der Stadt wanderte. Da war schon Ellermanns Gasthof, und er spähte, ob die Kleine irgendwo stände und wartete, doch er ging nicht hinein, er hielt sich sogar an der andern Seite. Die sollten nicht glauben, daß er dazu da wäre, das Kind wieder heimzugeleiten.

Aber von Amke war nichts zu sehen.

Er meinte, seinen Beinen stände wohl eine Erholung zu, und er könnte irgendwo einkehren. Doch dann dachte er, auf der Pünte würde er ausruhen können, das Geld wäre zu sparen. So lief er weiter, und die Müdigkeit, die am Ende dieses Tages stand, legte sich um seine Sinne, daß er kaum noch etwas sah und hörte und mechanisch Schritt vor Schritt setzte.

Als er ans Wasser kam, fuhr die Fähre grade vom Ufer gegenüber ab.

Ein goldner Sonnenball suchte dem violetten Dunststreifen, der ihm zwischen Himmel und Erde auflauerte, zu entrinnen, er schoß noch einmal seine gleißenden Speere in alle Richtungen, und einer traf Kasjens Augen, daß er sie schließen mußte.

„Moin, Kasjen —" klang es zaghaft neben ihm. Und als er durch die Lider plierte und abblendend die Hand darüber hielt, sah er einen rotgestreiften Rock leuchten.

„Jees —" wunderte er sich, „wor kummst du miteens her, Wicht?"

Dort am Deich hätte sie gesessen, lachte Amke. Und sie erzählte, daß Mutter und Schwester sie früh auf den Weg geschickt hätten, aber immer hätte der Fährmann die Leute im Boot hin und her gebracht, und da hätte sie nicht gern hinein mögen. Doch nun käme die Pünte, weil ein Wagen wartete, damit hätte sie nun fahren wollen.

„Un do kwamst du dar an," sagte sie, „un do weer ik blide!"

Das Lachen legte sich breit um Kasjens Mund: „Och, du Bangbüx!" „Nu kumm man her!" sagte er, als die Fähre über die roten Steinbrocken des flachen Ufers knirschte, und froh wie ein Kind, das sich beschützt weiß, tuffelte sie neben ihm her auf das geräumige Fahrzeug.

„He," seufzte Kasjen, indem er sich auf die Bank sacken ließ, die an der Seite entlang lief, „van de Beene of is rüsten!"

Ob er müde wäre, fragte sie teilnehmend, und als er nickte, nestelte sie an dem roten Schnupftuch, das sie zu einem Bündel zusammengeknüpft trug und zog ein ansehnliches Butterbrot hervor. „Hier —", sie hielt es ihm hin, „eet man!"

„Nee," wehrte er ab, „ik hebb sülvst wat."

„Man dit is lecker," sagte Amke und sah ihn treuherzig an, daß er unwillkürlich zugriff, obwohl er noch abwehrte: „Eet du doch!" „Ik hebb noch mehr," strahlte sie und holte bereits eine andre Schnitte hervor, in die sie unverzüglich hineinbiß, während sie erörterte, daß Aaltje diese Leckerbissen für unterwegs extra mit Schinken belegt hätte.

„Magst wall?" fragte sie.

„Jungeja," er kaute vergnüglich, „dat kann de Mann wall eten, wenn sien Ollske krank is!"

Einen Augenblick sah sie ihn groß an, dann kam sie dahinter, daß er Spaß machte, und hell klang ihr Lachen übers Wasser, daß der Mann, der seinen Wagen auf die Pünte gefahren hatte, sich nach ihr umsah.

Kasjen schmunzelte. Ihm war den ganzen Tag nicht so leicht zumute gewesen wie jetzt, da die lüttje Magd ihn mit ihrem Brot fütterte.

Doch dann wickelte er seine eigne Wegzehrung aus. „So, dat sall sük ok wall eten laten, hett Tant Sievertje maakt!" Und mit unverhohlener Freude nahm Amke, was er ihr anbot.

„Mm!" lobte sie, „lecker Käse!" und ließ es sich schmekken. Mittlerweile hatte die Fähre angelegt, und während sie an Land gingen, stellte Kasjen fest, daß seine Müdigkeit verschwunden war.

Die Sonne hatte ihr Gold in eine purpurne Hülle gesteckt und glitt hinter die Wand, die in satten Farben aufleuchtete.

Aber die beiden, die heimwärts strebten, achteten nicht darauf. Die kleine Magd, die leichtfüßig dahintippelte, hatte soviel zu erzählen, und der große Knecht, der mit schwerfälligen Schritten neben ihr ging, nahm willig teil an den kleinen Erlebnissen, die ihr dieser Tag gegeben hatte.

VI

Der Oktober kam mit stillen, schönen Tagen. Harm Puls sagte und sprach damit allen aus der Seele: „So'n Gallmarktsweer — dat was Rewe!"

Dabei hatte er eigentlich den bescheidensten Anteil an diesem Fest. Denn während sie alle, die Herrschaft wie das Volk, in der Stadt ihrem Vergnügen nachgingen, mußte er, der Arbeiter, zu Hause bleiben, mußte mit seiner Familie das Füttern und das Melken besorgen und das ganze Anwesen bewachen. Aber dies Gefühl, einen Tag im Jahr unumschränkter Herr des Platzes zu sein und noch dafür einen Extralohn zu bekommen, entschädigte ihn für die Marktfreuden, die ihm entgingen. Darum wurde auch seine nicht so leicht aus dem Gleichgewicht zu bringende Natur alljährlich, wenn der Oktober nahte, von dem Fieber der Vorfreude angesteckt, das die Dienstboten zu packen pflegte, denn für sie war der Gallimarktsmittwoch das Ereignis des Jahres, der einzige arbeitsfreie, dabei fürstlich bezahlte Tag, der ihnen vertraglich zugesichert war.
Drei Tage dauerte der Markt, davon gehörte ihnen der erste, der Tag des Pferdemarkts, an dem die Marschbauern besonders interessiert waren. Am Donnerstag erschienen die Kuhbauern von der Geest mit ihrem Gesinde, weil dann der große Viehmarkt stattfand, und am Freitag kamen die Stadtjer, die Bürger, Arbeiter und kleinen Leute, zu ihrem Recht.

An den Feierabenden und bei den sonntäglichen Zusammenkünften der Knechte und Mägde stand schon lange der immer näher rückende große Tag im Mittelpunkt der Gespräche. Die Gedanken der Mädchen kreisten um den zu erwartenden Marktbräutigam.

Selbst die so gelassene Großmagd Fentje konnte ihre Aufregung nicht verbergen. Sie nahm Amke am Sonntag vorher mit in den Ort, wo sich alle noch einmal trafen, die gemeinsam zu feiern gedachten.

Unter den Knechten ging es laut her. Manche ließen ihrer Vorfreude so die Zügel schießen, daß sie kaum zu bändigen war. Hier und da wagte es einer von den Dreisten, sich an die Erkorene seiner Wünsche heranzupeilen und die Frage an sie zu richten, die jede zutiefst von ihrem Auserwählten sich ersehnte, die Frage, die plötzlich Fentjes Ohr traf:

„Du, Fentje, wullt mit mi Gallmarkt fieren?"

In ihrer Umgebung fuhren alle Köpfe herum: das war Heye Bloem, der Großknecht eines benachbarten Platzes, ein langer, derber Junge, dem die Lebenslust aus den Augen lachte.

Fentje wurde rot, die andern kicherten; ihr Blick fiel auf Kasjen, der nicht weit davon stand, wie immer die Ruhe selber, nur daß das Schmunzeln, das bei Gelegenheiten sein Gesicht gutmütig verklärte, sich heute in seinen Mundwinkeln eingenistet hatte.

Sie warf den Kopf zurück und rief lachend: „Nee, Jung, büst mall!" und zog die Freundinnen mit sich fort, für die dies Erlebnis willkommener Anlaß zu allerhand Neckereien war. Nicht weniger für die Begleiter Heye Bloems, der weit davon entfernt war, diese Antwort tragisch zu nehmen. Denn welches Mädchen zierte sich nicht und tat abweisend in Gegenwart der andern? Er hatte jedenfalls den ersten Schuß nach dem Ziel getan,

ob er ins Schwarze traf, das würde sich schon herausstellen.
Die Mägde verabredeten zum soundsovielten Mal, wo sie sich am Mittwochmorgen treffen würden, und jede versicherte hoch und heilig, daß sie früh genug zur Stelle wäre. Die Knechte aber beschlossen nach altem Brauch, die ihnen gehörende Freizeit, die bereits am Dienstag mit Feierabend begann, nicht etwa sich selber durch einen unnötigen Schlaf zu kürzen, sondern sich in Marsch zu setzen, sobald sie ihren äußeren Menschen feiertägig hergerichtet hätten.
Kasjen gehörte nicht zu denen, die jede Gelegenheit zum Feiern kräftig ausnutzten, aber dem Gallimarkt fern zu bleiben wäre ihm nicht in den Sinn gekommen. Und daß er sich den bestehenden Gewohnheiten fügte, war ihm so etwas wie Ehrensache, gab ihm doch seine Zugehörigkeit zu den Reiderlandjers zum ersten Mal das Recht auf den Mittwoch, und das erfüllte ihn mit Stolz. Noch im Vorjahr, als er mit denen von der Geest am Donnerstag angerückt war, hatte er erlebt, wie ein paar rauflustige Kameraden die letzten Polderjungs, die wohl im Rausch irgendwo die Zeit verschlafen hatten, aufstöberten und verprügelten, bis sie schleunigst den Marktplatz verließen, auf dem sie nichts mehr zu suchen hatten.
Am Dienstag zahlte der Bauer seinen Leuten das ihnen zustehende Marktgeld. Kasjen, der Großknecht, bekam seine drei Taler, die Großmagd Fentje zwei, Amke sowie der kleine Knecht Göke erhielten einen. Das war in ihrer aller Augen ein Vermögen. Wann verfügten sie über Geld zu ihrem Vergnügen?
Amke fragte Fentje um und dumm, was man dafür alles kaufen könnte, und die Große wurde nicht müde, all die Herrlichkeiten, die ihrer warteten, aus der Erinnerung hervorzukramen und im voraus durchzukosten.

Kasjen und Göke aber zogen ihr fiefschaften Packje mit den roten Kragen und Ärmelaufschlägen und den großen blanken Knöpfen an und machten sich auf den Weg. An der Landstraße stieß bald der eine, bald der andre zu ihnen, endlich hörten sie einen ganzen Trupp nahen. Mit Hallo wurde beschlossen, in Tjard Brunkens Gasthof, dem ersten an ihrem Wege, bei einem Pingelsööpke auf Nachzügler zu warten. Alle Wirtschaften, an denen sie vorbeikamen, standen in dieser Nacht dem Jungvolk offen, das seinem Festtag entgegenfeierte.

Je näher der Morgen kam, desto lustiger und lauter wurde die Schar, und als der Tag unter einem wolkenverhangenen Himmel hervorschaute, da hielten singende oder schon mehr grölende Haufen ihren Einzug in die Stadt.

Kasjen war mitten unter ihnen, aber er sang nicht. Er ging neben Lammert Lammers, der sich zu ihm gefunden hatte, und hörte wie aus Fernen dessen Stimme, ohne zu begreifen, was sie sprach. Aber Lammert kannte den Rummel, er hatte ihn schon einige Male mitgemacht und wußte, wie man die Lebensgeister wieder weckte.

So sah Kasjen sich bald irgendwo hinter einer Tasse Kaffee sitzen, und der heiße Trank tat ihm gut. Nachdem der Magen dann noch eine feste Einlage bekommen hatte, war man wieder einigermaßen Baas über sich selbst geworden und fühlte sich den bevorstehenden Freuden gewachsen, die mit einem Besuch des Pferdemarktes beginnen sollten, der so langsam anfing, lebendig zu werden.

Während die Knechte dermaßen gründlich ihre Vorfeier gestalteten, hatten es die Mädchen drock mit Vorbereitungen. Zwar war der Sonntagstaat in Ordnung gebracht, nun wurde er griffbereit gelegt, die trangetränkten derben Halbschuhe dazugestellt, und wer wie Fentje eine Halskette besaß, vergaß nicht, sie aus der Beilade in der Truhe zu nehmen. Amke hätte zu gern gewußt, ob sie solche Kostbarkeit mit ihrem Taler erschwingen könnte, ohne auf alle andern Genüsse verzichten zu müssen. Fentje zuckte die Achseln.

Nachdem sie sich gründlich gesäubert hatten, damit sie am Morgen nicht zuviel Zeit damit verlören, kämmten sie sich mit einem dichten Staubkamm gegenseitig ausgiebig das Haar, was bei der Fülle, die beide in ihren dicken Flechten zu bändigen hatten, lange genug dauerte; dann gingen sie endlich zu Bett.

Aber wer konnte schlafen, wenn solch ein Tag bevorstand? Konnte es nicht geschehen, daß sie nicht früh genug wach würden?

Amkes Mund stand nicht still, sie wollte immer wieder wissen, wer wohl Fentjes Marktbrügen würde. Und die Große lachte: „Och, Wicht, ik will ja heel kiene hebben!" Und dabei war diese Frage stetig in ihren Gedanken, aber sie wollte weder die Furcht noch die Hoffnung, die sich in ihr stritten, wahr haben und machte sich selber ein Unbekümmertsein vor: „Ik maak mi ut kien eene wat!"

„Ok nich ut Kasjen?" fragte die Kleine.

„Ha — Kasjen!" warf sie diese Vorstellung weit von sich, aber sie fühlte ihr Herz gegen die Rippen schlagen.

„Ik mug Kasjen wall hebben!" klang die Stimme neben ihr.

„Och du — du Kindskopp!" fuhr sie hoch. „Du kannst ja noch heel nich mitproten bi sowat!"

Doch Amkes Denken lief schon weiter bunten Bildern nach, die in ihrer Phantasie herumgaukelten.

Und plötzlich rüttelte sie jemand: „Upstahn! To — Slaapdotte!" Und sie konnte es nicht fassen, daß sie wirklich eingeschlafen war.

So schnell war sie noch nie dem Ruf gefolgt, und während sie sonst gern beim Anziehn Zeit vertrödelte, jetzt war sie im Handumdrehn in den Kleidern.
„Wenn du man wullt, dann kannst du wall!" stellte Fentje fest.
Die Arbeit kümmerte sie heute nicht — wann gab es für Dienstboten dies köstliche Bewußtsein, keinerlei Pflichten zu haben, als an diesem einzigen Tag im Jahre?
Es regte sich schon im Hause. Der Bauer und seine Familie hatten ja auch einen festlichen Tag vor sich, aber für sie wurde angespannt, ihnen eilte es nicht so. Fentje und Amke standen Schlag vier Uhr in der Frühe auf der Landstraße und horchten in die Ferne. Und da kamen sie, erst einzeln aus der Nachbarschaft, dann die Gruppen, die sich bereits zusammengefunden hatten.
Fröhliches Stimmengewirr, Lachen und Necken, und schon sangen ein paar Stimmen in den dämmernden Morgen hinein, daß hier und da ein später Stern neugierig durch die Wolken blinzelte, sangen eins der Lieder, die, mehr gefühlvoll als schön, seit jeher der unverwöhnten Dorfjugend Ausdruck ihrer unklaren Sehnsüchte waren:

„Und der Jüngling, der zog in dem Kriege,
und der Jühüngling, der zog in dem Kriehige.
Sag, wann kehrest, sag wann kehrest du zurück-rück-
[rück,
sag, wann kehrest, sag, wann kehrest du zurück?

Wann ich heimkehr, kann ich dir nicht sagen,
wann ich hei-imkehr, kann ich dir nicht sa-hagen,
welcher Tag und welcher Nacht und welcher Stund-
[Stund-Stund,
welcher Tag und welcher Nacht und welcher Stund?"

Amke fühlte sich links und rechts eingehakt und marschierte in einer breiten Reihe den andern nach. Ihre helle Stimme sang mit um die Wette, und in ihr war eitel Frohsinn.

Ab und zu nahte eine neue Schar, ihr Singen war schon bei ihnen, wenn sie noch auf den Kleiwegen der Straße zustrebte. Sie begrüßten sich laut und ausgelassen.

Allmählich verkrochen sich die letzten Sterne. Prüfende Blicke musterten den Himmel und stellten fest, daß es nicht nach Sonne aussähe, aber daß es wenigstens trocken wäre. War doch die größte Sorge gewesen, daß der Festtag verregnen könnte.

Die Fährleute hatten sich auf Hochbetrieb eingerichtet, unter Spaß und Gelächter ging das Übersetzen vor sich, und mit dem anbrechenden Tag hielten die Poldermaiden ihren Einzug in die Stadt, die ihrer als unbedingt in ihr Straßenbild gehörend wartete.

Der Markt, der sich nicht auf den Uferplatz beschränkte, wenn dieser auch den Hauptanziehungspunkt bildete, drückte allen Hauptstraßen, die der Verkehr durchflutete, sein Gepräge auf. Die Bäcker, die Kaufleute, die Gewerbetreibenden, sie alle verlegten heute ihren Laden sozusagen auf den Wandering neben der Haustür, wo sie ihre Waren auf Tischen auslegten oder ihre Erzeugnisse in mehr oder weniger gefälliger Aufmachung darboten.

Die Mädchen wußten, daß das alles besichtigt werden wollte, und weil die Buden und Sehenswürdigkeiten des Marktplatzes noch verhangen waren, widmeten sie die ersten Stunden einem Gang durch die Stadt, natürlich nicht, ohne sich zuvor gestärkt zu haben. Frische Stuten, Honigkuchen und Knappkuchen lockten schon in Mengen, sie wurden an Ort und Stelle verzehrt oder für unterwegs mitgenommen.

Und nun gingen sie wieder Arm in Arm in Reihen, die die Straßenbreite ausfüllten, und die Stadtjers standen vor den Türen und hinter den Fenstern und riefen sich zu: „De Pollermaiden komen!" Und sie lachten ihnen zu, diesen stattlichen, drallen Mädchen, deren stark gekräuselte Fiefschaftenröcke mit den Sammetbandreihen rund um den Saum bei jeder Drehung mitschwangen, deren Jackjes so knapp um die Taillen saßen und deren glattgescheiteltes Haar vom Weißblond über Strohgelb zum Brandrot unbedeckt nur im Schmuck der schlicht aufgesteckten Zöpfe prangte.
Mehr laut als wohltönend schallte es durch die Straßen:

„Schatz, mein Schatz, reise nicht so weit von hier!
Im Rosenga-arten da will ich wa-arten
mein Schatz auf dir, mein Schatz auf dir —"

„Kiek, de Pollerjungse!" riefen die Kinder sich zu.
Ja, da kamen auch sie, von dem Gesang auf die Fährte gelockt. Auch ihre Reihen nahmen die Breite der Straßen ein, aber darin lief mancher unsichere Schritt, und nicht wenigen tat die Stütze von links und rechts gar not. Die derben Gesichter waren gerötet, und die Stimmen klangen schon heiser, aber voll ausgelassener Lust:

„Van Maibörg na Nörtmoo-er
geiht't nett so liek as 'n Snoo-er
Fief Biggen un de Mutt, fief Biggen un de Mutt,
fief Biggen un de Mutt sünd seß —"

Im Takt dazu schwangen Hände dicke Korinthenbrötchen und Speckaale, und zwischendurch wurde mit vollen Backen gekaut.
Vorläufig hielten sich die Geschlechter noch getrennt, nur wenn ihre Wege sich kreuzten, flogen neckende

Worte hin und her. Die junge Amke war ganz durchdrungen von der Lust des Tages. Ihr Körper wiegte sich im Gleichschritt mit den andern, aus ihren Augen lachte die Freude und übersonnte das frische Gesicht, und ihre Stimme jubelte hoch und rein über den vielen schrillen, die die Höhe nicht erklimmen konnten:

„Warum söl wi schei-iden,
wi sünd ja Pollermai-iden,
wi scheiden noch neet un wi meiden noch neet
un wi hebben noch kien Verdreet —"

Sie zogen an Ellermanns Gasthof vorbei, schon von weitem kenntlich an der schier endlosen Reihe von Wagen, die mit hochgestellter Deichsel eng aneinander standen. Hier waren heute die Bauern abgestiegen, in den geräumigen Stallungen war Platz genug für die ausgespannten Pferde.

Amkes Blick suchte Türen und Fenster ab, aber Schwester Aaltje ließ sich durch kein noch so lautes Singen hervorlocken. Wie hätte sie auch nur einen Augenblick aus der Küche weg können, wo alle Hände gebraucht wurden!

Amke drehte sich nach Fentje um, und die nickte verständnisinnig: gleich auf dem Rückweg würden sie beide hier Halt machen.

Ein Trupp Knechte drängte sich einander schubsend an ihnen vorbei. Heye Bloem war darunter, und „Fentje —!" rief er, und sein rotes Gesicht strahlte.

Fentje sang unentwegt weiter, aber die andern kicherten und stießen sie an.

Eine Gruppe Polderjungs stand begutachtend vor einer Ausstellung von Holzwaren, die ein Kuperbaas vor seinem Hause zur Schau stellte. Sie sahen sich nach den singenden Mädchen um.

„Kasjen —" stellte Amke fest und grüßte zu ihm hinüber, der breitbeinig zwischen den andern stand, die mit erhitzten Köpfen Zurufe machten; um seinen Mund lag das behagliche Schmunzeln, das bei ihm die gute Laune verriet.

„Kasjen —" wollte Amke Fentje aufmerksam machen, aber die musterte angelegentlich den Bauernwagen voller Weizenstuten, der auf der andern Seite stand.

So sangen sie bis an den Bahnübergang und bestaunten einen hereinfahrenden Zug, ein Ereignis, das ihrer abgelegenen kleinen Welt noch fremd war. Und weil die Stadt hier allmählich aufhörte, kehrten sie um, bei kleinem würde nun der Marktplatz seine Wunder zu entfalten beginnen.

Bei Ellermanns Gasthof lösten sich Amke und Fentje aus der Schar und steuerten durch einen Seiteneingang auf die Küche zu. Wohlgerüche nahrhaften Ursprungs lagerten bereits in dem langen Gang und strömten warm und berauschend auf sie ein, als sie die Tür öffneten.

Da stand Aaltje mit aufgekrempelten Ärmeln und rührte mit einem mächtigen Schleef den riesenhaften Rotkohltopf durch. Ihre Backen glühten über dem heißen Herd, und ihre blauen Augen lachten den Mädchen entgegen.

„Koomt nader!" rief sie, „gaht dar man sitten!" und wies auf die Bank hinter dem langen Tisch, an dem eine Frau von einem gewaltigen Schinken zarte Scheiben kunstgerecht absäbelte. „Moder!" freute sich Amke.

Das zerfurchte Gesicht hob sich einen Augenblick: „Leeve — dar sünd ji beiden? Sett jo man gau hen! Wi hebben 't drock vandage!" und schon schnitt das Schinkenmesser wieder, von sicherer Hand geleitet, durch die glänzende, weißrote Fläche, während eine stämmige Magd mit dicken, roten Händen Butterbrote strich und belegte.

„Wacht man!" rief Aaltje und schöpfte mit einer Suppenkelle aus einem dampfenden Topf zwei Tassen voll, die sie ihnen hinschob: „Nu verhaalt jo man erst!" Dabei griff sie ein paar der verlockenden Brote vom Teller und legte sie daneben. Und schon füllte sie aus einer blanken zinnernen Krahntjekanne Kaffee in die bereitstehenden Tassen, die von andern dienstbereiten Händen auf großen Tabletten zu den Gästen getragen wurden, die die Gaststuben vorn füllten.

Amke beschnupperte das Getränk, auf dem eine goldgelbe Schicht schwamm: „Mm — Bulljon!"

„Paß up, is heet!" mahnte Fentje.

„Ja," bestätigte die Alte, „verbrannt jo de Tunge nich! Ji hebben ja Tied, vertellt mi man erst wat!"

Sie selber gönnte sich aber keine Zeit, es war ihre Marktfeier, daß sie der Tochter half, die zu ihrem nicht geringen Stolz mit Umsicht und Tatkraft das Regiment in der Küche führte; eben hob sie den Deckel von dem eisernen Topf und begoß und wendete den brutzelnden Schweinebraten, dem ein köstlicher Duft entstieg.

„Naast krieg ji ok en Happke Rotkohl mit Möörbra!" versprach sie den beiden.

Amke bewunderte ihre Schwester und beneidete sie wegen all der guten Dinge, über die sie heute Herrin war; was für ein Stück Arbeit sie in ihrer ruhigen Art bewältigte, kam der Kleinen dabei gar nicht zu Bewußtsein.

Fentje war begierig, von ihren Leuten daheim zu hören, und unter Fragen und Erzählen lief die Zeit dem Mittag zu.

Jetzt mußte Mutter Veerkant dem Riesenbraten, der nicht etwa der einzige seiner Art hier war, zuleibe gehen und ihn in deftige Scheiben zerlegen, die dann mit den Kummen voll Rotkohl und den mehlig gelben Kartoffeln sowie den mit Stipp gefüllten „Soscheeren" zu den Bauerngästen wanderten, für die dies Gallimarktsessen eine alte, sehr geschätzte Überlieferung war.

Die Mädchen aßen mit Andacht, was ihnen vorgesetzt wurde. Schade, daß man nur einen Magen hatte, dachte Amke, als sie mit bestem Willen nicht mehr lassen konnte, und sie wunderte sich, daß Mutter und Schwester nicht mit aßen.

„Kien Tied!" sagten beide, und die alte Frau erklärte, sie nähme sich zwischendurch ihr Teil, während Aaltje behauptete, sie wäre schon von dem Geruch satt.

Das begriff Amke nicht; sie sollte nur an der Schwester Stelle sein, dann wüßte sie schon, was sie täte! Wo soviel Leute zum Arbeiten waren!

Fentje drängte zum Aufbruch. Ach ja — Amke stand schnell auf — der richtige Markt fing ja jetzt erst für sie an, und sie war ganz bereit, im Genießen fortzufahren.

Fast an jeder Straßenecke stand oder saß je nach körperlichem Vermögen ein Drehorgelmann und tat das Seine, um die festliche Stimmung zu steigern. Und dann umfing sie das Gewühl des Marktplatzes. Die kleine Budenstadt, die sich rings um die ehrwürdige Waage aufgebaut hatte, lief mit schmalen Gassen bis an das Ledaufer. Sie wurde zunächst in all ihren wunderbaren Einzelheiten besichtigt, wobei Augen, Ohren und Nasen auf ihre Kosten kamen.

Amke, die noch eben so satt gewesen war, konnte den verführerischen Düften nicht widerstehen und mußte hier ein paar Ölljeflurtjes und da einen Berliner heißheiß probieren und eine Mandelstange und bunte Schokoladenplätzchen mitnehmen, während Fentje nicht so leicht in den Beutel griff: „Wicht, spar dien Geld, de Namiddag is noch lang!"

Sie trafen auch die Mädchen vom Morgen wieder. Da war die zierliche Reenste, die so lebhaft und lustig war, Amke hakte sie kurz entschlossen ein; sie fand, daß es langweilig war, mit Fentje allein Markt zu feiern.

Reenste strebte einer bunten Wand zu, von der grellfarbige Bilder leuchteten. „Museum" entzifferte jemand mühsam.

„Museum?" sagte Fentje rasch, „dat is nix!"

„Wo weeßt du dat?" forschten die andern.

„Dar wuß mien Ohmke en Vers van," klärte sie sie auf:

„Sliemann mit sien neej Museum,
ik gaff der wall en Groschen of dree um.
Harr ik't man nich sehn, dat Goot,
ik wur der heel wunnerlik van tomoot!"

Das stimmte ja nun bedenklich, zumal gespensterhafte Figuren diese Meinung zu bestätigen schienen.

„Man dar is dat Panorama," rief Reenste, „dar gah ik in!"

Und sie stiegen die Holzstufen hinauf, die in diese Bude führten. Da war weiter nichts als eine Reihe von runden Fenstern, durch die man aber allerhand Merkwürdiges erschaute.

Amke starrte mit großen Augen in ein Guckloch nach dem andern. Nein, was es alles in der Welt gab! Da waren Zwillinge aneinander gewachsen, da war ein Schiff mit Mann und Maus im Sinken begriffen, da war der Kindermord in Großenkneten — Amke kam das Gruseln an — man sah ja den Mörder das Messer gegen zwei angsterfüllte Kinder zücken! „Ha — nee!" stöhnte sie aus Herzensgrund und wandte sich dem nächsten Bild zu; das war wieder ein Mann, der ihr auch nicht vertrauenerweckend aussah und den für sie kaum zu lesenden Namen „Affäre Dreyfus" hatte.

Es war jedenfalls eine aufregende und merkwürdige Sache, dieses Bilderbegucken.

Gleich daneben war eine Schießbude, umlagert von einer Schar Polderjungs.

Es hatten sich schon allerhand Paare zusammengefunden, die Arm in Arm oder Hand in Hand einhergingen, was die Mädchen mit heimlichem Vergnügen oder mit verstecktem Neid verfolgten.

„Hau den Lukas!" grölten übermütige Stimmen, und starke Fäuste ließen den Hammer niedersausen, daß die Holzpuppe hinaufflog.

Nicht weit davon umstand eine Gruppe einen runden Holzblock, auf dem ein flacher Honigkuchen lag. „Kiek, dar haun se mit en Slag un en Tiktak!" sagte Reenste. „Un Kasjen will hauen!" rief Amke.

Ja, Kasjen schwang gerade das Beil, dessen Bart und Griff durch ein Gelenk verbunden waren, wodurch es besonderer Geschicklichkeit bedurfte, um den Kuchen mit einem Schlag zu teilen.

„Hett hum!" schrie der Haufen, und Kasjen hielt stolz die beiden Hälften hoch. „Well hett sett?" fragte einer.

„Folkert!" riefen sie, der hatte nun den eingesetzten Kuchen zu bezahlen.

Amke schlug vor Begeisterung die Hände zusammen, als Kasjen sich umdrehte. Er lachte über das ganze, stark gerötete Gesicht. Nüchtern war er nicht mehr, die ungewohnten Genüsse waren allen zu Kopf gestiegen, aber er war nicht sinnlos betrunken wie so mancher, der torkelnd einhergrölte.

„Amke —" rief er, „kumm her, Wicht, sallst wat hebben —" und seine Hände hielten ihr die eben errungene Siegesbeute entgegen.

Die Kleine nahm sie strahlend in Empfang: „Junge, wat kannst du dat, Kasjen!"

„Ja —" prahlte er und grabbelte noch mehr Kuchenstücke aus den Taschen hervor, „dreemal hebb ik hum lappt!"

Und während sie beide anfingen zu essen, gingen sie wie selbstverständlich miteinander weiter.

„Heerijees!" kreischte Reenste, „Kasjen un Amke!"

Die Mädchen wollten sich schief lachen, und eine schrie: „Fentje, wat seggst nu?"

Eine Blutwelle schoß Fentje bis unter die Haarwurzeln.

„Sull he dat eernst meenen?" fragte jemand.

„Och wat —", sie lachte schrill auf, „he is ja duun, un se is en Kind —"

„Ja, wenn ok —" mutmaßte eine andre.

Und sie setzten sich alle in Bewegung, um die beiden nicht aus den Augen zu verlieren. Das war etwas unerhört Neues und Unerwartetes: Kasjen, der Großknecht, und die Kleinmagd Amke!

Die zwei aber schlenderten selbander durch das Gewoge, und Amkes Augen liefen über all die Sehenswürdigkeiten hin, und sie zog ihren Begleiter bald vor diese, bald vor jene Bude. Er folgte willig und hatte seinen Spaß an ihrem Staunen und ihrer Kauffreudigkeit. Sie mußte alles ausgiebig besehen, und er, der bis jetzt über all diese Dinge hinweggeschaut hatte, fand plötzlich alles sehenswert, was dieser drollige Mund ihm anpries.

Da waren glitzernde Schmucksachen, Amke konnte nicht dabei wegfinden, sie hätte am liebsten alles gekauft, wenn nur ihr Taler nicht so beängstigend schnell zusammengeschmolzen wäre.

„Kiek eben, dar sünd so Krallen, as Fentje hett." Sie zeigte auf die Ketten, deren Glasperlen in den verschiedensten Farben leuchteten. „Wat wull ik de gern hebben!"

„Blauen of gelen, wat magst am leevsten lieden?“ lachte er.
„Nee, de roden! Man wat düür, ik hebb ja sovöl Geld nich mehr!“ klagte sie und zählte so betrübt an ihren Groschen, daß sein Schmunzeln breit von einem Ohr zum andern lief. Er fingerte in der Westentasche herum, und ohne ein Wort wies er mit unmißverständlicher Handbewegung auf die begehrte Perlenkette. Der kleine dicke Verkäufer begriff sofort: „Ach, für das Fräulein Braut! Die passen zu den schönen roten Backen —“ und ehe Amke den Vorgang richtig überschaut hatte, sah sie den Wunsch ihrer kühnsten Träume Erfüllung geworden.
Einen Augenblick lang nahm der freudige Schreck ihr die Sprache, sie starrte mit offnem Mund auf den Schatz in ihren Händen. Dann jauchzte sie auf: „O —! Kasjen — de — de giffst du mi?!“ Ihre kindliche Freude sprang auf ihn über: „De geef ik di to Gallmarkt!“ bestätigte er.
Da schob sich ihre kleine warme Hand in seine große, harte: „Kasjen, wat büst du leew!“
Ein nie gefühltes Glück durchströmte ihn wie ein berauschender Trank. Er hielt diese schmiegsame Hand fest, und seine Augen wollten sich nicht lösen von dem sonnigen Kindergesicht neben ihm. Er kam sich plötzlich vor wie ein Beschenkter, und die Drehorgel dort spielte und die Stimmen sangen ihm gradewegs ins Herz hinein: „O Susanna, wie bist du doch so schön!“
Das war Meiers Karussell, dessen Musik sie umschmeichelte. Es war dicht am Ufer aufgebaut, und über die Köpfe der Schaulustigen hinweg sahen sie sein helles Dach und darunter die gemalten Monarchenköpfe zwischen wehenden, rotseidenen und perlbestickten Gardinen sich drehen.
Neue Lust brach aus Amkes Augen, sie drückte aufgeregt seine Hand: „Karussell — Kasjen!“

„Dar gah wi in!" versprach er, und schon erzwang seine stämmige Kraft einen Durchgang durch die lebendige Mauer, so daß die Holzpferde mit den geblähten Nüstern bald unmittelbar an ihnen vorbeisprengten. Bimbim-bim machte die Glocke, und ehe sie es sich versah, fühlte Amke sich in weiche Polster sinken.

Schier bezaubert strich sie über die plüschene Pracht und sah nicht die verschlissene Schäbigkeit.

„In en sanften Sofa — as en Madam!" flüsterte sie.

„Ja," lachte Kasjen, „vandage sünd wi Mienheer un Madam!"

Aus betäubender Nähe fing die Musik wieder an, der magere Gaul setzte schicksalergeben seinen Rundgang fort; langsam begann jeder feste Punkt zu entgleiten, und Amke blickte vergnügt umher. Als aber Menschen und Buden und Ledafluß in immer rascherem Wechsel vorüberkreisten, da suchte sie ängstlich nach einem Halt: „O Kasjen — wat gau!"

„Laat susen!" rief er laut, „kumm her, lüttje Wicht, ik holl di fast!" Und er legte ohne weiteres den Arm um ihre Schultern. Amke schmiegte sich hinein wie ein Kind, das Schutz sucht. Kasjen fand das Ausruhen in den weichen Kissen wohlverdient nach all dem ermüdenden Gelaufe, er war nicht gesonnen, so bald wieder aufzustehn. Und er wunderte sich nicht einmal darüber, daß er dies quicklebendige junge Ding an seiner Seite fest umfangen hielt. Seine nüchterne, besonnene Art war dem Gallimarktszauber verfallen so gut wie sie alle, die dort gleich ihm ihre bislang verborgenen Zuneigungen offen zur Schau trugen und mit ihren erkorenen Marktbräuten Wange an Wange, umrauscht von den gefühlvollen Klängen der Orgeln, unentwegt sich im Kreise herumfahren ließen. Er, der im Grunde ein Einsamer war, der kaum in seinem Leben Zärtlichkeit empfangen oder gegeben hatte, fühlte, wie sein Innerstes sich der lieblichen Ursprünglichkeit dieses Kindes weit auftat, und ein Verlangen trieb ihn, seine Lippen dem roten Mund zu nähern. Amke schlang im Überschwang der Freude und ohne Hemmung ihren Arm um seinen Hals und küßte ihn.

Sie sahen nur sich, sie sahen nicht die gaffenden Mädchen, die voller Spannung diesem Paar gefolgt waren und nun sich vor Spaß nicht zu lassen wußten.

Sie sahen auch nicht die eine, die mit zuckendem Gesicht ein Lachen ausstieß, das einem Schluchzen ähnlich klang, und die sich dann jäh abwandte, der Schiffsschaukel zu, die dicht daneben mit lärmender Musik zu locken suchte.

„Fentje!" schrie es da aus einer der Luftgondeln, die in kühnen Schwüngen sich zu überbieten trachteten, „Fentje!" Und bevor sie über die Erde schurrend recht zum Stillstand kamen, kletterte Heye Bloem heraus: „Ik hebb di al söcht, Wicht! Kumm her —" und mit derbem Griff faßte er sie um die Seite und zog sie mit.

Einen Augenblick war sie voller Abwehr, aber mit einem Ruck warf sie dann den Kopf in den Nacken: „Ja —" sagte sie.

Sie saß mit Heye Bloem im roten Plüschsofa und lachte mit blassen Lippen, und die Drehorgel sang: „Du, du liegst mir im Herzen, du, du liegst mir im Sinn —". Und ein paar Stimmen fielen schallend ein: „Du, du machst mir viel Schmerzen, weißt nicht, wie gut ich dir bin."

Der Karussellbesitzer kannte das schon, daß seine Sofaplätze an diesem Nachmittag von Dauerfahrern besetzt waren, die das Bimbim der Glocke nicht störte; es war das ungeschriebene Recht der Paare, die sich gefunden hatten, in seligem Vergessen der Umwelt eine Runde nach der andern zu fahren. Die hölzernen Rappen und Schimmel blieben den Einspännern beiderlei Geschlechts, die Gelegenheit suchten, sich kennenzulernen.

Der an sich wortkarge Kasjen sprach auch jetzt nicht viel, zudem hatte er eben gelernt, wie man mit seinem Munde wortlos reden kann und darin übte er sich von Zeit zu Zeit. Dann tat Amke ihm Bescheid; aber sie war so müde, daß auch sie gegen ihre Gewohnheit schweigsam war.

Ab und zu kam einer und holte Geld auf, dann griff Kasjen nachlässig in die Tasche und bezahlte für ein halbdutzend Male. Anfangs zog auch Amke ihre Geldbörse, aber er sagte großartig: „Laat man sitten!"

Sie fragten nicht nach Zeit und Stunde. Doch allmählich verflog Amkes Müdigkeit. Sie fing an, die Schätze auf ihrem Schoß zu sichten, steckte abwechselnd sich und Kasjen eine Süßigkeit in den Mund, ließ mit Entzücken die dunkelroten Perlen durch ihre Finger gleiten und band sie sich um den Hals:

„Lett dat moj, Kasjen?"

„Büst nett so moj as Puus up Sönndag!" bewunderte er.

Dann sagte sie plötzlich: „Nu mag ik nich mehr fahren!"

„Nee," pflichtete er bei, „nu gahn wi hen to danzen!"

„O —" ihre Freude war etwas unsicher, sie hätte ja noch nie getanzt —

„Nu danzt du mit mi," stellte er einfach fest und half ihr auf die Erde.

Sie waren erst ganz benommen von der langen Fahrerei, doch fest umschlungen gaben sie sich Halt und steuerten durch das Gewühl auf die Waage zu, in deren oberem Raum, dem Waageböhntje, es schon lange hoch herging. Man brauchte nur nach den geöffneten Fenstern zu sehen, um eine schwache Vorstellung zu bekommen, wie voll es dort war. In drangvoller Enge saßen Paare auf den Fensterbänken und schauten Köpfe über sie hinweg nach draußen, um ein wenig Kühlung zu finden für die Glut, die Leib und Seele unterzukriegen drohte.

Die beiden zwängten sich durch das Gedränge. Auf der Treppe sahen sie Heye Bloem und Fentje sich einen Weg erkämpfen.
„Kiek, unse Fentje!" rief Kasjen, und als sie sich erschreckt nach ihm umwandte, nickte er ihr lustig zu: „Hest di ok en Brügam updaan? Deist recht an, Wicht!"

Amke winkte fröhlich, sie merkte es gar nicht, daß die Augen der großen Magd sie böse anfunkelten. Sie sah durch die aufgestoßene Tür in das Gewimmel der Tanzenden, deren Singen die Musik übertönte:

Ik segg di van Jabk,
ik segg di van Jabk,
Jabk, stah still!

Ach, das hatte sie schon einmal mit Fentje im Kuhstall geübt! „Dat kann ik, Kasjen!" sagte sie, und schon hatten sie sich dazwischen geschoben, und Amke sang begeistert mit:

Warum sall ik dann stille stahn?
Ik hebb di miendag kien Quaads andaan!
Jabk, stah still!

Und Kasjen machte so nachdrücklich das allgemeine Stampfen mit, daß es durch die alte Waage dröhnte. Aber die hatte schon mehr als einen Gallimarktstanz ausgehalten, und die eichenen Balken bogen sich nicht, sie ächzten nur ein wenig, und das fiel nicht auf in dem Gewirr der Töne.
Kasjen war kein großer Freund vom Tanzen, dazu war er nicht wendig genug; er schwitzte ungeheuer vor Anstrengung und war froh, als das Hopsen zu Ende war.

„Ik hebb Döst as en Peerd," sagte er, „nu will'k erst en Kroes Beer drinken!"
Ja, Durst hatte Amke auch. Er zog sie mit zur Theke, die stark belagert war. Manch einer hatte seinen Durst schon so ausgiebig gestillt, daß er je nach Temperament entweder irgendwo herumdöste oder anfing, Streit

zu suchen, und alle Augenblicke war eine Balgerei im Gange, die die Tanzfreudigen mit mehr oder weniger Erfolg nach draußen zu verpflanzen strebten.

Amke löffelte ihr Pingelsööpke — Branntwein mit Zucker — aus dem Glas. Sieh, da war ja auch Göke, der Kleinknecht. Seine Augen blickten schläfrig, und er stand nicht mehr ganz sicher auf den Beinen. Doch als die Musikanten zu einem Schottischen ansetzten, steuerte er auf Amke los: „Wi beiden, Amke!"

„Och —", sie sah Kasjen an, und der lachte: „Man to, ji beiden!" Da versuchten sie und taten ihr Bestes, aber Göke stolperte und trat ihr auf die Füße, und sie wurden hin und her geschubst. Amke überließ ihn dem tollen Gewoge und schlängelte sich wieder an die Theke zurück: „Nee, Kasjen, ik kann beter mit di danzen!"

Da fühlte sich der große Junge geschmeichelt, und durch den kühlen Trunk zu neuen Taten angefeuert, nahm er sein Mädchen wieder in den Arm und ackerte sich mit ihr recht und schlecht durch ein „Hacken—Spitzen, eins, zwei, drei" hindurch.

Aber auch dieser Gallimarktstag teilte das Schicksal aller seiner Vorgänger, er ging einmal zu Ende. Es kam der Augenblick, da die Musiker ihre Blashörner zusammenpackten, und das bedeutete, daß der schönste Tag im Jahr endgültig durchlebt war.

Nun kam noch der Heimweg. Manches Paar genoß auch den auf seine Weise. Die dunkle Nacht war verschwiegen, und die Sterne, die hier und da durch die Wolken lugten, plauderten nichts aus. Andre zogen in Gruppen heim, wie der Zufall sie zusammenwürfelte. Darunter waren auch Kasjen und Amke. Eng umschlungen trotteten sie dahin, todmüde und zu keinem klaren Gedanken mehr fähig. Sie hatten ihren Festtag bis zur Neige ausgekostet. Und früh um fünf Uhr wartete ihrer der Alltag.

VII

Auf Esders Platz ging die Arbeit ihren gewohnten Gang. Aber sie waren alle noch nicht recht dabei.

Zuweilen trug der Wind abgerissene Klänge von der Marktfreude der andern über Deich und Strom und Land in ihre Abgeschiedenheit, und sie sannen ihren Erlebnissen nach. Jeder auf seine Art.

Göke, der Junge, schlörte unlustig herum; wenn er daran dachte, was er alles in sich hineingegessen und getrunken hatte, dann wurde ihm wieder übel.

Die Großmagd Fentje war blaß und still, und die Frau hatte Anlaß, sich über die allzeit Emsige zu wundern; heute flog ihr die Arbeit nicht von der Hand, sie, die sonst gelassen und freundlich war, hatte Launen und ranzte sogar die junge Amke an, die mit glänzenden Augen von dem Jüngling, der zum Kriege zog, sang und fuhr ihr barsch über den Mund, als sie von gestern erzählte. Man mußte schon ein Auge zudrücken, der Gallimarkt spukte ihnen noch im Kopf herum und lag ihnen in den Gliedern. Selbst der große Knecht Kasjen sah verschlafen in den Tag.

Aber als er Amke singen hörte, flog ein heller Schein über sein Gesicht, und seinem brummenden Schädel zum Trotz kam ein Frohgefühl über ihn, wie er es erst seit gestern kannte.

Das Wetter war ihrem Festtag hold gewesen, kein Tropfen Regen war hineingefallen. Heute hingegen wehte ein feuchter Nordwest, und die Wolken, die gestern nur gedroht hatten, verschütteten ihr Naß schauerweise. Es prasselte gegen die Dachpfannen, als sie sich abends im Kuhstall zusammenfanden, und sie malten sich aus, wie die von der Geest in ihren Genüssen zu kurz kamen, und sie konnten eine kleine Schadenfreude nicht unterdrücken.

Amke saß neben Kasjen auf der Futterkiste, er hatte sie mit einer Handbewegung an seine Seite beordert, und sie fand sich anscheinend ganz dahingehörig. Ihre Freude warf einen Abglanz auf sein behagliches Schmunzeln, doch damit war ihre Reichweite beendet, der Junge döste vor sich hin, und Fentje hörte mit verkniffenen Lippen auf das Schwatzen der Kleinen.

Als Kasjen sich an Göke wandte: „Jung, gah int Nüst, du slöppst ja mit open Ogen!", da fiel die Große scharf ein: „Un dat Wicht mutt der ok in, mörgen is se weer to nix to bruken!"

„Hest recht," sagte Kasjen, „dat word för uns alle Tied, ik kann ok ut de Ogen nich mehr kieken."

Frau Esders kam in den nächsten Tagen aus dem Wundern nicht heraus. Sie stellte ihre große Magd zur Rede, die bald still und in sich gekehrt, bald reizbar und widerhaarig war.

Da machte Fentje ihrem Herzen Luft, und die Eifersucht, die sich breit darin machte, stieß den Ärger heraus, der vor der Schwelle lag, und er fiel über die Kleinmagd her und ließ kein gutes Haar an ihr. So erfuhr die Frau, was für Fäden der Gallimarkt geknüpft hatte, die nun unter ihren Augen weitergesponnen werden sollten, und sie war ganz Fentjes Meinung, daß man diesem jungen Ding die Dummheiten austreiben und sie gehörig herannehmen müßte. Dem Großknecht Kasjen aber hätte sie mehr Vernunft zugetraut, darüber mußte sie mit ihrem Mann sprechen.

Doch Bauer Esders meinte, wenn er sich weiterhin so auf ihn verlassen könnte wie bisher, dann gingen ihn seine Liebschaften nicht an. Und sollte das Mädchen es an dem nötigen Eifer fehlen lassen, dann würde es einfach hinausgesetzt. Damit war für ihn die Sache abgetan, und die Frau beschloß, ein wachsames Auge zu haben.

Amke merkte bald den schärferen Wind. Sobald sie sich um etwas herumdrücken wollte, tauchte Frau Esders auf, und unter dem Zwang dieser Augen griffen ihre Hände von selber zu, und dieser schmale Mund brauchte nur ein Wort zu sagen, und sie gehorchte bedingungslos.

Fentje war jetzt unberechenbar geworden. Aber was Amke sonst den Tag verdorben hätte, das focht sie nun nicht so sehr an; immer war da die Aussicht auf den Feierabend, und die gab ihr geheime Schwungkraft: dieser Augenblick, wenn der große Knecht sie, die das kleine Nichts in ihrem Kreise gewesen war, so selbstverständlich als zu ihm gehörig betrachtete, erfüllte sie täglich aufs neue mit Stolz, und dafür ertrug sie die unbequeme Aufpasserei.

Zwar klagte sie bei Kasjen über das strenge Regiment, aber der meinte ungerührt, dafür wäre sie jung, und lernen könnte man nie genug. Und als sie über Fentje murrte, lachte er: „Ja, Fraulü hebben smetts so Grillen, kannst nix an maken. Se sall wall weer bi komen."

Kasjen war, als nach dem so gründlich genossenen Gallimarkt seine Nüchternheit zurückkehrte, mit sich selber ins Gericht gegangen und hatte sich eingestanden, daß er da Hals über Kopf in ein Verhältnis hineingestolpert war, mit dem es sonst noch gute Weile gehabt haben würde. Aber es reute ihn nicht — zu seiner eigenen Verwunderung. Im Gegenteil: zum erstenmal seit seines Vaters Tode spürte er nicht mehr diese innere

Leere. Alles, was in ihm nach Heimat verlangte, quälte nicht mehr, sondern schloß dies junge Menschenwesen in sich ein wie einen neuen Besitz.

„Marktbruut is noch kien Karkbruut" wußte er; er hätte die Verliebtheit dieses dazu herausfordernden Tages nicht als Bindung anzusehen brauchen. Doch ihm war zumute wie einem, dem in den Schoß fiel, wonach er unbewußt auf der Suche war.

Er hätte Auswahl gehabt unter tüchtigen, hübschen Maiden, er wußte es aus vielversprechenden Blicken, von verheißungsvoll lockenden Lippen — aber davor hatte er immer Angst gehabt wie eine Ratte vor dem Speck in der Falle. Die kleine Amke hatte auch kein Hehl aus ihrer Zuneigung gemacht, aber bei ihr war es das Natürlichste von der Welt, ihre harmlose Seele kannte keine Verführungskunst, sie flog ihm zu wie ein jubelnder Vogel, vertrauensvoll und ohne Scheu. Sie war noch ein Kind mit ihren achtzehn Jahren, doch war das nicht ein Fehler, den jeder kommende Tag beheben half?

Er dachte ja auch noch nicht ans Heiraten. Oder doch — er dachte daran, als ein plötzlich aufgetauchtes Ziel stand es in seiner Zukunft, fern noch und undeutlich, aber beglückend.

Am ersten Sonntagnachmittag, an dem er allein mit Amke durch die herbstlichen Wiesen ging, sprach er mit ihr von dieser Zukunft. Viele Worte standen ihm nicht zu Gebote und schöne Worte erst recht nicht; sie sollte nur wissen, daß er es ernst meinte.

Er sagte, daß er die Augen offenhalten wolle, ob irgendwo eine gute Arbeiterstelle frei würde, die auch eine Wohnung böte; es brauche ja nicht auf der Marsch zu sein.

„Nee," stimmte sie zu, „up Klei is stur arbeiden."

Er nickte. Er sprach von seinem Vater, der Jan Ottens rechte Hand gewesen war und nach Feierabend auf seiner kleinen Stelle gewurakt hatte; und von seinem Bruder Freerk, der bei seinem Bauern so gut angeschrieben stand, weil Verlaß auf ihn war, der nun bald heiraten würde und dann nebenher auch sein Eigenes zu bearbeiten hätte. Er freilich, Kasjen, würde ja kaum zu einem Eigentum kommen, aber könnte er nicht wie Harm Puls bei einem Bauern Arbeit und Wohnung finden?

Amke war ganz Ohr, sie hörte gern Familiengeschichten, und sie warf ihre Fragen dazwischen, bis sie genau über seine Verwandtschaft Bescheid wußte.

Ihre Anteilnahme tat ihm wohl. Mit wem hatte er über diese Dinge reden können außer etwa mit Tante Sievertje? Er hatte immer nur in sich hineingedacht. Jetzt ging da jemand mit ihm, ging auch willig seine Gedankengänge mit, und ihm wurde warm ums Herz bei der Vorstellung, daß er nun nie mehr allein sein würde.

In einer jähen Aufwallung zog er sie an sich: „Bliffst du bi mi, Amke? Worst du mien lüttje Frau?"

Sie lachte glückselig und warf die Arme um seinen Hals: „Ja, Kasjen!"

Frau! jubelte es in ihr, Frau! Ihr bedeutete das: nicht mehr dienen, nach eigenem Willen leben, tun und lassen können, was einem beliebt.

Kasjen setzte ihr auseinander, daß es noch lange dauern könnte, bis sie soweit wären. Aber sie wären ja jung, tröstete er, sie könnten warten.

„Ha," nickte sie fröhlich, „du sallst dat wall torecht kriegen!"

Ihr Vertrauen in sein Können machte ihn stolz, und von Stund an sann er darüber, wie er seinem Wunschbau sichern Grund schaffen könnte.

Amke aber freute sich auf ihren nächsten freien Sonntag, da wollte sie wieder Aaltje besuchen. Sie mußte das herrlich Neue, das der Gallimarkt in ihr Leben gebracht hatte, jemandem mitteilen, sie war bis obenhin voll davon, und seitdem Fentje so abweisend wurde, war da niemand, der ihr zuhören wollte. Die kleine Alida, die anfangs so zutraulich gewesen war, hielt sich auch fern von ihr.

Da nahm Amke ihre Zuflucht zu den Kühen. Während ihre Finger mit liebkosenden Griffen dem prallen Euter die Milch entzogen, kuschelte sie sich an das weiche, warme Fell, und dann floß der Mund über von ihrem Stolz und ihrer Freude: „Kasjen sien Bruut bün ik, olle Swarte, un eenmal word ik Frau!" Und die Schwarze hob das rupfende Maul aus dem Heu und bewegte den Schwanz zu ihrem Frohlocken.

Als der Sonntag endlich da war, wanderte die kleine Magd wieder neben dem großen Knecht der Stadt zu. Aber als Ellermanns Gasthof in Sicht kam, ließ er sie allein gehen und sagte, daß er an der Fähre auf sie warten wollte. Er mochte nicht eher ihrer Familie gegenübertreten, bis er in der Lage war, sie sich als Frau zu fordern. Aber es gefiel ihm, daß sie darauf brannte, sich der Schwester und durch sie der Mutter anzuvertrauen; er sah darin nicht ihre redselige Natur, vielmehr ihre ehrliche Offenheit und einen Beweis für ihr anhängliches Wesen.

Amke war es recht, daß er nicht weiter mitging; sie war nicht ganz sicher, ob sein Besuch in Ellermanns Küche ebenso willkommen sein würde wie der ihre. Sie dachte nur daran, was Aaltje wohl sagte und wann es die Mutter gewahr würde. Und sie konnte nicht schnell genug durch den langen Gang kommen und die Küchentür aufklinken. Da stand die Schwester am Herd und hob den Teekessel, während sie einen Torf in das auflodernde Feuer beförderte. Und wer half dort am Gossenstein der Geschirr spülenden Magd?

„Moder!"

Amke eilte auf sie zu und wußte sich vor Freude nicht zu fassen. Die Sorgenfalten in dem hageren Gesicht glätteten sich: „Leeve! Ik hebb dat half un half docht, dat du keemst!"

Aaltje lachte: „Kluckhennen hebben Treck na hör Kükens!" Und dabei holte sie schon Brot und Butter aus dem Schrank, um der kleinen Schwester ein leckeres Willkommen zu bereiten.

Amke aber saß kaum hinter dem weiß gescheuerten Tisch, da sprudelte es bereits aus ihr hervor: „Ik mutt jo dat erst even vertellen, ik word Kasjen Kasjens sien Frau —".

Mutter und Schwester sahen sie verständnislos an. Bis Aaltje auflachte:

„Wat rödelst du dar, du Kiekindewelt?"

„Ja," sagte sie, und dann fing sie von den Ereignissen des Mittwochnachmittags zu erzählen an.

„Och —" unterbrach die Ältere sie und schob ihr reich belegte Brote hin, „bild di man nix in, Wicht! En Marktbruut is noch lange kien Karkbruut!"

Die Mutter nickte und sah ihre Jüngste bedenklich an. Und das Mädchen am Spülstein kicherte.

Doch Amke ließ sich nicht beirren und berichtete ausführlich, wie der große Knecht seitdem zu ihr hielt. Sie gab wortgetreu wieder, was er alles mit ihr besprochen hatte.

Eine feine Röte stieg langsam in die Wangen der alten Frau; sie sah Kasjen vor sich, wie er ehrbar und bedächtig neben Amke hergegangen war. Und eine Welle der Zuneigung flutete von ihr zu diesem großen Jungen, den sie nur ein paar Schritte lang gesehen hatte. War es möglich, daß er es ernst meinte? Sie dachte an ihre jungen Jahre und an Jans Veerkant, der ihr mit seiner derben und prahlerischen Männlichkeit den Kopf verdreht hatte. Nein, so war dieser Kasjen wohl nicht, das sagte ihr ihr Gefühl. Aber sie konnte Sorge und Befürchtungen doch nicht unterdrücken. Ihr Schicksal war bitter genug gewesen, mochten ihre Kinder davor bewahrt bleiben — unwillkürlich faltete sie die Hände. Sie hatte noch kein Wort dazu gesagt. Aaltje tat es für sie.

„Nee, dar mutt ik mi erst bi hensetten. Wenn dat wahr is, — glöven kann ik dat noch nich recht — dann hest du mehr Glück as Verstand, Wicht! Wat seggst du, Moder?"

Frau Veerkant sah ihre Jüngste an, die sich nun mit Hingabe den Genüssen zuwandte, die vor ihr lockten.

„Se is ja noch en Kind," sagte sie, „wi willen 't ofwachten." Damit war dies Gespräch vorerst beendet, wenn es auch in ihnen allen nachschwang.

Die Mutter bedachte voller Unruhe, ob es gut tun würde, daß diese jungen Menschen fortan so nah zusammen wären, während es Aaltje durch den Sinn ging, warum nicht sie erleben durfte, was der Kleinen so früh, viel zu früh, widerfuhr.

Amke aber war ein wenig enttäuscht, daß ihre Freude nicht den Widerhall fand, den sie erwartet hatte.

Die Wirtsfrau kam und begrüßte den Besuch in der Küche; sie wußte, was für eine Hilfe sie an Aaltje Veerkant hatte, und es war ihr ganz lieb, daß ihre Familie sie besuchen kam, so dachte das Mädchen selten daran, einen freien Sonntag zu erbitten. Außerdem griff die Alte mit zu, da spielte das bißchen Essen und Trinken keine Rolle.

Gegen ihre Gewohnheit drängte Amke selber früh genug zum Aufbruch, was Aaltje zu gutmütigem Spott veranlaßte. Die Mutter aber gab ihr eine Straße weit das Geleit; ihr war das Herz voll, und sie hätte vieles sagen mögen, doch eine der Scham verwandte Scheu, geboren aus der plötzlichen Erkenntnis, daß aus dem Kind unversehens ein selbständiger Mensch wurde, verschloß ihr den Mund.

Beim Abschied jedoch hielten ihre beiden Hände die eilig Fortstrebende fest: „Mien Lüttje, holl di brav!" Und ihre mütterlichen Augen folgten der kleinen Gestalt, bis sie um die Biegung verschwunden war.

Um Weihnachten war Kasjen seines Bruders Freerk Trauzeuge. Eigentlich hatte er fernbleiben wollen, es kam ihm vor, als ob er sich mitschuldig mache, daß Gerdje Hook nun Tante Sievertje verdrängte. Aber als Freerk ihm mit seinen unbeholfenen Schriftzügen mitteilte, daß er als sein nächster Angehöriger ganz selbstverständlich für diesen Liebesdienst in Frage käme, da brachte Kasjen es nicht übers Herz, nein zu sagen.

Er hatte einen Augenblick erwogen, ob er Amke nicht mitnehmen könnte, dann erschien es ihm doch nicht angebracht, sie nun schon zu seiner Familie zu bringen.

Es war keine Hochzeit mit Lachen und ausgelassener Fröhlichkeit, das Trauerjahr war ja noch nicht zu Ende, und ein Kranz stand der Braut auch nicht zu. So war es nur eine feierliche Angelegenheit, die Kasjen als peinigend empfand.

Tante Sievertjes Rührung war sichtlich mehr schmerzlicher als herzlicher Art, und der junge Ehemann ging etwas bedrückt in seines Vaters Abendmahlsrock einher.

Nur die neue Hausfrau schien restlos befriedigt, ihr glatter Scheitel glänzte wie reifes Stroh, und sie hob den Kopf sehr selbstbewußt und bewegte sich unter den wenigen Gästen, als wäre sie immer hier zuhause gewesen.

Kasjen war froh, daß der kurze Wintertag ihn gleich nach Mittag zum Aufbruch zwang, obwohl die Schwägerin ihn mit Freundlichkeit zum Bleiben nötigte. Er spürte auch, daß der Bruder es ehrlich meinte mit seiner Bitte, bald wiederzukommen, wenn sie auch etwas verlegen herauskam.

Tante Sievertje sagte und sah ihn an mit Augen, die viel geweint hatten: „Ik gah mit, Kasjen!"

„Mit?" fragte er verwundert.

„Ja —" und sie schob ihren Kopfputz aus schwarzem Samt und glitzernden Jettperlen grade, legte ihr großes Umschlagetuch um die Schultern, nickte Freerk zu: „Ik gah dann erst hen", und trippelte mit ihren kleinen Schritten Kasjen voraus auf dem schmalen Pfad zur Straße.

Ihm wurde eigen zumute.

„Wor wullt du hen, Tant Sievertje?"

Sie sah gradeaus, und ihre Stimme schwankte merkbar: „Na mien Köken!"

Kasjen antwortete nicht. Er hielt sich dicht neben der alten Frau und ging, trotzdem sein Heimweg entgegengesetzt lief, mit ihr zwischen den winterlich kahlen Äckern hindurch bis dahin, wo das niedrige, lang gestreckte Gebäude stand, das sie das Gasthaus nannten. In seiner Erinnerung stand auf einmal ein Sonntagvormittag — es war wohl in jener Zeit, wo er als Konfirmand sonntäglich zur Kirche ging — und er sah die Armenhäusler auf der Bank nahe dem Altar, die ihnen zugewiesen war, und hörte wieder Pastor Kroffs Stimme laut und tönend: „Ja, Herr, aber doch essen die Hündlein von den Brosamlein, die von ihrer Herrn

Tische fallen." Und er sah die alte, wunderliche Jürinamöh vorn auf der Bank mit dem Fuß wippen, als ob sie das Spinnrad träte, und hörte sie im Takt dazu rufen: „Ik mag leever 'n goot Stück Brot, 'n dick Stück Brot!" Wie hatte ihr unbeschwerter Knabensinn damals dies Zwischenspiel in der Kirche belacht, und für ihre gedankenlose Kindergrausamkeit war von da an oft das Gasthaus Zielscheibe des Spottes geworden, indem sie im Vorbeigehn die Alte herauslockten: „Jürinamöh, magst ok en dick Stück Brot?"

Das alles fiel Kasjen ein, und was der Torheit seiner jungen Jahre Lust schien, das legte sich ihm jetzt lastend auf die Seele.

Wortlos klinkte Tante Sievertje die Tür auf, die in den Angeln röchelte, und trat in den dunklen Flur, der wie ein dumpfes Loch sich auftat.

Eine Küchentür öffnete sich links einen Spalt breit, und ein grauer Kopf ward sekundenlang sichtbar.

Die Alte aber strebte vorbei und blieb vor der letzten Tür stehen.

Schmal war der Raum, den sie betraten, und der rote Steinfußboden hauchte Kälte aus.

Kasjens Blick fiel auf Tante Sievertjes Kommode und auf ihren Lehnstuhl neben der Feuerstelle, und er atmete erleichtert auf.

„So!" sagte die alte Frau, und es klang, als zöge sie damit einen Strich unter Gewesenes.

Kasjen räusperte sich, ihm saß etwas in der Kehle: „Hier — büst du nu?"

Sie nickte und fing an, mit der Zange die Asche in der Herdstelle beiseite zu schieben.

Er sah sich um: da war der alte braune Schrank, ein Tisch und zwei Stühle und das Spinnrad. Von der Wand tickte die kleine, buntbemalte Uhr mit den messingnen Gewichten an langen Ketten, und neben der Butze hing das grellfarbene Christusbild. Nie war ihm das Gesicht unter der Dornenkrone so vorwurfsvoll erschienen wie in diesem kalten Raum.

„So — dien Saken hest du doch mitkregen —" sagte er rauh.

„Ja," sie richtete sich auf, die hätte Freerk hierhergebracht. Freerk wäre gut — er hätte sie bereden wollen zu bleiben, und Gerdje hätte gesagt, sie wolle sie nicht aus dem Hause treiben. Aber das wäre ihr nicht von Herzen gekommen. Sie wollte das Regiment haben. Darum wäre es so besser.

Sie zeigte alles, was Freerk ihr noch hatte zukommen lassen: „He is reell, man se hollt de Duum up Püüt!"

„Dat is to kolt hier, Tant Sievertje!"

Kasjen rieb sich die Hände.

„Och, ik maak gau Füür an, dat ik wat in de Stowe krieg. Törf hebb ik ok." Und sie bückte sich wieder zu der Herdplatte nieder. Kasjen drehte sich um: ja, dann wollte er man sehn, daß er weiter käme, es würde sonst dunkel.

„Ja, Kind, ja!"

Sie umfaßte seine Hand mit ihren beiden. „Gah mit Gott! Un vergeet mi ok nich!"

„Nee, Tant Sievertje, ik koom weer."

Er tastete sich durch den Gang, in dem es so muffig roch, und war froh, als er in der frischen, klaren Winterluft mit sich allein war.

Seine Gedanken kamen nicht los von der einsamen Alten. Warum war das nun so? Alle ihre Tage waren voll Arbeit gewesen, voll Mühe und Sorge, sie hatte ihnen allen das Haus zur Heimat gemacht, so lange er denken konnte. Und nun kam ein junger, fremder Mensch und erntete, was ihr zustand.

Tante Sievertje nahm es hin als von Gott so gewollt. Das begriff er nicht. Sie nannten ihn den Gerechten, warum ließ er so etwas geschehen?

Kasjen grübelte daran herum und fand keine Antwort, er wußte auch nicht, mit wem er einmal über solche Dinge reden könnte. Mit Amke? Nein, Frauensleute dachten nicht an so etwas. Es war auch am besten, wenn man nicht zuviel darüber nachsann.

VIII

Märzwind fuhr über das weite Land. Die wenigen Bäume an den Straßen knarrten verdrießlich, die einsamen Bauernplätze duckten sich unter den breiten Dächern, über die er pfeifend hinwegsetzte. Nur die Dörfer, in denen sich ein Haus am andern festhielt, waren ihm im Wege, er sprang heulend die Mühlen an, daß sich ihre Flügel ächzend drehten. Und die paar Menschen draußen hauchte er mit eisigem Atem an, daß sie ihm eiligst zu entkommen strebten.

Der alte Landbriefträger Winterboer hätte sich heute gern den Weg nach Esders Platz erspart. Aber er hatte einen Brief, der ganz wie ein amtliches Schreiben aussah, und den wagte er nicht liegen zu lassen, bis sich dieser Wind ausgetobt hatte.

Daß ausgerechnet der Großknecht Kasjen Kasjens, der sonst nicht zu seinen Kunden zählte, so einen besondren Brief bekam, war ihm höchst verwunderlich.

Und nicht ihm allein. In Esders Küche wirkte diese Neuigkeit aufregend.

„Legg hum dar man hen!" sagte die Frau, und ihr Ton verriet, daß sie mit den Privatsachen ihrer Dienstboten nicht behelligt zu werden wünschte. Aber der Alte setzte ihr wichtig auseinander, daß er diesen Brief dem Großknecht persönlich in die Hand geben und daß dieser dann seinen Namen dahin — er zeigte ihr umständlich den Schein — setzen müßte.

Was das denn für neue Moden wären, wollte sie wissen, während die beiden Mädchen gespannt zuhörten.
„Ja, dat is amtlich!" belehrte er würdevoll. „Wor is Kasjen?"
„Gah hen un haal hum!" herrschte sie Amke an, die erschreckt zusammenfuhr, weil sie über ihrer Neugierde das Kartoffelschälen vergaß; sie warf das Messer in den Korb, wischte im Laufen die Hände an der blauwollenen Schürze ab und klapperte auf ihren Holzschuhen eilig davon.
Sie fand ihn im Pferdestall.
„Kasjen —" rief sie außer Atem, „dar is en Breef för di!"
„So?" wunderte er sich. „Hest hum dar?"
„Nee!" und sie berichtete überstürzt, daß er seinen Namen schreiben müßte.
„Och Wicht, du kauelst ja —" sagte er ungläubig.
„Seker, Kasjen!" Und sie drängte, er sollte schnell kommen, die Frau hätte es gesagt; das war für sie mehr maßgebend als der wartende Briefbote.
Kopfschüttelnd folgte er ihr in die Küche. Frau Esders war nicht mehr da. Obwohl auch sie voller Spannung war, hielt sie es für unter ihrer Würde, das merken zu lassen; sie würde schon das Nähere erfahren, ohne fragen zu müssen.
Kasjen besah das Schreiben von allen Seiten.
„Heel wat Besünners, Kasjen Kasjens," bestätigte der Alte, „nu mußt du hier dien Naam eben setten!"
„Warum dat denn?" fragte der.
„Ja, dat is amtlich!"
„Mien Gott!" murmelte Kasjen verwirrt, und mit der Umständlichkeit dessen, der seit der Schulzeit kaum die Feder geführt, unterschrieb er langsam und vorsichtig. „So —" sagte er und wischte mit dem Handrücken einen Tropfen von der Nase, „is't nu up Stee?"

„Alls in de Riege!" versicherte Winterboer. „Na, denn moin mitnanner!"
Kasjen steckte den Brief in die Tasche und ging wieder an seine Arbeit.
Amke wollte hinter ihm her, aber „Hier bliffst!" schnauzte Fentje, „do wat!" Und nur widerwillig nahm sie den Kartoffelkorb wieder in Angriff.
Kasjen ließ sich im Stall auf der Futterkiste nieder und studierte an seinem merkwürdigen Brief. Es fiel ihm nicht leicht, die fremde Handschrift zu entziffern, und er verstand nicht gleich alles, aber soviel begriff er, daß ihm das Ableben seines Onkels Tönjes Tebbe Kasjens mitgeteilt wurde und daß dieser Onkel ihn zum Erben seines hinterlassenen Barvermögens eingesetzt hatte; ferner daß er, der Erbe, urkundlich darzulegen und durch amtliche Bescheinigung zu erweisen habe, daß er besagter Kasjen Kasjens sei, und daß er anzugeben habe, wohin die Summe abzüglich der Unkosten ihm nach Erledigung der vorgeschriebenen Formalitäten überwiesen werden solle.
Kasjen schob die Mütze, die er nur beim Essen und beim Schlafen abzusetzen pflegte, nach hinten und kratzte sich den Kopf.
„Unkel Tönjes!" sagte er mit ehrlicher Betrübnis, und seine Gedanken wanderten nach einem fernen Bauernhof, den er nie gesehen hatte, von dem er nur wußte, daß seines Vaters einziger Bruder dort seit Jahr und Tag in Dienst stand. Was hatte der von seinem Leben gehabt? Nichts als Arbeit, die andern zugute kam. Was nützte ihm sein Geld, das er sauer verdiente und mit sparsamem Sinn auf die hohe Kante legte? Für die Wünsche seiner jungen Tage reichte es nicht aus, und da es anfing, ein kleines Kapital zu werden, da war das Leben vorbei. Für wen hatte er sich nun abgerackert?
Heiß durchfuhr es Kasjen plötzlich — erst jetzt drang

es in sein Bewußtsein, was er da in Händen hielt: Onkel Tönjes — hatte ihm — ihm — sein ganzes Geld vermacht!
Das Papier zitterte in seinen Händen. Herrgott — soviel Reichstaler! Seine Gedanken wirbelten durcheinander, sein Herz begann zu klopfen und ihm den Atem zu beengen: soviel Geld!
Da trippelte es eilig durch den Kuhstall, und Amkes erwartungsvolles Gesicht tauchte auf. Wahrscheinlich hatte Fentje ein Auge zugedrückt, weil sie selber ihre Neugier nicht länger im Zaume hielt.
„Kasjen, wat is dat för en Breef?"
„Kumm her, Wicht —" erleichtert zog er sie neben sich, da war jemand, den dies, was so verwirrend über ihn hereinbrach, auch anging. „Unkel Tönjes is dood —".
„Ocheer!" Ihr Ton war voll Bedauern, wie es sich einer solchen Nachricht gegenüber gehörte, aber auch Enttäuschung schwang darin: „Un darum mußtest du dien Naam setten?"
„Ja — nee —" stotterte er und fuhr sich wieder mit der Hand durch das Haar, wobei die Mütze auf den Hinterkopf geriet, „dat is — ik bün sien Arve —" stieß er heraus.
Sie sah ihn groß an, so schnell begriff sie nicht, diese Dinge lagen ihrem täglichen Erleben so fern.
„Wat?"
Ja, all sein Geld hätte er ihm vermacht, — er wagte diese Summe, die auf dem Papier stand und in die Hunderte ging, gar nicht auszusprechen.
„All sien Geld?" rief sie, ihre Augen staunten, das gehöre ihm nun? Er nickte nur, überwältigt von dieser unvorstellbaren Tatsache.
„O Mann —!" Nun brach die Freude in ihr durch. Sie fragte nicht wieviel, all sein Geld — das war ihr ein Begriff.

„Kasjen —", sie fiel ihm um den Hals, „büst du nu riek?"

Er drückte sie an sich: „Ja, Leeve, wi beide —", die Stimme versagte ihm vor innerer Erregung.

Da ließ sie ihn los, das mußte Fentje wissen. Und ehe er es sich versah, rannte sie davon, so schnell ihre Holzschuhe es zuließen.

„Wi beiden — sünd riek — o Mann nee!" jubelte sie im Laufen. Und ganz außer Atem stürzte sie in die Küche: „Kasjen is riek — Unkel Tönjes sien Geld kriegt he alle!"

Da erst sah sie die Frau, die grade in die Tür kam, und sie blieb erschrocken stehen.

„Heerijees!" Fentje wurde rot und blaß, „is ja wall nich wahr!"

„So?" sagte Frau Esders streng, und darum liefe sie von ihrer Arbeit weg? Das täte sie noch einmal — und sie wäre draußen!

Und während Amke sich schleunigst daran machte, die geschälten Kartoffeln zu waschen, ging die Frau, ihrem Mann diese Neuigkeit zu erzählen.

Kasjen hatte zu tun, sich in seinem Glück zurechtzufinden. Nach dem ersten Rausch befiel ihn ein Unbehagen: dies Schreiben forderte allerhand von ihm, und er wußte nicht, an wen er sich wenden sollte. Bauer Esders? Dem konnte ein Knecht nicht mit persönlichen Angelegenheiten kommen, er gehörte zu jenen standesstolzen Herren der Marsch, die sich mit ihren Dienstboten nicht an einen Tisch setzten.

Amke, mit der er abends darüber sprach, meinte, er sollte den Lehrer fragen, der war für ihr Vorstellungsvermögen von Berufs wegen für alles Wissen zuständig, das den andern abging. Kasjen hielt dagegen, daß der Pastor wohl noch mehr gelernt hätte, aber ob er für dies ausgesprochen weltliche Gebiet in Frage käme, erschien ihm wieder zweifelhaft.

„De Amtsvogt!" fiel ihm plötzlich ein, der müßte doch sowas wissen.

„Ja," stimmte sie bei, hatte nicht Winterboer, der Briefträger, ausdrücklich erklärt, dies wäre etwas Amtliches?

„Stimmt ok, Wicht," nickte er.

Und der Amtsvogt des benachbarten Fleckens wußte wirklich Bescheid und half ihm auch zurecht, er setzte sogar ein Schreiben für ihn auf, das Kasjen nur zu unterzeichnen brauchte, und er riet ihm, das Geld bei einer Bank in der Stadt unterzubringen.

Davon aber wollte Kasjen nichts wissen. Nein, — wenn er das Geld nur erst glücklich hätte, dann würde er es auch bei sich behalten.

Der Amtsvogt lächelte: er sollte sich das noch überlegen, das Geld läge dort sicher und brächte ihm noch Zinsen dazu.

Aber Kasjen, der im Leben noch nichts mit Geld zu tun gehabt hatte, dachte, wenn er es wirklich bekäme, wollte er es schon verwahren.

Und dann kam der Tag, an dem er es in Händen hielt. Es war ein Ereignis, als der alte Winterboer einen Haufen Goldstücke und Courant auf den Küchentisch zählte, den Fentje, obwohl er weiß gescheuert war, schnell noch mit dem Seiftuch abwischte. Sie und Amke standen andächtig dabei, soviel Geld hatten sie alle noch nicht gesehen.

Darauf könnte Kasjen wohl einen ausgeben, ermunterte der Briefträger, nachdem sie sich miteinander vergewissert hatten, daß es auf Heller und Pfennig stimmte.

Kasjen tat einen tiefen Atemzug, und in einer jäh aufsteigenden, überquellenden Freude nahm er einen der dicken Reichstaler und drückte ihn dem Alten in die Hand.

„O —", das verwitterte Gesicht wurde hell, „besten Dank ok," und umständlich knüpfte er das Trinkgeld, das auch für ihn keine Kleinigkeit war, in sein rotbuntes Schnupftuch.

Der Großknecht aber zog einen grauleinenen Beutel, den er schon lange für diesen Fall bei sich trug, aus der Tasche und verstaute darin bedächtig sein Vermögen.

„Jees", seufzte Fentje, „wat hest du en Glück!"

„Ja!" lachte Amke und klatschte in kindlicher Begeisterung in die Hände, diese außergewöhnliche Begebenheit hatte sogar ihr die Sprache verschlagen.

Da fuhr die Große wie eine Furie herum, was sie da stände zu gaffen: „Gah hen un haal Törf!" Ein wütender Neid füllte sie gegen das unbedarwte Geschöpf, das nach ihrer Überzeugung diesen Mann nicht verdiente. Hätte sie, die Großmagd Fentje, mit ihrer Tatkraft und Arbeitsfreude nicht gut zu ihm gepaßt? Ihr wäre er auch ohne Erbschaft wert gewesen, und nun erst — die Galle kam ihr hoch, sie konnte das dumme Ding jetzt nicht vor Augen sehen.

Sie stände ja selbst zu gaffen, wehrte sich Amke; sie wäre am liebsten mit Kasjen gegangen, der seinen Beutel behutsam davontrug. Aber unter dem funkelnden Blick der Großen, die mit der Frau im Bunde war, fügte sie sich ins Unvermeidliche.

Kasjen ging in seine enge Kammer neben dem Stall, die außer der Schlafbutze nur noch seine Kleiderkiste barg, die schwere, eichene, die sein Vater ihm bei Siebe Bohlen hatte machen lassen, als er in Dienst ging. Dahinein packte er seinen Schatz, ganz unten hinein, Wäsche und Kleider kamen schützend darüber und dann der gewichtige Deckel. „So!" murmelte er und ging langsam wieder an seine Arbeit.

In den folgenden Wochen kam Kasjen zu der Erkenntnis, daß Reichtum nicht ohne weiteres Glück bedeute. War er je so von Unruhe geplagt worden? Als er am nächsten Tag ein Stück Kartoffelland umpflügte, dachte er plötzlich, daß das Geld nun völlig unbewacht wäre. Könnte nicht jemand ungesehen in seine Kammer schleichen? Er hatte zwar zu keinem darüber gesprochen, wo er es verwahrt hatte. Außer zu Amke — doch ob Amke schweigen würde, erschien ihm durchaus nicht sicher. Er traute auch keinem etwas Schlechtes zu, er hielt sie alle für ehrlich, aber — woher kam ihm nur plötzlich das Wort: Gelegenheit macht Diebe? Fentje schaltete er aus, doch so ein Junge wie Göke — und Harm Puls mit seinem Haus voller Kinder —?

Er schalt sich selber, darum waren sie noch lange keine Diebe —!

Konnte es sich aber nicht herumgesprochen haben? Winterboer, der Briefbote, hatte die Neuigkeit mindestens in der Umgebung verbreitet. Und es kamen oft fremde Händler auf den Platz — eine Vorstellung nach der andern tauchte in seinem Hirn auf und stahl ihm stückweise die Ruhe, die er sich sonst so leicht nicht nehmen ließ.

Nie war ihm bis jetzt in den Sinn gekommen, daß eine Kleiderkiste ein Schloß haben müßte. Wenn nun mal — das Geld — nachher — nicht mehr da wäre?

Mit einem Ruck brachte er die Pferde zum Stehen: „De Dunner sall't halen, dat holl ik nich ut!" Und zum erstenmal in seinem Leben ließ Kasjen seine Arbeit im Stich und lief hin und überzeugte sich, daß das Seinige unangerührt an seinem Platze lag.

Am Abend vertraute er Amke an, daß er den Beutel nun im Bettstroh geborgen hätte und band ihr auf die Seele, daß sie zu keinem etwas verlauten lasse. Und sie versprach, daß sie tagsüber ein wachsames Auge darauf haben wollte, das beruhigte ihn so lange, bis ihm klar wurde, daß sie das bei ihrer Arbeit ja nur selten könnte. Obwohl er sich zur Vernunft rief, ließ ihn die Sorge nicht mehr los.

Da erinnerte er sich an den Rat des Amtsvogts, das Geld auf die Bank zu geben. Und er beschloß bei sich, bei seinem nächsten Gang in die Stadt sich umzuhören, was das mit so einer Bank auf sich hätte.

Was er nun mit all dem Geld wolle, war Amke neugierig zu wissen. „Ja, Kind —" er rieb sich den Arm mit dem Buseruntjeärmel, das wüßte er noch nicht, doch es würde ihnen beiden wohl noch zupaß kommen.

Es war Feierabend, und sie standen beieinander an dem breiten Graben, der den Garten von den Ländereien trennte und den Harm Puls sauber geschlötet hatte. Ein launischer Apriltag, der immer wieder graue Massen vor die Sonne geschoben hatte, schenkte abschiednehmend sein heiterstes Lächeln dem Mond, der wie eine große rötliche Laterne über dem Deich hing.

„Ja?" Amke strahlte ihn an, das klang verheißungsvoll. Wenn sie sich auch nichts Bestimmtes dabei denken konnte, so gaukelten in ihrer Phantasie unzählige Möglichkeiten, mit denen sie ihre Zukunft auszugestalten bereit war. Und unter ihren frohgläubigen Augen begann nun auch Kasjen zögernd und vorsichtig seines Herzens Wünschen Gestalt zu geben:

Etwas Eigenes möchte er haben, wie es sein Vater gehabt und wie es nun Freerk hatte.

„O ja!" Amke sah es vor sich: ein Haus, in dem sie als Herrin thronte, keinem dienstbar — und Zeit im Überfluß und Geld, das viele Geld, zu kaufen, was man wollte! „Och, Kasjen, wat word dat fein!" jubelte sie, und ihre Vorfreude machte ihm das Herz hoffnungsvoll.

Als an dem Markttag der nächsten Woche Harm Puls ein Tier nach der Stadt bringen sollte, faßte Kasjen Mut und bat den Bauern, ihn damit zu betrauen, weil er dort wegen seiner Erbschaft etwas zu tun hätte, was er dann so nebenbei erledigen könnte.

Ihm sollte es recht sein, sagte Esders.

Und so packte Kasjen seinen Beutel in ein großes Schnupftuch, das er mit den vier Zipfeln verknotete. Ob er das Geld in einer Bank lassen würde, wußte er noch nicht, aber auf alle Fälle nahm er es mit, er konnte es doch nicht einen Tag lang ohne Aufsicht lassen.

Auf dem Markt traf er allerlei Bekannte. Da war Bauer Wiltjes aus seinem Dorf, der ihn freundlich begrüßte. Ist doch ein anderer Schlag, unsre Geestbauern, dachte Kasjen, das sollte einem Bauern von der Marsch auch einfallen!

Und als der Handel abgeschlossen war und Esders ihn nicht mehr brauchte, machte er sich an Wiltjes heran und fragte ihn, ob er ihn eben sprechen könnte.

Gewiß, sagte der, ob er wissen wolle, wie es bei ihm zu Hause aussehe?

Ja, das wohl auch, aber er möchte gern einen Rat haben, meinte Kasjen.

So? Dann wollten sie eben zusammen in die Waage gehen.

Und während sie sich bei einem Sööpke gegenübersaßen, erzählte der große Knecht, beide Hände über seinem Bündel gefaltet, dem Bauern von dem Reichtum, der plötzlich über ihn gekommen war, und den Sorgen, die er damit hätte.

„Ja, Jung, breng dat doch up de Sparkasse," riet Wiltjes.

Sparkasse — das Wort fiel wie ein erleuchtender Blitz in ihn hinein. Das war ein Begriff, dem Sicherheit anhaftete; Bank — so etwas hochtrabend Unbestimmtes war nicht ohne weiteres vertrauenswürdig.

Und als er sich, genau belehrt und ganz erfüllt von dieser Sache, auf den Weg machen wollte, sagte Wiltjes, bei seinem Bruder wäre ja dieser Tage ein Junge geboren.

Kasjen sah überrascht auf; das war ihm etwas Neues! Wiltjes fand das verständlich, mit dem Schreiben war man so schnell nicht bei der Hand. Na, schloß er, dann wolle er man Grüße von ihm mitnehmen.

Kasjen schüttelte ihm die Hand, die Heimat hatte ihn angerührt. Gedanken und Gefühle stritten in ihm, indes er davonging. Dann bekam seine eigne Angelegenheit wieder die Oberhand, und mit Herzklopfen betrat er gleich darauf das Haus, über dessen Tür in großen Buchstaben „Sparkasse" stand.

Es ging alles einfacher, als er gedacht hatte. Der Mann hinter dem Schalter zählte sein Geld und strich es ein, als wenn es nichts wäre und wandte sich nach der nötigen Auskunft dem Nächsten zu. „Wat kört of!" brummte Kasjen, während er mit seinem Buch etwas unsicher, aber doch erleichtert heimging.

Abends hatte er viel zu berichten. Amke hatte die andern nicht im unklaren gelassen, weshalb er so ungewohnterweise zur Stadt gewollt hatte. Und Harm Puls, der für ihn hatte einspringen müssen, kam extra noch zu einem Proot wieder, und sogar Fentje gab von ihrer steifen Zurückhaltung ein wenig auf und warf ein paar Fragen dazwischen. Es war eben nichts Alltägliches, daß einer ihresgleichen Geld auf die Sparkasse brachte.

Amke war begeistert von der Tatsache, daß man später mehr wiederbekam, als man hingebracht hatte, und in ihren Augen vergrößerte sich um Kasjen der Nimbus eines unendlichen Reichtums.

IX

Die Arbeit, die wie eine große Uhr mit ihren Weisern die Tage aufteilte, ließ auf Esders Platz die Menschen mit den Jahreszeiten Schritt halten. Und keiner fragte, ob ihnen das Lust oder Last war.

Dem Großknecht Kasjen war Schaffen Lust nach wie vor, daran änderte auch nichts, daß er nach aller Meinung vermögend geworden war. Im Gegenteil, dies Bewußtsein hob und trug ihn bei allem, was er tat. Und wenn er auch noch keine Möglichkeit sah, wie sein Wunsch Gestalt annehmen könnte, so zweifelte er nicht daran, daß es einmal werden würde.

Amke hingegen war enttäuscht, sie hatte soviele Träume um dies Ereignis des Geldsegens, in das sie ihre kleine Person schon hineinbezogen hatte, gesponnen, und nun war ein Tag wie der andere, und das Joch der Arbeit scheuerte ihre Schultern, obwohl sie kräftig genug waren.

Ihres Tages bester Teil war der Feierabend. Dann bedrängte sie Kasjen wohl mit Fragen, ob er noch immer keinen Weg gefunden hätte zu einem Heim für sie beide. Und er fuhr ihr über den krausen Blondkopf oder über die frischen Wangen und lachte: sie wäre noch lange jung genug zum Heiraten, und Warten müßte der Mensch lernen; im Grunde aber war er froh, daß ihrer beider Wünsche zusammenklangen.

Frühling wurde Sommer, und Saat wurde Ernte. Und wieder kam ein Gallimarkt mit allen Vorfreuden und Genüssen, und keinen regte es mehr auf, daß Kasjen und Amke zusammen feierten, wenn auch Fentje in den Tagen wieder launischer war.

Im Februar stand die Hengstkörung bevor. Das war eine bedeutende Angelegenheit in den bäuerlichen Kreisen.

Esders Stolz auf seinen Prachthengst übertrug sich auf den Großknecht, war er doch in erster Linie verantwortlich für Wartung und Pflege. Und daran ließ er es weiß Gott nicht fehlen: bekam das Tier nicht jeden Tag eine Stiege Eier in den Hafer, die es mit Wollust aufknabberte? Strotzte es nicht von unbändiger Kraft, war sein Fell nicht wie tiefschwarze Seide? Und wer durfte ihm vertraulich nahekommen und die prallen Schenkel klopfen außer dem Bauern und dem großen Knecht? War es ein Wunder, daß alles für Kasjen zurücktrat vor der wichtigen Begebenheit, daß er dies kostbare Tier nach Aurich bringen mußte, dem Ort der Hengstkörung, wo es dem Urteil einer hohen Kommission standzuhalten hatte?

Selbst Amke berauschte sich an dieser neuen Würde ihres Liebsten, die Anlaß wurde, daß er ein paar Tage fort sein würde; denn der Weg zur Regierungshauptstadt war weit, wenn man ihn ablaufen mußte. Und sie geriet außer sich vor Freude, als sie erfuhr, daß Kasjen in Ellermanns Gasthof übernachten sollte, um dann in aller Frühe den Weg fortzusetzen, damit der Hengst rechtzeitig an Ort und Stelle käme. Sie setzte ihm auseinander, daß er gleich in Ellermanns Küche gehen müßte, da würde Aaltje ihn schon versorgen, wenn sie hörte, woher er käme. Für ihr Leben gern wäre sie dabeigewesen!

Sie standen alle und sahen ihnen nach, als der Reisetag da war: Kasjen in seinem fiefschaften Packje mit den roten Aufschlägen, die nagelneue Notleine wie eine Schärpe über der rechten Schulter für den Fall, daß das wepele Tier etwa unbändig würde; und Harm Puls als Nachhut sozusagen und für alle Fälle.
Sogar der Bauer war bei ihrem Abzug zugegen, das war eine außerordentliche Sache für ihn morgen; waren doch nur zwei Hengste aus der ganzen Umgegend, die für die Körung in Betracht kamen, und einer davon war seiner! Er selber fuhr erst am andern Morgen. Und wenn es zum Verkauf kam, dann brachte Warner Esders einen guten Batzen Geld heim.
Es ging auch alles vorschriftsmäßig vonstatten. Amke hatte nicht zuviel versprochen: Aaltje Veerkant war überrascht und nicht wenig geschmeichelt, als der Zukünftige ihrer kleinen Schwester ihr persönliche Grüße brachte — so war also doch was dran, das Kind hatte mehr Glück als Verstand! — und ganz selbstverständlich übernahm sie die besondre Betreuung der beiden, so daß ihre Wegzehrung sich mehr als verdoppelte. Und obschon sie bei nachtschlafender Zeit wieder aufbrechen mußten, brachte sie es fertig, sie noch mit einem Koppke Tee „as Öllje" zu laben, was zur Folge hatte, daß Harm Puls unterwegs ihr Lob in allen Tönen sang; wenn Amke einmal so würde, meinte er, dann würde sie gut. Kasjen schmunzelte: warum sollte sie nicht so werden? Sowas läge meist in der Familie.
„Ja, mag wall", sagte Harm Puls, „man — kann ok wall neet!" Und er gab Beispiele zum besten, wie verschieden Geschwister manchmal wären. Doch das waren Sorgen, die Kasjen weit vorbeigingen.
Nach etwa achtstündigem Marsch brachten sie das Tier, von Rastpausen abgesehen, ohne Zwischenfall ans Ziel. Die Hengstkörung war immer ein Ereignis für Aurich.

Da waren sämtliche Gaststätten, vom vornehmen Hotel bis herunter zur einfachen Wirtschaft, überbelegt: Händler aus allen deutschen Gauen, sogar aus dem benachbarten Ausland hielten es für der Mühe wert, die kleine Stadt zu diesem Tag mit ihrem Besuch zu beehren; und manches Bürgerhaus nahm einen Hengstbauern, der keine Unterkunft mehr fand, in Quartier.

Die sonst so stillen Straßen wimmelten von Fremden, und auf den Zufahrtsstraßen vom Lande, auf denen die Hengste gebracht wurden, ging jeder den leicht scheuenden und ausschlagenden Tieren weit genug aus dem Wege.

Nicht nur Leute, die es anging, auch Pferdeliebhaber fanden sich ein, denn hier gab es eine Schau edler und gepflegter Rassetiere, die eines Kenners Auge entzücken konnten; wer in Ostfriesland in dieser Zeit etwas in der Regierungshauptstadt zu besorgen hatte, der wählte gern diesen Tag dazu, und es trafen manche zusammen, die sich sonst im ganzen Jahr kaum sahen. Auch vor Kasjen tauchte ein bekanntes Gesicht auf: „Kiek an, Lammert Lammers!"

Sie freuten sich beide. Ob er denn nun verheiratet wäre, war Kasjens erste Frage.

Jawohl, er hätte nun seine eigne Stelle im Moor, erklärte er stolz. Und er erzählte, daß sie wohl Arbeit in Fülle hätten, er und seine Frau, Arbeit, die mühselig und ihm ungewohnt wäre, aber daß sie doch gut vorankämen. Denn der Alte, sein Schwiegervater, dem die Gicht so zusetzte, daß er nicht mehr mittun könnte, wüßte von Grund auf Bescheid, und so hätte er einen guten Lehrmeister.

Da fragte Kasjen — und er wußte mit einem Mal, daß er lange auf diesen Augenblick gewartet hatte, ohne sich darüber klar zu sein — ob dort nicht auch für anderseinen etwas anzufangen wäre?

Für anderseinen? Lammert sah ihn fragend an: ob er am Ende selber Sinn daran hätte?
„Ja —" Kasjen nahm die Mütze hoch und fuhr sich durch das Haar, „dat is nu so —"
Und dann erfuhr Lammert Lammers, was für ein reicher Mann Kasjen inzwischen geworden war.
„Hm —" brummte er und rieb sich das Kinn, das ein kurzer, blonder Bart umrahmte, da wüßte er vielleicht etwas, und zwar in seiner nächsten Nähe.
„Ja?" Kasjens Stimme klang heiser, ihm klopfte plötzlich das Herz.
Ja, sagte Lammert, und er erzählte von einer Frau, die kürzlich Witwe geworden wäre und die, durch eine langwierige Krankheit ihres Mannes in ihren wirtschaftlichen Verhältnissen weit zurückgebracht, sich außerstande sähe, das kleine Besitztum zu halten.
„Un nu mutt se verkopen?" fiel Kasjen ein.
„Se mutt un se will ok," bestätigte Lammert, „dar sullst du ins achterto gahn!"
Ob er denn glaube, daß er mit seinem Geld — stotterte Kasjen.
Darauf wollte er nicht ja und nicht nein sagen, aber soweit sein Urteil reiche, würde die Frau zufrieden sein, wenn sie ein paar hundert Taler in die Hand bekäme und das übrige auf dem Hause stehen bliebe. Aber es wäre das beste, wenn er mal selber hinterherginge.
Kasjen nickte.
„Wat hebb ik seggt?" lachte der andre, „du sullst mi man nakomen! Kasjen, Keerl, — dat word der noch van!"
In Kasjen war eine große Erregung. Unablässig kreisten seine Gedanken um dies Gespräch.
In seiner Erinnerung verband sich mit dem Begriff Moor die Vorstellung einer unabsehbaren, heidekrautbedeckten Fläche, bestanden mit braunen Torfhügeln, die zu

den menschlichen Behausungen abgefahren wurden. So hatte er es gelegentlich gesehen, ohne je viel darüber nachgedacht zu haben.

Anders war das als die heimische Geest, noch anders als die Marsch, die ihm allmählich vertraut geworden war. Und alles Fremde verursachte ihm Unbehagen, und es kostete ihn Überwindung, da einen Schritt hineinzutun.

Blind und taub für seine Umgebung, mühte er sich um seinen Zukunftsacker, ob er ihn würde pflügen können. Bis die Gegenwart ihn in die Wirklichkeit stieß: Esders Hengst hatte einen Preis bekommen! Einen Preis von 50 Reichstalern! Da sprang die stolze Genugtuung, die von des Bauern Gesicht leuchtete, auch in die Augen seines Großknechts Kasjen. Und der Taler, den er später in die Hand gedrückt bekam, erhöhte seine Freude.

Händler drängten sich um den glücklichen Besitzer, der wenig Neigung verriet, das Tier zu verkaufen. Doch nach langem Hin und Her, das die Angebote immer höher trieb, bekam dann doch einer den Zuschlag; ein Fremder war es, Harm Puls behauptete, es wäre ein Amerikaner und lachte Kasjen verächtlich aus, der bloß auf einen Holländer riet.

Bei aller Befriedigung gab es Kasjen doch einen Stich, daß dieser Prachthengst nun seine Obhut entbehren sollte. Aber Harm Puls war froh, daß ihnen die Mühe des Rückwegs erspart blieb, denn Esders nahm sie in seinem Wagen mit.

Sie waren beide die Helden des Feierabends, und wenn sie auch nichts weniger als Erzähler waren, so verstand besonders Amke so eingehend zu fragen, daß dem Alten schließlich die Geduld ausging: „Wicht, du fragst mi ja dat Hemd vör de Neers weg!" Worauf Kasjen lachte: „Ja, Jung, Amke fragt sük klook!"

Er sagte aber nicht, daß er Lammert Lammers getroffen hätte. Bevor er diese Sache nicht gründlich von allen Seiten beleuchtet und mit sich selber ins Reine gebracht hatte, sollte auch Amke nichts davon wissen.
An den folgenden Tagen liefen seine Gedanken von der Arbeit weg und gingen Wege, die er noch nicht kannte, die aber alle in ein gelobtes Land führen sollten: zu eigenem Grund und Boden; sie gingen suchend und stießen an Hindernisse, die unerkannt drohten, sie drehten sich im Kreise und kamen verzweifelt zum Ausgangspunkt zurück; sie nahmen ihm die Ruhe und wälzten einen schweren Entschluß hin und her, bis er endlich fest vor ihm stand: am nächsten freien Sonntag würde er ins Moor gehn und Lammert Lammers besuchen. Und dann würde sich alles finden.
Kasjen atmete befreit auf, als er soweit mit sich im klaren war.

Es war an einem Aprilsonntag, als in der Morgenfrühe der Großknecht Kasjen nach dem Flecken wanderte und zu dem alten Fährmann Buss ins Boot stieg.
Ob er nach Hause wolle, fragte der.
Das grade nicht, war die Antwort, er wolle nur einen Freund aufsuchen.
„Deist recht an." Der Alte tauchte die Ruder in das stille Wasser. „Word en moje Dag."
„Schient so," nickte Kasjen.
Es war das erste Mal, daß er sich hier übersetzen ließ. Lammert hatte ihm den Weg beschrieben. An der andern Seite erklomm er auf der schmalen Treppe den Deich und schaute von oben in das weite Land, das noch kahl und unbelebt vor ihm lag.
Nicht allzufern grüßte das schräge Dach eines Kirchturms über das kleine Dorf hinweg, das wie eine Insel aus der ebenen Fläche lugte. Da führte sein Weg vorbei.

In ihm war eine Erregung, die seine Schritte beschleunigte. Als das Moor vor ihm lag, blieb er stehen, und seine Augen tasteten über die schwarze Weite. Da war nichts, das sich ihnen in den Weg schob — war es nicht wie dort, woher er kam? War es nicht wie an jenem Sonntag, als sich ihm zum erstenmal die Unendlichkeit auftat? Land, Land — bis an den Himmel?

Ja, aber jenes Land lag in sattem Grün, in dem es sich schwarzbunt regte, wie das lebendige, fruchtbare Leben selber, hier jedoch lag es braun und düster, verdorrtes Gestrüpp über grundlosem Boden bis in die öde Unermeßlichkeit.

„Moor, Moor bit an de Hemel —" sagte er leise, aber es wollte nicht über seine Lippen, daß auch, wer hier wohnte, ein König wäre. Und er wehrte sich gegen ein Gefühl, das ihn beklommen machen wollte.

Er setzte sich wieder in Bewegung, über einen Sandrücken ging der Weg am Rande des Moores entlang. Braunes Wasser blinkerte in dem Graben, der mit Binsen und Brombeergerank durchwachsen war, und Kasjen fiel ein, daß Tante Sievertje ihnen erzählt hatte, die Moorleute brauchten viel weniger Tee, weil das Wasser schon braun wäre.

Ein Vogel schoß aus dem dunklen Kraut in die Höhe. Eine Lerche, dachte er, und da hörte er, daß die Luft voller Singen war. Er hob den Blick, und als hätte die Sonne nur darauf gewartet, zerriß sie den Morgenschleier.

Da schüttelte Kasjen von sich, was unfroh auf ihm lag und schritt voran, bis er hier und da ein Haus gewahrte. Er fragte einen Jungen, der in Holzschuhen daherschlenderte, wo Lammers wohnte.

Und dann war er da, es war ein Haus, ähnlich den andern. Eine ziemlich große, dunkelhaarige Frau trat

grade aus der Tür, und als sie ihn sah, drehte sie sich um und rief etwas ins Haus hinein.
Da kam Lammert nach draußen und lachte übers ganze Gesicht, so freute er sich.
„Moder, maak Tee!" rief er, „dat is Kasjen Kasjens."
Da lief auch ein heller Schein über ihr blasses Gesicht, sein Name war hier anscheinend nicht fremd.
In der kleinen, freundlichen Küche saß ein alter Mann an einem der beiden Fenster, die auf den Weg sahen, im Hörnstuhl dicht am Feuer, über dem der Kessel sang. Das war Theus Freese, Lammerts Schwiegervater, der Kasjen seine gichtgekrümmte Hand reichte. Viel Hausrat war nicht in dem Raum, um den blankgescheuerten Tisch standen ein paar Binsenstühle, eine Kommode an der einen Wand links von der Tür und daneben in der andern Wand die Butzen. Davor stand eine wurmstichige Wiege, die bestimmt schon Generationen gedient hatte und jetzt den Jüngsten des Geschlechts trug, den Lammert voll Stolz Kasjen zeigte.
Der Besuch mußte dem Alten gegenübersitzen, und bald stand ein deftiges Koppke Tee neben ihm auf dem Fensterbrett.
Unwillkürlich fragte Kasjen: „Is jo Water ok bruun?"
„Ja", sagte die Frau, „man wi hebben en Regenfatt."
Da trank er mit uneingestandener Erleichterung die Tasse leer. Am liebsten wäre er gleich auf sein Ziel losgesteuert, aber dazu war er zu schwerfällig, und so sprachen sie über Nebensächlichkeiten, bis der Freund den richtigen Dreh fand und vorschlug, daß sie sich noch vor dem Essen auf die Besichtigungsreise machen wollten.
Jetzt erst sah Kasjen, daß um das Haus ein schönes Stück Gartenland lief, und Lammert zeigte ihm, was davon in diesem Jahr dazugekommen, also dem Moorboden abgerungen war.

Sie gingen am Moorrand entlang, dann bog Lammert in einen schmalen Pfad ein, den er Haaspad nannte.

Einer, der sich hier nicht auskenne, sagte er, könne im Moor versacken, wenn er vom Weg abkomme.

Kasjen meinte, er wäre mit dem Kleiboden fertiggeworden, dann würde er es hier ja wohl auch zwingen.
„Wat ik kann, kannst du ok", tröstete der andre, „erst recht, wenn dat dien Eegen is. Kiek — dar!"

Er zeigte auf ein Haus, auf das sie nun zugingen.

Kasjens Augen hefteten sich daran und ließen nicht mehr davon, bis sie davorstanden. Klein war es und alt, das war der erste Eindruck. Er dachte an sein Elternhaus; in der Bauart glich es ihm, wie ja die ostfriesischen Bauern- und Kolonistenhäuser nur in der Größe und dem inneren Ausbau verschieden sind. Aus dem strohgedeckten Dach ragte der Schornstein vorn aus der Giebelwand, deren zwei Fenster hinter ein paar Bäumen weglugten; Birken waren es, die Sonne glitt über die grauen Stämme. Ein drittes Fenster war in der Seitenmauer, auch der Eingang, genau wie zu Hause, an der Stelle, wo das Dach vorsprang, um noch den Stall zu decken. Die Tür kreischte, als Lammert sie öffnete, sie hing schief, stellte Kasjen fest, und das Mauerwerk war verwittert, der Lehm bröckelte aus den Fugen.

In dem spärlichen Licht, das von draußen eindrang, tappten sie durch den Gang, der links in den Stall, rechts in die Küche führte, deren Tür offenstand. Der Raum war ebenso aufgeteilt wie bei Lammers, aber dürftiger war alles und unansehnlicher. Und die Frau, die am Tisch Geschirr abwusch, sah gedrückt und verhärmt aus. Ein etwa sechsjähriger Junge stand neben ihr und bohrte mit dem Finger in der Nase, während ein kleines Mädchen in einem schmuddeligen Kleid auf dem Lehmfußboden herumkrabbelte.

Verlegen trocknete die Frau ihre Hände in der Schürze, als Lammers ihr auseinandersetzte, um was es ging. Kasjen sagte, er hätte nicht viel Zeit, ihm läge nur daran zu sehen, was alles zu dem Anwesen gehöre.
Ja, sagte sie, es wäre nun alles nicht so imstande, wie es wohl sein müßte, und sie fing an, von ihres Mannes langem Krankenlager zu erzählen. Sie nahm das Kleine auf den Arm, und während der Junge sich an ihren Rock hängte, ging sie mit in den Stall.
Eine magere Kuh drehte den Kopf nach ihnen, und Kasjen entsetzte sich, wie ungepflegt sie war und wie unsauber und verloddert alles aussah. Das Schwein hätten sie notschlachten müssen, klagte die Frau, die beiden Schafe wären draußen.
Der Großknecht von Esders Platz schüttelte nur den Kopf, es juckte ihm in den Händen, hier zuzugreifen und aufzuräumen.
Nun wollte er noch das Land sehen, das dazu gehörte. Sie meinte, das könnte Lammert ihm zeigen, der wüßte Bescheid.
Er war froh, als er aus der muffigen Luft ins Freie trat. „En Smeerbudel!" knurrte er, und der Freund lachte: „Word Tied, dat hier weer en Keerl in kummt!"
Die Hinterwand des Stalles bestand nur aus Torf und Brettern, die noch lose zusammenhingen. Verkommen war alles, es mußte viel daran getan werden, aber das traute er sich schon zu, daß er da Ordnung hineinbrächte.
Auch im Garten fehlte die kundige Hand, er war nicht mal abgegrenzt, die Heide wuchs lustig in ihn hinein. Ein krüppliger Apfelbaum stand windschief neben verwilderten Büschen.
Er ging wieder auf einem Haaspad hinter Lammert her, und der zeigte ihm eine Pütte, das war die Stelle, aus der der Torf zuletzt herausgestochen war. Sie hatte sich

mit Wasser gefüllt und war wieder überwachsen, und wer nichtsahnend darüberschritt, den verschluckte die braune Tiefe.

Kasjen ließ sich erklären, wie die Arbeit hier vor sich ging, und in Gedanken stach er schon mit dem Torfspaten die Brocken los. Wie weit denn das Heidestück reiche, das zum Hause gehöre, wollte er wissen. Das könnte man so genau nicht wissen, meinte der andre, und käme auch nicht darauf an; in dem Grundbuch stünde es wohl verzeichnet, aber darum hätte sich bis jetzt noch keiner gekümmert, es käme schon jeder zu seinem Recht.

Kasjen sah gradeaus, sah links und rechts — ja, es leuchtete ihm ein — „Moor bit an de Hemel!"

Und jäh kam es auf ihn zu aus der unendlichen Weite und drang ihm ins Blut, stark und berauschend, daß sein Herz zu klopfen begann:

Up eegen Grund — up eegen Grund!

„Wat meenst du darvan?" fragte der Freund.

Da riß er sich zusammen: „Kumm, se sall mi seggen, wat se hebben mutt!"

Sie wurden bald handelseinig; sie war zufrieden mit der Anzahlung, die er mit seiner Barschaft machen konnte, das übrige sollte als Hypothek darauf stehen bleiben.

Lammert gab ihm den Rat, die Sache dem Advokaten Huisken an die Hand zu geben, der würde schon alles für ihn in die Reihe bringen.

Sie kamen grade zum Mittagessen zurecht, und Kasjen genoß mit Behagen die saubere Häuslichkeit; jetzt sah er erst bewußt die blitzblanken Scheiben mit den Pantoffelblumen davor, die frischgekalkten Wände mit dem schwarzgeteerten Sockel, das reinliche Bettzeug in der Wiege — und er sah plötzlich Amke mit ihrem rosigen Kindergesicht und hörte ihr Lachen klingen. Und wieder überkam ihn ein Freudenrausch.

Er konnte es nicht erwarten heimzukommen. Heute abend noch wollte er mit Amke sprechen: Mai wurde gekündigt, daß sie zu Michaelis aus dem Dienst gehen konnten, und dann wurde geheiratet! Er malte sich aus, was Amke dazu sagen würde, und er lachte beglückt vor sich hin.

Er sah und hörte nichts unterwegs; vor seinen Augen stand das kleine Haus — eine elende Moorkate, das gab er unumwunden zu — aber es sollte nur erst Kasjen Kasjens gehören, dann würde es bald keiner wiedererkennen! Es traf sich gut, wenn sie im Herbst hinzögen, so würde er erst alles instand setzen, bis zum Winter kam er damit ein Ende hin. Das Land hatte bis zum Frühjahr Zeit. Vielleicht konnte er den Garten noch umgraben, wenn der Frost ihm nicht dazwischen kam. Und Amke würde sich langsam einleben, was gab es denn erst groß zu tun für sie als zu kochen und sauberzuhalten. Hausrat — ach, was brauchten sie viel, Butzen waren da, Stroh hinein, etwas Bettzeug — ja, er hatte doch zu Hause sein Bett gehabt, da mußte er mal mit Freerk reden, das mußten sie ihm herausgeben!

Kasjen wunderte sich, als er die Fähre vor sich hatte, so kurz war ihm der Weg geworden.

Er hatte Amke nur gesagt, daß er seinen Freund besuchen wollte. Nun stand ihre Neugier auf dem Sprung, aus ihm herauszufragen, was er nur hergeben wollte, und sie wunderte sich, wie aufgeräumt und willig er darauf einging. Ihm war diese Art, das loszuwerden, was er mit sich herumtrug, viel bequemer, als wenn er zusammenhängend erzählen mußte. Dabei setzte er die große Neuigkeit, die als unerhörtes Erlebnis ihn zutiefst aufwühlte, mit ein paar trocknen Sätzen vor sie hin.

Amke geriet in hellen Aufruhr: Kasjen wollte ein Haus kaufen — und viel Land dabei — und eine Kuh und zwei Schafe — im Moor! Die Fragen sprudelten aus ihr heraus, jede Einzelheit mußte sie wissen, und er wurde nicht müde zu antworten.
„Un to Mai kündigen wi", sagte er, „Esders sölen wall upkieken, wenn se twee upmal kwiet worden."
Ihr blieb der Mund offen stehen, so weit hatte sie noch nicht gedacht.
„Kündigen? To Mai?"
Ja, was sie wohl meine — im Herbst würde Hochzeit gemacht!
Ihre Augen weiteten sich, einen Augenblick raubte es ihr die Sprache. Dann jubelte sie auf: „O — Kasjen!" Und sie fiel ihm glückstrahlend um den Hals.

In knapp vierzehn Tagen wurde es Mai, aber so lange brauchten Esders nicht auf die Überraschung zu warten. Amke wäre ja an ihrer Freude erstickt, wenn sie sie nicht selbigen Abends noch Fentje mitgeteilt hätte.
Die große Magd hatte sich scheinbar mit den Gegebenheiten abgefunden, sie hatte am letzten Gallimarkt Heye Bloem nicht zurückgewiesen, wenn sie auch nichts zu ihm hinzog, sie ersehnte den Tag, an dem sie vor der Kleinen nicht länger zurückstehen und ihr den Bräutigam präsentieren könnte, aber soweit war es noch immer nicht gekommen.
Nun traf ein neuer Messerstich die kaum verharschte Wunde: Kasjen kaufte eine Moorstelle, und im Herbst war Hochzeit.
„So?" klang es gleichgültig. Aber dann mußte Fentje das Kissen in den Mund stopfen, um nicht loszuheulen.
Am andern Morgen erfuhr die Frau, was bevorstand. Nun ja, sie trauerte Amke nicht nach, doch ihr Mann hatte seinen Verdruß, nicht auf jeden Großknecht war

soviel Verlaß. Sie ließen aber beide kein Wort davon verlauten und nahmen dann die Kündigung gelassen hin.
Kasjen ärgerte sich, daß man so kalt über zwei Jahre Arbeit hinweggehen konnte, die ein Stück seines Lebens bedeutete. Er trennte sich nicht leichten Herzens von den Tieren, deren Augen und Stimmen ihn vertraut grüßten, und von dem Land, um das seine Hände sich mühten, so innig er sich des Anlasses dazu freute. Aber wie sehr auch sein Denken schon der Zukunft verhaftet war, er tat sein Werk nach wie vor mit derselben Treue.
Amke jedoch hatte die Aussicht auf all das Neue, das kommen sollte, überwältigt. In ihrem Kopf verdrängte eine Vorstellung die andre, ohne daß ein klares Bild sich formte. Ein Gedanke beherrschte alles: bald war es vorbei mit dem Gehorchenmüssen, bald war sie selber Frau, und jeder Tag, jede Stunde gehörte ihr! Ihre Phantasie malte mit den buntesten Farben, und darüber vergaß sie das Nächstliegende und mußte manche Zurechtweisung über sich ergehen lassen. Unter Frau Esders scharfen Augen nahm sie sich noch zusammen, im übrigen baute sie ein Luftschloß nach dem andern, die alle mit dem Haus im Moor nicht das Geringste gemein hatten.

X

Nun mußte er mit Amkes Mutter sprechen, das stand vor Kasjen als nächste Pflicht auf. Für die Kleine war das ein Ereignis von neuem Reiz. Sie war nicht wieder daheim gewesen, seit sie vor zwei Jahren in die Marsch zog; sie hatte sich mit der Mutter nur bei Aaltje getroffen, weil das am günstigsten war. Jetzt aber sollte sie nicht nur ihr Dorf wiedersehen, an Kasjens Seite würde sie hindurchgehen, und sie stellte sich vor, wie man hinter jedem Fenster ihnen nachschauen und aufgeregt tuscheln würde: „Kiek eben — is dat nich Amke Veerkant? Heerijees, mit en Brügen?!" Sie wurde rot vor Stolz, wenn sie daran dachte.

Auf Kasjens Anraten hatte sie der Mutter durch die Schwester Bescheid gegeben, und so kam zu der alten Frau ungeahnt die Freude, die bei ihr ein seltener Gast gewesen war.

In Ellermanns Küche hörte sie die Botschaft, und sie sackte auf den nächsten Stuhl: „Is ja wall nich wahr!" Obwohl ihre Tochter Aaltje das Lob des großen Knechts sang, seit sie ihn auf seiner Reise zur Hengstkörung kennengelernt hatte, war ihr die Sache immer noch nicht recht glaubhaft gewesen. Sie kannte das Leben, und ihr Herz war mißtrauisch geworden.

Dieser angekündigte Besuch aber hatte etwas zu bedeuten, für nichts und wieder nichts kam kein Mann zu der Mutter seines Mädchens. Nun ging eine frohe Erregung mit ihr durch die Tage. So sparsam sie zu

wirtschaften gewohnt war, so sehr sorgte sie jetzt, daß sie was aufzutischen hatte.
Sie war nicht mehr die Stärkste, und sie mußte manche Arbeit absagen, die sie früher spielend bewältigte. Sie saß nun gern am Spinnrad und spann die Wolle, die man ihr brachte, zu einem ebenmäßigen Faden, sie strickte mit erstaunlicher Schnelligkeit, und so war ihre Arbeitskraft auch heute noch begehrt. Ihren Lohn bekam sie selten in barem Gelde, man gab ihr, was sie zum Leben brauchte, und damit war ihre Anspruchslosigkeit vollauf zufrieden.
Nun aber ging sie in dieses und jenes Haus und lenkte das Gespräch auf den bevorstehenden Besuch, und dabei fiel hier ein Stück Butter ab und dort ein Stück Käse und eine Wurst, und auch an einem Stück Fleisch fehlte es nicht.
Als der hohe Tag da war, da leuchtete der rote Steinfußboden ihrer Küche mit dem weißen Sand um die Wette, der seinen Rand wie eine kunstvolle Spitzenkante zierte.
Sie sah die beiden jungen Menschen daherkommen und machte die Tür auf, und ihre Augen umfingen ihr Kind mit soviel Liebe, daß dem Mann, der den ersten Schritt in dies Haus tat, das Herz so warm wurde wie jenes erste Mal, als er dieser alten Frau begegnete, und daß alle Fremdheit und alles Unbehagen in ihm dahinschmolz. Ihm war, als wenn er zu Tante Sievertje käme, er hatte das Gefühl, daß er hier ohne viele Worte verstanden würde.
Das Reden besorgte Amke, und Kasjen war es recht, daß sie ihm große Erklärungen ersparte. So begingen sie ihren Verlobungstag, ohne daß dies Wort dabei eine Rolle spielte.
Für Kasjen war es eine Wohltat, daß er mit dieser Frau, die er nun Mutter nennen sollte, alles vernünftig durch-

sprechen konnte, angefangen von dem Kauf der Moorstelle bis zur Beschaffung des Hausrats.
Ihre Armut konnte zwar herzlich wenig dazutun, die Tochter auszusteuern, aber ihr praktischer Sinn gab manchen Fingerzeig, und für ihn war es so selbstverständlich wie für sie, daß es klein anzufangen gelte, daß es jedoch mit Fleiß und Ausdauer langsam und stetig vorangehen würde.
„Amke is noch jung," sagte sie, „man se is en stramm Wicht und kann wat ut de Weg setten, un doon deit lehren!"
Amke nickte glücklich: „Dann kann mi nümms mehr kumdeeren!" Sie mußten beide lachen, und Kasjen meinte: „Junge Fohlen spölen gern." Sie würde schon bei kleinem in die Arbeit hineinwachsen und — kommandieren würde er dann!
Da lief ihr helles Lachen wieder eine ganze Tonleiter herunter: „Och — Kasjen!"
Die erste Gelegenheit, die den großen Knecht an einem Markttage in die Stadt brachte, nahm er wahr, um den Advokaten Huisken aufzusuchen. Der alte Herr mit dem grauen Haar und der goldenen Brille machte auf ihn einen vertrauenerweckenden Eindruck. Kasjen brauchte nicht viel zu sagen, der erfahrene Mann hatte bald ein richtiges Bild von der Sachlage. Er versprach, den Kaufvertrag aufzusetzen, und wenn beide Parteien ihre Unterschrift gegeben hätten, dann würde Kasjen nichts weiter damit zu tun haben, als daß er pünktlich jedes Jahr zu Martini die Zinsen bei ihm einbezahlte.
Mit einem Hochgefühl trat Kasjen den Heimweg an, nun ging alles seinen richtigen Gang! Nun hatte er das große Tor aufgestoßen, hinter dem die freie Weite lag. Freilich — sie lag da wie ein Wüstentier, unbezwungen und voller Tücke, aber nicht unbezwingbar. Seine Fäuste würden sie packen und mit ihr ringen, und

mochte mancher Schweißtropfen drauf gehn, seine Kraft fürchtete kein Erlahmen! Es würden ja junge Füße neben ihm gehen und junge Hände mit den seinen gemeinsam schaffen — auf eignem Grund!

Und er gedachte in Dankbarkeit des einsamen Alten, der es sein Lebtag nicht über ein Knechtedasein hinausgebracht, der aber ihm dadurch die Brücke gebaut hatte zu einem neuen Ufer.

Es war Ende Mai. Der große Knecht Kasjen und die kleine Magd Amke hatten ihren freien Sonntag, und sie ging an seiner Hand durch den taufrischen Morgen.

Amke hatte das Leben noch nie so schön gefunden wie jetzt; ihr schien, als ob all seine Fenster an der Sonnenseite wären, und welches sie auch öffnen mochte, jedes bot einen bezaubernden Ausblick.

Heute wollte Kasjen ihr seine Heimat zeigen, da würden ihre Augen den ganzen Tag nur Neues sehen!

Er mußte immer wieder dies unbeschwerte, glückhelle Gesicht betrachten, ihm wurde selber leicht und froh dabei. Zum erstenmal nach seines Vaters Tode war das Nachhausekommen für ihn ohne Bitterkeit.

Mit dem Stolz des noch irgendwie Dazugehörenden stellte er ihr das kleine Anwesen vor und pries vor Amke Freerks tüchtigen Fleiß und seine arbeitsame Frau.

Nicht minder stolz aber trat er vor seinen Bruder und machte ihn und Gerdje mit seiner Braut bekannt, die in ihrer rotbäckigen Frische und dem blonden Flechtenkranz sich wohl sehen lassen durfte.

Freerks Freude war echt, und Gerdjes Überraschung war groß, doch sie nahm die unerwarteten Gäste freundlich auf, während ihr musternder Blick über die künftige Schwägerin glitt. Amke, die so selten in ein andres Haus kam, hatte zu tun, um all die Eindrücke zu bewältigen, die auf sie eindrangen.

Da traf ein knörrendes Stimmchen ihr Ohr, und wie elektrisiert fuhr sie herum: „Jo Jung?"
In die kühlen Augen der jungen Mutter kam ein warmer Schein, als sie zum Wandbett ging und ihr Kind auf den Arm hob.
„Ja", sagte Freerk, „dat is Dirk Kasjens." Und Vaterglück lachte aus ihm.
„Dirk Kasjens", wiederholte Kasjen; so reichte die Vergangenheit der Zukunft die Hand — sie tat sich ihm plötzlich in neuer Verheißung auf. Er sah Amke selig mit dem Kleinen auf dem Schoß spielen, und er lächelte. Sie gab das Kind gar nicht wieder her und trug es überall mit hin, als Kasjen ihr alles zeigte, was ihm seit Kindertagen vertraut war.
Das gefiel Gerdje, so konnte sie ungestört das Mittagessen bereiten. Es traf sich gut, daß sie einen dicken Mehlbeutel angemengt hatte; nun holte sie aber noch ein gutes Stück vom Eingeschlachteten aus dem Keller. Sie wollte sich doch nicht nachsagen lassen, daß sie nicht ordentlich was auf den Tisch brachte für das Mal, wo sie Brautvisite hatten.
Amke hätte am liebsten den Jungen auch gefüttert, aber das ließ sich seine Mutter nicht nehmen. Nun müßte er schlafen, sagte sie, dann hätten sie Ruhe zum Essen.
Gerdje hatte gut gekocht, sie schnitt gewaltige Scheiben von dem duftenden, lockeren Mehlpüüt ab, und es gab heiße Milch darüber und reichlich Zucker und Butter. Trotzdem ließen sie „Tuffels un Fleeß un Stipp" hinterher auch nicht stehn, und Amke lobte begeistert: „Lecker is dat!"
Soweit hatte Freerks Frau nichts gegen die neue Verwandte einzuwenden.
Aber als es dann ans Abräumen und Abwaschen ging, hätte da das junge Ding nicht mit Hand anlegen müssen? Statt dessen saß es und hörte mit beiden Ohren

zu, wie Kasjen seinem Bruder von der gekauften Moorstelle und seinen Plänen erzählte.

Amke kostete das Aufbesuchsein aus, sie genoß das Geräusch des klappernden Geschirrs als etwas, woran sie heute ganz unbeteiligt war.

Gerdjes gute Meinung von ihr wurde dadurch wesentlich beeinträchtigt, und beim Teetrinken verhielt sie sich Amke gegenüber merklich kühler.

Als die beiden bald danach aufbrachen, weil Kasjen noch Tante Sievertje aufsuchen wollte, brachte Freerk sie den Pfad herunter bis an die Hecke, und sein gutmütiges Gesicht spiegelte die Zufriedenheit wider, die ihn erfüllte. Es hatte ihn immer etwas bedrückt, daß er der Bevorzugte war; nun gab seines Bruders Zukunftsplan ihm erst die ungetrübte Freude an seinem Besitztum.

Seine Frau versuchte zwar einen Dämpfer darauf zu setzen, indem sie wegwerfend sagte: wenn Kasjen sich man nicht versähe, das Mädchen wäre faul!

Doch er meinte, das könnte sie nach dem ersten Sehen nicht beurteilen. Aber sie ließ sich nicht beirren: „Wat ik di segg — dar hebb ik en Oge för!"

„Och, se is jung", begütigte er.

Das hätte nichts damit zu tun, blieb sie bei ihrer Meinung.

Tante Sievertje saß am Fenster, die Hände im Schoß gefaltet. Kasjen erschrak, wie gelb das alte Gesicht unter dem schwarzen Kopfputz aussah.

Aber die Augen leuchteten auf, als sie ihn erkannte: „Mien Jung!" Dann glitten sie von ihm zu dem fremden Mädchen an seiner Seite.

„Tant Sievertje — hier breng ik di mien Bruut —" sagte er.

„Oh —"

Ihr Blick wanderte über das junge, lachende Geschöpf hin, prüfend und gütig zugleich. Sie ließ sich von Kasjen erzählen, sie lebte sichtlich auf bei allem, was er zu berichten hatte.

Zwischendurch rökelte sie das Feuer auf und spülte den Treckpott aus, obwohl sie ihr versicherten, daß sie schon Tee getrunken hätten.

Die Freude müßte sie nun haben, daß sie bei ihr Tee tränken. Freerk versorgte sie gut, setzte sie hinzu.

Sie war froh, daß ihr jüngster Bruder Tönjes mit den Ersparnissen seines armseligen Lebens nun ihrem Neffen Kasjen die Zukunft bauen half. Aber sie kannte das Moor und wußte um die Mühen, die es auferlegte und um den Schweiß, den es forderte, bevor es lohnte; sie hatte dort ein paar Jahre einem alten Onkel zur Seite stehen müssen, ehe sie zu ihrem verwitweten Bruder gezogen war.

Das war Kasjen neu, sie hatte nie viel Wesens von sich gemacht, und ihm war es nie eingefallen, sie nach ihren Erlebnissen zu fragen.

„Dat sünd erst sture Jahren, Kinner", sagte sie, „man wat kann man nich, wenn man jung is!"

Als sie Abschied nahmen, ging sie mit vor die Tür, und wieder erschien sie Kasjen plötzlich sehr hinfällig.

„Büst nich goot, Tant Sievertje?" fragte er besorgt.

„Och, mien Jung, de olle Dag kummt," sagte sie, sie hätte nichts dagegen, wenn der Herrgott sie zu sich nähme.

Ihre welke Hand strich über Amkes Scheitel.

„Ja, Kind, du lachst dar noch wat um."

Kasjen drückte ihr die Hände, er wußte nichts zu entgegnen. Wehmut rührte ihn an und ging eine Strecke Wegs mit ihm, bis das frohe Plaudern seiner jungen Liebsten sie in die Flucht trieb.

XI

Es war am Sonntag nach Gallimarkt. Während auf Esders Platz ein neuer Großknecht und eine neue Kleinmagd mit den andern sich von ihrem Festtag erholten, hielten Kasjen Kasjens und Amke Veerkant Hochzeit.

Ein kalter Nordwest blies in den Tag, er zerfetzte die Regenballen, daß sie ihr Naß verschütteten. Zwischendurch konnte die Sonne mit ein paar Strahlen durch ein rundbogiges Kirchenfenster springen und für eine Weile hochzeitlichen Glanz verbreiten.

Pastor Haberdank hatte nicht jeden Sonntag soviel Hörer des Wortes, das er hier nun an die dreißig Jahre verkündete. Er hätte sie alle nennen können, die heute nur ihrer Neugier einen frommen Mantel umgehängt hatten.

Zwar war nicht viel zu sehen an der kleinen Schar, die auf der vordersten Bank dem Ende des Gottesdienstes entgegenwartete. Aber das Dorf nahm seinen Anteil an der Geschichte, die sich in seinem Bannkreis abspielte. War da nicht Mena, die Jans Veerkant vor vielen Jahren einfach hatte sitzenlassen und die sich mit ihren beiden Kindern redlich durchschlug? Saß da nicht Aaltje, ihre Älteste, neben ihr, die die gute Stelle in Ellermanns Gasthof hatte? Ein stattliches Mädchen, sauber und tüchtig, und hatte doch noch keinen gefunden, der es mit ihr wagen wollte!

Aber die kleine Amke — hatte der alte Schulmeister Röówsaat nicht seinen Kummer an ihr gehabt? Und hatte je ein Mensch sie richtig arbeiten sehen?
Nun, sie war noch ein halbes Kind, als sie in die Marsch kam. Doch hatte nicht Fentje, Esders Großmagd, letztens noch durchblicken lassen, daß ihre Frau froh wäre, sie loszuwerden?
Und die zog nun das große Los!
Da saß sie, rosig und strahlend, im schwarzen Jackje und fiefschaften Rock, den Kranz aus Mutters Myrthenstock im blonden Haar, neben ihrem sehr ehrbar und deftig anmutenden Bräutigam, dessen sagenhafte Erbschaft durch mehr oder weniger wohlwollende Zungen unterschiedlich bewertet wurde und zwischen einem ansehnlichen Heidehof und einer kleinen Moorkate hin und her schwankte.
Jedenfalls war sein Freund und künftiger Nachbar schon heute früh mit grün bekränztem Leiterwagen angekommen, um am Abend das junge Paar samt seiner Habe mitzunehmen. Das hatte die Dorfjugend berichtet, die unter stummer, aber hingegebener Anteilnahme das Pferd mit nach Bauer Prüß Kamp gebracht hatte.
Den Bruder des Bräutigams erkannte man unschwer an der Ähnlichkeit, und die Frau neben ihm sah selbstbewußt drein und musterte unverhohlen ihre Umgebung.
Nach alter Gepflogenheit nahm die Gemeinde an den feierlichen Handlungen teil, die sich nach dem Gottesdienst in ihren Kirchenmauern vollzogen, und so ward sie Zeuge, wie Amke Veerkant und Kasjen Kasjens fürs Leben zusammengesprochen wurden.
„Einer trage des andern Last." Wie einen Kranz legte Pastor Haberdank diese Worte um das Eingangstor ihrer Ehe, und ihre Füße taten den ersten gemeinsamen Schritt hindurch, während die große, schwielige Hand

sich fest um die kleine schloß, die sich vertrauend hineinschmiegte.
Über Mutter Menas Wangen sickerte es warm und naß, und jeder Tropfen, der ihre gefalteten Finger traf, schwemmte ein Quentlein Sorge von ihrem Herzen: dies Kind kam in verläßliche Hut! Ja, diese Tränen überglänzten sogar die Bitterkeit ihres Innersten mit einem Schimmer von Wehmut: daß Jans Veerkant, der weiß Gott wo in der weiten Welt lebte oder starb, dieser Tag stolzen Glücks versagt geblieben war.
Es war eine fröhliche Hochzeit ohne Mißklang, die in Mutter Veerkants Küche gefeiert wurde, und dank ihrer Vorsorge und Aaltjes Mithilfe war Überfluß an Speise und Trank, obschon mütterliche Liebe einen Kissenbezug mit allerlei Eßwaren prall gefüllt hatte in der Voraussicht, daß sie den ersten Tagen der jungen Ehe zugute kommen würden.
Gegen Abend holte Lammert Lammers sein Pferd wieder aus der Weide, und während Sack und Pack auf den Wagen verstaut wurde, ging drinnen unter Lachen und Weinen der Abschied vor sich.
Und dann kletterten Kasjen und seine Frau neben Lammert auf den mit einer Decke belegten Sitz, dessen festliches Grün allmählich seine Frische verloren hatte. Sie fuhren durch den grauen Oktoberabend, der still und regenlos geworden war. Amke saß zwischen den beiden Männern, und durch das Rattern des Leiterwagens klang ihr Schwatzen, das aus dem Erlebnis dieses ihres Festtages sprudelte wie aus einem unerschöpflichen Born.
Lammert warf ab und zu eine launige Bemerkung oder ein heiteres Lachen dazwischen, indes Kasjen lächelnd zuhörte oder auch nicht, denn sein Denken ging manchmal eigene Wege, soweit sein etwas benommener Kopf das zuließ. Nicht, daß er dem Schnaps, den seine

Schwägerin Aaltje von Frau Ellermanns Gnaden gespendet hatte, allzu ausgiebig zugesprochen hätte, er verstand, Maß zu halten — aber das Ereignis dieses Tages, der ihn aus der Abhängigkeit löste und unter eigene Verantwortung stellte, ging ihm nicht in Nebensächlichkeiten unter, es legte sich zeitweilig lastend auf ihn und konnte doch nicht die Freude erdrücken, die tief in ihm jubelte.

Jetzt klangen auch die Worte in ihm nach, die er in der Kirche mehr als notwendiges, wenn auch schönes Beiwerk zu solchem Beginnen empfunden hatte: Einer trage des andern Last. Seine Gedanken umtasteten den Spruch.

Last — ja, zu sorgen gab es jetzt für den neuen Hausstand, aber lag darin nicht der Wert der kommenden Tage? Diese Last zu tragen fühlte er Kraft genug, und unwillkürlich drückte sein Arm sich fester um die kleine Amke an seiner Seite, so daß sie lachend zu ihm aufsah. In ihr saß prickelnd die Spannung auf das, was vor ihr lag, und sie fragte, wie lange sie noch fahren müßten. Es war vom Dorf aus etwa zwei Stunden zu Fuß, also keine Weltreise mit dem Wagen, den das Pferd gemächlich zog. Doch es dämmerte schon, als Lammert auf einen dunklen Streifen am Horizont wies: das wäre der Wald, der dem Moor nach Nordosten zu eine Grenze setzte.

Nun wurde Kasjen munter: „Gliek sünd wi in Huus, Kind!" Er freute sich auf den Augenblick, wo er ihr die eigne Haustür öffnen würde. Er selber war schon ein paar Tage dort gewesen, denn seit dem ersten Oktober war es sein Eigentum. Er hatte Besitz von allem genommen, und schon muckte die Tür nicht mehr, sie hing fest und grade in den Angeln; das war seine erste Arbeit gewesen.

Wie immer auch die Luftschlösser ausgesehen haben mochten, die Amke kühn erbaute, sie spürte keine Enttäuschung angesichts des Hauses, das keineswegs stattlich und ein wenig verfallen vor ihr lag. Sie hatte in ihrem Leben kaum etwas wirklich besessen, eigentlich nur, was sie auf dem Leibe trug, so daß das Gefühl des Stolzes, plötzlich hier Herrin zu sein, sie vollkommen ausfüllte.

Zudem hatte sie gar keine Zeit, Betrachtungen anzustellen. Da waren Menschen, die ihnen erwartungsvoll entgegensahen.

„Kiek, dar is mien Ollske ok!" rief Lammert Lammers und schob Amke zu ihr hin, die in der offnen Tür stand, „de hett tominsten en Koppke Tee maakt."

„Dat is unse Naber," sagte Kasjen und gab einem untersetzten, grauhaarigen Mann die Hand, der nun auch auf Amke zutrat: „Willkommen, Frau Kasjens, bei uns im Moor!"

Sie lachte ob der ungewohnten Anrede und sah ihn verwundert, aber auch respektvoll an, denn einer, der hochdeutsch sprach, gehörte nach ihrer Meinung auf eine Stufe mit dem Pastor und dem Lehrer.

„Ich heiße Winter", fügte er hinzu, „auch im Herbst."

Es dauerte ein Weilchen, bis der Scherz ihr einging, dann aber perlte ihr Lachen hell über das sonntagstille Moor und klang in ihnen allen wider.

Lammert hatte recht geraten, in der zwar noch leeren Küche summte der schwarze Kessel über flackerndem Torffeuer, das mit einer danebenstehenden Laterne wetteiferte, den Raum zu erleuchten und die drei nach ihrer Fahrt durch den frischen Abend mit anheimelnder Wärme empfing.

„De Tafel mutt der her!" rief Kasjen. Und im Handumdrehen hatten die Männer den Tisch vom Wagen geholt und die beiden Binsenstühle, Freerks Hochzeitsgabe, und während sie auch den übrigen Kram hereinschleppten, packte Frau Lammers Tassen aus ihrem Körbchen, die sie vorsorglich mitgebracht hatte, und tat Kluntjes hinein und stellte ein Kümmchen mit Rahm daneben, und dann genossen alle mit andächtigem Schweigen den goldbraunen Trank als erste Labung im neuen Heim. „Lecker!" sagte Amke aus Herzensgrund und sah mit verklärtem Gesicht zu ihrem Mann hin; „nu hem wi al Visite, Kasjen!"

Er nickte mit glücklichen Augen und fing an, die Sachen zurechtzustellen: die beiden Truhen, die ihre Kleider und Wäsche bargen und das nötige Geschirr, das Amkes Mutter sorgsam dazwischen gepackt hatte, eine schon wurmstichige Kommode, die aus seinem Vaterhaus stammte. Ein Bild seiner Eltern, Tante Sievertjes Gabe, hängte er an einen Nagel, der in der Wand saß. Das war alles. Für frisches Stroh in der Butze hatte er gesorgt, darauf hatte er ja schon ein paar Nächte zugebracht.

Frau Lammers verstaute das Bettzeug darauf, unter dem er früher mit seinem Bruder geschlafen hatte und das sauber mit blauweiß gedobelten Bezügen versehen war.

Amke sah vergnügt zu, wie sie alle sich mühten, es wohnlich zu machen.

Das Geschirr müßte sie wohl selber in den kleinen Wandschrank stellen, meinte Lammerts Frau.

Ja, stimmte sie zu, morgen — heute wäre sie müde.

Das fanden alle begreiflich und veranlaßte sie, nun nach Hause zu gehen.

Kasjen schüttelte ihnen die Hand für ihre Hilfe.

„Och, dat sünd Naberplichten!" rief Lammert und half seiner Frau auf den Wagen.

Und Nachbar Winter versicherte, daß er immer bereitstehe, wenn man ihn brauchen müsse.

XII

Kasjen genoß die Arbeit. Entsprach es schon seinem Wesen, nicht untätig zu sein und war auch das Werken für andre ihm nie Last gewesen, so löste dies Schaffen für den eignen Herd einen Rausch in ihm aus, der ihn beschwingte. Er tat alles aus einem Kraftgefühl heraus, aber ohne zu hasten, und er kannte kein Ermüden. Das vernachlässigte Anwesen wartete an allen Ecken darauf, in Angriff genommen zu werden, doch mit ruhiger Sicherheit tat er, was ihm am dringendsten erschien.

Solange das Herbstwetter es zuließ, arbeitete er draußen, schlötete die Gräben, um die sich lange kein Mensch gekümmert hatte, hob neue aus, damit das Wasser aus den Moorstücken, die er abzutorfen gedachte, ablaufen konnte.

Zu seiner Freude war noch ein ansehnlicher Rübenacker abzuernten, wodurch seine Futtersorgen sich verringerten. Sobald er den Schweinestall überholt haben würde, sollte ein Läuferschwein daher, das bis zum Winter noch einigermaßen herausgefüttert werden konnte. Er hatte von seinem Kapital eine Summe zurückbehalten für solche notwendigen Anschaffungen, aber er war sich bewußt, wie es damit hauszuhalten galt, und er setzte Amke auseinander, daß man jeden Pfennig umdrehen müßte, bevor man ihn ausgäbe.

Ja, nickte sie, das wüßte er am besten.

Amke fühlte sich außerordentlich wohl. Sie genoß das Selbständigsein. Da war niemand mehr, der sie trieb, der sie anschnauzte, der sie vor Tau und Tag aus dem Bett jagte. Kasjen lachte über ihre Schlafseligkeit. Er war zur gewohnten Stunde wach, und ihn lockte es nicht, sich noch einmal umzudrehen, er stieg mit Behagen in den Tag hinein, der ihm und seiner Arbeit gehörte.

Beim trüben Licht der Laterne handwerkte er im Stall herum, damit seine Kuh, wenn sie demnächst ihr Winterquartier bezog, es warm und zugfrei vorfände. Kopfzerbrechen hatte ihm der geringe Heuvorrat gemacht, und Lammert hatte ihm versprochen, mit den nächsten Nachbarn Rücksprache zu halten, damit sie ihm über den Anfang hinweghülfen; sie hatten fast alle ein Stück Außendeich in Pacht, das ihnen ihr Winterfutter sicherte.

„Dar mußt du ok achterto, Kasjen," hatte er geraten.

Kasjen sah die Notwendigkeit ein, wenn auch neue Belastung damit verbunden war.

Amke hielt ihren kleinen Haushalt in Ordnung, daran hatte sie ihren Spaß wie ein Kind, das sich mit Ernst einem neuen Spiel hingibt. Es kam ja nicht darauf an, ob sie den Morgenroggenbrei eine halbe Stunde früher oder später aßen, und auch zum Mittag- und Abendessen mußte sie Kasjen immer erst rufen, weil er es über der Arbeit vergaß. Wenn das Brot alle war, mußte sie neues backen, und keiner fragte, wieviel Zeit sie damit hinbrachte.

Nur recht einsam war es, und sie hätte liebend gern einen willigen Zuhörer gehabt, dem sie ihre neue Würde so recht hätte begreiflich machen können. Sie stellte sich Fentje vor, die immer so überlegen tat und die nach wie vor gehorsam ihren Dienst tun mußte, wenn sie auch hundertmal Großmagd war, und sie lachte laut auf und sprach mit ihr, als ob sie leibhaftig neben ihr stände: „Ja, Fentje, nu bün ik sülvst Frau un kann doon, wat ik will!"

Von den Nachbarn sahen sie wenig. Wenn sie ihnen auch nicht so fern wohnten wie in der Marsch, so waren sie auch nicht nahe genug, um sich gegenseitig um die Türen zu laufen. Kasjen dachte vor lauter Arbeit nicht daran, sich um seine Umgebung zu kümmern, und Amke war es nicht gewohnt, allein auszugehen, noch dazu zu fremden Leuten.

Erst als Lammert eines Tages im Vorübergehen bei ihnen hereinsah und meinte, sie könnten sich auch einmal sehen lassen, erwuchs in ihr die Lust dazu, und nun ließ sie ihrem Mann keine Ruhe, bis er ihr versprach, am Sonntag mit ihr hinzugehen.

Und sie waren beide befriedigt von diesem Besuch. Kasjen konnte aus der Praxis in die Theorie hinüberwechseln und sich manche Anregung holen, und Amke lauschte begierig auf alles, was Ockje Lammers zu erzählen wußte. Die wunderte sich, daß sie noch niemanden weiter kannte, sie war dort aufgewachsen, es gab keinen rundherum, dessen Geschichte ihr nicht bis ins einzelne bekannt war. Und Amkes Fragen holten soviel aus ihr heraus, daß die junge Frau die ganze Woche damit hinbrachte, Kasjen diese neu gewonnene Weisheit weiterzugeben und ihm die Zusage abzuringen, am kommenden Sonntag mit ihr einen Gang an den Häusern vorbeizumachen, die ihnen zunächst lagen.

Nun ja, im Grunde gab er ihr recht, sie mußte doch einmal wissen, wo ihre nächsten Nachbarn wohnten; er kannte auch noch kaum mehr von ihnen als ihre Namen. Nicht etwa, daß er vorhatte, sie aufzusuchen, das erwartete auch keiner von ihnen, man überließ es dem Zufall, sich kennenzulernen. Und wenn man nicht grade wie Lammert an der Fahrstraße wohnte, die alle von

Zeit zu Zeit mal benutzten, dann konnte es lange dauern, besonders wenn wie jetzt die Außenarbeiten zu Ende gingen.

Als der Sonntag da war, dachte er aber schon nicht mehr daran. Er war dabei, die Bretterwand des Stalles, die mit Torf unterbaut war, auszuflicken; gar zu gern hätte er sie mit Steinen aufgemauert, doch die hatte er vorläufig nicht. Mit jeder Stelle, die er gegen Zugluft abdichtete, wuchs seine Genugtuung, und das Bewußtsein, seinen Tieren Wärme und Behaglichkeit zu schaffen, machte ihn froh.

Darum konnte Amke ihn auch nicht überzeugen, daß das keine Sonntagsarbeit sei. Sie hatte sich auf den Ausgang gefreut.

Erst als er ihr betrübtes Gesicht sah, gab er nach und lachte, als es sich daraufhin jäh verklärte.

Dann gefiel es ihm sogar, mit seiner kleinen Frau durchs Heidland zu gehen und ihr zu zeigen, wie weit sich ihr Besitz ungefähr erstreckte und was er im Frühjahr abtorfen oder brennen wollte.

Ihr Haus lag ein paar Minuten mooreinwärts von der Fahrstraße, von der ab und zu ein Weg, breit genug, um den Torf darauf abzufahren, zu den einzelnen Moorstellen führte. Auf solch einen Weg sah ihr Giebel mit den beiden Küchenfenstern, und auf ihm kam man in nördlicher Richtung an das nächste Haus, das Jürn Görtemaker und seine Lieske mit ihren sechs Kindern bewohnten.

In der Ferne stand der Wald wie eine gewaltige Mauer. Es war einer von den Novembertagen, deren Grau nicht lastet, weil man dahinter das Licht spürt.

Sie gingen einen Pfad, der geradeaus nach Osten auf Hibo Bestmanns Kate zu lief. Amke wußte bereits, daß seine Frau Gebke hieß und daß sie einen Jungen hatten. Kasjens Blick glitt zurück nach seinem Besitztum, während Amke nach dem nächsten Haus hinüberspähte: „Du — dar wohnt lüttje Pastor —" und sie sah in Gedanken den freundlichen Mann vor sich, der ihr gesagt hatte, daß er auch im Herbst Winter hieße. Frau Lammers nannte ihn „lüttje Pastor" und behauptete, kein Mensch nenne ihn bei Namen, und er selber fände nichts dabei. Ob er denn nicht wirklich Pastor wäre, hatte Amke gefragt. Nein, er wäre gerade so gut Torfbauer wie sie alle hier, sagte Frau Lammers, aber er wäre ein Pastorensohn, und er wüßte gut in der Bibel Bescheid.

Amke sah darin keinen großen Unterschied, sie hatte von vornherein gemerkt, daß er etwas Besseres war, darum hatte sie den Torfbauern aus ihrem Gedächtnis getilgt und sah in ihm hinfort den Pastoren.

„Ja", Kasjen drehte sich um, „mußt nich so henkieken, dat lett so neesgierig!"

Doch er verlangte zuviel; war sie nicht darum hierhergegangen, um gründlich von allem Kenntnis zu nehmen?

Es war ein Haus, nicht neuer und nicht besser als die andern, die Fensterrahmen jedoch waren scheints frisch gestrichen, ihr Grün leuchtete nicht minder als die bunten Blumen und die weißen Gardinen hinter den Scheiben.

Da öffnete sich die Seitentür, und Jakobus Winter kam heraus und ihnen entgegen, als wenn er sie erwartet hätte.

„Sieh an", rief er, „das ist mal schön, daß ihr uns besuchen kommt!"

Sie wußten vor Verlegenheit kein Wort zu sagen. Er schüttelte ihnen die Hand und nickte Amke zu, daß sie unwillkürlich näher trat.

„Nein", sagte Kasjen, „wir wollten nicht —"

„Was denn?" fiel der andre ein, „ihr wolltet doch nicht so an uns vorbeigehn?"

Und obwohl es Kasjen widerstrebte, einfach in einem fremden Haus einzukehren, folgte er doch zögernd dem Arm, der sich in seinen legte und ihn führte. Amke ging frohbereit mit.

Es war eine Küche ähnlich ihrer eigenen, und doch umfing es sie wie eine andere Welt, die Kasjen ein wenig an sein Zuhause erinnerte, als noch Tante Sievertje es mit Wohnlichkeit und Wärme füllte. Aber es war nicht ganz wie bei seinesgleichen.

Achtung und Scheu fühlte er. War es, weil Jakobus Winter hochdeutsch, weil er gern und viel sprach?

„Da sind unsere neuen Nachbarn, Dina", hörte er ihn sagen, und nun erhob sich vom Herdfeuer, bei dem sie grade kniete, eine Frau mit grauem Haar und im grauen Kleid.

„Oh —" sagte sie nur, aber ihr Händedruck war herzlich. Amkes Verlegenheit war verflogen. Ihre Augen liefen eilfertig durch den Raum und entdeckten unter dem Eckfenster eine Nähmaschine; ihr Gefühl, bei vornehmen Leuten zu sein, verstärkte sich — hatten Esders nicht auch eine?

Kasjen sah neben dem Hörn eine Schreibkommode, über deren messingbeschlagenen, bauchigen Laden die heruntergeklappte Platte auf zwei Stäben ruhte und kleine Schubkästen sichtbar machte, deren weiße Knöpfchen von dem dunkelpolierten Holz abstachen. Darüber hing ein dreiteiliges Bord, durch perlengestickte Bänder gehalten, auf dem sich Buch an Buch reihte.

„Lüttje Pastor" ging es ihm durch den Sinn. Nun wußte er, warum ihm beklommen zumute war, wenn auch dieser kleine Mann da alles tat, um das Fremdsein zu überbrücken.

Kasjen antwortete unwillkürlich hochdeutsch, wobei er sich so unsicher fühlte wie ein Fisch, der aus seinem Element herauskam, doch konnte er sich meist aufs Hören beschränken.
Dabei erfuhr er, daß sein Nachbar aus Mitteldeutschland hier ins Moor verschlagen war, aber schon vor zwanzig Jahren, daß seine Frau jedoch aus einem Dorf in der Nähe stammte. Kasjen nickte, ihre schweigsame Freundlichkeit hatte ihn gleich heimatlich berührt. Selbst Amkes redefreudiger Mund stand still, hier hatten Augen und Ohren genug zu tun.
Ehe sie es sich versahen, war eine Stunde vergangen. Da stand Kasjen auf und erinnerte seine Frau, daß sie nun gehen müßten. Die sah das zwar nicht ein, sie wagte aber auch keinen Widerspruch.
Jakobus Winter zeigte ihnen den schmalen Pfad, auf dem sie bei Jürn Görtemakers Haus wieder auf den Weg kämen, der sie nach Hause führte. „Und hier", sagte er und wies gegenüber auf einen andern Haaspad, „geht es auf euer Haus los, da können wir schnell zueinander kommen".
Amke war voll von all dem Neuen, und nun floß sie über.
„Ja, ja", sagte Kasjen und dachte darüber nach, was Jakobus Winter veranlaßt haben mochte, so weit von der Heimat sich anzusiedeln.

Amke saß auf einem Stuhl am Herdfeuer und rührte lässig mit dem langen Schleef im Buttermilchbrei. Dabei wanderten die Gedanken hin und her zwischen Winters Küche und ihrer eigenen. Weiße Gardinen — die müßten hier hängen vor den kahlen Fenstern, die kaum noch Farbe aufwiesen. Und Fuchsien müßten davor blühen. Und wenn da über der rissigen Tischplatte eine buntgeblümte Decke läge!

Amke staffierte ihre Küche mit allem aus, was ihr schön erschien, und war so darin vertieft, daß ihr Arm nur noch ab und zu mit dem Holzlöffel eine Bewegung machte, und es fiel ihr gar nicht auf, daß der Brei das Kochen einstellte, weil der Torf so weit weggebrannt war.

Dabei kam nicht etwa ein Neidgefühl in ihr hoch, sie quälte sich auch nicht darum, ob und wie sich solche Möglichkeiten hier je einmal verwirklichen lassen würden, sie malte nur wollüstig an einem Traumbild. Und sie fuhr erschreckt zusammen, als ein flinker Schritt im Hauseingang hörbar wurde.

„Moin!" sagte jemand und trat in die Küche.

Amke sah sich erstaunt um: „Moin!"

Eine Frau, zierlich und dunkelhaarig, stand da mit einem farblosen, mageren Gesicht, in ihrer Kleidung städtisch anmutend, doch war die rote Bluse verschossen, und die schmuddelige blaue Schürze verdeckte nur den Vorderteil des schwarzen Rockes, durch den an einigen Stellen ein heller Unterrock schimmerte.

Amke sah das alles nicht gleich, sie wunderte sich nur über die unbekannte Erscheinung.

„Ich bin Frau Kapp —" der rasche Schritt kam noch näher, und ein paar lebhafte braune Augen lächelten sie an. „Kannst Berta sagen, so sagen sie alle zu mir —"

Ruge Berta — fiel es Amke ein, das war sie, die drüben am Moorrand im „Huck" wohnte, Frau Lammers hatte geringschätzig von ihr gesprochen; ob das krause, widerspenstige Haar ihr den Namen eingetragen hatte?

Sie fand nicht Zeit, darüber nachzudenken, die andere redete auf sie ein, hochdeutsch mit plattdeutschen Brokken vermischt, und Amke hatte zu tun, daß ihr Aufnahmevermögen nicht erlahmte.

Seit ihrer Schulzeit hatte sie nicht soviel Hochdeutsch zu verdauen gehabt wie gestern und heute. Jakobus

Winter hatte wenigstens ruhig und bedächtig gesprochen wie der Pastor in der Kirche, aber dieser Mund plauderte drauf los, und sie hörte angestrengt zu. Ab und zu mußte sie antworten, die Frau wollte wissen, ob sie gern hier wäre und ob sie nicht mal herauskäme, man sähe sie ja gar nicht. Amke war gegen ihre Gewohnheit einsilbig, als aber Berta sagte: „Kannst ruhig platt sprechen, ich verstehe alles, bin ja lange genug in der Gegend!", da blieb sie nichts mehr schuldig, und bald war das Fragen an ihr.

Mit Anteilnahme hörte sie, daß Jan Kapp, Bertas Mann, aus dem Kriege 70/71 mit einem Orden, aber auch mit einem steifen Bein zurückgekehrt war. Und mit großen Augen vernahm sie die seltsame Geschichte, daß diese Frau, die am Rhein zu Hause war, selber den Krieg auf Frankreichs Fluren mitmachte, indem sie den Soldaten aus ihrem Marketenderwagen das Nötige für die durstigen Kehlen verabfolgte. Dort hatte sie sich ihren Mann eingefangen und ihn nicht wieder verlassen, wie hätte er sich auch allein durchs Leben schlagen sollen, der Steifbeinige!

Wie sie ganz hierhergekommen waren? Nun, er war hierzulande geboren, Jan Kapp, und nach jahrelangem Umherziehen als Hausierer, zeitweise mit einer Drehorgel, die ihnen ungeachtet aller Mißtöne ein müheloses Brot bescherte, bis sie an einem inneren Schaden einging, war er des Wanderlebens müde geworden und hatte einen unwiderstehlichen Zug nach der Heimat verspürt. Die hatte ihn zwar nicht mit offnen Armen erwartet, zumal seine alte Mutter inzwischen das Zeitliche gesegnet hatte, ohne ihrem verschollenen Einzigen etwas zu hinterlassen, denn ihre armselige Habe hatte nur gelangt, um sie unter die Erde zu bringen.

Jan Kapp aber hatte irgendwo einen ausgedienten Wohnwagen, ohne Räder und von keinem mehr für brauchbar gehalten, aufgetrieben und ihn als Unterkunft für sich und seine Familie hier in der Einöde aufgestellt. Sie waren ja nicht verwöhnt und waren schon ganz anderswo untergekrochen, und sie hatten sich immer zu verschaffen gewußt, was sie nötig hatten.

Den Moorleuten waren sie bald unentbehrlich geworden, denn Jan Kapp hinderte sein steifes Bein nicht, dauernd unterwegs zu sein und zu besorgen, was so im Haushalt und bei der Arbeit das Notwendigste war und wozu man selten Zeit fand, es im Dorf oder gar in der Stadt zu erstehen.

Sie aber, Frau Berta, verstand es auszukundschaften, woran es in den einzelnen Häusern fehlte, sie wußte sogar verschwiegene Gelüste der Hausfrauen offenbar werden zu lassen, oft zum Mißfallen der Ehemänner, da ihre Befriedigung nicht immer mit dem vorhandenen Kleingeld in Übereinstimmung zu bringen war.

So sollte ihr heutiger Besuch bei Amke augenscheinlich der Erweiterung ihres Geschäftsbereichs dienen; aber Berta Kapp fiel nie mit der Tür ins Haus. Sie begnügte sich damit, den Wissensdrang dieser jungen Frau ausgiebig zu stillen und ihr anheimzugeben, sie bald einmal aufzusuchen.

An diesem Mittag mußte Kasjen seinen Brei lauwarm essen, denn Amke hatte Feuer und Topf über dem Erzählen vergessen.

Und sie vergaß nun fast das Essen über all dem Erstaunlichen, das sie ihrem Mann nicht ausführlich genug wiedergeben konnte.

„Ja —" knurrte der, „is so'n Leeglopervolk." Er war anscheinend ganz im Bilde und warf die Frage dazwischen, ob Ruge Berta ihr denn auch erzählt hätte, daß ihr Jan manchmal „de Ruusje" kriegte.

„Nee", sagte sie, „wat is dat?"

Ja, dann könne er sich tagelang herumtreiben und alles versaufen und schlüge dann seine Frau windelweich. „Hett se dat nich seggt?"
„Nee", wunderte sich Amke. „ik sull hör besöken, see se."
„Dat laat man!" meinte Kasjen, er wollte nichts mit diesen Leuten zu tun haben.
Aber Amke war viel zu begierig, den Schauplatz dieses außergewöhnlichen Geschehens kennenzulernen. War sie jetzt nicht Frau, konnte sie nicht tun, wozu sie Lust hatte? Kasjen brauchte ja nicht mitzugehen, wenn er nicht wollte. Diesen neuen Einfall, einmal allein auszugehen, beschloß sie bald in die Tat umzusetzen.
Das geschah bereits am folgenden Tag, als Kasjen nachmittags im Stall tätig war. Warum sollte sie ihm das erst sagen? Er würde es doch nicht gutheißen. Sie ging für ihr Leben gern auf Besuch.
Ein Haaspad führte auf Kapps Behausung zu, doch den allein durchs Moor zu gehen, erschien ihr nicht ganz geheuer. Lieber lief sie bis an den Fahrweg, auf dem es dann links zum nächsten Dorf und rechter Hand dem fernen Wald zuging. Ob sie ihn, der wie ein dunkler Strich am Horizont stand, auch einmal nahebei sehen würde? Sie kannte ihn nur vom Hörensagen. Bis dahin war es weit, aber Jan Kapps Bau sah sie schon.
Plötzlich hörte sie bellen, ein großer brauner Hund tauchte auf. Im ersten Schreck wollte sie Kehrt machen, da rief jemand „Flock!", und ein etwa achtjähriger Junge kam gesprungen und faßte das Tier am Halsband. Da wurde auch Berta Kapp sichtbar: „Amke Kasjens —". Sie eilte herbei: „Keine Angst, er beißt nicht!" Sie war sichtlich erfreut, so bald hatte sie den Besuch wohl nicht erwartet.
„Das ist unser Klaas", sie zog den Kleinen heran, „gib die Hand!" Er hatte die wachen, dunklen Augen seiner

Mutter, aber einen hellen Haarschopf; die Ärmel seiner greisen Jacke waren viel zu kurz.
Amkes Blicke liefen über das stallähnliche Haus da vor ihr, dessen Bretterwände nur noch hier und da Reste eines grünen Anstrichs zeigten. Doch hinter den schmalen Wagenfenstern standen Blumen, sogar Gardinen waren zu sehen.
Berta nahm ihren Gast mit in die Küche, und Amke war ganz Auge, das Wortgeplätscher rauschte vorerst an ihren Ohren vorbei. Dabei gab es gar nicht viel Sehenswertes; was sie in Erstaunen setzte, war nur eine beispiellose Unordnung, die sie weder von zu Hause noch von ihren Dienststellen her kannte. Es war nicht etwa unsauber da drinnen, aber da war kein Stück, das den Eindruck machte, es läge oder stände an seinem Platz. Auf dem Tisch links zwischen den Fenstern hielten Pellkartoffeln, Seife, Kamm, Geschirr und verschiedene Papiertüten gute Nachbarschaft, die drei Stühle waren mit Zeug behangen, von dem einen nahm Berta einen Korb, bevor sie ihn Amke zum Sitzen anbot.
Vor der Hinterwand stand eine niedrige Bettstelle, deren Beine durch ein paar aufeinandergelegte Backsteine ersetzt waren, und die tagsüber Aufbewahrungsort für mancherlei zu sein schien.
Davor saß auf einer Stowe ein kleines Mädchen mit großen, schwarzen Augen, die die fremde Frau unentwegt anstarrten, während die magren Ärmchen sich schützend um ein unbestimmbares Bündel legten, das wohl ein Puppenkind darstellte. „Das ist Hilke, unsre Kleine", sagte Berta Kapp, „sie wird fünf."
Ein altersschwacher, rostiger Kanonenofen an der rechten Wand, dem eine ebenso verrostete Eisenplatte aufmontiert war, verbreitete eine mollige Wärme.
Berta nahm von einem Eckbort neben der Tür eine verbeulte Blechdose und brachte mit einem Griff unter den

Tisch eine Kaffeemühle zum Vorschein, die scheints schon manchen Sturm erlebt hatte, aber die knarrend dartat, daß sie noch ihren Dienst erfüllen konnte.
Dann erschnupperte Amke einen köstlichen Duft, und als sie eine Tasse Kaffee vorgesetzt bekam, stark und süß, wie sie ihn nur einmal im Leben bei Aaltje in Ellermanns Gasthof getrunken hatte, da fühlte sie sich so behaglich in der zigeunerhaften Umgebung, als wäre sie von jeher dort bekannt, und bald schwatzte sie mit Berta um die Wette.
Sie hätte noch länger so gesessen, wenn nicht plötzlich draußen ein Geschimpfe laut geworden wäre. Erschrokken sah sie auf.
„Das ist mein Mann", flüsterte Berta Kapp.
Der Hund heulte auf wie unter einem Fußtritt, und dann ward die Tür aufgerissen, und der Junge stolperte herein: „Mama —"
Die Frau sprang auf, und Amke erhob sich auch unwillkürlich, sie sah vor der Tür einen Mann mit den Armen fuchteln, wobei er eine Flut von Schimpfworten ausstieß.
„Er ist böse", sagte Berta leise, „die Kinder haben ihn unterwegs wieder gequält. Er muß sich erst beruhigen, dann ist er gut. Komm lieber ein andermal wieder —"
Damit leitete sie Amke geschickt hinter seinem Rücken hinaus, und die lief angsterfüllt heimwärts und wagte erst an der Biegung sich umzusehen. Da war keiner mehr da.
Sie vergaß ganz, daß Kasjen nichts von ihrem Ausgang wußte, und lief in den Stall und sprudelte ihr Erlebnis hervor.
Er begriff erst langsam, dann wurde er ärgerlich: „Wat deist darhen! Ik hebb di ja seggt, dat is Pack!"
„Ja", sagte sie kleinlaut und sah ihn ängstlich an.
Da mußte er wieder lachen: „Na, hest de Nöse ja wall gliek vull kregen!"

XIII

Ein grauer Himmel machte das Moor noch düsterer als es war, und in Kasjens kleiner Küche hielt der Tag nur kurze Rast, wenn auch die gardinenlosen Scheiben ihm den Eintritt leicht machten.
Kasjen störte das nicht. So lange es ging, arbeitete er draußen, im übrigen war er ja gewohnt, bei der Stalllaterne zu hantieren. Auch Amke war gern im Stall, seit Schafe, Kuh und Schwein ihn mit schmatzenden Lauten füllten; sie fand es dort kurzweiliger als in der stillen Küche, besonders wenn sie abwechselnd ihren arbeitenden Mann und die Tiere betrachten und mit ihnen schwatzen konnte.
Es kam ihr gar nicht in den Sinn, daß sie etwa den Schweinetopf zurechtschneiden könnte, war es nicht unterhaltsam zu sehen, wie seine zupackenden Hände ihn füllten und kochfertig machten?
Kasjen ließ sie gewähren. Er lächelte manchmal belustigt über ihr kindliches Geplauder: „O, o — dien Mund geiht doch as en Lammersteert!"
Dann schmetterte ihr Lachen durch den engen Raum: „As en Lammersteert —" daß das Schwein verwundert hochsah und die Schafe erschrocken blökten, und der Mann ergötzte sich daran und dachte: laß sie noch man, wenn das Frühjahr kommt, dann muß sie heran.
Sie lernten auch die andern Nachbarn kennen. Hibo Bestmann und seine Gebke hatten sich beide krumm gepöselt, und ihr Sohn Eilert ging auf die Vierzig los,

aber er lief nicht viel weniger gebückt als sein fast siebzigjähriger Vater, und seine Haut war kaum minder braun und furchig, nur daß sein Schopf noch etwas voller und dunkler war.

Es gab jedoch kein ungleicheres Paar als Jürn Görtemaker, den kurzbeinigen, ducknackigen, und seine stämmige Ehefrau Lieske. Sechs Kinder hatte sie ihm geboren, das siebente war unterwegs, und andere Liebesbeweise glaubte sie ihm wohl nicht schuldig zu sein; es hieß jedenfalls, daß er bei ihr nichts zu lachen hätte. Sie hatte eine schroffe Art und ein geräuschvolles Mundwerk, sie war aber vor keiner Arbeit bange, und sie hielt darauf, daß auch die Kinder nicht davor ausrückten. Die Größeren hatten für die Kleinen aufzukommen, jedes wußte, was es zu tun hatte, zum Spielen waren sie nicht auf der Welt nach ihrer Mutter Meinung. Wie seinen Namen hatte Jürn Görtemaker auch eine Grützmühle von seinem Vater überkommen, das Grützepelden mit der Handmühle war ein willkommener Nebenverdienst, wenn man eine große Familie satt zu machen hatte. Und er gab sich auch dieser Beschäftigung mit dem stillen Fleiß hin, mit dem er an alles heranging.

Es wollte Weihnachten werden.

Kasjens Denken war während der letzten Monate kaum über den Bereich dessen hinausgegangen, was er nun sein Eigentum nannte. Das vernachlässigte Anwesen sollte ein andres Gesicht haben bis zum Frühjahr. Und dies Werken in dem Gefühl, sein eigner Herr zu sein, verbunden mit der erregenden Aussicht auf das ganz Neue, das Moor, das auf ihn wartete, nahm ihn vollkommen in Anspruch.

Amke war es, die von Weihnachten sprach. Nicht, daß sie große Erwartung damit verknüpfte, es hatte in ihrem jungen Leben noch nie eine überwältigende Rolle gespielt. Sie erzählte nur, daß ihre Schwester, die so gut wie nie abkommen konnte, am Heiligen Abend immer zu Hause bei der Mutter wäre. Und dabei kam ihr zum Bewußtsein, wie lange sie beide nicht gesehen hätte.

„Dat is wahr", sagte Kasjen, und er schämte sich ein wenig, daß ihm nicht einmal in den Sinn gekommen war, mit seiner jungen Frau den Zweistundenweg unter die Füße zu nehmen, der sie von der Mutter trennte.

Sie wollten sie doch mal besuchen, versprach er und lachte gerührt, als Amke in einen Freudentaumel geriet und gleich ans Plänemachen ging.

Er aber mußte plötzlich an Sievertjemöh denken, und wieder schämte er sich, daß er sie auch über seinem eignen Kram vergessen hatte. War sie nicht die, die Wärme und Mütterlichkeit in seine Kinderjahre getragen hatte? Und er nahm sich vor, sich bald nach ihr umzusehen.

Eines Abends kam Jakobus Winter. Sie hatten grade ihre Grütze gegessen, da trat er in die Küche. Kasjen dachte verwundert, was ihn wohl herführen möchte. Doch er wollte nur mal schaun, ob sie noch lebten, sagte er; man sähe sich so wenig, und die Abende wären lang, da möchte man doch mal ein nachbarliches Wort loswerden.

„Ja", sagte Kasjen, obwohl er nicht wußte, was er mit diesem Mann reden könnte.

Dann aber fand er, daß ihm gut zuzuhören war, und daß das Fremde, das ihm wie allen Hochdeutschen anhaftete, schnell verschwand. Amke, der jeder Besuch willkommene Abwechslung war, vergaß das Reden über dem Hören. Doch als Jakobus davon sprach, daß sie am Weihnachtsmorgen ins Dorf zur Frühkirche gingen und der Meinung war, daß sie beide da wohl auch nicht zu Hause bleiben würden, da sprang sie begeistert hoch:

„Ja, Kasjen, gah wi hen?"

„Dat laat uns man", nickte er.

Kein Abend war ihm so kurz vorgekommen wie dieser. Er hatte das Gefühl, daß hier ein Mensch wäre, den man nach vielem fragen könnte, weil er viel verstand. Jakobus hatte eine Art, hinter manche Dinge zu leuchten, über die er sprach, daß man nachher noch darüber nachdenken mußte.

Amke sang und freute sich durch die Tage. Kasjen hatte einen Plan entworfen: sie würden Weihnachten nach der Kirche zur Mutter gehen, und er wollte dann Sievertje besuchen und abends seine Frau wieder abholen.

Sie war am Weihnachtsmorgen gleich hellwach, als ihr Mann sie weckte, obwohl es erst halb vier war, und drehte sich nicht erst noch ein paarmal um, wie sie es sonst gern tat.

Schwarz lag die Nacht auf dem Moor, und es war gut, daß sie die Laterne hatten. Er waren mehr Lichter unterwegs, hinter ihnen und vor ihnen, und bei dem nächsten Weg, der in die Straße mündete, trafen sie mit Winters zusammen. Frau Winter nahm sich Amkes an, und die Männer leuchteten ihnen voran.

„Der richtige Weihnachtshimmel", sagte Jakobus Winter. Kasjen, dessen Augen im Schein der Laterne den Weg abtasteten, hob den Blick und sah ein paar blasse Pünktchen klein und fern da oben im Dunkel.

„O ja, Sterne — die hatte ich noch gar nicht gesehen", sagte er.

„So geht es uns", meinte der andre, „über unserm kleinen Licht vergessen wir die Sterne."

„Ja", sagte Kasjen betroffen; wann hatte er mal so richtig in den Himmel gesehn? Er sah gewöhnlich nur die Erde, die gab ihm seine Arbeit.

„Aber wenn man lange hineinsieht, dann vergißt man sein kleines Licht über ihrem Glanz", sprach die Stimme neben ihm.

Kasjen sah unentwegt nach oben; wirklich, immer mehr lösten sich silbern aus dem samtnen Schwarz.

„So gingen die Hirten auch durch die stille, heilige Nacht. Das ist immer meine schönste Feier, dieser Weg durch die weihnachtliche Frühe."

Kasjen antwortete nicht, ihm war seltsam feierlich zumute.

So war er einmal an Tante Sievertjes Hand durch das nachtstille Dorf „na de Lüchterkarke" gegangen.

Weit her klangen Glocken, sie läuteten die ganze Nacht, sie ruhten nur ab und zu einmal, als wollten sie ihrem eignen Klingen nachlauschen.

War das nicht Sievertjemöhs andächtige Stimme: „Die Menge der himmlischen Heerscharen —"? Ach, er hatte damals in das Gefunkel droben gestarrt, ob nicht die schimmernden Schwingen der unzählbar Vielen sichtbar werden möchten.

„Wenn wir sie nur dafür nehmen wollten, sie singen doch in ihrem Schweigen von der Ehre des Weltenschöpfers."

Ach so, das sprach Jakobus Winter neben ihm, Kasjen wußte nichts darauf zu sagen. Er stapfte in Knabenschuhen durch sein Kinderland.

Bis die Glocke plötzlich ganz nahe wieder ihr Geläute anhub. Das Dorf lag mit hellen Fenstern vor ihnen; es blieb wohl keiner daheim am Christmorgen außer den Kleinsten und den Kranken.

Es war aber noch früh, und Winters wollten ihre Verwandten abholen. So gingen Kasjen und Amke auch an der Kirche vorbei zur Mutter, die dem andern Ende des Ortes zu wohnte.

Mutter Mena stand schon in ihrem Abendmahlskleid, das sie zum erstenmal bei ihrer Konfirmation getragen hatte und das sie als ihr „Karkensönndagse" durchs Leben begleitete.

„Aaltje", rief sie, „dar sünd de Kinner!" und die hundert Fältchen um ihre Augen waren wie Strahlen der Freude, die ihr Gesicht erhellte.

Amke lief von einer zur andern, und Kasjen sah, wie ähnlich sich die Schwestern waren, nur daß die ältere soviel ernster und gesetzter wirkte. Auf die kann man sich verlassen, dachte er. Er hatte eigentlich gleich zu seinen Leuten weiterwandern wollen, aber sie erwarteten, daß er mit zur Kirche ging. Doch inmitten der Menschen in dem durch Kerzen erleuchteten Raum, inmitten der lauten Worte und Weisen saß er wie einer, der heimlich sein Geschenk vorweg empfing.

Als er dann bei grauendem Morgen auf den leicht gefrorenen Wegen dahinschritt, nicht ohne zuvor von Aaltje gehörig mit Tee und Butterbroten, die er in dieser Güte lange nicht genossen hatte, gestärkt zu sein, war er seines Alleinseins froh.

Es war doch schön, so seinen Gedanken nachzuhängen, daß einem niemand hineinredete.

Amke war selig mit diesem Tag Zuhause; ob sie mit einigen Jahren wie Aaltje, ihre Schwester, sein würde? Einen Augenblick stellte er sich vor, wie die als Frau schaffen würde, und ihm wurde beklommen zumute: was müßte das für ein Zusammenarbeiten sein!

War er nicht im Grunde sehr allein, auch jetzt noch, wo er verheiratet war? Vielleicht lag es an ihm, dachte er, er war so wenig mit Mädchen umgegangen, er war wohl auch zu schweigsam und zu ernst? Und er nahm sich vor, sich Amkes ein wenig mehr anzunehmen, als er es bisher getan hatte, sie war doch so dankbar für jede Freude.

Gab es überhaupt Frauen, mit denen man ernsthaft überlegen, denen man die eigenen, oft so krausen Gedanken mitteilen konnte?
Was willst du denn auch, Kasjen, setzte er sich selbst zurecht, was verlangst du von einer Frau; was für Männern möchtest du denn mit Fragen kommen, die so über das Tägliche hinausgehen? Jakobus Winter, ja, dieser Merkwürdige, der kein Ostfriese und doch kein Fremder war. Seine dunkle, behutsame Stimme schwang noch in ihm nach. Lüttje Pastor nannten sie ihn, er verstand es miteins. Er wollte doch wirklich einmal zu ihm gehen, er hatte ihn oft genug aufgefordert.
Er war so in seine Gedanken versponnen, daß er sich wunderte, als der heimatliche Kirchturm vor ihm auftauchte. Ein tiefer, schwingender Ton machte ihn vollends wach.
Er hatte seit seinem Hochzeitstage nichts mehr von daheim gehört, da hatte Freerk gesagt, Tante Sievertje wäre recht hinfällig geworden. Kasjen beschloß, gleich zu ihr zu gehen. Dann entging er auch dem Strom der Kirchgänger.
In dem düstern Gang des Armenhauses umfing ihn wieder der modrige Geruch. Sievertjes Tür war unverschlossen, aber er sah niemand, als er eintrat.
„Well is dar?" klang es kläglich.
„Tant Sievertje, büst du krank?" Er trat an die Butze, da regte es sich unter dem dicken Federbett, und von den bunten Kissen hob sich ihr Gesicht, klein und gelb.
„Och, Kasjen — Leeve! Du?"
„Ja, ik bün dat. Ik wull ins sehn, wo di dat geiht?"
„Nich goot", sagte sie leise.
Kalt und muffig war es in der Küche, sah sich denn niemand nach ihr um?
„Ja —" kam es mühsam und stockend, gestern wäre Freerk dagewesen.

„Un Gerdje?" fragte er.

Die wollte auch kommen.

In ihm empörte sich etwas: mußte die Alte so einsam ihrem Ende entgegenwarten? Sie würde es doch nicht mehr lange machen.

„Oll Moderke!" Seine harte Hand strich weich über die welken Wangen.

„Dat du der büst —", sie lächelte müde.

„Kolt hier!" Er prökelte in der Asche herum, da war lange kein Feuer angewesen.

„Bün nich kolt", murmelte sie. Aber er ruhte nicht, bis ein Torffeuer brannte.

Ob er nicht zu seinem Bruder wolle, fragte sie. Er bliebe erst bei ihr, sagte er, ihretwegen hätte er den Weg gemacht. In ihren Augen war ein froher Schein, während er ihr von seiner Arbeit erzählte. Sie trank auch den Tee, den er machte, und ließ sich von seinem kräftigen Arm, der sich unter ihr Kissen schob, stützen. Erst als er merkte, daß ihr die Lider zufielen, stand er auf: „Wullt slapen, Tant Sievertje?"

Sie nickte.

„Ik koom weer!" Leise klinkte er die Tür hinter sich zu. Der Weihnachtsgottesdienst war wohl vorbei, er sah ein paar Frauen mit Gesangbüchern gehen.

Gerdje war nicht unangenehm überrascht, als er kam: „He — wi kriegen Visite!"

Da war auch Freerk, er trug seinen Jungen auf dem Arm: „Kasjen, Brörmann!" Er freute sich ehrlich.

Es glänzte alles vor Sauberkeit. Die Schwägerin rührte den Reis mit Rosinen, der längst gar war und nur noch mal gut durchwärmen sollte, damit er nicht anbrannte. Kasjen aber fragte vorwurfsvoll, ob sie denn Tante Sievertje vergäßen.

Gott bewahre, meinte Gerdje, Freerk hätte ihr von allem gebracht.

Er sah sie groß an: aber sie könne sich doch nicht helfen! Nein, sie läge schon lange so, sagte sie gleichgültig.

Freerk räusperte sich verlegen; seine Frau würde heute noch hingehen.

„Ja", ereiferte sie sich, er müßte nicht meinen, daß sie sie umkommen ließen. Aber erst käme ihr eigener Haushalt, und sie hätte ja nur zwei Hände.

Beinahe körperlich spürte Kasjen die Kälte, die von dieser Frau ausging.

Tant Sievertje hätte Mutterstelle an ihnen vertreten, sagte er.

Freerk fragte, ob er denn schon bei ihr gewesen wäre. Das verstände sich wohl von selbst, gab er zurück.

Gerdje warf den Kopf in den Nacken: da könnte er gar nicht mitsprechen; er käme alle Jubeljahre mal, und sie hätten die ganze Last.

„Last —" echote Kasjen schroff. Tante Sievertje mache keinem Last, solange sie noch eine Hand rühren könne. Was er denn davon wüßte, wies sie ihn ab, was er denn für die Alte getan hätte?

Nun legte sich Freerk ins Mittel; sie wollten doch keinen Streit anfangen, noch dazu am heiligen Weihnachtstag! Und er begann, seinem Bruder klarzumachen, wie seine Frau sich all die Zeit um die Kranke gekümmert hätte, obwohl sie ihr ja eigentlich fremd wäre. Natürlich hätte er, Freerk, nicht vergessen, daß er eine Dankesschuld an sie abzutragen hätte, und er hätte es gern getan und für ihn, Kasjen, mit, weil er ja nicht dazu imstande wäre.

„Nee", gab Kasjen kleinlaut zu, das täte ihm von Herzen leid.

Gerdje versuchte einzulenken. Davon wollte sie ja auch nichts sagen, aber sie ließe sich nicht vorwerfen, daß sie ihre Pflicht nicht täte.
Das sage ja auch niemand, beschwichtigte ihr Mann und war sichtlich erleichtert, als der Kleine sich bemerkbar machte, der es nicht gewohnt war, daß man ihn übersah. Aber eine Verstimmung hing zwischen ihnen. Kasjen mußte mit jedem Bissen seinen Ärger hinunterschlukken, er schwieg um seines Bruders willen. Und er war froh, als der ihn nach dem Essen mit in den Stall zu den Tieren nahm. „Mußt hör wat togeven!" raunte er ihm zu, bei Gerdje wäre wieder was unterwegs, und dann wären Frauen nicht zu gebrauchen. Aber Kasjen meinte, es ließe ihm keine Ruhe, er wollte erst mal nach Sievertje sehen.
„Ik gah mit", sagte Freerk.
Die alte Frau wandte den Kopf, als sie bei ihr eintraten. Kasjen baute die Torfmauer neu, die das Feuer zerfressen hatte. Dann nahm er einen der beiden Binsenstühle und setzte sich an ihr Bett, und Freerk machte es ihm nach.
„Is Wiehnachten, Tant Sievertje", sagte er.
„Kann nich mehr — na Karke hen", flüsterte sie, ohne die Augen aufzuschlagen.
Ob der Pastor denn nicht zu ihr käme, fragte Kasjen.
„Woll mal", nickte sie.
Auf der Fensterbank lag ihr Bibelbuch mit Staub bedeckt, das er so oft auf ihren Knieen gesehen hatte. Hatte diese fromme Frau es verdient, daß sie so einsam von der Welt mußte? War nicht ihr ganzes Leben ein Sorgen für andre gewesen? Und was taten andre für sie?
„Amke —", sie drehte ihm das Gesicht zu, „sall — mien Spinnweel hebben."
Es quoll warm in ihm hoch und machte ihm die Stimme unsicher: „Dat sall se in Ehren hollen."

Dann bezog ihr Blick auch Freerk ein: Das andere müßten sie teilen —.
„Och —" sagte Freerk, „dar quäl di noch man nich um, Tant Sievertje!"
„Nee —", ihre Augen fielen wieder zu, „is all — irdisch. Bold — hebb ik dat goot."
Sie saßen und schwiegen. Sie waren beide wieder Kinder, die in der Schummerstunde auf ihren Stowen neben Sievertjemöhs Hörn hockten, während der Vater gegenüber dies und das mit ihr besprach oder aus seinen Jugendjahren erzählte. Sie hatten sich wohl nie so einander verbunden gefühlt, die beiden Brüder, wie in diesem wortlosen Beieinander.
Dann schrak Freerk auf: sie müßten nun wohl erst wieder gehn —.
Kasjen sah ihn an: „Laat mi noch man hier."
Da klang es vom Bett her: „Gaht na Huus, Kinner!"
Und sie allein liegen lassen?, begehrte Kasjen auf.
„Ik will — slapen —"
„Ja, dann — is dat goot, Tant Sievertje."
Kasjen nahm ihre beiden Hände in seine großen, und ein kleines Lächeln lief um ihren Mund: „Gah mit Gott, Kind!"
Er wußte, daß er zum letzten Mal diese Hände hielt, und er fand kein armseliges Wort mehr.
„Ik koom noch mit Gerdje", sagte Freerk. Doch sie schlief wohl schon wieder.
Am liebsten hätte sich Kasjen nun auf den Heimweg gemacht, doch sein Bruder machte ihm klar, daß ihm dann der Tag verdorben wäre; Gerdje wartete. Da ging er ihm zuliebe noch für kurze Zeit mit.
Auf dem Rückweg stand Kasjen noch an seiner Eltern Grab; daneben würde nun bald die alte Frau gebettet werden, die ihm das gewesen war, was sie, die hier ruhte, ihrem Kinde nie hatte sein können. Er war froh,

daß er sich und ihr noch diesen Tag geschenkt hatte. War nicht Gerdjes Vorwurf berechtigt, was hatte er ihr Gutes getan? Aber das stand fest: wenn er in Freerks Stelle gewesen wäre, er hätte sie nicht ins Gasthaus ziehen lassen. Er stellte sich Amke vor und meinte, daß es ein gutes Zusammenleben gegeben hätte. Warum haben wir sie nicht geholt, als wir ein eignes Dach bekamen? fragte plötzlich etwas in ihm. Und er gestand es sich ein, daß ihm nie der Gedanke gekommen war.

Ein unbehagliches Gefühl der Schuld ging mit ihm bis in Mutter Veerkants Küche, deren Wärme und Helligkeit ihn trostvoll umfing. Er bewunderte die kleine Petroleumlampe mit dem blanken Messingspiegel, Aaltjes Weihnachtsgeschenk für die Mutter. Sie hatten nicht das Geringste mitgebracht, fiel ihm ein.

„Könen wi so en Lampe nich ok kriegen?" begeisterte sich Amke.

„Wi mutten unse Pennings binanner hollen", dämpfte er ab, und die Mutter fand das in der Ordnung, für die Arbeit in ihrem jungen Haushalt genügte die Stalllaterne, wenn alles getan wäre, könnten sie schlafengehen.

„Hest recht, Moder", nickte Kasjen.

Er war aber doch angetan von der Gemütlichkeit, mit der der enge Raum den kleinen Kreis umschloß. Ging diese Wärme von der gütigen, alten Frau aus und die Helligkeit von den klugen Augen des Mädchens, das Amke so ähnlich sah und doch anders war?

Amkes Backen glühten, sie erzählte von all den Nichtigkeiten, die ihr diesen Tag zum Fest machten, und ihre Augen, blau wie das Wasser, wenn der lichte Sommerhimmel darüber stand, strahlten eitel Freude.

Aaltje hörte lächelnd zu mit dem belustigten Ausdruck eines Erwachsenen, der an kindlichem Gerede Spaß hat.

Und Kasjen erschrak fast, als ihr Blick dem seinen begegnete, erschrak vor der blauen Tiefe, die dunkel war wie ein Brunnen.
Sie zwinkerte ihm zu, als wüßte sie sich im Einverständnis mit ihm über die drollige Kleine.
„Nu wees ins eben still", kam da Menamöhs Stimme; sie wollte wissen, wie Kasjen es zu Hause vorgefunden hätte.
„O ja!" Amke war sogleich bereit zu hören.
Die Kunde von Sievertjes einsamem Hindämmern ging ihnen allen zu Herzen, aber sie waren überzeugt, daß Freerk und Gerdje ihr Möglichstes tun würden, und Kasjen mochte seines Bruders Frau nicht vor ihnen herabsetzen.
Aaltje schnitt große Scheiben von dem leckern Bauernstuten ab, den die Mutter allweihnachtlich geschenkt bekam, und sie aßen andächtig und mit gutem Appetit. Als Kasjen dann noch einfiel, daß Amke Tante Sievertjes Spinnrad haben sollte, war Mutter Mena froh: sie hätte sich schon umgehört, ob sie nicht eins für das Kind bekommen könnte, es wäre doch so nötig, wo sie die Schafe hätten.
Amke freute sich auch über den neuen Reichtum, der ihre Küche zieren würde, doch mit dem Spinnen sollte es gute Weile haben, in der Kunst hatte sie es nicht weit gebracht; das sagte sie aber nicht.
Aaltje ging ein Stück mit ihnen, als sie gemeinsam aufbrachen; ihr Weg führte gradeaus zur Stadt, während die beiden rechts abbogen. Dröhnend schlug die Glocke an, um den zweiten Christtag einzuläuten, und unwillkürlich hob Kasjen den Blick. Wie es funkelte dort oben, viel stärker und klarer als heute früh!
Wieder fühlte er die Andacht in sich einkehren, und Amkes Geplauder war wie das Zwitschern eines Vogels, das man hört, ohne daß es einem bewußt wird.

Plötzlich packte sie mit einem Ruck seinen Arm: „Kasjen — weeßt, wat Moder seggt?"

„Ja?" lächelte er versonnen.

„Wi kriegen en lüttje Puppe, Kasjen!" Ihre glückselige Stimme schleuderte ihm die Worte unvermutet entgegen, und sie trafen ihn mitten ins Herz, daß er wie angewurzelt stand.

„Amke —?"

„Freist du di ok, Kasjen?" jubelte sie.

Da schlang der nüchterne, bedächtige Kasjen seine beiden Arme um das lebendige Stückchen Freude vor ihm und preßte es an sich:

„Amke —!"

XIV

Der Winter war außergewöhnlich milde. Jürn Görtemaker, der ab und zu an Kasjens Haus vorbeistiefelte, hatte zwar prophezeit: „Fangen de Dagen an to längen, fangt de Winter an to strengen!" Aber er hatte nicht recht behalten, auch der Februar setzte den meisten seiner Tage die Nebelkappe auf. Er ließ in mancher Nacht wohl den Frost ein wenig den Grund härten und die Dächer weißen, doch ehe der richtig Fuß fassen konnte, wehte es wieder weich und feucht aus dem Westen.

Aber auch dem Regen legte er Zügel an, und das war den Moorleuten ganz nach dem Sinn. Wenn es so blieb, dann konnte im März die Arbeit anfangen, und ihre Gespräche gipfelten in dieser Hoffnung.

Auch wenn Kasjen nicht gewußt hätte, wieviel für sie von einem frühen Beginnenkönnen abhing, wäre sein Wünschen in dieselbe Richtung gegangen.

Wie die anderen ging auch er daran, ein Stück zum Abbrennen vorzubereiten, die Gräben hatte er schon im Herbst ausgehoben, weil es erst gründlich abwässern und gehackt werden mußte. Er wartete ungeduldiger als alle darauf, daß der Frost endgültig das Moor verließ.

Zu dem Arbeitseifer, der in ihm prickelte, hatte sich ein beständiges Freuen gesellt, und seine Augen suchten Amke öfter, als sie es vordem taten. Trug sie nicht das Glück, das ihr Haus erst zu einem warmen, lebenbergenden Heim machen würde?

Er ließ manchmal in der Dämmerung die Arbeit und setzte sich zu ihr, denn es war ihm nicht unlieb zu hören, wovon ihr Mund überfloß.

Anfangs war ihn plötzlich die Sorge angesprungen, was denn nun alles beschafft werden müßte, wenn ein neues Menschlein Raum und Kleidung verlangen würde. Erleichtert hatte er vernommen, daß die Mutter spinnen und stricken und nähen wollte, daß sie sogar Ausschau nach einer Wiege hielte, die noch irgendwo unbenutzt stehen mochte. Und als Amke, die an dem genußreichen Weihnachtstag auf den Geschmack gekommen war, einfließen ließ, wie groß ihr Verlangen nach Tee wäre, da tat er sogar den Daumen vom Geldbeutel: „Dann willn wi wat kopen!"

Als wenn Wunsch und Beschluß magische Kraft hätten, trat gleich darauf Berta Kapp in die Tür, mit einem wohlgefüllten Henkelkorb am Arm.

Kasjen war im Hinterhaus verschwunden, und die beiden Frauen, die sich lange nicht gesehen hatten, waren bald in angeregter Unterhaltung.

Amke mußte ihre große Neuigkeit loswerden, und die andre erging sich in Mitfreude und sparte nicht mit guten Ratschlägen, die sich zum Teil gleich in die Tat umsetzen ließen, falls die junge Frau sich nur entschloß, sich mit dem Inhalt ihres Korbes zu befassen.

„Hest du Tee?" fragte sie gespannt.

„Tee — echte ostfriesische Mischung!"

Stolz nahm Amke eine der roten Pergamenttüten entgegen, in denen Berta ihre Ware fertig abgewogen mit sich trug. Lieske Görtemakers scharfe Zunge behauptete, daß das Gewicht nicht immer aufs Gramm genau stimmte, aber sie hatte ebensowenig eine Waagschale wie alle andern, darum konnte es auch böswillige Nachrede sein.

Amke kam sich sehr wichtig vor, war es doch das erste Mal, daß sie selbständig für sich einkaufte. Was brauchten sie auch? Die Milch für den Brei lieferten Kuh und Schafe, für Grütze und Kartoffeln hatte Kasjen gesorgt, ebenso für Mehl, aus dem Amke das derbe Roggenbrot backte. Zu mehr langte es in den meisten Moorkaten nicht. Wer ein Schwein schlachtete, war natürlich besser dran. So blieb den Hausfrauen kaum etwas zu kaufen, höchstens mal Salz oder Sirup. Das knappe Bargeld ging meist mit den Lasten und Zinsen auf.

Und doch wurde Berta Kapp aus ihrem verführerischen Korb immer dies oder das los, sie scheute keinen Weg bis weit ins Moor hinein, und sie wußte mit den Schwächen anderer umzugehen; es hatte ihretwegen schon manchen Ehekrach gegeben.

„Hast du Kluntjes, Amke?" fragte sie.

„Nee!"

„Tee ohne Kluntjes, das gibt's ja gar nicht!" Sie stellte eine graue Tüte neben die rote. „Und hier — riech mal!" Ihre flinken Finger öffneten ein spitzes gelbes Tütchen und hielten es ihr unter die Nase.

„Koffje —!" rief Amke, „wat lecker!"

„In deinem Zustand nichts besser als ab und zu eine Tasse Kaffee — natürlich mit Zucker!" Schon lag das Anempfohlene auf dem Tisch. Und die junge Frau kam sich reich beschenkt vor, als Berta mit dem Geld abzog. Strahlend zeigte sie ihrem Mann den Kauf und machte ihm die Gründe klar, gegen die keiner etwas einwenden konnte. Er machte zwar ein langes Gesicht, aber schließlich — in solch einem Fall mußte man wohl wirklich ein Auge zudrücken. Und er schluckte sein Bedenken hinunter.

Es dauerte nicht lange, da zog ein Duft durchs Haus, daß sogar Kasjen sich in Festtage der Kinderzeit zurückversetzt fühlte. Und er gönnte sich wirklich ein paar Minuten, um eine Tasse von dem liebevoll bereiteten Kaffee zu trinken.

„Dat mutt nu nich Hals over de Kopp up!" mahnte er, „mehr to kopen hew wi kien Geld to!"

„Nee", sagte sie in dem Bewußtsein, daß vorerst Vorrat da war.

Jakobus Winter fand an den neuen Nachbarn augenscheinlich mehr Gefallen als an den andern. Wenn der Tag ging und der Abend noch nicht da war und keine Arbeit recht mehr von der Hand wollte, kam er nicht selten auf dem Haaspad dahergeschlendert, und wenn Kasjen durch das Stallfenster ihn kommen sah, trat er bald aus der Hintertür nach draußen, denn auch ihm war es nicht unlieb, ein paar Worte mit diesem Mann zu tauschen.

Sie standen dann ein Weilchen zusammen oder gingen bis an die Straße. Und wenn sie mit Dunkelwerden wieder binnenkamen, trug Kasjen in seinen Gedanken stets etwas mit, das hin und her zu bewegen sich lohnte.

Ein sternklarer Himmel spannte sich über dem Moor. Da gestand Kasjen, daß er eigentlich erst in der Weihnachtsnacht gelernt hätte, nach oben zu schauen.

„Da hast du was Gutes gelernt", sagte der andre. „Hast du nie über die Sterne nachgedacht?"

Kasjen schüttelte den Kopf; als Kind hätte er wohl darüber gegrübelt, wie das mit dem Himmel über den Sternen und dem lieben Gott und den Engeln darin sein möchte, aber das war eben was für Kinder und für alte Leute, die glaubten an sowas.

„Du nicht?" fragte Jakobus.
Kasjen meinte, daß ihm das alles nicht mehr recht in den Sinn wolle.
„Du meinst den Alten mit dem Bart, ja — den tut man allmählich ab, wie man die Märchen abtut", gab er zu. „Aber die Sterne, Kasjen — die Sterne, die sagen, wie Er wirklich ist."
Kasjen sah ihn verwundert an.
Da erzählte Jakobus Winter von den Welten im unendlichen Raum, unter denen die Erde wie ein Sandkorn in der Wüste wäre, und er, dem nie einer die Augen dafür aufgetan hatte, lauschte begierig und staunte empor.
„Und da ist eine Ordnung, keiner ist dem andern im Wege. Was meinst du, wenn mal einer aus seiner Bahn liefe und unsre Erde rammte? Dann wär's aus mit ihr und mit uns auch!"
Kasjen wurde es unbehaglich angesichts solcher Möglichkeiten.
„Aber seit tausend und abertausend Jahren gehorchen sie einem Willen — Seinem, Kasjen. Glaubst du, daß wir diesen Gewaltigen mit unserm Menschenmaß messen können?"
„Nein", sagte Kasjen, und ihm wurde die Brust eng bei dem Versuch, solche Größe zu fassen.
Als er dann wieder allein war, stand er noch lange, die Arme auf die untere Hälfte der Hintertür gestützt, deren oberer Teil sich wie ein Fenster nach innen öffnen ließ, und sann in die Nacht hinaus, die für ihn bislang nichts weiter war als das Gehäuse des Schlafes, und die nun plötzlich voller Wunder war. Woher hat er das? dachte er; aber dafür kannte er ihn noch nicht gut genug, daß er ihn danach hätte fragen mögen.
Jakobus Winter spürte, daß dieses wortkargen Menschen Geist einem unbebauten Boden glich, der, nur ein

wenig aufgebrochen, für alle Einsaat dankbar war. Es machte dem alternden Mann Freude, ihm abzugeben von dem, was ihn das Leben gelehrt hatte. Er nahm Kasjen mit und zeigte ihm seine Bücher, doch der hatte seit seiner Schulzeit keins mehr in der Hand gehabt, geschweige denn gelesen, und er hatte eine Scheu vor dieser Gelehrsamkeit und meinte, lieber möchte er erzählen hören, was darin stände. Da lachte Jakobus, und seine Frau, die nicht viel sprach, lächelte: damit hielte sie es auch, dann könnte man auf seine Fragen Antwort erwarten.

Kasjen wunderte sich, daß sie aussprach, was ihm unklar vorgeschwebt hatte. Und nach einer Weile brach es aus ihm heraus: er hätte wohl eine Frage, auf die er keine Antwort finden könnte.

„Solche Fragen gibt es“, sagte Jakobus, „aber darüber soll man sich aussprechen.“

„Ja —“ Kasjens Worte kamen langsam und zögernd, er könnte nicht begreifen, wie das mit Gottes Gerechtigkeit wäre. Und er sprach von Sievertjemöh, deren Leben ein Gottvertrauen war, und die zum Lohn dafür ins Gasthaus gehen mußte.

Der andre hörte ihm aufmerksam zu. Dann sagte er: „Willst du Gott anklagen, wenn die Menschen nicht seinen Willen tun? Wenn in deines Bruders Haus nicht die Liebe wohnt, die Er fordert?“

Aber die alte Frau hätte es nie an der Liebe fehlen lassen, warf Kasjen ein, darum hätte sie einen besseren Lebensabend verdient.

„So will es unsere kleine Gerechtigkeit“, nickte Jakobus, „die kann nur mit Menschenmaß umgehn. Denk an die Sterne, Kasjen: wenn einer die große Ordnung störte, dann hätten die andern den Schaden. Und glaubst du, wir Menschen ständen nicht unter Seinem Gesetz? Ein sanftes hat Er uns gegeben: Liebet euch untereinander! Wenn nun die einen nicht danach tun, müssen die andern leiden. Das mußte auch der Beste, der sich Seinen Sohn nannte."

Kasjen war still geworden. Das klang einfach, aber das mußte er erst in seinem Innern verarbeiten, an solche Gänge war sein Denken nicht gewöhnt.

Doch seine Augen verloren sich nun oft in den gestirnten Himmel, den Jakobus ihm immer mehr zu erschließen trachtete; er suchte den Wagen und war stolz, wenn er den Großen wie den Kleinen aus dem Gewimmel herausfand.

Er wollte auch Amke an seinem neuen Wissen teilhaben lassen, und er rief sie herbei, als einmal wieder die ganze Pracht da oben flimmerte. Es machte ihr auch Spaß, ein Weilchen in das Geglitzer hineinzuschauen, aber einen Wagen konnte sie mit dem besten Willen nicht am Himmel finden: „Ik seh kien Wagen, ik seh blot Steerns."

Er erzählte ihr, daß jeder Stern so groß und noch größer als die Erde sei. Da lachte sie laut: „Och Kasjen, well hett di dat vertellt?"

Ja, das stände in den Büchern, die Jakobus Winter hätte, belehrte er sie.

Sie schüttelte den Kopf, denn ihr fiel plötzlich ein, daß ihr alter Lehrer nach Aaltjes Aussage behauptet hätte, wenn man durch die Erde hindurchgrübe, käme man in Amerika heraus: „Sowat kannst doch nich glöven, Kasjen!"

„Ja, Kind", sagte er, „dat gifft völ, wat wie beiden noch nich weeten."

Aber er neigte doch zu der Ansicht, daß das Wort von den langen Haaren und dem kurzen Verstand nicht ganz unberechtigt sein möge.

Als der März kam, brauste ein paar Tage lang der Sturm und schüttete allerhand Wolken leer, damit jagte er den schwachen Frost aus dem Moor.
Und als er ausgetobt hatte, da wurde es überall lebendig.
Kasjen war begierig auf das neue Werk. Es war lange mit Lammers vereinbart, daß sie gemeinsame Sache machen würden. Es waren alle auf gegenseitige Hilfe angewiesen, deren Haushalt nicht groß genug war, um mit eignen Leuten auszukommen. Denn vier Mann gehörten eigentlich zu einem Ploog, so nannten sie die kleine Gemeinschaft, die zum Hand-in-Hand-Arbeiten nötig war.
Der Tag graute kaum, da klapperten Lammert und Ockje schon draußen mit ihren Gerätschaften und holten Kasjen und Amke aus ihrem Bau. Was getan werden mußte, hatte Kasjen sich längst auseinandersetzen lassen: daß zuerst die obere Schicht von der abzutorfenden Fläche heruntermußte, der helle, leichte Bunktorf, der sich zum Feueranmachen eignete, der aber auch als eine Art Düngemittel für den neu zu gewinnenden Boden unentbehrlich war. Doch die Kunstgriffe des geübten Torfarbeiters mußte er erst lernen.
Das Bunken hatte er schnell heraus; es war nicht schwer, die grauen Brocken in die alte Pütte zu befördern, die schon ihren Torf hergegeben hatte.
Aber dann fing Lammert an, mit seinem Torfspaten Rechtecke in die braune Mauer zu stechen, während Kasjen mit noch ungelenken Griffen daranging, diese als erste nasse, mehr oder weniger wohlgeratene Soden herauszuheben.
Sofort packte Frau Lammers zu, nahm auf einer großen Gabel die Stücke weg und zeigte Amke, wie man sie auf den kleinen Karren lud und eine gute Strecke abseits zum Abtrocknen auslegte.

Das war ein neues Spiel, und sie ging mit Begeisterung daran. Aber sie merkte bald, daß alle Arbeit, die sie je getan, eher einem Spiel geglichen hatte als diese hier. Während Frau Lammers den bepackten Karren wegkrodete und ihn geleert zurückbrachte, mußte Amke ihren gefüllt haben, und die andre faßte ihn unverweilt und zog wieder los, das Neuauffüllen als selbstverständlich ihr überlassend. So gingen die Frauen der Moorbewohner jahraus, jahrein ihrem harten Tagewerk nach, bis die Torfernte beendet war.

Die junge Amke aber stand und reckte den Rücken grade.

„To — wieder!" rief Lammert, denn der Püttenrand mußte leer sein, wenn neue Zufuhr kam.

„Ja —" sagte sie kleinlaut und packte widerwillig weiter, doch Ockje war schon wieder da: „Noch nich klar?"

Amkte stöhnte über ihren Rücken.

„Och, dat is man erst", tröstete sie, „kumm, nu kroje du mal!" Damit drückte sie ihr den Karren in die Hand und war schon dabei aufzuladen.

Amke war froh über die Abwechslung und schob mit der Last davon, und als sie zurückkam, wartete bereits die neu beladene Fuhre. Eine Weile hielt sie durch, dann spürte sie, wie das in die Schulterblätter zog, und die andre kam ihr schon mit neuer Fracht entgegen und sagte, daß es zu langsam mit ihr ginge. Da fing sie lieber wieder an aufzupacken, doch immer mußte Ockje noch nachhelfen. Es wäre ja das erste Mal, begütigte sie, das würde mit jedem Tag besser gehn.

Kasjen mühte sich in der Pütte, und auch er verhehlte sich nicht, daß ihm noch keine Arbeit so sauer wurde wie diese. Da fielen die Worte der Frau, daß es mit jedem Tag besser gehn würde, aufmunternd in seine Ermüdung, und sie verpflichteten ihn, sich keine Schwachheit anmerken zu lassen.

Er hörte Amke stöhnen, und in plötzlicher Besorgnis fragte er den Freund, ob so eine junge Frau in ihrem Zustand keinen Schaden nähme bei so schwerer Arbeit.

„Och wat", meinte der ungerührt, „nix beter as arbeiden bi sowat, dar vergahn hör de Grillen bi!"

Ockjes scharfen Ohren war das Gespräch nicht entgangen, und sie empfahl Amke, beim Aufladen zu bleiben; und die nahm sich immer öfter Zeit, den Rücken grade zu machen, weil sie spürte, daß sie nicht mehr so angetrieben wurde wie vorher, auch wenn die Fracht nicht rechtzeitig reiseklar war.

Die Mittagspause war zwar kurz, aber stärkend, das machte der Tee, der in diesem anstrengendsten Zeitraum des Jahres unentbehrlich war und den sie mit Hingabe zu den steifen Buchweizenschubbers genossen. Er frischte die müden Geister wunderbar auf. Amke dachte verlangend an die geruhsamen Nachmittage der letzten Monate, aber sie sah keine Möglichkeit, aus diesem Viergespann auszubrechen, und so trottete sie seufzend den andern nach, die mit neuem Schwung ans Werk gingen und sie zwangen, sich einzureihen.

Nach diesem Tage konnte sogar der arbeitsgewohnte Kasjen nicht gleich einschlafen, obwohl ihm die Augen vor Müdigkeit zufielen, denn alle Glieder taten ihm weh.

Trotzdem war er zutiefst befriedigt. Der Anfang war gemacht, sein scharfer Spaten hatte das unheimlich Unbekannte durchstoßen und war dem schwarzen Tier zuleibe gegangen; nicht leicht war es zu erlegen,

aber er würde es zwingen! Er würde nicht ruhen, Jahr um Jahr, bis sein dunkles Blut versickert wäre und es den Grund freigegeben hätte, auf dem es lastete.
So schufteten die vier Tag für Tag. Dann lag für beide Familien der Torf draußen, den sie für ihren eignen Bedarf brauchten, der aber darüber hinaus ihnen das nötige Bargeld einbringen sollte, womit sie die Lasten bezahlen und die geringen Bedürfnisse befriedigen konnten.
Nur ab und zu einmal prasselte der Regen auf die gebeugten Rücken der Moorleute und wusch ihnen die Schweißtropfen von den Gesichtern, und die Männer in der Pütte empfanden ihn als Kühlung, denn der Wind strich über sie weg, und je tiefer sie sich hineingruben, desto mehr litten sie unter der schwülen Wärme, so daß sie ein Kleidungsstück nach dem andern abwarfen.
Für die Frauen oben war es erträglicher, sie waren dem Luftzug ausgesetzt, der sie zuzeiten angenehm umsäuselte, meist aber kräftig zublies.
Um diese Jahreszeit schlief der Wind selten über dem Moor, als ob er wüßte, daß die triefnassen Soden seiner fast noch mehr bedurften als der Wärme.

Wenn die Männer die Torfspaten aus der Hand legten und nach den Ackergeräten griffen, weil nun das Land bestellt werden mußte, dann oblag den Frauen die Sorge, daß der Torf trocken wurde; dann fing für sie das Stuken an.
Frau Lammers hatte Amke gezeigt, wie man die Stücke paarweise im Kreuz übereinander legte, und war gegangen, um auf eignem Grund dieser Arbeit nachzugehen.
Amke hätte liebend gern in Gemeinsamkeit weitergeschafft, einmal war es kurzweiliger, und außerdem

hatte die andre so flinke Hände, die nahmen, was ihre liegen ließen. Das war nun vorbei.

Ein Seufzer glitt über die schier endlose Fläche, die sie allein zu bewältigen hatte. Kurze Zeit vergnügte sie sich damit, kleine Haufen in möglichst grade Linie zu bringen. Dann stand sie und sah in die Richtung, wo Kasjen arbeitete, und sie rief und winkte zu ihm hinüber.

Er blickte einen Augenblick auf und grub unverdrossen weiter. Da faßte sie auch wieder zu.

Nicht weit von ihr flatterte es aus dem Heidekraut und flog steil himmelwärts. „En Leewerke!" rief sie und schaute dem tirilierenden Vogel nach, solange sie noch ein Pünktchen von ihm sehen konnte. Eigentlich war es doch gut, daß Frau Lammers sie allein ließ, dachte sie; war es nicht wie früher gewesen, als Fentje dauernd neben ihr antrieb? Konnte sie jetzt nicht, wie sie wollte?

Sie reckte sich und gähnte; schwer hatte sie heranmüssen, in allen Knochen fühlte sie es! Langsam an! sagte sie zu sich selber. Hin und wieder setzte sie eine Reihe, bis hier ein Käfer krabbelte oder dort ein Schmetterling sich niederließ, den sie eingehend betrachtete.

Zwischendurch schickte sie ihre Blicke in die Runde. Drüben waren Bestmanns zugange, die alte Frau mußte auch stuken. Überall waren gebückte Gestalten; das da mußte Frau Winter sein. Und ganz hinten bewegten sich allerlei Leute — Görtemakers, ja, die hatten es besser, da halfen alle Kinder.

Schön war das, viele Kinder zu haben! Nicht lange mehr, dann —! Die Freude nahm wieder Besitz von ihr. April war jetzt — Mai, Juni, Juli, August — dann! Ihr war es gleich, ob es ein Junge würde oder ein

Mädchen — ein Kind würde sie haben, ein kleines! Kasjen freute sich auch, dann waren sie mit der schlimmsten Arbeit über den Berg, hatte er gesagt.

Ach, die Arbeit — wieder bückte sie sich zu neuem Tun. Dann fiel ihr ein, ob wohl schon bald Mittag wäre. Am besten ging sie erst mal ins Haus. Zwar hatten sie keine Uhr, aber sie hielt es für gut, schon das Feuer auszurakeln und sich erst auszuruhen.

Nach dem Essen sah Kasjen sich ihr Werk an, und er war ungehalten, daß sie so wenig ausgerichtet hatte. Er machte ihr klar, daß es so nicht ginge; wie sollte der Torf seine Feuchtigkeit hergeben, wenn er nicht schnell ordnungsgemäß aufgebaut würde! Nach dem Stuken mußte er geringelt — ringförmig gestapelt — und danach in Haufen gepackt werden, und wenn das alles bis Ende Mai trocknen sollte, dann müßte sie die Hände rühren. Was alle täten, könnte sie auch.

Sie sah ihn erschrocken an, weil er so aufgebracht war, und sagte, das ewige Bücken wäre doch so schwer.

Da streifte sein Blick sie unsicher: ob er ihr wohl doch nicht soviel zumuten durfte? Es war ja auch alles neu und ungewohnt. Still fing er an zu stuken, und sie half ihm. Nie hatte er, der in stetigem Gleichmaß seine Aufgaben zu meistern pflegte, so rasch und in Hast gearbeitet.

„So", sagte er schließlich und zeigte ihr, bis wie weit sie heute noch vorankommen müßte, dann ging er nach seinem Kartoffelland. Man muß ihr sagen, was sie zu tun hat, dachte er, sie ist noch ein Kind.

Beim Ringeln kam Amke unerwartete Hilfe. Berta Kapp stand plötzlich neben ihr und faßte gleich mit an. Amke war heilfroh, doch sie wunderte sich, daß jemand hierherum nicht im eigenen Torfstich zu tun hatte.

„Wir haben kein Moor", erklärte die Frau, „wozu? Mein Mann kann nicht graben mit seinem steifen Bein, ist auch ja immer unterwegs. Und das bißchen Torf, das wir brauchen, kriegen wir schon."

Woher? Nun, sie hülfe eben hier und da, dafür könne man ihr schon etwas abgeben; was das denn schon ausmache, wenn sie beispielsweise nachher einen von den vielen Bülten hier für sich weghole?

Amke wanderte mit den Augen die weite Fläche ab und gab ihr recht; sie war ganz bereit, ihr zu geben, soviel sie wollte, wenn sie dafür jetzt mit einsprang.

XV

Das späte Osterfest gab eine kurze Unterbrechung der Mühsal. Die Sonntage waren während der drocken Wochen meist zu Werktagen herabgesunken. Der Karfreitag erst brachte fast überall einen Stillstand, diesen höchsten Feiertag des Jahres wagten nicht einmal so hartgesottene Sünder wie Jan Kapp zu übergehen, da nahm selbst er den weiten Kirchweg auf sich. Ja, er blieb sogar auf seinem Platz in der allerletzten Kirchenbank, wenn ein Teil der Gemeinde das Abendmahl nahm, denn er hatte vorher mit den vielen die Worte der Beichte nachgesprochen, wobei ein Gemisch von Schuldgefühl und Furcht ihn durchschauerte, das dann in Erleichterung überging und in dem erhebenden Bewußtsein endete, daß er nun für das kommende Jahr eine Freifahrt durch der Tage Abenteuer und Versuchungen erworben hätte.

So gab es wohl keinen auch aus den entlegensten Moorkaten, den noch seine Beine trugen, der an diesem Tage den Gottesdienst versäumte, sei es aus anerzogener Gewohnheit wie bei Kasjen und Amke oder aus innerem Bedürfnis wie bei Jakobus und Dina Winter. Wie durchmüdet sein Körper war, das merkte Kasjen erst, als er inmitten der andächtigen Menge saß; er mußte immer wieder die bleischweren Lider gewaltsam aufreißen und sein Denken zwingen, dem ebenmäßigen Tonfall der Predigt zu folgen.

Trotzdem jagte ihm die einsetzende Orgel Schrecken ein, was ihm bewies, daß der Schlaf ihn doch überwältigt hatte. Er ärgerte sich darüber.
Amke saß gern in der Kirche. Zwar rauschten die von der Kanzel niederfallenden Worte auch an ihren Ohren vorbei. Erst nahmen so viele Eindrücke sie in Anspruch, Gesichter und Kleider von bekannt und unbekannt, und dann kam ihr die Freude, neben Mutter und Schwester zu sitzen; sie durchlief schon im voraus die kommenden Stunden und suchte die bevorstehenden Genüsse zu erraten.
Kasjen tat es leid, daß die Zeit nicht reichte, um sich nach Tant Sievertje umzusehen. Er hätte seinen steifen Beinen den Weg noch zugemutet, wenn es nicht schon Mittag gewesen wäre, als sie aus der Kirche kamen. Ich hätte früh aufstehn und daheim den Kirchgang machen sollen, dachte er und war mit sich unzufrieden, daß die Müdigkeit alle Überlegungen bezwungen hatte.
Und grade in diesen Tagen, da für die Gläubigen der Tod dem unvergänglichen Wesen seine Macht abtrat, ging die alte Frau im Gasthaus ihren Weg durch das dunkle Tal den ewigen Höhen zu, denen ihre Seele zustrebte.
Doch als die Kunde Kasjen erreichte, waren die Feiertage vorüber. Seine Trauer war ehrlich, aber nicht geringer war sein Erschrecken darüber, daß er nun noch einen ganzen Arbeitstag versäumen sollte, um ihr das letzte Geleit zu geben. Und sein nüchterner Verstand berannte die Einwände des Herzens: Sievertjemöh hatte nichts mehr davon, wenn er die Zeit opferte, die ihm so nötig war. Dann fielen ihm Jakobus Winters Worte von dem sanften Gesetz der Liebe ein, und ihm war, als müßte er doch alles im Stich lassen und der Toten die letzte Ehre antun.

Doch da sah er das weite Feld mit den braunen Soden, die Amke nicht bewältigte, die Äcker, die auf seine Hände angewiesen waren, und er meinte, da gäbe es gar keine Wahl.

So ging er mit Eifer daran, die Torfbülten ineinanderzuschichten, bis sie die richtige Höhe hatten, und Amke anzufeuern, die gar zu oft die Arme sacken ließ. Er war mit dem grauenden Morgen draußen, und es dunkelte, wenn er heimkam. Und alle Gedanken gingen unter in der Erschöpfung, die ihn, kaum daß er sich ausstreckte, in traumlosen Schlaf versinken ließ.

Nun kam auch die Sonne, und ihre Wärme vollendete die gute Vorarbeit des Windes.

Da merkte Kasjen eines Tages einen eigenartigen Brandgeruch, und Opa Bestmann, wie ihn jeder nannte, obwohl er kein einziges Enkelkind hatte, der in seiner Nähe am Hacken war, wies nach den Rauchwolken, die wie von einem Osterfeuer aufstiegen: „Görtemakers fangen an!"

Kasjen erriet sofort, was es damit auf sich hatte, und er ließ alles stehn und liegen und lief mit eiligeren Schritten als gewöhnlich dem Schauplatz des ihm neuen Geschehens zu.

Da stand Jürn Görtemaker, und vor ihm züngelten kleine Flammen in den trocknen Heideplaggen; er trug in einer eisernen Stielpfanne glühende Torfkohlen, die er, immer vor dem Winde gehend, verstreute. So nistete sich der Brand ein, bis er sich zum Lauffeuer auswuchs, das ein paar Tage lang die dürre Heidedecke fraß. Dann flackerte es an den Rändern der Fläche und blinzelte gierig hinüber nach der braunen Weite, die jenseits der Gräben wieder anhub. Aber unten gluckste träge das moorige Wasser, das ihm feind war von Anbeginn, da sank es mutlos in sich zusammen und erlosch.

Kasjen aber hielt sich nicht lange auf. Er hatte längst die rostige Pfanne aus dem Gerümpel im Stall hervorgesucht, nun wollte er auch ans Werk gehen.
Amke wagte sich, als rings um sie herum der Qualm immer dichter wurde und in die Augen biß, daß sie tränten, kaum noch nach draußen. Ihr wurde übel von dem Geruch, und sie klagte weinerlich, wenn Kasjen heimkam, warum sie doch auch hierher gezogen wären. Er lachte bloß: „Dat is en Overgang, Kind, dat see de Voß ok, do wur hum dat Fell over de Ohren trucken!"

Die Sonne strahlte in den Mai hinein, aber die Moorbrenner sahen nur ihre gelbe Scheibe. Und erst als der Wonnemond zu Ende ging, wurde für sie der Himmel wieder blau; denn ein altes fürstliches Edikt bestimmte, daß mit dem Ablauf des Mai das Heidbrennen in Ostfriesland vorbei sein mußte.
Der braungelbe Rauch aber stieg hoch hinauf und ließ sich von den Schwingen des Frühlingswindes weit, weit hinaustragen; er zog über grünende Ebenen und knospende Wälder, und seine dichten Schwaden zerteilten sich und segelten mit den Strömungen der Luft, sie stießen sich an Bergen und Felskanten und wurden über sie hinausgehoben.
Und die Menschen, die Tausende von Meilen entfernt wohnten, wunderten sich über den werkwürdigen Schleier, der die Bläue des Himmels fahl machte. Sie nannten ihn Höhenrauch, und sie beobachteten ihn bis weit hinter Krakau und Wien, bis nach Lyon und den Kanalinseln hin. Selbst die Gelehrten des Wetters ließen sich eine Zeitlang von ihm narren und rätselten um den „trockenen Nebel" herum.
Davon wußten sie nichts, die seine Urheber waren. Sie waren froh, wenn der Rauch abzog und die Asche, die er zurückließ, erkaltete. Denn sie war der Nährboden, in den hinein man nun den Buchweizen säte,

jene dreikantigen kleinen Getreidekörner, die, wie Hibo Bestmanns Gebke sagte, die um viele alte Geschichten wußte, vor Jahr und Tag von Zigeunern hier ins Land gebracht worden waren, weshalb man in manchen Gegenden noch vom Taternkorn sprach.
Der Mai ging schon in den Juni über, als Kasjen seinen Buchweizen aussäte, und er dachte an den schweren Marschboden und schüttelte den Kopf: aus dieser Asche sollte man ernten?

Pfingsten kam. Und das liebliche Fest, das die Geest mit einem duftenden Blütenmantel umgab und selbst über die nüchterne Marsch einen buntgewirkten Teppich warf, versuchte an dem schwarzen Moor seinen Zauber. Schüchtern strebten Grasbüschel mit frischfarbenen Spitzen ins Licht, und Moose und Sumpfpflanzen wiegten unscheinbare Kronen. An den Rändern prahlte hier und da ein Ginsterbusch mit seinem Gold. Aber die Schönsten im Land waren die Birken hinter Kasjens Garten und wo sie sonst noch standen in ihren filigranzarten Schleiern, deren Grün mit Sonnenfäden durchsponnen über der silbrigen Rinde zitterte.
Kasjen ging in der Frühe des ersten Pfingsttages über sein Torffeld und befühlte die Soden, die schon hart und trocken waren. Jürn Görtemaker wollte bereits mit dem Abfahren beginnen. Er war immer allen mit seiner Arbeit voraus.
Kasjen ging es gegen den Strich, seine Kuh als Zugtier zu brauchen. Aber auf Lammers Pferd zu warten, bedeutete, daß er sich ganz nach dem Freund richten mußte. Und diese Abhängigkeit paßte ihm erst recht nicht.
In seine Überlegungen klang das Rollen eines Wagens; er spähte nach dem Fahrweg hinüber: ein Leiter-

wagen hoppelte über die Unebenheiten des Sandkastens. Eine Familienpfingstfahrt, dachte Kasjen, die haben sich früh auf den Weg gemacht. Wo wollen die denn hin, dachte er, hält das Pferd nicht grade bei unserm Weg?

Ja, da stieg jemand ab und kam, während das Gefährt weiterrollte, auf dem Pfad daher. War das — in den Mann kam Bewegung — Mutter Mena?

Ein Frohgefühl durchfuhr ihn, er lief quer über die Fläche und sah, daß sie ihn erkannte, denn sie blieb stehen. Ein unförmiges Ding schleppte sie mit, das sich hell gegen ihr dunkles Umschlagetuch abhob.

Der steife Morgenwind hatte ihr Gesicht gerötet, und die Fältchen in den Augenwinkeln vervielfältigten sich, als sie ihrem Schwiegersohn entgegenlachte.

„Moder, dar kummst du an?“ rief er.

„Dat harrst woll nich docht, wat?“ freute sie sich.

„Nee, ehrder an mien Dood as an di“, sagte er, „un dat mit en Spinnweel?“

Er bepackte sich mit dem Spinnrad.

„Dat is van Sievertjemöh“, erklärte sie. Das hätte sie nun so schön mitnehmen können, weil sie Gelegenheit zum Fahren gehabt hätte.

Er legte seinen Arm um ihre Schulter: „Wat Amke wall seggt!“

Amke genoß den Pfingstmorgen auf ihre Weise. Sie hatte gehört, wie ihr Mann das Feuer ausrakelte, das heißt die Torfkohlen von der Aschenschicht, die ihre Glut bewahrt hatte, befreite und neu anfachte. Er tat das so selbstverständlich, wie in andern Haushaltungen den Frauen diese Arbeit zustand. Und als er dann hinausging, legte sie sich wohlig auf die Seite und plierte gegen die Torfwand, die noch schwarz und kalt dem Feuer trotzte. Sie hatte nichts dagegen, daß Kas-

jen immer so früh zugange war, wenn er sie nur in Ruhe ließ.
Heute war Pfingsten, fiel ihr ein. Sie machte die Augen auf und schaute durch die Fenster in den sonnenhellen Morgen.
Hätten sie nicht mal wieder die Mutter besuchen können? Kasjen hatte nie Zeit. Und der lange Weg würde ihr vielleicht auch sauer werden. Juni war jetzt — sie rechnete, wie sie es ungezählte Male tat, an den Fingern weiter und malte sich aus, wie es im August sein würde, wenn —
Da hörte sie Kasjens Stimme draußen. Und dann war sie stumm vor Überraschung.
„Kind —" rief Mutter Mena, „büst du krank?"
Da lachte sie laut heraus: „Moder — du! Nee, warum sull ik krank wesen?" Und schon fuhr sie mit beiden Füßen aus dem Bett.
Die Mutter wiegte den Kopf: „Dann sullst di wat schamen, dat du noch in Bedde liggst!"
„Is ok wahr, Moder", schmunzelte Kasjen; ein alter Mensch wie sie hätte schon eine Reise hinter sich.
Amke war weit davon entfernt, den mütterlichen Tadel ernst zu nehmen. Sie war voll kindlicher Freude und wollte erst genau wissen, wer sie hergebracht hätte.
Kasjen setzte den eisernen Grütztopf, der drei kleine Füße unter dem schwarzen Bauch hatte, auf die Herdplatte und hängte den Teekessel an seine Stelle über das Feuer, das schon lustig brannte. Menamöh aber nahm den Hängebeutel, den sie aus alten Flicken genäht hatte, vom Arm und fing an auszukramen, was sie von ihrer Armut abgespart hatte, um nicht mit leeren Händen zu kommen. Kasjen sah es mit Rührung, vor allem das winzige Tütchen mit Tee, während Amke das Auspacken gespannt und mit frohen Ausrufen verfolgte.

Sie empfanden ihn alle als ein Ereignis, diesen ersten Besuch. Sie erfuhren, daß Kasjens Bruder das Spinnrad bei Mutter Veerkant abstellte, weil er in der Nähe zu tun gehabt hätte. Und Kasjen stände auch noch ein Teil der Möbel zu, hätte er gesagt, die Uhr und Tisch und Stühle könnte er noch dazubekommen.

Ja, die Uhr mit dem rosenbemalten Zifferblatt und den Gewichten an den langen Messingketten und Sievertjes Hörnstuhl, die würden ihm ein Stück Heimat in die Küche bringen.

Und Ulfert Harms hätten noch eine Wiege auf dem Boden stehn, die sollten sie auch haben, denn Harms waren alte Leute und brauchten sie nicht mehr.

Amke hatte hochrote Backen vor Aufregung über alle Schätze, die in Aussicht standen.

Und dann wollte die Mutter alles sehn, was ihnen gehörte, angefangen bei den beiden Ferkeln, die seit kurzem im Stall grunzten, den Hühnern, deren Eier sich so gut in Bargeld umsetzen ließen, den zwei Schafen, die im Juni geschoren werden mußten und deren Wolle sie mit Kennerblick begutachtete, bis zu der Kuh, die draußen weidete und die zu Kasjens Kummer im Vergleich mit ihresgleichen von der Geest oder der Marsch gar kümmerlich aussah.

Dann zeigte Kasjen ihr das Land mit Korn und Kartoffeln, den Buchweizenacker und die Fläche mit den Torfbülten, und sie erkannte, wieviel harte Arbeit hier geleistet war. Doch sie wären ja jung und gesund, meinte sie.

Kasjen sagte, er könnte wohl eine Fuhre Torf mitnehmen, wenn er die Sachen von Sievertjemöh holte; wenn er nur erst mal Abnehmer hätte, die andern hätten alle ihre Kunden.

Sie machte ihm Mut, sie wollte auch Umfrage halten.

Lange vor der verabredeten Zeit drängte die Alte zum Aufbruch, damit der zurückfahrende Wagen nicht ihretwegen unnötig aufgehalten würde. Und obwohl Kasjen sich erbot, auszuschauen und ihr Bescheid zu geben, und Amke sie überreden wollte, so lange in Gemütlichkeit sitzen zu bleiben, hielt es sie nicht länger. Sie sagte ihnen, wie froh sie über diesen Tag wäre, nun könnten ihre Gedanken sie noch besser finden.

Sie geleiteten sie bis an den Fahrweg, und es dauerte noch über eine halbe Stunde, bis der Wagen auftauchte. Der heimkehrende Nachbar verstaute sie zwischen seiner Familie auf der Bank, die er durch ein quergelegtes Brett geschaffen hatte und die ohne Polster und Federung nicht gerade bequemen Sitz für alte Knochen abgab.

Aber wenn sie auch arg durcheinandergeschüttelt und steif vom harten Holz zu Hause ankam, war doch ihr unverwöhntes Herz voll Freude über das Erlebnis dieser Ausfahrt.

XVI

Das Torffahren war in vollem Gange. Bald nach Jürn Görtemaker hatte Jakobus Winter seine Kuh angespannt, und sie hatte sich willig die breiten Gurte um die knochige Stirn legen lassen und war geduldig mit einer Fuhre nach der andern in die Stadt getrottet.

Da ließ sich Kasjens Eifer auch nicht länger zügeln, er überwand alle Hemmungen und holte sein Tier vor den vollgeladenen Wagen, unmöglich erschien es ihm zu warten, bis Lammert mal sein Pferd nicht selber brauchte.

Sein erster Weg führte zu Mutter Mena, und seine Hoffnung betrog ihn nicht: sie hatte verschiedene Abnehmer ausfindig gemacht. Und er fuhr mit leichterem Sinn zurück angesichts dieser Absatzmöglichkeiten.

Er brachte auch die Erbstücke mit heim, und seine Frau jubelte über den Reichtum, der nun ihre Küche füllte. An diesem Abend saß Kasjen im altvertrauten Sorgenstuhl von Tante Sievertje, und durch Amkes frohes Schwatzen klang wie ein Lied aus der Kinderzeit das Ticktack der Wanduhr, deren Gewichte die Mutter blank geputzt hatte.

Sie hatte ihm auch geraten, sich bei Aaltje umzuhören, und es war gut, daß er diesem Rat gefolgt war, denn es erwies sich, daß Frau Ellermann nicht abgeneigt war, dem Schwager der tüchtigen Magd zum Verdienst zu verhelfen. So wurde die Sorge, wie er seine Ware loswürde, von Tag zu Tag geringer.

Und Bargeld kam ein; erhielt er doch für jede Fuhre einen Reichsthaler.

Lammert Lammers und die andern genehmigten sich jedesmal davon zwei Groschen, die sie unterwegs in ein paar Krüden oder Klaren umsetzten. Für acht Groschen kauften sie dann Waren, die sie ihren Frauen für den Haushalt mitbrachten. Das übrige wurde auf die hohe Kante gelegt, um Pachten und Abgaben davon zu bestreiten.

Kasjen stieß auch kein Glas um, wenn es ihm bei Ellermanns geboten wurde. Aber zwei Groschen gab er nicht so leichtfertig aus: ergaben nicht fünf Fuhren eine bare Mark, die er zu den andern legen konnte? Waren nahm er wohl auch mit, einmal um Amkes Freude zu sehen, die alles für ein persönliches Geschenk hielt, zum andern aber auch aus der Absicht heraus, soviel wie möglich Bertas Handel auszuschalten, auf die er nicht gut zu sprechen war.

Denn eines Morgens stellte er fest, daß jemand ihn um einige Torfhaufen erleichtert hatte. Sie waren zwar ganz geschickt so genommen worden, daß es kaum auffiel, doch er sah es auf den ersten Blick. Er ärgerte sich, seine Augen sprangen nach Jan Kapps Bau, alle andern hier hatten so etwas nicht nötig.

Entrüstet kam er nach Hause, und da hörte er von seiner Frau, daß Berta ihr dafür geholfen hätte. So — und davon würde er nichts gewahr? ereiferte er sich. Ihre Eigenmächtigkeit, die der Faulheit jener Leute, für deren regelloses Leben er kein Verständnis hatte, noch Vorschub leistete, brachte ihn auf, und er fuhr sie unsanft an.

„Och Kasjen, wi hebben sovööl, un se hebben nix!“ sagte sie, und sie wäre so froh gewesen über Bertas Hilfe.

Ihre Art war entwaffnend, und ihre kleine, jetzt so unbeholfene Gestalt rührte ihn unversehens. So wandte sich sein Unwille von ihr ab und entlud sich über dem Pack, das nun auch noch den Schein des Rechts für sich in Anspruch nehmen konnte.

Langsam und stetig ratterten die Torfwagen vom Moor in die Stadt und die umliegenden Dörfer, wollte doch jeder bis zum Erntebeginn möglichst seine Fläche leer haben.

Lammert Lammers aber mußte mitten im Abfahren innehalten und seinen Wagen säubern und für eine Trauerfahrt richten. Sein Schwiegervater Theus Freese, der seinen gichtischen Körper schon so lange als Last empfunden hatte, war für immer eingeschlafen.

Weil Jakobus Winter es für Nachbarpflicht hielt mitzufahren, opferte auch Kasjen den halben Tag.

*

Sie sagten alle, daß die Buchweizenernte gut würde, kein Nachtfrost hatte dem sehr kälteempfindlichen Korn Schaden getan. Das war ein Gewinn, bestritten doch die Moorleute ihre Hauptmahlzeiten mit Buchweizengrütze und -pfannkuchen und waren froh, wenn sie darüber hinaus noch Roggen- oder Futtermehl in der Mühle eintauschen konnten.

Kasjen bestaunte immer wieder diese merkwürdige Pflanze, die dem Wundervogel gleich der Asche entstieg und die die Mühe so reich lohnte, wenn das Wetter ihr zusagte.

Es wurde August. Kasjen besah prüfend seinen Roggen.

Er durfte nicht an die mannshohen Halme mit den prallen Ähren denken, die Warner Esders gehörten. Stand es nicht auf den andern Feldern ringsum ebenso spierig und niedrig wie auf seinem?

Nein, Lammerts Äcker konnten sich sehen lassen, stellte er fest. Es ließ sich also doch mehr herausholen, wenn man nur etwas hineinstecken konnte.

Ja, dachte er, wenn ich keine Zinsen aufzubringen hätte, dann brauchte ich nicht mit dem Dünger zu knausern. Man müßte sich für den Anfang besser rühren können! Doch mit einer grimmigen Gelassenheit machte er sich klar, daß so ein Anfang nicht anders sein konnte. Aber es wird anders! zwang er seinen Unmut nieder, das sollen sie sehen, daß es hier anders wird!

Die Hochsommersonne brannte, und Kasjen rechnete schon aus, wann er mit der Ernte beginnen könnte.

Da mußte er in Eile Bestmanns Gebkemöh holen, die den Kindern der Moorleute ins Leben half. Er traute den braunen, zerarbeiteten Händen der kleinen, krummen Alten nicht viel zu, und als er sie in die Küche brachte und Amke wimmern hörte, rannte er wieder fort und holte Frau Lammers dazu. Die ließ alles liegen, weil sie Schlimmes befürchtete, doch als sie beide außer Atem hinkamen, da klang Kasjen schon der erste Schrei seines Sohnes entgegen, und die beiden Frauen lachten ihn aus.

Gebke erzählte in den nächsten Tagen immer wieder, daß selten eine Frau so leicht zu ihrem ersten Kind gekommen wäre wie Amke. Sie erholte sich auch schnell, und sie genoß ausgiebig diesen wunderbaren Zustand, Mittelpunkt der nachbarlichen Fürsorge zu sein und keine Pflichten zu haben außer der einen, das zarte, warme Wunder an die Brust zu legen und zu spüren, wie es sein Leben aus ihrem nährte.

Als Kasjen das zum erstenmal sah, verschlug es ihm den Atem, und zugleich ärgerten ihn die teilnehmenden Nachbarfrauen, die ihn mit seinem Glück nicht allein ließen.

Da trug er das Bild mit hinaus zu seinen Äckern. Die Sonne hing rot im Westen und warf ihr letztes Glühen auf das Moor. Und mit einem Male sah er, wie schön die Heide war. Sie blühte! Was er mit schweren Sohlen achtlos zertreten hatte, weil sein Blick nur sah, was seiner Mühe entsprang und was ihm Lohn sein würde, das lag vor ihm wie verzaubertes Land, und seine Augen empfanden es als leuchtenden Rahmen um das, was sein Herz füllte.

Lieske Görtemaker, die ihr Siebentes geboren hatte, machte ihrer Verwunderung Luft, daß man wegen solcher Kleinigkeit so lange herumläge, als ob man krank wäre, sie hätte am vierten Tag schon wieder mitgearbeitet. Doch Oma Bestmann schüttelte den Kopf, alles wolle seine Zeit haben.

Kasjen stürzte sich in die Erntearbeit und schuftete im Schweiße seines Angesichts, und das Bewußtsein, daß einmal sein Junge hier mit ihm den eignen Grund umbrechen und mehren helfen würde, gab ihm doppelte Kraft.

Die alte Gebke hatte sich nicht oft so am Platz gefühlt wie bei der jungen Amke, die alle ihre Aussagen gläubig hinnahm. Wer von den andern wollte noch was von der Moorhexe wissen? Amke aber lauschte mit großen Augen, wenn sie von dem torfbraunen Wesen erzählte, das im wilden Moor hauste, dort, wohin sich kaum eines Menschen Fuß noch verirrte. Und sie schätzte sich glücklich, daß sie ihr Kind jetzt zur Welt brachte und nicht, wenn es seine giftigen Dünste braute, das unheimliche Weib mit den Katzenaugen, wenn es im Schutze der grauen Nebelschwaden herumgeisterte und den schwangeren Frauen das Leben schwer machte. Hatte Gebkemöh doch manches erlebt! Wie war es denn bei Roelf Heeren, der noch weiter mooreinwärts wohnte, gewesen? Hatte nicht seine junge Frau das Kind, das eben noch einen Schrei getan, tot im Arm gehalten? Aber im selben Augenblick war eine schwarze Katze draußen von der Fensterbank gesprungen — sie hatte selber die glühenden Augen gesehen, bevor sie in der Finsternis verschwanden!

Amke lief ein Gruseln über den Rücken: „Wor sitt se nu denn, de Moorhex? Kann se mien Jung nix doon?"

Ach wo — die Alte wies das mit einer beruhigenden Handbewegung von sich; im Sommer bliebe sie den Menschen fern, wenn sie nicht in ihr Reich eindrängen, nur wenn einer vom Weg abkäme, dann zöge sie ihn in den weichen Grund, und er bliebe von der Erde verschwunden.

Amke atmete auf: so weit würde sie sich nie hinauswagen, was hatte sie da zu suchen! Und sie drückte ihren Jungen an sich.

Als sie aber Kasjen von ihrer neuerworbenen Weisheit abgeben wollte, lachte er sie aus: „Och, och — Ollwievenkwetelee! Sowat glöövst doch woll nich?"

Sie dachte lange nach: nein, alles konnte man nicht glauben. Daß man mitten durch die Erde nach Amerika käme, das glaubte sie auch nicht. Aber hatte nicht Gebke die Augen glühen sehen? daran war nicht zu zweifeln.

Alle Frauen aus der Nachbarschaft waren bei ihr gewesen. Das gehörte sich so, wenn sie sonst auch kaum Zeit hatten, sich umeinander zu kümmern. Nur Dina Winter hatte sich nicht sehen lassen.

Als Kasjen eines Abends todmüde heimwärts schlenderte — er hatte seinen Roggen glücklich in Hocken stehen — da gesellte sich Jakobus zu ihm. „Ich muß mal mit dir reden, Kasjen", sagte er, „sonst kannst du Dina, meine Frau, nicht verstehen. Du freust dich jetzt auf deinen Jungen, und du magst ihn dir nicht aus deinem Leben mehr wegdenken. Siehst du, so war es auch einmal bei uns. Nicht nur einmal — dreimal hat Gott ihren Leib gesegnet. Und dreimal hat er uns unser Glück genommen. Einmal hat es ein ganzes Jahr gedauert. Zwei Töchter hätten wir gehabt, und mein Sohn wäre heute zwanzig Jahre gewesen — wenn Gott es gewollt hätte. Sie hat es tapfer ertragen. Aber — siehst du, Kasjen, so ein junges Glück zu sehen, das geht noch immer über ihre Kraft. Darum dürft ihr nicht böse sein."

Kasjen sprach mit Amke darüber. Sie machte erschrockene Augen: „Dree Kinner? Un alle dood? Ocheer —" und plötzlich flüsterte sie: „Sull de Moorhexe dar achter sitten?"

Er wußte nicht, ob er lachen oder schelten sollte. Er tat beides. Amke wiegte ihren Jungen, und darüber vergaßen sie die Sorgen der anderen.

Sie priesen alle ihre Buchweizenernte, die seit Jahren nicht so reich gewesen war. Während Kasjen sich mühte, sie unter Dach zu bringen, errechnete er die Vorteile, die Mehl und Stroh ihm einbringen würden, und er sah im Geist seine beiden Schweine prall und rund werden von dem bessern Futter, das ihrer nun wartete, und Grütze für die Mahlzeiten gab es!

Besitzfreude füllte ihn bis obenhin, daß er seine müden Knochen kaum noch spürte. Er dachte an die Ernten, die er früher hatte einbringen helfen, sie hatten den Reichtum anderer gemehrt. Und sie versanken vor dem spärlichen Segen der eigenen Scholle.

Ein heimlicher Stolz wuchs in ihm. Der sprang ihm in die Augen, als er pünktlich zu Martini dem alten Huiskens die Zinsen auf den Tisch zählte. Und der überglänzte sein Gesicht, als er an einem Sonntag Lammerts Pferd vor seinen Wagen spannte, und als er dann seiner Frau ein wohl eingehülltes Bündel heraufreichte, aus dem quäkende Laute sich vernehmen ließen. Es war die erste Ausfahrt seines Sohnes, den Großmutter Mena darauf auf ihren vor Glück zitternden Armen in der Kirche zur Taufe hielt; Dirk Kasjens hieß er nun nach seines Vaters Vater.

Am Abend dieses Tages stellte Kasjen bei sich fest, daß seine Füße die Straße gefunden hatten, auf der man Schritt für Schritt das Leben meisterte. Wollen mußte man und die Hände rühren und nicht Schweiß noch Schwielen scheuen.

Aus seines Herzens Freude heraus sprach er so zu Jakobus Winter, der noch kam, um ihm Glück zu wünschen.

„Ja", sagte der, „das alles muß man. Aber ohne Ihn können wir nichts tun."

Lüttje Pastor, dachte Kasjen, er war einer von denen, die man fromm nannte.

Es ging ihm durch den Sinn, wie sein Denken sich oft um den Unbegreiflichen gemüht, wie er sich gar vor seinem Zuschlagen gefürchtet hatte. Aber diese Monate im Moor waren vom dämmernden Morgen bis zur Nacht voller Arbeit, wo wäre da noch Zeit zum Grübeln gewesen? Doch er war heute geneigt, die Führung da oben nicht so ungerecht zu nennen, hatte sie nicht seiner Hände Fleiß gesegnet?

„Es ist wahr", sagte er „wenn man tut, was man kann, dann tut Gott auch das Seine."

Jakobus sah ihn an: „Das Seine tut Er immer. Aber wir sehen es oft falsch, Kasjen. Wir sagen das Seine und meinen unser Vorwärtskommen. Mein Vater meinte das auch und wollte einen Gottesdiener aus mir machen, ich hatte einen hellen Kopf und lernte gern. Und ich ging auch mit Eifer ins Studium. Aber anfangs erschien mir die Bibel zu kindlich. Doch als ich mich in sie verlor, erschien sie mir wieder zu hoch. Bis ein weiser Lehrer mir den Blick öffnete, da erkannte ich: die Bibel ist des Herrgotts Buch voller Bilder, für unsere menschlichen Augen gemacht. Mancher sieht sie, wie man eben Bilder besieht und hat nichts davon. So ist es mir auch gegangen. Aber unversehens, in der Stille betrachtet, können sie lebendig werden und beiseite gehen, daß man hinter ihnen die Wahrheit sieht. Ja, Kasjen, und da kam es mir mit einem Mal: Gott dienen und sich dafür bezahlen lassen, das kann man nicht. Mein Vater verstand das nicht und wurde sehr böse. Aber meine Mutter sah tiefer. Und sie hat mich hier ins Moor geschickt, wo ihre Schwester dies kleine Anwesen hatte, das nun mir gehört. Es war noch alles verworren in mir damals, erst das einsame Moor hat mir viel offenbart. Warum ich dir das erzähle, Kasjen? Du sollst wissen: Gott ist nicht dafür da, daß wir an ihm verdienen. Verstehst du das, Kasjen?"

„Nein", sagte Kasjen. Er hatte aufmerksam zugehört und dachte: darum kann er reden wie ein Pastor, weil er so viel gelernt hat; aber ich kann mit ihm sprechen wie mit meinesgleichen. „Nein", sagte er, „daß wir vorankommen, dafür leben wir doch. Wenn wir Ihn dazu nicht brauchen, wozu denn? Hast du nicht eben auch gesagt: Ohne Ihn können wir nichts tun?"

„Weil Er die Kraft ist, Kasjen, darum." Der Alte lächelte. „Ich vergesse schon wieder, daß man kein Bild erklären kann, das nicht erlebt wird. Du wirst es einmal erleben, verlaß dich drauf. Und nun gute Nacht, Kasjen!"

Kasjen sah ihm nach, wie er klein und unscheinbar in seinem abgetragenen schwarzen Rock davonging. Ein seltsamer Mann, der einem stets einen Brocken zuwarf, den man verdauen mußte.

Amke schlief schon, als er in die Küche trat. Er sah noch einmal in die Wiege: „Dirk Kasjen Kasjens!" murmelte er, und wieder schnellte der Stolz in ihm hoch.

Er reckte die Arme. „Kraft?" griff er das Wort auf, das noch in ihm schwang. Und es packte ihn wie ein Rausch, daß er die Fäuste hochwarf: Hier, Jakobus Winter, hier ist sie, die Kraft!

XVII

Wieder einmal ließ der Winter lange auf sich warten.

Kasjen nützte die Tage. Er vertiefte nicht nur die Grüppen um sein Buchweizenfeld, er hob neue aus um ein andres Heidestück und bereitete es vor, damit er im Frühjahr die doppelte Fläche brennen könnte.

Er gönnte sich kaum die Zeit, zum Mittagessen heimzukommen. Aber ein heimliches Freuen in ihm, das sich um ein winziges Menschlein rankte, zog ihn, ihm selber unbewußt, nur einen Blick zu tun auf täglich neu sich enthüllende Wunder, die Amke in hingegebener Mutterseligkeit nicht müde wurde ihm aufzuzeigen.

Im Mittelpunkt ihres Denkens und Tuns stand der Junge, sich mit ihm zu beschäftigen, war der Inhalt ihres Tages.

Kasjen lachte, doch er konnte nicht umhin, ihr klarzumachen, daß nun noch andere Pflichten warteten. Die beiden Schweine wollten ihren Block voll haben, das Futter mußte geschnitten und gekocht werden. Die bequemen Tage vom vergangenen Jahr waren vorüber, nun hieß es sich rühren, und für die Arbeit in Haus und Stall war jetzt sie verantwortlich.

„Ja —" sagte sie, während sie mit den Händchen spielte, die schon festhalten wollten, „ja, Kasjen, is goot." Und sie nickte ihm freundlich zu, während er hinaus an sein Werk ging.

Es verging aber geraume Weile, bis sie ihren Mutterpflichten Genüge getan zu haben glaubte. Wenn der Kleine satt und schwer an ihrer Brust schlummerte, dann konnte sie sich nicht entschließen, ihn von sich zu tun und diesem wohligen Ruhen ein Ende zu machen. Und wenn er schließlich mit aller Sorgsamkeit gebettet in der Wiege lag, was gab es dann Schöneres, als das rosige Gesichtchen zu betrachten und darüber nachzudenken, wem es wohl ähnlich sähe? Oder alle möglichen Verwandten und Bekannten herbeizudenken und ihnen ihren Stolz und ihre Wonne vorzuführen?

O, sie verstand sich darauf, ihre Einsamkeit zu bevölkern und sich mit denen zu unterhalten, die ihr grade in den Sinn kamen, als ob sie wirklich da wären. Bis sie dann merkte, daß das Feuer in den letzten Zügen lag. Dann wurden umständlich die Glutreste in der Asche zusammengekratzt und mit losem Grautorf zu neuem Leben entfacht, wobei sie kniend hineinblies, daß der Aschenstaub um sie herumwirbelte.

Oft steckte Gebkemöh den Kopf durch den Türspalt:

„Wat maakt unse Jung?"

„Kumm binnen, Gebkemöh!" freute sich Amke dann, „kiek, wo sööt he slöppt!"

Die Alte war sich mit der Jungen durchaus einig, daß es kein lieberes und hübscheres Kind im Moor gäbe; in keinem Hause gab man ihr Gelegenheit, so etwas täglich neu zu entdecken, geschweige denn bei einem Koppke Tee ausgiebig zu erörtern, das Amke zu spenden bereit war und in unübertrefflicher Güte zu bereiten verstand.

„Dat is en Labsal, Kind!" lobte sie dann, indem sie den heißen, goldbraunen Trank aus der Tasse über das Kluntje in die Unterschüssel goß, daß es knisternd zerschmolz, und ihn schmatzend schlürfte.

Und Amke tat es ihr gleich und genoß solche Stunde ohne einen andern Gedanken als den, wie gemütlich es sich am eignen Herd sitzen ließe.

Doch trotz ihrer Jahre konnte Gebke Bestmann nicht lange untätig sein. Bald behauptete sie, nun müßte sie wieder an die Arbeit, und Amke hätte ja auch zu tun.

„Ja", seufzte die und zeigte auf die schmutzigen Kindertücher, und der Schweinetopf wäre noch nicht fertig.

Dann kam es oft genug vor, daß die gutherzige Alte ihr das Futter schnitt und lange damit fertig war, wenn die Junge sich anschickte zu waschen. Und nicht selten war inzwischen der Mittag so nahe gerückt, daß die Waschbalje warten mußte, weil die Buchweizenschubber den Vorrang hatten, damit der hungrige Mann zu seinem Recht kam. Es bedurfte dazu keines Blicks auf die Uhr, an diese Pflicht gemahnte sie ihr eigener Magen rechtzeitig.

Auch Berta Kapp verfehlte nicht, den Stammhalter des öfteren zu bewundern. Sie wußte es einzurichten, daß Kasjen nichts von ihrem Kommen sah, sie hatte eine feine Witterung dafür, ob einer ihr wohlwollte oder nicht. Sie vergaß auch nie, Kaffee und Zucker mitzubringen, und Amke scheute diese Ausgabe nicht, denn „Du mußt Kaffee trinken, das gibt viel Milch!" behauptete Berta. Und um den Quell für ihren Jungen nicht zum Versiegen zu bringen — obwohl dafür keine Gefahr bestand — hätte sie das Mittel vielleicht auch versucht, wenn es weniger süß und köstlich gewesen wäre. Berta, die wußte, daß Kasjens Haushalt nicht den Luxus einer Kaffeemühle aufwies, brachte die Bohnen gleich gemahlen und spendete sogar eine rostige Blechbüchse, die wahrscheinlich ihr Mann dem Untergang auf einem Schutthaufen entrissen hatte. Amke vergalt ihre Großzügigkeit, indem sie sie sogleich an dem Genuß teilhaben ließ.

Kasjen hatte die Erkenntnis gewonnen, daß das Ereignis des Familienzuwachses nicht nur eine beglückende, sondern auch eine kostspielige Angelegenheit war. Das bestätigte sich immer wieder, wenn er seine Barschaft überprüfte, die in einer henkellosen Tasse in der Kommodenlade untergebracht war.

Es war nicht seine Art, von Amke über jeden Pfennig Rechenschaft zu fordern, sie mußte als Hausfrau und Mutter ja wissen, was notwendig war, und er hatte mehr als einmal sagen hören, daß Kinder Geld kosten. Aber dann beunruhigte ihn doch die zunehmende Ebbe in seinem Vermögen, und er fragte Amke, was denn nun noch gekauft werden müßte. Sie war zwar um wortreiche Erklärungen nicht verlegen, doch er merkte wohl, daß er ihre Unbekümmertheit eindämmen müßte und schärfte ihr ein, daß äußerste Sparsamkeit geboten wäre. Sie sprach mit Berta Kapp darüber. Die meinte, so wären die Männer, ihrer wäre genau so, und dabei hätten sie keine Ahnung, was alles nötig wäre.

Doch sie hielt es für geraten, zunächst ihre Besuche einzuschränken, zumal der einsetzende Winter der Außenarbeit ein Ende machte und sie nun mit Kasjens Anwesenheit zu rechnen hatte.

An einem Adventsonntag, der mit gelindem Frost den in der Nacht gefallenen Schnee sich zum Schmuck härtete, erschien nicht minder überraschend als damals die Mutter Schwester Aaltje im Moorhaus. Amke tat einen kleinen Freudenschrei, von dem der Kleine, dem grade die Augendeckel zufielen, erschreckt zusammenfuhr und ein klägliches Gebrüll anhub, das die neue Tante mit allen Mitteln zu begütigen strebte.

Kasjen spürte plötzlich eine Frische belebend in die sonntagnachmittägige Langeweile einbrechen.

Aaltjes Augen strahlten über den von der Kälte geröteten Backen, und von den blankgeputzten, derben Halbschuhen an bis zur weißen Halsrüsche im knapp anliegenden schwarzen Jackje über dem reichgekräuselten, schwarzweiß gestreiften Beiderwandrock blitzte alles an ihr vor Sauberkeit.
Während Amke ihrem Mutterstolz freien Lauf ließ und nicht müde wurde, Aaltjes Bewunderung für den Jungen herauszufordern, ging Kasjen schweigend dem Torffeuer zuleibe, damit es dem dickbauchigen Kessel beschleunigt die nötige Hitze gäbe.
Aaltje entging das nicht, obgleich ihre Anteilnahme an dem kleinen Wunder lebhaft und echt war.
„So", sagte Kasjen dann, „Teewater singt, Amke!"
„O ja, nu drink wi Tee!" Sie glitt von einer Freude in die andere. Auch die Schwester hatte sich bemüht, durch kleine Mitbringsel, vor allem ein paar Trecksel Tee, ihrem Besuch alles Belastende für die dürftige Haushaltskasse zu nehmen, und Amke bestaunte die Sächelchen, die sie für den Erstgebornen genäht und gestrickt hatte.
Aaltjes Augen aber liefen von dem rosigen Gesichtchen und den drollig geballten Händchen über das nicht sehr saubere Jäckchen und die schmuddelige Wäsche, sie wanderten langsam durch die Küche und sahen den Torfstaub manchenorts ungestört lagern, wo sie ihn nicht dulden würde; sie stellten auch fest, daß die Fenster gestern bestimmt nicht geputzt waren.
Sie wandte sich zu Kasjen und fragte angelegentlich nach seiner Arbeit, und sie wollte alles sehen, was er auf dem Moor vor sich gebracht hätte. Wenn ihre Zeit auch knapp bemessen wäre, weil es früh dunkel würde.
Kasjen stand auf, dann sollte es gleich sein.
Amke fand das überflüssig, was war denn jetzt viel zu sehen?

Doch Aaltje war schon draußen, und sie ging langsam hinterher. Aber als ein kalter Wind sie ansprang, trat sie schnell ins Haus zurück; warum denn ohne Not aus der molligen Küche herauslaufen?

Kasjen jedoch wunderte sich, wie vernünftig eine Frau fragen konnte und wie interessiert sie war an allem, was er angefangen hatte und was er im Frühjahr zu tun gedachte.

„Junge, Junge", urteilte sie, „hier is wat to doon!"

„Ja", gab er zu, „man hier is ok wat to maken!"

Sie stimmte ihm bei und meinte, daß solche Arbeit, und wäre sie auch hart, froh machen müßte, weil man wüßte, für wen man sie täte.

Als Aaltje nachher einen Augenblick mit ihrer Schwester allein war, unterbrach sie plötzlich deren Redefluß mit der unvermittelten Frage, wann sie zuletzt die Küche gründlich reingemacht und die Fenster geputzt hätte.

Amke sah sie verdutzt an und meinte: das wäre alles gleich wieder so.

Diese Antwort hatte die Ältere nicht erwartet, und auf Amke fuhr eine Strafpredigt nieder, wie sie ihr nach ihrer Schulzeit wohl noch nicht zuteil geworden war. Ob sie sich denn nicht schäme, daß der kleine Mann so drinsitze? Und überhaupt — was sie denn selber für ihr Kind gestrickt oder genäht hätte?

„Ik?" fragte Amke verwundert. „Ik hebb ja nix!"

„Hest nix?" kam die Gegenfrage. Ob sie keine Schafe hätte, und ob die keine Wolle hätten? Und ob sie nicht Sievertjemöhs Spinnrad bekommen hätte?

Ihr Blick zerrte das leere Spinnrad förmlich aus seiner Ecke heraus.

Kasjen trat ein und vernahm erstaunt die erregte Stimme. Aaltje wurde rot bis unter den blonden Haarkranz, und sie erklärte ihm, daß sie mit ihrer jungen Schwester schelte, weil sie ihr Spinnrad so unbenutzt stehen habe.

Nun stieg auch ihm die Röte in die Wangen. Ja, sagte er, daran hätte er auch mit denken können. Aber seitdem der Junge da wäre —

„Och wat!“ rief Aaltje, „se is ja kien Kind mehr!“

Amke, die wie ein begossener Pudel dasaß, sah ihre Schwester an: „Ja, Aaltje, ik will ok spinnen! —“

Das klang so kläglich und reumütig, daß der Zorn der andern verrauchte. „Büst doch noch en Kindskopp!“ lachte sie ärgerlich.

Doch Kasjen konnte nicht mitlachen; irgend etwas in ihm hinderte ihn.

Wie ein Hund sich das Wasser aus dem Fell schüttelt, so warf Amke ihre Niedergeschlagenheit von sich. Sie strahlte schon wieder: konnte nicht Gebke Bestmann spinnen wie nur eine? Die würde ihr helfen den Anfang machen.

Der kurze Dezembertag verdämmerte, und Aaltje brach auf. Sie fragte, ob sie sich Weihnachten bei der Mutter wiedersähen. Amke war sofort dabei, Kasjen gab zu bedenken, ob man dem Kind diese Tour bei Wintertag zumuten dürfe.

Er brachte die Schwägerin den Weg durchs Feld bis an die Häuser des nächsten Dorfes.

Als er allein durch den schneehellen Abend heimging, war wohl der gestirnte Himmel daran schuld, der ihm das Wandern durch die letzte Weihenacht nahebrachte, daß ihm war, es könne gar nicht anders sein, als daß man Weihnachten zur Mutter ginge.

Unwillkürlich wurde sein Schritt beschwingter. Und plötzlich fiel ihm das rostige Rädergestell zwischen dem Gerümpel hinter seinem Stall ein, das einst einen Kinderwagen fortbewegt hatte, dessen Korbkleid das Schicksal alles Vergänglichen erlitten hatte. Sollten nicht ein paar Bretter diesem Mangel abhelfen? Gleich morgen wollte er suchen und ausprobieren, er würde seinem Sohn eine Fahrgelegenheit schaffen! Diese Aussicht erheiterte ihn merklich.

Er kam aus dem Feldweg wieder auf die Fahrstraße. Aus Jan Kapps Holzbude gegenüber drangen Stimmen durch den bisher so lautlosen Abend, und ab und zu hörte man einen dumpfen Schlag. Er hatte wohl wieder einige aufgestöbert, die gern ein Kartenspiel machten, und es hieß, daß sich bei ihm auch immer etwas zu trinken fände, wenn man einen Groschen oder zwei springen lassen konnte. Aber wer von den Männern im Moor konnte das jetzt, wo nichts verdient wurde? Wer hatte noch bares Geld, es sei denn für das Allernotwendigste? Vielleicht einige der jungen Kerle, die nach der Stadt in die Fabrik gingen.

Kasjen schüttelte den Kopf, er hielt nicht viel von der Fabrik. Waren sie nicht wie eingesperrte Tiere darin? Und wer mochte sich mit in Jan Kapps Zigeunerwagen setzen, in diesen Hundestall? Kasjen ging im Vollgefühl seines besseren Wertes vorbei und bog in seinen Weg ein.

Am andern Tag prüfte er eingehend das altersschiefe Kinderwagengestell und stellte grade fest, daß Räder und Griff noch vorhanden waren, als Gebkemöh auf dem Haaspad daherzuckelte. Sie käme zur rechten Zeit, sagte er, sie müsse seiner Frau das Spinnrad in Gang bringen. Und er holte selbst die Wolle herbei, die schon lange der Verarbeitung harrte.

Ja, meinte die Alte, wenn all die Schafe zusammenkämen, deren Gewand sie in ihrem Leben versponnen hätte, es würde eine stattliche Herde sein. Und es dauerte nicht lange, da lief zwischen ihren braunen, verkrümmten Fingern der grauweiße Faden fein und ebenmäßig, während das Rad unter ihrem sichern Tritt leise surrte. Amke fand es unterhaltend, ihr dabei zuzusehen, und sie nickte zu den guten Lehren, die ihr zuteil wurden und erzählte von den Winterabenden, wo sie und Fentje hatten spinnen müssen.

„So." Gebke stand auf, sie hätte nun keine Zeit mehr, dann sollte Amke sich nur dahintersetzen. Doch bevor sie ging, mußte sie noch den kleinen Dirk lachen sehen.

Draußen knurrte Kasjen, daß er nicht Holz genug fände, um seinen Wagen zu bauen. Als sie hörte, um was es ging, fühlte sie sich mitverantwortlich, und sie besann sich auf eine Kiste, die bei ihnen im Hühnerstall herumläge. Woraufhin Kasjen mitlief und dann hochbefriedigt mit dem von Dreck starrenden Stück abzog. Das zu säubern, war weniger schlimm, aber saure Arbeit kostete das Lösen der eingerosteten Schrauben aus dem Gestell und die ganze ungewohnte Mühe des Befestigens, und es vergingen Tage, bis endlich nach vielen vergeblichen Versuchen das Zauberwerk des fahrbaren Bettes geglückt war. Amke verfrachtete sofort stolz und selig das Bettzeug aus der Wiege dahinein und ließ sich nicht abhalten, ihren Jungen den Weg hinabzufahren. Nur die weißen Flocken, die vereinzelt niederschwebten, veranlaßten sie umzukehren; den Mann aber nötigten sie zu überlegen, wie noch ein Schutz für das Köpfchen anzubringen sei. Und auch das Problem wurde gelöst: vier Stöcke hochgestellt und darüber ein Tuch gehängt, dessen Enden seitlich hineingestopft wurden — so müßte im Notfall ein Dach gebaut werden.

Kasjen war nicht wenig stolz auf dies Werk seiner Hände. Die Weihnachtsreise war gesichert.

XVIII

Das Jahr verging, und das neue kam; die Moorleute machten nicht viel Aufhebens davon.

Kasjen, der geschlachtet hatte, wenn es auch nur ein mageres Tier war — das besser genährte hatte er beim Müller für Mehl eingetauscht — gehörte zu denen, die sich am Altjahrsabend Speckendicken leisten konnten, und er sah mit Behagen zu, wie Amke den mit Sirup gesüßten Roggenmehlteig über die in der Pfanne brutzelnden Speck- und Mettwurstscheiben goß. Sie tat es freudig in Erwartung des Genusses und bedauerte nur, daß der Junge daran noch nicht teilhaben konnte, der mit roten Backen sich großschlief.

Als im März die Torfarbeit einsetzte, gab es ein ernsthaftes Auseinandersetzen zwischen Kasjen und seiner Frau. Amke versuchte glaubhaft zu machen, sie müßte bei dem Kind zu Hause bleiben, aber darauf ließ er sich nicht ein. Hatte sie nicht gesehen, wie die andern Mütter ihre Kleinen mit hinausnahmen und sie zwischendurch versorgten? Hatten sie nicht, reicher als andre, das fahrbare Bettchen?

Es half ihr nichts, sie wurde wie im Vorjahre mit eingespannt, um im Verein mit Ockje Lammers die nassen Soden, die die Männer an den Püttenrand schafften, wegzukarren. Wie sie auch seufzte und stöhnte und immer wieder Zeit zu gewinnen trachtete, indem sie sich reckte oder das Abfahren verlangsamte, mitleidlos trieb die andere sie an. Denn in Frau Lammers sammelte sich langsam ein Zorn: sie war jung und gesund, diese Amke, und voll unverbrauchter Kraft. Und wollte sich drücken und ihr, der Älteren, die Hauptlast aufbürden? Das ließ sie sich nicht gefallen, und manches barsche Wort und nicht ganz sanfte Rippenstöße hielten Amke in Atem und zwangen sie, Schritt zu halten.

Am Abend jammerte sie Kasjen die Ohren voll, doch der blieb ungerührt: „Nix an to maken, dat Wark mutt daan worden!" Und er sank todmüde ins Bett und hörte nichts mehr.

Keiner war so froh wie Amke, als die Graberzeit und damit die Gemeinschaftsarbeit vorbei war.

Wenn Kasjen schweißtriefend weiterschuftete, so bemaß sie sich wieder ihr Maß selbst, und das war nie gerüttelt voll. Er sah, wie ihre Leistung nachließ, und der Ärger darüber fraß sich in ihn hinein. Oft brach er auch aus ihm heraus, und es gab harte Worte, wie sie sie nie von ihm gehört hatte. Dann sah sie ihn erschrokken an und versprach alles zu tun, was nötig wäre, und es begütigte ihn, wenn sie wie ein zurechtgesetztes Kind das Stuken in Angriff nahm.

Solange er ihr half, ließ sie sich anspornen. Aber dies war nun mal Frauenarbeit, und seine Äcker verlangten ihn dringend. Doch kaum war sie sich selbst überlassen, so fand sie sich wohlig in ihr eigenes Tempo zurück.

Da machte Kasjen seinen langen Tag noch länger, um nicht zu sehr in Rückstand zu kommen, und die Verstimmung wich nicht mehr von ihm. Aber er fraß sie in sich, denn das ewige Schelten war ihm zuwider. Verbissen holte er die letzte Kraft aus sich heraus, um alles zu bewerkstelligen, was er sich für dies Jahr vorgenommen hatte. Und wenn er inmitten der riesigen Weite zugange war, wenn er sein neues Buchweizenfeld ansah, auf dem neue Frucht unter der Asche keimte, dann half ihm eine stolze Freude, mit dem Ärger fertig zu werden.

Und sein Sohn Dirk half ihm.

Solange er noch ein Wickelkind war, wußten sie beide kaum mehr miteinander anzufangen als sich anzulächeln oder auch einmal herzhaft zu lachen und sich gegenseitig abzutasten, wobei nicht feststand, wer sich unbeholfener dabei anstellte, die kleine Patschhand oder die klobigen Arbeitsfinger.

Je mehr aber das Kerlchen sich seiner Fähigkeiten bewußt wurde, desto zielstrebiger wurde es. Sobald der Vater in Sicht kam, konnte die Mutter es nicht mehr halten.

Amke machte das Spaß, es gab nichts, was sie nicht an ihrem Sohn bewundert hätte, und Kasjen machte es tiefinnerlich froh.

So verstanden sie sich von Anfang an, der große Kasjen und der kleine Dirk, und ihre Zwiesprache bedurfte nicht vieler Worte.

Sobald seine Füße ihn trugen, heftete er sich an des Vaters Hosenbein und begleitete ihn, wo er auch arbeitete. Seine Händchen gruben in der Ackererde wie des Vaters Spaten, sie zerrten an den harten Heidebüscheln, die er mit der Hacke beging, und Kasjen nahm das kindliche Beginnen ernst, weil jegliches Spiel seinem Sinn so fern lag wie sein eigenes Kindsein.

Und als der Kleine seine Kraft an den schwarzen Kluten erprobte, die Vater und Mutter neben- und übereinanderlegten, da lachte Amke klingend über die tapsigen Griffe und vergaß alles darüber, während Kasjen ihm sachgemäße Weisung gab, die er fröhlich befolgte.

So spielte sich der kleine Dirk Kasjens in die Arbeit hinein, daß sie ihm selbstverständlich wurde. Und es kam vor, daß er mit seiner Mutter um die Wette schaffte und sie ihm nicht über blieb, weil ihr die Arbeit dabei zum Spiel wurde.

Berta Kapp, die sich längere Zeit ferngehalten hatte, ließ sich wieder öfter sehen, wenn sie Kasjen draußen wußte. Und Amke hatte voller Anteilnahme sich anvertrauen lassen, daß sie, obwohl Jan Kapp fürchterlich darob fluchte, noch einmal guter Hoffnung wäre. Berta weinte, während sie erzählte, wie haltlos ihr Mann immer mehr dem Schnaps verfiel, daß, wenn er mit seinem Hundewagen durch die Stadt zöge, die Jugend ihn spottend verfolgte. „Dann schimpft er lästerlich, und weil sie ihm alle entwischen, läßt er zu Hause seine Wut an den eigenen Kindern aus. Und wenn ich sie schützen will, dann muß ich es ausbaden."

Amke sah ratlos in das verhärmte Gesicht, und sie gab willig die Eier, um die Berta sie bat, wenn sie sie auch nicht gleich bezahlen konnte.

„Ich bringe dir Tee dafür", versprach sie, und Amke war es recht. Ihr Mann nahm zwar an, daß die Eier Geld einbringen mußten, aber die Hühner legten ja welche wieder. Ohne Tee war das Leben nur halb so schön, fand sie; wozu war sie Frau, wenn sie nicht Tee trinken konnte, wann sie Lust hatte! Gebkemöh war ganz ihrer Meinung. Die krumme Alte hatte täglich einen Vorwand, bei ihr hereinzusehen, wenn sie sie allein wußte. Sie holte nicht selten das längst wieder vernachlässigte Spinnrad aus der Ecke und bewirkte damit, daß die junge Frau den Teetopf ausspülte. Und mit Behagen tastete dann ihre Runzelhand bald nach dem Koppke, ihr Ohr kannte keine feinere Musik als das Knistern des Kandiszuckers, und die welken Lippen waren begierig auf den starken Trank.

Amke war geschäftig, immer wieder die Tassen zu füllen, ihretwegen hätte das den ganzen Tag so weiter-

gehen können. Und wenn Gebke es sich gar einfallen ließ, von alten Geschichten anzufangen, die im Moor geschehen sein sollten, in denen die Hexe oder die Waalriders umgingen, dann konnte sie sich keine gläubiger hingegebene Zuhörerin wünschen. Kasjen aber ließen sie keinen Blick in diese Welt tun, von der man nur flüsternd Kenntnis gab und nahm.
Doch eine Neuigkeit, die die Alte mitbrachte, wurde auch er gewahr: ihr Sohn Eilert wollte zum Herbst, wenn der Torf abgefahren war, in der Pappfabrik in Leer anfangen. Das würde Geld einbringen. Kasjen begriff nicht, wie einer ohne Not sich hinter die steinernen Mauern begeben konnte. Wer's mag, der mag's ja wohl mögen, meinte er. „Ik neet!"

Es war im März, als die Arbeit wieder anfangen sollte, da legte sich Amke, um ihre Tochter zur Welt zu bringen.
Als wenn sie sich Zeit und Stunde dazu ausgesucht hätte, ereiferte sich Frau Lammers, die nun doppelte Kraft zu geben hatte.
Auch Kasjen seufzte über die ungelegene Zeit und kam vor Angespanntsein kaum dazu, das Ereignis mit gebührender Freude zu würdigen. Selbst Gebkemöh wäre lieber einen Monat oder zwei früher angetreten, um ihr wichtiges Amt mit mehr Betulichkeit und Muße ausüben zu können.
Amke aber lag selig in den blaugewürfelten Kissen und genoß ihr neues Mutterglück doppelt in dem Bewußtsein, daß in diesem Jahr keine Ockje sie da draußen zwingen konnte.
Lieske Görtemaker, die im beginnenden Abend sich für eine kurze Kramvisite freigemacht hatte, erklärte zwar, mit vier bis fünf Tagen wäre es diesmal ihre Schuldigkeit, wieder „over Deele" zu sein. Darüber lachte sie;

sie dachte ja gar nicht daran! Mochten sie sehen, wie sie fertig wurden. Sie hatte für unabsehbare Zeit nichts Wichtigeres zu tun, als das süße, kleine Wesen zu bewundern, um dessen zierliches Köpfchen sich wahrhaftig schon winzige, helle Löckchen ringelten.
Engel Mena wurde es getauft nach den beiden Großmüttern. Und Gebke versicherte, daß es keinen Namen gäbe, der passender wäre.
Sie hatte nicht unrecht, es war wirklich ein liebliches Kind. Als Kasjen die drockste Zeit hinter sich hatte und sich einmal wieder einen Sonntag gönnte, drang plötzlich ein Jauchzen aus der alten Wiege bis zu seinem inneren Ohr. Da gewahrte er den kleinen Dirk, wie er mit beiden Händen schaukelte, wozu das Kleine mit Freudenlauten seinen Beifall kundtat.
In dem Augenblick entdeckte Kasjen, daß wahrhaft ein Engelchen bei ihnen eingekehrt war. Und während die handfeste Stämmigkeit seines Jungen dem väterlichen Stolz immer neue Nahrung gab, fühlte er sich beim Anblick dieses Kindes unversehens irgendwie gerührt und entzückt.
Amke hatte sich bald erholt, doch sie gefiel sich darin, die Schonungsbedürftige zu spielen.
Berta Kapp, die einem sehr zarten Mädchen das Leben gegeben hatte, konnte gar nicht recht wieder zu Kräften kommen. Müde von ihren Rundgängen landete sie meist bei Amke, und wenn die ihr blasses, abgezehrtes Gesicht sah, tat sie ihr leid, und bei vielen stärkenden Tassen Kaffee tauschten die beiden ihre Muttersorgen und -freuden aus. Dabei wurde Amke stets überzeugt, daß sie die Waren, die Berta grade noch bei sich hatte, dringend benötigte. Sie konnte ja Wolle oder Eier dafür geben, und sie glaubte der andern aufs Wort, daß sie dafür alles halb geschenkt bekam.

Sie gab zwar zu bedenken, daß ihr Mann durchaus bares Geld haben wollte, er behauptete, bei andern brächten Hühner und Schafe das ein. Doch Berta tröstete sie: Männer müsse man reden lassen, vom Haushalt verständen nur die Frauen etwas.
Mit genauer Not hatte Kasjen es geschafft, daß er die Zinsen nach der Stadt bringen konnte. Er sann krampfhaft darüber, wie mehr eingespart werden könnte. Es ging doch nicht an, daß er nur für die Abgaben arbeitete, er mußte doch vorankommen!
In den Wintermonaten, wenn er im Hause war, achtete er auf jede Ausgabe, und Amke sehnte heimlich die Zeit herbei, wenn die Arbeit ihn tagüber fernhielt.
Er hörte, daß andere von ihrem Geschlachteten verkauften, da setzte er seiner Frau auseinander, daß sie auch nicht ein ganzes Schwein für sich behalten könnten, und er versuchte mit ihr zu überlegen, was man davon abgeben könnte.
Das müßte er wissen, sagte sie.
Der Ärger stieg in ihm hoch und wollte sich heftig Luft machen. Er sah, wie sie uninteressiert an diesen Dingen, die so lebenswichtig waren, sich den Kindern zuwandte und mit ihnen tändelte. Da legte sich eine Niedergeschlagenheit auf ihn und erdrückte unter ihrer Schwere, was sich in Worte drängen wollte, daß es sich in ihm staute und lastend niedersank.
Er stand auf und ging in den Stall. Und während er den warmen Dunst seiner Tiere atmete, löste sich allmählich die dumpfe Mutlosigkeit.
War sie denn immer noch ein Kind, diese Frau? grübelte es in ihm. Er stellte sich der Reihe nach alle die andern vor, die mit ihren Männern das schwere Tagewerk teilten, als könnte es gar nicht anders sein. Und indem er wütend arbeitete, schien es ihm immer unmöglicher, sie vor sich selber zu verteidigen. Tief in ihm hockten

Vorwurf und Anklage und nährten eine Verdrossenheit. Wenn er aber heimkam und sah sie das Kleine füttern und hörte sie glückvoll von den Kindern erzählen, dann wurde ihm wieder das Herz angerührt von ihrer kindhaften Mütterlichkeit, in deren Wärme er sich einbezogen fühlte, daß alle Widerstände in ihm sich duckten.

*

Der vierjährige Dirk war ein selbständiger Bursche. Ohne viel zu fragen, ging er seinem Vater zur Hand, als ob es nicht in der Nachbarschaft Kinder genug gegeben hätte, mit denen er hätte spielen können.
Die Nachkömmlinge der Moorleute wurden wohl alle eingespannt in den harten Tageslauf der Erwachsenen, und die Schulpflichtigen wurden nicht selten, wenn drocke Zeit war, kurzerhand den Wissenschaften entzogen, wofür die Lehrer mehr oder weniger Verständnis aufbrachten. Aber wo der Spieltrieb mächtig war, gab es immer Mittel und Wege, den Eltern zu entkommen.
Dirk sah oft die Größeren am Hause vorbeigehen, wenn sie von der Schule zurückkamen; manchmal rannten sie auch im wilden Spiel hinter Hecken oder um Torfhaufen herum.
Ihn lockte das nicht, er hielt sich so fern wie möglich von allem Fremden. Das Schwesterchen betreute er liebend gern, wenn die Mutter es aus den Händen ließ, er hatte dann die betuliche Art dessen, der sich seines Vorsprungs bewußt ist.
Seine ruhigen Bewegungen und wortkarge Bedachtsamkeit stachen ab von der quecksilbrigen Lebendigkeit der kleinen Engel. Sie lief früh, und Amke, die nicht müde wurde, auf sie einzureden, war entzückt, wieviel eher sie mit drolligen Lauten antwortete, als der Junge

es versucht hatte. Sie war ein fröhliches Kind, das selten den Mund zum Weinen verzog, und Kasjen freute sich den Tag lang dem Augenblick entgegen, in dem er, die Küchentür öffnend, ihren Willkomm wie eine Liebkosung empfing.

Wer auch immer von draußen hereinkam, ob es Berta Kapp war oder Gebkemöh oder auch Jakobus Winter, sie wurden alle zutraulich begrüßt.

Ab und zu, wenn Kasjen seine Torffuder zu den Kunden fuhr, nahm er seinen Jungen mit und setzte ihn bei der Großmutter ab.

Sie war sehr gealtert, und die Steifheit der Glieder nahm zu. Sie konnte nur notdürftig ihr kleines Hauswesen in Ordnung halten, doch die ungelenken Finger spannen noch unermüdlich die Wolle, die man ihr brachte.

Wenn aber ihr Enkelsohn bei ihr abstieg, dann half die Freude ihr auf die Beine. Und Dirk folgte jedem ihrer mühsamen Schritte und sah gespannt zu, wie sie in dem Wandschrank kramte — irgend etwas Wunderbares kam immer zum Vorschein; sei es nun der Zuckertopf mit Kandisstücken, von dem eins stets in seinem Mund landete, oder ein Ende Korinthenstuten, das in Scheiben geschnitten, oder auch nur ein Stück Schwarzbrot, das mit Butter bestrichen und mit gelbem Zucker bestreut wurde — alles war dazu angetan, den Tag zu einem Fest zu machen.

Einmal hatte ihn der Vater sogar in die Stadt mitfahren lassen, da war er aus dem Staunen nicht herausgekommen über all die Häuser und Menschen. Und als sie vor einem großen Haus hielten und er an des Vaters Hand dahineinging, umklammerte er diese Hand ganz fest und mußte ein paarmal schlucken angesichts all des bedrohlich Fremden, bis er mit einem Mal in

einer hellen Küche stand und zwei Arme ihn hochhoben, ganz nah vor ein lachendes Gesicht — Tante Aaltje, sagte der Vater.
Er wurde auf einen Stuhl gesetzt, und dann erschienen auf dem langen Tisch vor ihm Herrlichkeiten ohne Ende: Butterbröte in nie gesehener Zahl und mit den merkwürdigsten Sachen darauf, und brauner, süßer Kaffee, der ganz anders schmeckte und „Zückerla" hieß. Daneben hatten seine großen Blauaugen unendlich viel zu bewältigen, und es war unmöglich, auch noch Tante Aaltjes Fragen richtig zu erfassen und mehr als bruchstückweise zu beantworten.
„Is he alltied so still?" wollte sie wissen. „Laat hum man", sagte der Vater, „dat is tovööl upmal."
Dieser Tag blieb dem Jungen als hervorragendes Erlebnis in Erinnerung, und Kasjen merkte oft an einer unvermittelten Frage, wie lange und gründlich er sich mit Einzelheiten beschäftigte. Zu seiner Mutter kam er nicht mit ernsthaften Angelegenheiten, offenbar erschien ihm die väterliche Überlegenheit in solchen Dingen als gegeben.

*

Ein Jahr verging und noch eins.
Amke war in letzter Zeit verdrossen und klagte über mancherlei Beschwerden. Gebkemöh tröstete sie darüber hinweg mit der Zusicherung, daß ein echter Junge sich so ungebärdig anzumelden pflege, bevor er auf die Welt komme.
Amke lachte wehleidig: bei Dirk wäre es nicht so gewesen.
Dafür wäre das auch ein Musterkind, behauptete die Alte; gäbe es in dem Alter denn noch einen Jungen, der so vernünftig wäre? Aber er wäre ja auch im klaren Augustmond geboren, während jetzt die Moorhexe

schon die grauen Oktoberdünste braute, unter deren Schutz sie um die menschlichen Behausungen strich. Da machte Amke entsetzte Augen und weinte angstvoll auf. Gebke strich ihr beruhigend über den Kopf: keine Sorge, sie wäre noch immer damit fertiggeworden!
„Ja —?" Die junge Frau packte ihren Arm wie einen Rettungsanker; sie beschwor sie, bei ihr zu bleiben, daß die Hexe ihr nichts antun könnte.
„Nee wat!" Gebke Bestmann war in ihrem Element, hier war jemand, dem ihr Wort Evangelium war. Viele lachten sie aus, aber darum ging es ihnen auch danach, wenn das Fieber, dieser glühende Hexenatem, sie ansprang oder wenn ihr Kind unter dem Zugriff der unsichtbaren Hand sich in Krämpfen wand! Und sie, Gebkemöh, warf doch nicht ihre Perlen vor die Säue? In diesem Hause jedoch tat sie ihr Bestes. „Hier kummt se nich in, dar hebb ik Zimpatie tegen!"
Amke atmete befreit: „Wat is dat, Zimpatie?"
Das hätte sie von ihrer Großmutter gelernt, sagte die Alte. „Mien Ootje harr dat Alruuntje." Und sie erzählte der mit hochroten Wangen Lauschenden, wie sie diese Alraune von der alten Frau, bei der sie aufwuchs, erbte, und wie man mit ihr, wenn sie vor der Türschwelle vergraben würde, jede Hexenkunst fernhalte. Und andern Tags, als niemand zugegen war, zog sie ein bräunliches kleines Ding hervor, das einer verästelten Wurzel glich und grub es vor Amkes Augen vor der Haustür ein, wobei sie Unverständliches murmelte.
„Gott Dank", freute Amke sich, „nu kann se mi nix!" Doch dann fiel ihr die Hintertür ein, die ungeschützt war. Aber Gebke setzte zwei Heidbesen kreuzweise dagegen und wies sie an, daran zu denken, daß sie immer wieder hingestellt würden, wenn sie einer wegnähme.

Sie tat das gewissenhaft. Ganz wohl war ihr jedoch noch nicht dabei, wenn des Morgens die grauen Schwaden über dem Moor hingen und die blasse Sonne zähe umkämpften, und sie war wie erlöst, wenn ihr Schein licht und warm den Spuk zerriß.

Der November kam, und Dirk summte die Martinilieder nach, die von Kinderstimmen weither klangen. Da sang Amke ihm vor:

Kippkappkögel,
Sünnermarten Vögel,
Sünnermarten Dickebuuk
steckt sien Kopp to't Fenster ut."

Und Kasjen holte eine gutgeformte Runkelrübe und kratzte ihr sachkundig die Weichteile heraus, bis sie einer offenen Tulpe glich. Die steckte er auf einen Stock und befestigte einen Kerzenstummel von innen, und als er ihn anbrannte und das Lichtlein die Rübenwand magisch durchleuchtete, da klatschte Dirk, der kein Auge von seines Vaters Tun gelassen hatte, begeistert in die Hände, und Engel machte es ihm jubelnd nach.

Als der Martiniabend dämmerte, geisterte es irrlichtgleich über das Moor und stand still vor jedem Haus — die Kinder der Moorleute trugen ihre Kippkappkögel vor die Türen der Nachbarn, und rauhe Jungenkehlen übertönten die Mädchenstimmen:

Vandaag is Sünnermarten,
de Kalver sünd so darten,
de Kohjen dragen Horens,
de Karken hebben Torens.
De Tuterutut,
de Sang is ut,
un de dat noch wat wieder kann,
de sing verdann!

Dazwischen brummten die Rummelpotten, das waren mit Wasser halbgefüllte Töpfe, darüber eine Schweinsblase gespannt war, durch deren Mitte hindurch die Burschen einen Stock auf und ab bewegten, wodurch sie ein dumpfklingendes Geräusch erzielten. Und die Hände schlossen sich begehrlich um die kleinen Pfeffernüsse, die Berta Kapp früh genug in die Häuser gebracht hatte.

Auch Amke teilte sie aus, und Kasjen stand schmunzelnd dabei. Engel zwitscherte mit in dem Gemisch von Tönen, doch Dirk sang mit glänzenden Augen seine eigene Melodie zu den Worten, die ihm haftengeblieben waren.

Da nahm die kleine Grietje Lammers ihn an die Hand, und er stapfte munter mit und hielt seine Laterne hoch und sah gebannt in ihr Leuchten. Sie waren nicht viel Licht gewöhnt zu Hause; wenn der Tag zum Abend wurde, ging er schlafen und stand auf, wenn es wieder Tag war.

Kasjen sah, daß er so selbstvergessen mitlief, und er ging langsam hinterher. Und als die Kinder vom Weg abbogen, blieb Dirk plötzlich stehen und entzog dem Mädchen seine Hand. Sie redete auf ihn ein, er schüttelte den Kopf und wandte sich suchend um.

Da trat Kasjen zu ihnen, und er faßte vertrauensvoll des Vaters Rechte und ging weiter mit.

Bei Jakobus Winter kehrten sie ein, der Kasjen lachend hereinzog und ihn mit dem Kleinen festhielt, als die Kinder mit ihren Gaben abzogen.

Dirk starrte beglückt auf die Petroleumlampe, die auf dem Tisch stand und die mit ihrer weißen Kuppel ihm fremd war: „O Vader — noch en Kippkappkögel!" rief er.

Sie lachten, und Frau Winter schenkte ihm Pfeffernüsse und zeigte ihm Bilder in der dicken Bibel, die offen vor ihr lag. Die nahmen ihn so gefangen, daß er alle Scheu vergaß.

Die Männer unterhielten sich, und so mochte wohl eine Stunde vergangen sein, bis Kasjen aufstand: „Wat denkt Moder wall, wor wi blieven!"
Der Junge trennte sich ungern von den Bildern, und als Dina Winter ihn fragte, ob er bald wiederkäme, nickte er heftig.
Das Kerzenstümpfchen war längst ausgebrannt, und nur ganz fern klang noch ein Singen. Da nahm Kasjen seinen Sohn auf den Arm und ging mit ihm durch den nebligen Abend nach Hause.
Als er die Tür aufklinkte, drang ihm ein Jammern entgegen.
„Kasjen", rief es von der Butze her, „haal Gebkemöh."
Er setzte den Jungen ab „Ja, ja —" stieß er hervor und rannte schon das Haaspadje herunter.
Dieser Junge machte Amke mehr zu schaffen als die beiden andern Kinder; es dauerte bis weit in den neuen Tag hinein, bis sein Geschrei den kleinen Raum füllte. Amke war überzeugt, daß die Moorhexe daran nicht unschuldig war. Gebke gab das zu und schob es auf die Verärgerung darüber, daß ihr Arm nicht weit genug gereicht hatte, um ein Unglück anzurichten. Denn das Kind war gesund, und die Mutter hätte, falls sie Lieske Görtemaker geheißen hätte, bald wieder mit zugepackt; weil sie nun aber einmal Amke war, genoß sie die Schonzeit über Gebühr.
Kasjen hatte dies Anwachsen der Familie schon Sorgenstunden bereitet. Doch die Abgaben waren mit knapper Not bezahlt, die drocke Zeit war vorbei, so gönnte er sich die Freude ob des neuen Lebens, das, ein Wunder für sich, schon zielbewußt die Quelle seiner Daseinskraft fand.
Jans Freerk nannten sie ihren zweiten Sohn. Das glaubte Kasjen einmal dem nie gekannten Schwiegervater schuldig zu sein oder Mutter Mena, die darin so

etwas wie eine Ehrenrettung des Verschollenen sah, zum andern wollte er seinem Bruder damit eine Liebe erweisen und die Verbindung mit ihm, die fast ganz abgerissen war, neu knüpfen.

Und das gelang ihm auch, denn Freerk ließ es sich nicht nehmen, seinen Patenjungen zur Taufe zu halten. Dabei stellte er in Aussicht, daß Kasjen demnächst, wenn Gerdje niederkäme, die gleiche Verpflichtung zu übernehmen haben werde.

Dirk nahm den kleinen Bruder als eine zwar erstaunliche, aber gegebene Tatsache hin, und die heillose Angst, die die jammernde Mutter am Martiniabend ihm einflößte, wandelte sich nach und nach in verwunderte Freude, als Gebkemöh ihm erklärte, daß sie das neue Kind weit hinten vom Moor geholt hätte, wo alle lüttjen Puppkes herkämen. Die zweieinhalbjährige Engel freute sich über das lebendige Spielzeug, das sie bald in mütterlichen Anwandlungen zu betreuen strebte.

XIX

Es war im Mai des Jahres, als Engel ihren dritten Geburtstag feierte.

Sie ging schon sehr selbstbewußt ihre Wege, und wo ihr holdes Gesichtchen mit den blitzenden Blauaugen unter dem rötlichblonden Kraushaar auftauchte, da freute sich jeder. Sie kannte nicht die Scheu ihres älteren Bruders, lief unbedenklich mit allen, die ihr die Hand reichten. So öffneten sich dem kleinen Mädchen die nachbarlichen Häuser, in die Dirk nie von selber den Weg gefunden hatte.

Während er alles, was da draußen kroch und flog, mit Ernst abwartend beobachtete, trachtete Engel danach, es zu greifen oder zu fangen. Wenn Kuh oder Schafe gemolken oder die Schweine gefüttert wurden, sah Dirk sachverständig zu oder griff helfend an, wo er es konnte. Engel aber fuhr mit den kleinen Händen liebkosend über die Tierkörper und sprach zärtlich auf sie ein, und sogar Lammers eigenwilliger Kater hatte zum Erstaunen aller Hausbewohner nichts dagegen, wenn sie ihren Kopf an seinen schmiegte.

„Se is en wahre Engel!" wurde Gebkemöh nicht müde zu versichern. Großmutter Mena mochte sich von diesem Enkelkind bei den seltenen Malen, wo sie es zu sehen bekam, gar nicht wieder trennen. Und Tante Aaltje hatte für ihre Nichte in ihren karg bemessenen Mußestunden ein Kleidchen zurechtgenäht, ein grünes mit weißen Litzen, womit sie Mutter und Kind in einen Freudentaumel versetzte.

Amke war sehr stolz auf ihre hübsche kleine Tochter, und sie lieh allen willig ihr Ohr, die das Gespräch darauf brachten.

Berta Kapp machte sie auf ihre Mutterpflicht aufmerksam, solch ein Püppchen auch zu schmücken, und sie hielt ein rotes Seidenband an das blonde Haar.

Amke konnte nicht widerstehen; ihr Mann brauchte ja nicht zu wissen, was es kostete. Es war überhaupt so unterhaltsam, in den Schätzen zu kramen, die Berta neuerdings bei sich führte: Tücher und Ketten und Mützchen. Sogar die alte Gebke fand Gefallen daran. Und während die drei Frauen Tee tranken, kam Amke zu der Überzeugung, daß Dirk solch ein buntes Halstuch gut brauchen könnte. Berta Kapp zog befriedigt ab. Kasjen jedoch zerbrach sich den Kopf, wie andere es fertig brachten, ihre Familie durch die Zeit zu bringen und das nötige Geld zu erübrigen.

Auf den weiten Flächen war man beim Torfstuken. Kasjen hatte Amkes Einwände schroff abgetan: der Kleine würde draußen ebensogut schlafen wie alle Kinder in dem Alter es mußten. Konnten nicht Dirk und Engel auf ihn achtgeben? Es half nichts, Amke mußte stuken.

Dirk war mit Eifer dabei, er wußte genau, wie die Soden gelegt werden mußten. Wie ein Alter türmte er die Bülten auf, so hoch er nur recken konnte. Er stellte auch Engel an, und sie schleppte mit großer Wichtigkeit bald der Mutter, bald dem Bruder zu, was ihre Händchen zu heben vermochten.

Amke fand das sehr vergnüglich. Kasjen war auf dem Acker, so drängte sie keiner, und alle Augenblick nahm sie Gelegenheit, mit der Kleinen zu scherzen und in Ruhe ihrem drolligen Geplauder zuzuhören.

Die letzten Maitage waren sommerlich warm. Kasjen trieb verdrießlich zur Eile: überall standen die Haufen, nur sie waren noch nicht soweit. Mißgelaunt schob er mehr als einmal sein kleines Mädchen beiseite, wenn es ihm etwas erzählen wollte, und legte mit Hand an.
Es ist in jedem Jahr dasselbe, ärgerte er sich, sie wird nicht anders; sie muß doch begreifen, daß wir so nicht weiterkommen!
„So!" sagte er endlich, bis auf einen kleinen Rest war es geschafft. Er wollte jetzt seinen Buchweizen säen. „Dat kriegst du bit Middag klar."
Amke war seelenfroh, als er sie allein ließ. Die Arbeit war abzusehen. Manchmal war Kasjen unausstehlich, fand sie, was lag daran, wenn sie später fertig wurden als die andern! Erst wollte sie nach ihrem schlafenden Jüngsten sehen.
Er rührte sich, der kleine Mann, er verlangte sein Recht. Alles andre war nun nebensächlich.
Sie ließ sich mit ihm am Rande einer alten Pütte nieder und versorgte ihn, und erst als er längst wieder schlief, legte sie ihn zurück.
Engel aber entdeckte Blumen in dem braunen Wasser, und sie kletterte auf der Mutter Schoß und wollte immer neue Antwort auf neue Fragen.
Wie behaglich saß es sich da in dem trocknen Heidekraut, das die Pütte säumte. Amke aalte sich in der Maisonne, hielt ihr Kind umschlungen und ging auf alles ein, was der Plappermund wollte. Sie mochte selber so gern das krabbelnde Getier und die bunten Buttervögel ansehen, die schwebenden und flatternden und die sitzenden mit den hochstehenden Flügeln.
Der Himmel warf sein Blau in den braunen Spiegel, und Amke schaute auf die glitzernde Fläche in dem Moorloch; da hätte man früher mal Torf herausgegraben, sagte sie.

Und plötzlich kam ihr in den Sinn: wenn man ganz durch die Erde hindurchgräbt, kommt man in Amerika heraus. Amerika — war nicht ihr Vater dahin gefahren mit seinem Schiff? Schon erzählte sie Engel von dem Großvater in dem fernen Lande.

„Wor is Merika?" wollte die Kleine wissen.

„Dar —" zeigte die Mutter in die mit Binsen und Gestrüpp durchsetzte Tiefe, und die beiden Köpfe beugten sich weit darüber.

Da kam Dirk gelaufen und fragte, was da wäre.

„Merika!" jubelte Engel.

„Wat is dat?" Er wollte sehen, was sie sahen und konnte nichts Besonderes entdecken.

Da erzählte Amke auch ihm von dem Opa, der mit seinem Schiff so weit weggefahren war.

„Wat is dat — en Schipp?" erkundigte er sich.

Ihr fielen die Boote mit den weißen Segeln ein, die auf der Ems gefahren waren, aber ihr Junge konnte sich unter ihren Worten nichts vorstellen, weil er so etwas nie gesehen hatte.

Ein paar schneeige Wölkchen spiegelten sich in dem Püttenwasser, Amke sah es, wie sie weiß und langsam dahinsegelten, und ihre Augen weiteten sich: O — waren das nicht Schiffe — hatte sie wirklich recht gehabt, die Schwester?

„Dar —" rief sie, „kiekt dar — Opas Schipp — in Amerika!"

Die beiden Kinderköpfe neigten sich mit dem der Mutter über den Rand, und sechs Augen folgten den weißen Gebilden, die zwischen dem Pflanzengewirr verschwanden.

„Opas Ssipp!" freute sich Engel.

Und Dirk berichtete abends dem Vater, daß sie Opas Schiff gesehen hätten. Kasjen begriff nicht, was er damit meinte; der Tag hatte ihn so müde gemacht, daß er kaum zuhörte.

In dem Jungen aber lebte das Gehörte, und als er andern Tags mit Engel draußen war, zog es ihn, die seltsamen Dinge wiederzusehen, die in der Pütte waren. Engel lief erlebnisfroh mit.

Sie standen am Rand des Wasserlochs, der Junge gebückt, die Hände auf die Knie gestemmt, die Schwester hockte sich neben ihn, und ihre Augen suchten.

Es ging aber ein rascher Wind über das Moor, der spielte mit Engels roten Locken, daß sie sie aus dem Gesicht streichen mußte, der sprang auf das Wasser, daß es erzitterte und alle Bilder, die in ihm ruhten, ins Wanken kamen.

Dirk bohrte seinen Blick tief hinein — war das nicht ein Schiff, was da weiß heraufschimmerte?

„Dar, Engel — dar is Opas Schipp!" rief er voll Entdeckerstolz.

„Opas Ssipp —" frohlockte die Kleine und griff mit beiden Händen in das Gestrüpp, um sich besser vorbeugen zu können.

Aber die dürren Büschel saßen nur locker in dem leichten Grund, sie lösten ihre Wurzeln und nahmen die haltenden Hände mit in die Tiefe.

Der Junge hörte den Schrei neben sich und sah die kleine Schwester fallen, und das braune Wasser spritzte auf, weil der Körper sich überschlug.

Da packte ihn der Schrecken, doch dann wußte er, daß er ihr helfen mußte. Er sah, daß Kopf und Füße im Wasser lagen, aber das grüne Kleid bauschte sich zwischen den Pflanzen.

Vorsichtig versuchte er, dahinzuklettern, doch als er den Fuß aufsetzen wollte, polterte es unter ihm weg.

Da faßte ihn die Angst, und er rannte wortlos dem Hause zu.

„Moder —" kam er in die Küche, wo Amke mit dem Bruder beschäftigt war, „kumm gau, Engel —"
Er keuchte vom schnellen Lauf.
„Wat sall Engel?" fragte sie.
„Engel is in Pütte fallen —"
„Wat seggst du?" Die Mutter sah ihn erschrocken an.
„Engel is in Pütte fallen", wiederholte er, „ik kann hör nich kriegen!"
Da kam Bewegung in sie, sie legte Jans in die Wiege und eilte mit Dirk hinaus.
„Sall ik Vader halen?" fragte er.
„Ja!" rief sie.
Wäre Kasjen gleich zur Stelle gewesen, so wäre alles gut gegangen. Dornige Brombeerranken hakten sich in das grüne Kleid, aber das tückische Wasser hielt das Köpfchen umfangen, es machte den Kindermund für immer stumm.

Sie konnten es erst nicht fassen. Zu jäh war der Tod mitten unter sie getreten.
Es war das erste Mal, daß Amke ihn so nahe sah, daß sie seine kalte Hand an ihrem Herzen spürte. Als sie seine Unerbittlichkeit erkannte, da schrie sie ihren Schmerz hinaus und wollte sich nicht trösten lassen.
Die Nachbarn kamen gelaufen, sie hatten alle etwas verloren mit dem sonnigen Kind, und manches Auge wurde naß in mitfühlendem Leid.
„Nu hett se hör Name wahr maakt", schluchzte Gebke, „leeve Gott hett sien Engel haalt."
Dirk drückte sich scheu an die Seite; immer wieder irrte sein Blick über des Schwesterchens unbewegtes Gesicht: ob es denn noch die Augen zu hatte? Ob es gar nicht aufwachen wollte? Seinem Kindersinn war das Niewieder unvorstellbar.

Er schlich sich näher an den Vater heran, der düster vor sich hinstarrte, und berührte zaghaft sein Knie. Da nahm Kasjen die kleine Hand wortlos in seine, und sie empfanden sich beide als Trost, der Mann und das Kind.

Es ging dem Abend zu, die Leute verliefen sich.

Amke weinte immer von neuem; sie sprach mit ihrem toten kleinen Mädchen, sie liebkoste es, sie wimmerte wie ein Tier, dem man sein Junges entriß.

Der Kleinste schrie dazwischen, sie nahm ihn ungestüm hoch und legte ihn sich an die Brust, als müßte sie ihn verwahren.

Kasjen versuchte ab und zu ein beruhigendes Wort, sie hörte gar nicht auf ihn.

Da ging er mit Dirk nach draußen zu den Schafen, die Lämmer hatten.

Der Junge war wie erlöst; er fing an, dem Vater zu erzählen, wie Engel das Schiff hätte sehn wollen.

Opas Schiff — hatte er davon nicht schon einmal sprechen hören? Was war damit?

Dirk setzte ihm ernsthaft auseinander, daß die Mutter es ihnen gezeigt hätte, wie es unten in der Pütte nach Amerika segelte. Da fand Kasjen den Zusammenhang. Er entsann sich, daß Amke ihm einmal diese Kinderweisheit aufgetischt hatte, er hatte sie als solche genommen und belacht.

Und nun hatte ihr törichtes Gerede — das Kind in den Tod gelockt? Kasjen fühlte etwas in sich aufsteigen, weh und böse, eine Feindseligkeit gegen die Frau drinnen, die ihm zur Seite lebte.

Und alles, was er noch immer wieder vor sich selber zu beschönigen suchte, das nahm jetzt Gestalt an, nackt und ungeschminkt: ihre kindische Unzulänglichkeit, ihre Unlust zur Arbeit. Warum kam er nicht voran? Sah sie nicht, wie er sich abmühte von früh bis in die Nacht?

Sah sie nicht, wie die andern Frauen es ihren Männern gleichtaten? Was machte sie denn den ganzen Tag? Die Kinder — hatten nicht andre auch Kinder und schafften trotzdem? Und hielten die Pfennige zusammen, die hart erarbeiteten, die ihr durch die Finger rannen? Reden, ja, um und dumm reden konnte sie einen, aber kein vernünftiges Wort war mit ihr zu wechseln! Mußte sie nun noch den Kindern Grappen in den Kopf setzen? Und das unschuldige kleine Ding mußte es büßen —!
Bitterkeit füllte ihn bis obenhin, er beachtete seinen Jungen nicht mehr, langsam ging er dem Hause zu.
Er hörte ihr lautes Weinen, da trat er barsch in die Küche: „Hör up to blarren!" schrie er sie an, daß sie erschrocken innehielt. Wer denn Schuld hätte, niemand anders als sie!
Schuld? fragte sie verwundert, was sie denn getan hätte?
Da warf er ihr ins Gesicht, was ihn zum Ersticken quälte, alles, was sich in ihm gesammelt hatte und was diese Minute zum Überlaufen brachte.
Sie saß da wie ehedem, wenn der Schulmeister ihr ihr Sündenregister vorhielt, und wie damals kümmerte sie nicht so sehr, was man ihr vorwarf, sie suchte vielmehr die beste Art, sich dem Gescholtenwerden zu entziehen. Und sie sagte, indem sie nachdrücklich den Kopf schüttelte: „Nee, Kasjen, dar kann ik nix an doon!"
Da drehte er sich um und warf die Tür hinter sich zu.
Dirk kam auf seinen Vater zugelaufen und erinnerte ihn daran, daß er noch nicht gemolken hätte. Nichts war besser geeignet, ihm zu helfen, als die nüchterne Feststellung des kleinen Mannes, der ihn an seine Pflicht gemahnte. Er hob ihn auf und drückte seinen Kopf an sich, und Dirk schlang beide Arme um des Vaters Hals, glücklich über die seltene Liebkosung.
„Kumm her", sagte Kasjen, „wi willen melken!"

Amke war sich wirklich keiner Schuld bewußt; sie konnte doch die Kinder nicht anbinden?
Die andern Vorwürfe schüttelte sie ab: was meinte Kasjen, daß sie darum geheiratet hatte, um sich noch mehr abzurackern, als da sie dienen mußte?
Sie freute sich, als Gebkemöh noch einmal kam. Von der ließ sie sich erzählen, wie ihr Kind nun als wirklicher Engel im schönen Himmel spielen würde; ach, sie konnte gar nicht genug davon hören, und von Stund an malte sie sich die lieblichsten Bilder um ihr Engelkind. Damit tröstete sich ihr Herz.

Es war still geworden im Hause, seitdem man das fröhliche Kind hinausgetragen hatte.
Großmutter Mena war fassungslos traurig. Daß das Kind ihr noch vorangehen mußte, klagte sie Aaltje, die sich zum Begräbnis nicht hatte freimachen können und am Sonntag nachher mit ihr an dem kleinen Hügel stand.
Kasjen war noch einsilbiger geworden. Wenn der Tag graute, war er draußen und belud seinen Wagen mit Torf, und nicht ungern gab er dem Drängen des Jungen nach, ihn mit zur Oma zu nehmen. Das kindliche Plaudern und Fragen unterwegs leitete seine Gedanken ab, die wie aufgescheuchte Vögel nicht zur Ruhe kommen wollten. Sie flogen rückwärts zu dem Tag, da ein weißes Pferd seinen Vater hatte zu Tode schleifen dürfen, und wie damals kreisten sie um das Warum. Ihn kam das Verlangen an, mit Jakobus Winter zu reden. Aber sie hatten jetzt alle keine Zeit. Und er scheute sich auch, zu ihm zu gehen.
Ihn brachte Amkes Art auf, so schnell mit einem Schmerz fertigzuwerden, der ihm an die Nieren ging. Er schmeckte seine Bitterkeit für und für, sie wickelte ihn immer tiefer in die süße Hülle, die die alte Frau ihr gereicht hatte.

Er wußte genau, sie war nicht wie Tante Sievertje einst voll gläubiger Inbrunst, sie berauschte sich nur an einem neuen Gaukelspiel der Phantasie, das, indem sie es unermüdlich den Kindern mitteilte, immer kühnere Ausmaße annahm und so einen Ausgleich schuf für das, was sie verloren hatte.
Er sah sie jetzt so klar, wie er es früher nie vermocht hatte. Und er konnte nicht der Abneigung Herr werden, die zwischen ihnen aufwuchs.
Sie merkte nichts davon. Sie hatte längst das harte Wort vergessen, das er ihr einmal zugeschleudert hatte. Redselig war er nie gewesen, ihr fiel es nicht auf, daß er noch schweigsamer wurde. Berta Kapp hatte recht: die Männer mußte man gewähren lassen, sie waren nun mal so, daß sie manchmal grob wurden. Sie konnte noch von Glück sagen, daß ihr Mann nicht wie Jan Kapp war, der Frau und Kinder schlug, wenn er die Laune danach hatte.

Es war ein warmer Juniabend. Kasjen setzte sich auf die Bank, die er sich neben der Hintertür gezimmert hatte.
Er rechnete. Er überschlug, was noch an Torf draußen stand und wieviel das noch einbringen könnte. Das Begräbnis hatte Geld gekostet.
Er seufzte. Wenn nur nichts Unvorhergesehenes mehr kam, bis wieder die Zinsen fällig waren! Warum saß Amke nicht neben ihm, warum konnte er nichts mit ihr überlegen? Sie hatte sich wohl schon wieder schlafen gelegt und quälte sich nicht darum, ob sie vorankamen oder nicht.
Er sah Jakobus Winter auf dem Haaspadje auf sich zukommen und freute sich, daß seine Einsamkeit unterbrochen wurde.

Sie sprachen über alltägliche Dinge. Aber Jakobus Winter hatte eine feine Witterung für die Nöte derer, mit denen er umging, und er wußte bald, womit der Mann neben ihm nicht zurecht kam.

„Das ist wie damals mit meinem Vater", sagte Kasjen. „So aus dem Leben heraus. Warum? Und dies Kind, das doch erst anfing zu leben. Warum tut Gott das? Wen will er strafen? Hatte mein Vater was Böses getan? Oder das unschuldige Kind? Oder wir, die wir es tragen müssen?"

„Ja, Kasjen", Jakobus stützte die Ellenbogen auf die Knie, und seine grauen Augen sahen über das Moor, das wie ein dunkles Geheimnis vor der fernen Mauer des Waldes lag, „genau so hat man ihn einmal gefragt, der sich den Sohn nannte, als es um einen ging, der blind geboren war. Wer hat gesündigt, fragten sie, dieser oder seine Eltern?"

„Und was hat er gesagt?" fragte Kasjen.

„Weder er noch seine Eltern, hat er gesagt."

„So?" Kasjen sah ihn groß an. „Und weiter hat er nichts gesagt, warum Gott sowas tut?"

„Wohl", entgegnete er, „auf daß Gottes Werk an ihm offenbar werde, so steht es in der Schrift."

Kasjen schüttelte den Kopf: „Das begreif ich nicht."

„Ach, Kasjen", sagte der andere, „das kommt wohl vor, daß wir nicht begreifen."

„Was wurde denn nun mit dem Blinden?" fragte Kasjen weiter.

„Er hat ihn sehend gemacht", antwortete Jakobus Winter.

Kasjen war enttäuscht: „Diese Wundergeschichten damals, was sollen wir damit? Sowas geschieht heutzutage nicht. Mein Kind macht mir niemand mehr lebendig."

Der andere sah still vor sich hin. „Nein. Und doch kann es geschehen, Kasjen, daß einem die Augen aufgetan werden."
„Bin ich denn blind?" warf Kasjen ein. „Ich sehe nur zu gut, was ist!"
„O ja", nickte Jakobus, „wir sehen, was wir begreifen. Aber du sagst ja auch, da ist vieles, das geht über unser Begreifen hinaus, da sind wir blind, Kasjen, blind und taub."
„Das ist wahr", sagte Kasjen.
„Da stehen wir an der Grenze, und dahinter ist Er. Und wenn wir dann rufen, wir Blindgeborenen, dann fragt Er: Wast willst du, daß ich dir tun soll? Und dann gibt es für uns nur eine Bitte: Daß ich sehen möge!"
Diese Unterredung ging Kasjen lange nach. Wenn er auf seiner Fuhre saß, wiederholte er sich, was in ihm haften geblieben war. „Lüttje Pastor", sagte er vor sich hin, und seine Hochachtung war groß. Seine Gedanken betasteten die Grenze, hinter der Er sein sollte, der Unbegreifliches geschehen ließ. Jakobus Winter sprach von ihm als von einem, mit dem er umging, den er fragte und der Antwort gab. Das lernten sie wohl da auf den hohen Schulen. Er, Kasjen, hatte ja auch beten gelernt, das brachte Amke sogar den Kindern bei, das gehörte zum Christenmenschen wie das Gutentag zum täglichen Verkehr. Auch ab und zu in die Kirche gehen gehörte dazu. Das alles war wie ein Tribut, den man einem Mächtigen zu bringen hatte, und das fand Kasjen ganz in der Ordnung, denn mächtig war der da oben, man mußte froh sein, wenn er alles seinen Weg gehen ließ.
Es ließ sich so gut sinnieren bei dem gemächlichen Gang der Kuh, die geduldig mit ihrer breiten Stirn den Wagen über die holprige Straße zog.

XX

Dirk Kasjens hatte das Stadium des ABC-Schützen längst überwunden. Seine kurzen Beine, die den gedrungenen Körper mit dem apfelbäckigen Kindergesicht unter dichtem Blondschopf trugen, meisterten den fast zweistündigen Schulweg nicht minder als die längeren oder flinkeren der andern Jungen und Mädchen, die mit ihm die Dorfschule bevölkern halfen. Er lernte gern, aber er schritt auf den Wegen der Wissenschaft ebenso bedachtsam dahin wie auf den Haaspadjes des Moores. Er überflügelte niemand, doch er kam mit.

Sein Bruder Jans schickte sich grade an, die Rätsel der Buchstaben und Zahlen zu bestaunen. Er war auch nicht groß, aber behende, und seine wasserblauen Augen waren es nicht allein, die als mütterliches Erbe anzusprechen waren. Er redete gern und viel und wußte um die Arbeit herumzugehen wie die Katze um den heißen Brei, sehr zum Verdruß seines älteren Bruders, der sich immer für ihn verantwortlich fühlte, dabei aber oft ins Hintertreffen geriet. Denn was Jans an Klugheit fehlte, das ersetzte er durch gerissene Schläue, die er hinter einem unschuldigen Lächeln verbarg. Während Dirk nach wie vor seinem Vater zur Hand ging, stand Jans dem Herzen seiner Mutter besonders nahe. Seine drollige Art reizte sie zum Lachen, seine vielen kleinen Wünsche nahm sie sehr ernst.

Jans brachte Leben in den sonst so stillen Bereich des Hauses. So gut wie er überall hinlief, wo er Kinderspiel vermutete, brachte er auch den nachbarlichen Nachwuchs mit in Garten und Küche, und wo er mitmachte, war Lärmen und Tollen. Er machte auch nicht Halt vor Jan Kapps Bau, und er schleppte Bertas Kinder ebenso selbstverständlich heran wie alle andern.

Keiner brachte Amke soviel Kurzweil wie ihr jüngster Sohn. Kasjen merkte nicht viel davon, er hörte wohl den verstärkten Lärm, aber der blieb meist in gewissem Abstand, denn Jans wußte aus Erfahrung, daß der Vater bedeutend weniger Spaß verstand als die Mutter. Doch manchmal erheiterten auch ihn die Einfälle des Kleinen.

Menamöh hielt mehr von Dirk, der so vernünftig um sie herum war, wenn er vor oder nach der Schulzeit ein Weilchen hereinkam. Er war glücklich über jede Kleinigkeit, die Oma für ihn hatte, doch es fiel ihm nicht ein, bei ihr um etwas zu betteln. Jans aber konnte nie abwarten; seine begehrlichen Augen waren immer auf der Suche, und er schmeichelte so lange, bis er hatte, was er wollte. Er füllte ihre Küche mit soviel Unruhe, daß sie froh war, wenn Dirk mit ihm abzog.

Es war an einem naßkalten Oktobertag, als die Kinder mit der Nachricht nach Hause kamen, daß Oma krank zu Bett läge. Da machte Kasjen sich auf den Weg, nach ihr zu sehen und fand sie hustend und fieberheiß.

Die Nachbarfrau sagte, das wäre die Influenza, die im Dorf umginge. Sie kochte ihr Brusttee und versprach, sich um sie zu kümmern. Nach zwei Tagen aber gab sie Dirk die Botschaft mit, daß Vater und Mutter kommen sollten, sie hätte den Doktor geholt.

Das war beunruhigend genug, und als die beiden an die dunkle Butze traten, da lag Menamöh unbeweglich, und

ihre gütigen Augen sahen sie nicht mehr. Still und bescheiden, wie sie ihre Tage gelebt hatte, war sie von hinnen gegangen.
Amkes Trauer war heftig und laut. Doch als sie vom Friedhof zurückkamen, da vergaß sie das Weinen über all den Nachbarn und Freunden, die der Mutter Küche füllten und über dem, was sie zu erzählen wußten. Während Aaltje den bedienenden Frauen half, stärkte sie sich an den guten Sachen, mit denen man der alten Frau die letzte Ehre antat.
Kasjen sah wehmütig durch den Raum, der ihn fremd und kalt anmutete. Es war ihm schmerzhaft klar, daß er wieder ein Stück Heimat verloren hatte. Nun war da keiner mehr, der mit innigem Verständnis an allem teilnahm, was ihn drückte.
Ein Seufzer entfuhr ihm; er war nur mit halbem Ohr bei den Gesprächen der andern. Die Buchweizenernte war schlecht in diesem Jahr. Das empfindliche Korn war zu sehr vom Wetter abhängig, ein Nachtfrost konnte alles vernichten, er hatte das mehr als einmal erfahren. Und das war ein Ausfall, der sich das ganze Jahr hindurch bemerkbar machte.
Er mußte ein neues Feld in Angriff nehmen, das alte war schon stark verunkrautet. Es hatte sechs Jahre getragen, und dann allmählich war seine Kraft erschöpft. Mit Mühe und Not hatte er die Zinsen und Abgaben zusammengespart, und dabei war im letzten Jahr der Buchweizen gut geraten gewesen. Er sorgte gegen die kommende Zeit an.

Aus dem grauen November wurde ein weißer, und Kasjen kam mit seinen Vorarbeiten für das neue Feld nur notdürftig zurande. Im Dezember machte ein eisiger Ostwind das Moor klingend hart, doch als es Weihnachten wurde, sprang er ganz nach Westen um und holte Regen herbei. Der tröpfelte aus immer neuen Wolken, er rieselte fein und feucht, er ergoß sich in breiten Strichen auf die rasch erweichte braune Fläche, ausgiebig und unabsehbar, und füllte die Gräben und den wässerigen Grund.

Kasjen war mißgestimmt. Mit allen Arbeiten kamen sie in Rückstand, gegen die Nässe war schlecht anzukommen. Es war Vorschrift, daß mit Ablauf des Maimonats das Abbrennen beendet sein mußte. In diesem Jahr war nicht daran zu denken bei dem unaufhörlichen Regenwetter.

Da mußten die Moorbauern eine Verlängerung der Frist bei der Königlichen Kriegs- und Domänenkammer erbitten, so schrieb es das „Edikt wider das Heidbrennen im Fürstenthum Ostfriesland und wie bei Entzündung des Hochmoors zum Buchweitzenanbau verfahren werden soll, vom 11. März 1779" vor. Daraufhin wurde das Brennen bis zum 15. Juni erlaubt.

Spät wurde es mit der Aussaat. Und der Torf trocknete schwer und langsam, denn auch der Sommer brachte wenige heiße Tage und viel Regen.

Kasjen quälte sich redlich, aber ihm war oft, als ob ihm Hände und Füße im Wege wären, um das Doppelte zu schaffen, daß er vorankäme.

Warum konnte er nicht zwingen, was den Nachbarn gelang? Er wußte es genau, er brauchte bloß Ockje Lammers neben ihrem Mann oder auch allein die kräftigen Hände rühren zu sehen; er sah in der Ferne die Görtemakerfamilie emsig arbeiten — warum wurrakte er hier allein? Die Kinder waren in der Schule, was hielt Amke zu Hause fest? Hatte sie nicht versprochen, bald nachzukommen? Wußte sie nicht so gut wie alle andern hier, was getan werden mußte?

Und wenn sie wirklich kam, dann war es unfaßbar, wie spielerisch sie alles handhabte, so daß nichts Nennens-

wertes dabei herauskam. Kasjen spürte den Ärger wie eine Faust, die ihn innen stieß. Immer öfter fuhr er sie an, die so wenig ernst nahm, was bittre Notwendigkeit war, und die so lustlos an das heranging, was ihm Freude und heilige Verpflichtung bedeutete. Sie wollte nichts weiter, als die Gegenwart auskosten, mit der geringsten Mühe sich den größtmöglichen Genuß schaffen.
Verbissen rackerte er sich ab. Für die Abgaben, dachte er, nur für die Abgaben! Wie lange soll das so gehen?

Er sah Eilert Bestmann kommen, der zur Nachtschicht in die Fabrik ging. Er kam auf dem Haaspad an ihm vorbei, um ein Stück Weg abzuschneiden. Sie sagten ein paar Worte über das Wetter, und Kasjen fragte ihn, wie lange er zu gehen hätte. Anderthalb Stunden, aber daran gewöhne man sich, meinte Eilert.
Ob seine Arbeit schwer wäre, wollte Kasjen wissen. „Och", Eilert schob die blaue, verwitterte Schirmmütze auf den Hinterkopf; nicht schwerer als auf dem Moor. Doch es würde Zeit für ihn. „Moin, Kasjen!"
„Moin, Eilert!"
Kasjen sah ihm nach, wie er mit seinem schwerfälligen Torfarbeiterschritt die lange Strecke in Angriff nahm. Und dann die ganze Nacht arbeiten, dachte er, von abends sechs bis morgens sechs hinter den düstern Fabrikmauern. Kasjen holte tief Luft, die Vorstellung machte ihm die Brust eng. Und dann wieder anderthalb Stunden bis nach Hause — er lud kopfschüttelnd seinen Torf auf, den er morgen früh abfahren wollte. Aber Geld bringt er mit, dachte er weiter, wenn die Woche um ist; und die beiden Alten werden noch mit dem Torf fertig und dem Land.
Wenn ich einen großen Sohn hätte, fiel ihm ein — und er sah in Gedanken Dirk neben sich schaffen, und ihm

war, als sähe er den Wegweiser in helle Zukunft — würde ich den in die Fabrik schicken? Wieder schüttelte er den Kopf: „Nooit!" sagte er laut und legte die Torfstücke mit Nachdruck aufeinander, „nooit in sien Leven!"

Der Buchweizen blühte. Die Immen taumelten trunken von all der Süße und summten ihre Lust in den sonnigen Tag. Sie kümmerte es nicht, daß der Wind kalt durch die sommerliche Wärme fuhr. Mit der sinkenden Sonne bargen sie sich mit ihrer Fracht in den Körben, die in der Heide standen.

Aber die Moorhexe braute einen Nebel, dahinein hüllte sich die Kälte und hockte sich tief auf das rosige Blühen, ihre eisige Starre drang in die zarten Ansätze, die Frucht werden wollten.

Und am andern Morgen sah Kasjen abermals seine Rechenkunst zunichte gemacht. Er ballte die Fäuste in der Tasche, daß sie schmerzten.

Wie konnte Er das tun, der so ein ganzes Feld blühen ließ, daß Er es dann zugrunde richtete? Menschen taten das nicht, die sorgten und bangten um das Werk ihres Schweißes. Und eine Nacht machte alles zunichte.

Es würgte ihn in der Kehle. Was nützte denn alles? Wozu arbeitete man sich die Seele aus dem Leib?

Er drehte sich um, er mochte es nicht mehr sehen.

Da stand Lammert Lammers, da hinten, er hatte wohl auch den Schaden entdeckt. Es drängte Kasjen, mit einem Menschen zu sprechen. Langsam ging er zu ihm.

„Ja", sagte Lammert, „'t is weer sowiet!"

Kasjen nickte schwer.

Das wäre nun mal so: beim Buchweizen könnte man nicht eher sagen, daß man ihn hätte, als wenn die Frau den Teig in die Pfanne täte, sagte der andre mit einem Versuch zu scherzen.

Kasjens Stimme war heiser: „Dat is en Utfall!"
Lammert zuckte die Achseln und setzte ihm auseinander, daß man damit von vornherein rechnen müßte, daß es wohl sechs oder sieben Jahre hintereinander eine schlechte Ernte geben könnte; natürlich auch umgekehrt.
Der hatte gut reden, dachte Kasjen, als er allein zurückging, der hatte in ein schuldenfreies Eigentum eingeheiratet und fürchtete keinen Martinitag.
Er traf auch Jakobus Winter, sie waren alle aufgestört von dem, was diese Nacht ihnen angetan hatte.
„Da ist unsre Kunst mal wieder am Ende", stellte er fest.
Kasjen lachte rauh: „Wozu quälen wir uns überhaupt, wenn so ein Wettermacher doch alles verdirbt!"
Der kleine Mann neben ihm wiegte den grauen Kopf: „He, he, Kasjen, solltest allmählich wissen, daß die Natur ihren Gesetzen folgt, ob es uns paßt oder nicht."
„Ja, und wenn wir dabei verrecken!" Kasjen ließ ihn stehen und ging zu seinem Roggenfeld.
In ihm wühlte es: das war auch einer, den die Mißernte nicht umwarf, der konnte sich trösten mit seiner Weisheit. Aber wenn einem das Wasser bis zum Halse stand, dann war da niemand, der einen herauszog, kein Mensch und kein Gott. Gestern noch hatte er sich mit dieser Ernte durch das Jahr hindurch gerechnet — wie sollte das nun werden?
Er stand und starrte auf die spierigen Halme, die ihre karge Frucht trugen. Dünger mußte hierher, aber er konnte ihn nicht bezahlen. Die andern lieferten Torf dafür, doch er brauchte das Geld. Immer schmolz es wieder hin, das Geld. Amke sparte nicht. Was sie zuviel ausgab für Unnötiges — wer konnte den ganzen Tag darauf achten? Ja, wenn sie — ach, da war er wieder im alten Gleise.

Als Kasjen sich abends anschickte, ins Haus zu gehen, stand mit einem Mal Jakobus Winter neben ihm: „Ich muß noch mit dir sprechen, Kasjen."
„So?"
Kasjen sah ihn verwundert an.
„Ich wollte dir bloß sagen, Kasjen, wenn du mal nicht zurechtkommen solltest, zu Martini oder so, dann mußt du das sagen — ich kann schon mal einspringen."
Kasjen fühlte, wie ihm das Blut ins Gesicht stieg.
Jakobus zog ihn mit auf die Bank: „Du hast Sorgen, Kasjen."
Er nickte und schluckte ein paarmal, die Stimme gehorchte ihm nicht.
„Sprich dich aus, dann ist alles nur halb so schlimm!"
Wann hatte einmal einer so zu Kasjen gesprochen, so war ihm als Junge gewesen, wenn Tante Sievertje ihm tröstend über den Kopf gefahren war.
„Die Zinsen", sagte er, „ich krieg sie nicht zusammen!"
„Hab ich mir gedacht; es kommen so Jahre, wo alles gegen den Strich geht. Da muß einer dem andern unter die Arme greifen."
Kasjen dachte plötzlich an seinen Bruder; ob er so gesprochen hätte? Ja, wenn er es ohne seine Frau gekonnt hätte, aber, wehrte sich alles in ihm, nie würde er zu Freerk gehen und eingestehen, daß da etwas nicht stimmen wollte bei ihm. Er sah Gerdjes geringschätzigen Mund vor sich.
Der kleine Mann neben ihm verließ das Thema: er mußte noch loswerden, was er mit sich durch den Tag getragen hatte: „Du hast dich heute morgen an Ihm geärgert, Kasjen."
Der sah verwirrt auf, noch benommen von der unerwarteten Hilfe, die fremde Güte ihm so selbstverständlich bot.
„An dem Wettermacher, wie du sagtest."

„Du denn nicht?" fragte Kasjen.
„Nein, das habe ich mir abgewöhnt", sagte er.
„Nun ja", meinte Kasjen, „wen es nicht so trifft — aber das ist doch so: wenn mein Junge mit Mühe und Fleiß seine Tafel vollgeschrieben hat, kann ich ihm das denn einfach auswischen?"
„Ach, Kasjen", die Stimme wurde lebhaft, „du willst immer den großen Weltregierer mit deinem kleinen Menschenmaß messen. Merkst du denn nicht, daß das nicht geht?"
Da regte sich Kasjen auf, so sehr hatten sich seine Gedanken schon damit geplagt: „Was soll ich dann mit Ihm, was nützt mir das dann, wenn ich an Ihn glaube?"
„Nützen?"
Jakobus fuhr sich mit der Hand durch das graue Haar: „Nützen soll Er, ja, so sind wir! Und Brot muß Er geben und alles, was unsere Eigensucht will."
„So haben wir das mal gelernt", sagte Kasjen, „wir glauben, und Er gibt uns alles, was wir brauchen. Wozu soll man denn sonst glauben?"
„Du denkst an die äußerlichen Dinge, Kasjen, an gute Ernte und Vorwärtskommen. Aber das ist nicht das Wesentliche", sagte Jakobus.
„So?" fragte Kasjen, „was soll denn wesentlich sein, wenn es das nicht ist?"
„Das hat nichts mit unserm Wesen zu tun. Unser Wesen, das ist das Stück von Ihm, das wir in uns tragen, das ist unsre Seele."
„Das mag wohl sein", entgegnete Kasjen, „aber wir müssen doch zu essen haben, daß wir leben können."
„Das müssen wir", gab Jakobus zu, „doch das Sorgen darum darf die Seele nicht ausfüllen, dann wird sie fremd von Ihm."
„Das sagst du so", seufzte er, „wenn man aber bis an den Rand voll Sorge ist —"

„Da gibt es nur einen Rat", Jakobus Winter stand auf, „sprich mit Ihm, Kasjen!"
„Ich?" Kasjen sah ratlos zu ihm auf: „Ich bin ja nicht wie du!"
„Da ist einer wie der andre", antwortete er, „keiner kommt ohne Ihn aus. Er ist die Kraft."
Kasjen sah ihm nach, wie er im Abend verschwand. Das hatte er schon einmal gesagt. Kasjen vergaß nichts. Doch er war einer, der nicht nur fromm redete, er war ein guter Mensch.
Und Kasjen fiel ein, daß er ihm nicht einmal gedankt hatte. Das selbstlose Angebot erschien ihm wie ein Rettungsanker, nach dem er greifen konnte, wenn die eigene Anstrengung nicht mehr reichen wollte. Und obwohl er sich klar darüber war, daß ihm kein Ausweg mehr blieb, rieben Stolz und Selbstgefühl in ihm sich wund an ihrer Niederlage.

Er beschuldigte Amke mit harten Worten, daß sie nicht haushalten könnte; sie machte ihre erschrockenen Augen und beteuerte, sie hätte sich nichts zuschulden kommen lassen.
Wenn sie sich aufgelehnt, wenn sie gekämpft hätte um etwas, was sie für ihr Recht hielt! Aber diese sanfte Zerknirschung ohne jeden Widerstand brachte ihn noch mehr auf, er kam sich vor wie einer, der in die Luft schlägt.
Er verstummte und ging hinaus, indem er die Küchentür krachend zuwarf, daß der Lehm aus den Fugen rieselte.
Hatte es denn Sinn, mit dieser Frau zu reden? Aber es ging doch so nicht weiter! Sie mußte doch einsehen, daß sie zugrunde gingen, wenn es nicht gelang, wenigstens die Lasten herauszuwirtschaften. Kasjen zwang sich zur Ruhe. Er mußte noch einmal vernünftig mit ihr spre-

chen, sie war doch nicht bösen Willens, sie war ein großes Kind, dem man alles recht erklären mußte.

So lullte Kasjen sein besseres Wissen ein, damit er die Bitterkeit überwände, und der Gedanke an die Kinder half ihm dabei.

Nachdem er ernst und eindringlich ihr die Lage auseinandergesetzt und ihr klargemacht hatte, daß es auf jeden Pfennig ankomme, da lachte ihr Gesicht wie die Sonne nach einem Gewitterschauer, und sie versprach alles, was er verlangte. Er sagte ihr, daß Jakobus Winter ihnen aushelfen wollte, daß sie aber diese Summe im nächsten Jahr noch obendrein erübrigen müßten, und sie gab ihm vorbehaltlos recht, so daß er erleichtert aufstand und in der Hoffnung, sie möchte nun in besserer Einsicht das ihre tun, den schweren Gang zu Jakobus antrat.

XXI

Im kommenden Winter, der das dunkle Moor in weiße Weite wandelte, hatte Amke Grund, ihres Mannes wachsame Augen im Hause unbequem zu finden.

Allein die Unerbittlichkeit, mit der er sie an das Spinnrad zwang, genügte, um ihr die Tage zu verleiden. Es war noch ein Glück, daß er nicht dahinterkam, wieviel Wolle sie schon an Berta gegeben hatte, und sie beschloß bei sich, im nächsten Sommer dafür zu sorgen, daß noch weniger zu verspinnen bliebe.

Sprach er nicht davon, daß sie Socken und Unterzeug stricken müßte? Ihr graute. Hatte sie es doch bis jetzt verstanden, sich um jeden Strumpf herumzudrücken, den sie hätte stricken sollen. Es fiel ihr schwer auf die Seele, daß Omas nimmermüde Hände aufgehört hatten zu sorgen.

Doch Gebkemöh war da. Sie ließ sich wenig blicken, nun Kasjen zu Hause war. Sie wollte Dirk zu ihr schikken, dem schlug sie sowieso nichts ab.

Mißmutig trat ihr Fuß das Rad, und alle Augenblick riß der Faden. Als ihr Mann in den Stall ging, kam Jans hereingeschlüpft. Die Wege waren so verschneit, daß man die Kinder nicht hatte zur Schule gehen lassen. Ihr Gesicht hellte sich auf, ihr Arm legte sich zärtlich um den Jüngsten, der sich an sie schmiegte: „Een Kluntje, Moder!" Sie lachte und ging an die Kommode,

und schon versuchten sich seine kräftigen Zähne an dem glasklaren Zuckerstück, das sie ihm aus der blauen Tüte reichte.
Jans wußte immer, wo es im Hause etwas zu lecken und zu schlecken gab, und es bedurfte nur eines schmeichelnden Wortes von ihm, um es zu bekommen. Dirk freute sich auch, wenn für ihn etwas abfiel, doch er war nicht so versessen darauf.
Kasjen, der auch darin eine Quelle der Verschwendung mutmaßte, gab seiner Frau zu verstehen, daß sie die beiden nicht mit solchen Sachen verwöhnen dürfe. Sie gab ihm Berta Kapps Meinung als ihre eigene weiter, daß Kinder mal etwas Süßes haben müßten. Doch er schnitt ihr kurz das Wort ab: „Hew wi as Kinner ok nich kregen!"
Und als er eines Tages Jans dabei ertappte, wie er im Beisein seiner Mutter einfach ein Stück Zucker nahm, da griff er ihn und verabfolgte ihm seine ersten Hiebe. Jans brüllte, und Dirk sah erschrocken zu. Amke jedoch tröstete nachher den Weinenden, indem sie ihm heimlich zusteckte, was der Vater ihm nicht gegönnt hatte.
Sie atmete auf, als mit dem abziehenden Winter der Mann wieder nach draußen strebte, und die beiden Frauen, die alte und die junge, beeilten sich nachzuholen, was ihnen so lange entgangen war.
Auch Kasjen war froh, als seine Füße wieder den federnden Grund unter sich hatten, die zielstrebige Arbeit in der herben Luft gab ihm immer das Gefühl, voranzukommen.
Dieser Sommer vergönnte es ihm, soviel Bargeld hereinzubringen, daß er die Lasten bezahlen konnte. Aber die Schuld an Jakobus Winter abzutragen wollte ihm nicht glücken, und das bedrückte ihn, wenngleich er ihm versicherte, daß es damit nicht eile.

Wo Kasjen ging und stand, rechnete er. Der Buchweizen hatte sein Versprechen gehalten, die Sorge hatte er weniger. Aber eine neue brach herein: das Schwein, dessen Wohlgerundetheit zu großen Hoffnungen berechtigte, verlor plötzlich alle Freßlust und erlag einer heimtückischen Erkrankung. Das riß einen Pfeiler aus dem Bau seiner Berechnungen, daß er zusammenstürzte. Kasjen schuftete. Doch ihm war, als hingen Bleigewichte an ihm. Amke kam mit dem Stuken nicht voran. Manchmal tauchte Berta Kapp neben ihr auf, die arbeitete in ihre eigene Tasche.

Dirk, der nun bald zehnjährige, war unermüdlich; Amke bewunderte ihn. Jans trieb seine Possen zwischen den braunen Bülten zum Ärger seines Bruders und der Mutter zum Spaß.

Kasjen zergrübelte sich das Hirn. Er mußte zu Martini das Geld wissen — er mußte! Er veranschlagte, wieviele Fuder er zu Geld machen konnte. Ja, wenn davon nichts abginge! Doch sie mußten leben. Eier wollte er mit zur Stadt nehmen. Ob alle Hühner so wenig legten wie ihre? Vielleicht könnten sie von den älteren Tieren ein paar schlachten. Aaltje hatte mal gesagt, daß sie welche brauchen könnten.

Krampfhaft suchte sein Denken nach Möglichkeiten, Geld zu schaffen.

Amke aber dachte nicht daran, ihrem Mann alle Eier mitzugeben. Abgesehen davon, daß sie bei Berta damit allerlei eintauschen konnte, aß sie selber für ihr Leben gern Eier, und die Kinder sollten auch nicht zu kurz kommen. War nicht Jans ganz wild auf ein mit Zucker geschlagenes Ei? So wie Gebkemöh es ihr gegeben hatte, als sie im Wochenbett lag? War der kleine Racker nicht schon so schlau, daß er sich selber eins aus dem Nest holte und in die Tasse schlug? Kasjen durfte das beileibe nicht wissen. Berta hatte recht, was begriff so ein Mann, was Kindern not tat. Erst kamen sie und dann andre Leute. Und wenn er sein Geld nicht zusammenkriegte, dann sollten sie warten, die es haben mußten. Lüttje Pastor hatte sicher genug, bei ihm zu Hause sah es nicht aus, als ob sie arm wären. So hatte Amke ihre eigne Anschauung, nach der sie ihre Tage ausrichtete.

Je näher Martini heranrückte, desto unruhiger wurde Kasjen. Wieder fehlten ihm ein paar Taler. Er konnte doch nicht noch einmal Jakobus Winter fragen; ohne Zweifel würde der aufs neue bereit sein, aber Kasjens Stolz bäumte sich: schlimm genug, daß er die alte Schuld noch nicht bezahlen konnte — nun abermals als Bettler kommen?

Scham saß in ihm, er vermied es, ihm zu begegnen.

Daß man auch nicht einen Menschen hatte, der einem raten konnte!

Lammert? Ach, der hatte genug mit sich und seiner Familie zu tun, er hatte vier Kinder, und außerdem — er mochte ihm auch nicht gestehen, wie übel er dran war. Fieberhaft waren seine Gedanken auf der Suche.

Endlich entschloß er sich, ein paar Hühner daran zu wagen und sie in Ellermanns Gasthof anzubieten, er hatte dort noch ein Fuder Torf zu liefern.

Aaltje empfing ihn in ihrer munteren Weise. Ihr Blick streifte sein Gesicht, es schien ihr schmal und alt geworden.

Sie fragte, wie es bei ihm zu Hause aussähe, und ihr Ohr hörte, wie gepreßt seine Stimme klang.

Während er den Torf ablud, schätzte Frau Ellermann die Hühner ab und wies Aaltje an, ihrem Schwager eine Stärkung zu verabreichen.

Kasjen schoß es durch den Sinn, ob er die Wirtsfrau nicht um das Fehlende angehn solle. Aber dann erschien

ihm das so abwegig, daß er kein Wort über die Lippen brachte.
Er sagte auch nichts, als sie ihm ein paar Groschen weniger für die Tiere bot, als er sie bei sich veranschlagt hatte, er kam sich so schäbig vor, daß er darum feilschen sollte.
Als die Frau sie allein ließ und er seinen Doornkaat trank, fragte Aaltje: ob er mehr Geld für die Hühner erwartet hätte.
„Ja", nickte er, „ik harr't wall bruken kunnt."
Da wurde sie hellhörig, und sie tat ein paar behutsame Fragen. Und Kasjen, der es nicht ertragen zu können meinte, jemanden seine quälende Not wissen zu lassen, Kasjen konnte sich nicht wehren gegen die anteilnehmenden Augen vor ihm, ihn überkam miteins das Verlangen sich mitzuteilen.
Es bedurfte nicht vieler Worte, Aaltje begriff. Sie legte eine Hand auf seinen Arm: „Wacht, Kasjen", sagte sie leise, und dann ging sie die drei Stufen hinauf, die aus der Küche in die Upkamer führten, die ihre und der kleinen Magd Schlafkammer war, und es dauerte ein Weilchen, bis sie zurückkam.
„Hier, Kasjen", sagte sie, und er fühlte die harten Taler, die sie ihm in die Hand legte.
Ein froher Schrecken durchfuhr ihn, doch im nächsten Augenblick empfand er das als unmöglich: „Nee, Aaltje, nee — dat geiht nich!" stotterte er.
„Wees still, Kasjen", sagte sie mit etwas gewaltsamer Unbekümmertheit, „ik bruuk dat nich. Blifft ja in de Familje", setzte sie lächelnd hinzu.
Aber als er fort war, tat sie still und mechanisch die gewohnte Arbeit. Ihre Gedanken gingen mit dem sorgenbeladenen Mann, und ein Groll gegen die junge Schwester, der zutiefst in ihr geruht hatte, kam hoch. Durfte das soweit kommen? Mußte eine Moorstelle

nicht ihr Teil einbringen und sich tragen, wenn man mit einem wie Kasjen Hand in Hand arbeitete? Tat Amke das? Sie hatte sie in Verdacht, daß sie nicht das ihre tat.

Aaltje sah es vor sich, das weite, braune Land, wie Kasjen es ihr gezeigt in stolzer Besitzerfreude, das er in fruchtbare Scholle verwandeln wollte.

Sie schloß die Augen: mußte es nicht beglücken, dieser Öde das Menschenmögliche abzuringen? In Schweiß und Mühen? Und zu wissen, das ist unser?

Aaltjes Finger zerrieben den Schleier, der ihr den Blick trüben wollte.

Kasjen saß auf seinem leeren Wagen, der langsam heimwärts ratterte.

Er war erleichtert, er spürte so etwas wie dankbare Rührung, und seine Erbitterung gegen die eigene Frau stieg ins Ungemeßne: das sollte sie hören nachher, daß die Schwester ihr Erspartes opferte, weil sie, Amke, nicht zu sparen verstände!

Doch allmählich verebbte die Erregung, er fing an, nüchtern zu überlegen.

Natürlich ging es nicht an, daß Aaltje um ihr sauer verdientes Geld kam. Er würde es ihr zurückbezahlen — genau so gut wie Jakobus Winter.

Aber wann? Wann?

Die Frage starrte ihn an, sein Denken wand sich vor ihr und fühlte sich ihr ausgeliefert wie der Vogel dem Schlangenblick.

Er sah es kommen: im nächsten Jahr würde ihm wieder der Ertrag all seiner wahnsinnigen Arbeit wegrinnen wie aus einem lecken Faß. Hatte das noch Sinn? Schulden um sich anhäufen, bis sie ihn erdrückten?

Seine Zähne knirschten. War er nicht schon am Ende? Sein Haus, sein Land, sein Eigen — glitt es ihm nicht unter den Händen weg?

Nee!" stöhnte er auf und zerrte an der Leine, daß die dahintrottende Kuh erschreckt zusammenfuhr. Alles in ihm stand auf und wehrte sich gegen das Ungeheuerliche, das da in den Bereich des Möglichen trat.
Das nicht — nein, das nicht. Lieber wer weiß was auf sich nehmen! Aber konnte man denn noch mehr tun als er tat? Holte er nicht schon alle Kraft aus sich heraus? Was sollte er noch mehr? Konnte er wie Eilert Bestmann in die Fabrik gehen? Konnte er das? Nein, stemmte es sich in ihm, nein!
Eilert brachte aber jede Woche sein bares Geld nach Hause.
Bares Geld — bares Geld.
Wie ein Hammer schlug das Wort — bares Geld!
Da war ein Weg. Eilert ging ihn wie mancher andere. Vielleicht zwang auch sie die Not, was wußte er von ihnen? Er hatte nie danach gefragt, er hatte es nur weit von sich gewiesen, es ihnen gleichzutun. War er besser als sie?
Nein — aber sein Land, sein Moor, seine Aecker — was sollte daraus werden, wenn er andrer Arbeit nachging? Es war wie Verrat, nur daran zu denken. Kasjen schlug den Gedanken nieder.

Doch auf dem Grunde seines Innersten lag er, und der Ruf nach barem Geld ließ ihn immer wieder hochfahren. Wenn Kasjen die herbstliche Morgensonne den Boden, den er aberntete, überfluten sah, dann hatte er nur grimmigen Hohn für das Ansinnen, das er sich selber stellte. Wenn aber der graue Abendnebel über dem Moor lastete, wenn er die trübe Laterne ausblies und den müden Körper auf dem Stroh der Butze ausstreckte, dann bohrte sein Denken wie der tickende Holzwurm und scheuchte den Schlaf, der ihn sonst nie gemieden hatte, bis es drohend und richtungweisend zugleich im Dunkel vor ihm aufwuchs: die Fabrik.

Kasjen ging wie ein Traumwandelnder durch die Tage. Da lag er, der braune Grund, dem sein Spaten klaffende Wunden schlug und der seine Kraft fraß, bevor er sich seine Schätze entreißen ließ. Da waren die Felder, die er mit der Glut seines Herdes zwang, aus der Asche Frucht zu treiben. Da waren die mageren Aecker, die er mit Schweiß düngte, damit sie ihren kargen Lohn gaben.

Elf lange Jahre!

War er nicht wie die Birken dort, wie die Brambüsche, die lebten, weil ihre Wurzeln hier verankert waren?

Sein nüchterner Verstand dämmte den Aufruhr des Gefühls: um dies alles hier ging es! Mit Schuldenmachen ließ es sich nicht halten, er mußte aus eigner Kraft zu Geld kommen.

Er sprach mit Eilert Bestmann und erfuhr, daß es in der Fabrik täglich achtzehn Groschen zu verdienen gab.

Achtzehn Groschen — Tag für Tag! Jeden Sonnabend bares Geld!

Da war der Ausweg.

Aber die Arbeit hier — das Moor, die Aecker!

Nun, erst kamen die Wintermonate des Zuhausehockens — sie konnten ihm das erste Geld einbringen. Und später — es gab Abend- und Morgenstunden, es gab Sonntage — was Eilert konnte, konnte er erst recht, war er nicht jünger und kräftiger?

Geld verdienen, einige Jahre nur, bis Dirk ihm zur Seite stand! Dann würde es geschafft sein!

So kämpfte sich Kasjen den inneren Widerstand hinweg, bis sein Entschluß fest war.

Amke war von der Neuigkeit sehr angetan. Sie fand diese Art, zu Geld zu kommen, vortrefflich. Ihres

Mannes Bedenken, die dem Land galten, drückten sie nicht. Warum sollte sie nicht versprechen, ihm dabei zu helfen, das würde sich dann schon finden. Jedenfalls hatte sie die noch nicht ganz klare Vorstellung von viel mehr Freiheit, die ihr den Winter erleichtern würde.

Sie merkt gar nicht, wie schwer es mir wird, dachte Kasjen.

Mit einem Mal klang es in ihm an: Einer trage des andern Last! Er lachte kurz und spöttisch: sie wußte alle Last von sich abzuschieben, diese Frau, sie fragte nicht, wieviel er tragen könnte.

Kasjen starrte ins Herdfeuer, er preßte die Lippen zusammen; es widerstrebte ihm, ihr ein Wort von dem zu sagen, was ihn bis ins Tiefste aufrührte.

Er sprach Lammert Lammers von seinem Entschluß.

Der wiegte bedenklich den Kopf und sah ihn mitleidig an: „Mutt dat wesen, Kasjen?"

„Ja", sagte er, es wäre ja nicht für immer, aber er brauchte Geld.

Lammert mochte nicht abraten, er und seine Frau waren sich lange darüber im klaren, daß Amke der Hemmschuh war, der diesen arbeitswütigen Mann nicht vorwärtskommen ließ. Er hörte schon, wie Ockje, wenn er ihr von Kasjens Vorhaben erzählte, ihrer Empörung Luft machen würde: „Dar hett dat leie Wief Schuld an!" Er wollte weiter nichts sagen, da mußte Kasjen sich selbst durchbeißen.

Bei Jakobus Winter, dem gegenüber Kasjen sich verpflichtet fühlte, seinen Entschluß zu begründen, kam er nicht so leicht davon. Die Augen dieses Mannes, die ihn so teilnehmend betrachteten, lockten aus ihm heraus, was er sonst keinem bislang eingestand: daß er niemanden zur Seite hätte, der mit ihm gemeinsam Hand an alles legte.

„Das ist mein Kreuz", stieß er hervor.
„Da sagst du ein rechtes Wort", hakte der andre ein. „Jeder von uns hat sein Kreuz, das bist du nicht allein. Jeder hat seinen hochstrebenden Balken: seine Wünsche und Pläne. Und dann wirft das Schicksal seinen Balken quer darüber: mit Hindernissen, mit Krankheit oder Tod —"
„Ja", nickte Kasjen, „und bei mir ist es das Weib. Quer über alles, was ich wollte. Und man quält sich dagegen an und schleppt sich daran zugrunde."
Sie saßen allein, Dina war nicht da, und es war kein andres Licht mehr in dem Raum als die warme Glut des Torffeuers, die Kasjen so anheimelnd umfing wie einst daheim in Sievertjes Küche.
„So wirst du mit deinem Kreuz nicht fertig, Kasjen", sagte Jakobus, „meinst du, daß es ohne Grund kommt?"
„Nein", seufzte er, „ich weiß wohl, daß ich Schuld habe. Sieh, da war ein tüchtiges Mädchen, wo ich diente — damals. Sie war die Großmagd, und sie wollte mich auch. Sowas merkt man ja. Aber ich nahm die Kleine, die noch so unbedarft war und so lachen konnte. Die — ja, die hatte ich lieb — damals", setzte er leise hinzu. „Und das ist meine Schuld, ich hätte eine nehmen sollen, die tüchtig war; Fentje hätte ich nehmen sollen." „Das sagt dein Verstand, Kasjen. Damals hat dein Herz gesprochen", warf Jakobus ein.
„Da wußte ich ja noch nicht, wie sie wirklich ist!" Seine Stimme klang brüchig.
Jakobus nickte: „So sind wir, wenn wir jung sind. Sie stand auf deinem Weg, und du nahmst sie. Aber ich glaube, daß wir nie so sehr Seiner Art sind, als wenn wir etwas aus Liebe tun."
„So?" Kasjen lachte auf. „Und werden dann dafür bestraft?"

„Es kommt darauf an, Kasjen, ob du die rechte Liebe hattest."

„Damals glaubte ich es, aber nun ist davon nichts mehr in mir", brach es aus ihm heraus.

„Das ist schlimm, Kasjen", klang die Antwort. „Dann ist es nicht die rechte Liebe gewesen."

„Wie kannst du das so sagen?" begehrte Kasjen auf.

„Liebe hört nicht auf, die trägt und duldet", sagte er.

„Du mit deinen Sprüchen!" sagte Kasjen gereizt. „Du hättest man Pastor werden sollen. Sowas paßt für die Kirche, aber das Leben ist anders!"

„Darum bin ich's grade nicht geworden. Ein Feiertagskuchen ist mal ganz schön, doch satt wird man bloß vom täglichen Brot", entgegnete er.

„Ach", sagte Kasjen wegwerfend, „Liebe ist auch so ein Feiertagskuchen, darum hat man sie bald über."

„Kasjen, was redest du daher! Was man liebt, das ist wie ein Stück von einem selber, mit Gutem und Schlechtem, so wie es da ist, liebt man es. Aber —" seine Stimme wurde eindringlich, „manchmal meinen wir mit unserm Lieben nur uns selbst! Da müssen wir ehrlich sein, Kasjen!"

Es war eine kleine Weile still zwischen ihnen. Kasjens Gedanken wanderten zurück nach einem Gallimarktstag. Wie war es gewesen — damals? Ein Tag, randvoll von Festlichkeit: Musik, Singen und Trinken, Lachen und Tanz und wieder Trinken, und unter den ausgelassenen Mädchen mit den verlangenden Blicken das Kind, das in natürlicher Zutraulichkeit ihm zuflog. Wie lange hatte er nicht mehr daran gedacht.

„Gallimarkt —" murmelte er, „kam es soweit. Aber ich wollte sie — auch nachher. Ich meinte, das Kind würde eine gute Frau."

Jakobus nickte: „Du wolltest sie — ja."

Kasjen sann weiter: „Eine, die wie ich wollte: ein Eigen haben, daß wir nicht ewig die Füße unter fremden Tisch setzten müßten."
„Das wolltest du —". Die Stimme wurde noch dringlicher: „Hast du auch wohl gefragt, was Er wollte?"
Kasjen schrak auf: „Er —?"
„Haben wolltest du, haben. Er aber sagt: Opfern. So liegt dein Wollen quer über Seinem. Da hast du dein Kreuz, Kasjen", sagte Jakobus.
Kasjen sah in das Gesicht, das rot von der Torfglut leuchtete.
„Opfern — sagt Er?"
Der graue Scheitel beugte sich tiefer: „Ja. Wenn wir uns selbst meinen, haben wir keine Liebe. Liebe aber bedeutet Opfer. Ach, Kasjen, wenn wir nur immer täten, was wir als Seine Kinder tun müßten, dann hätten wir kein Kreuz zu schleppen."
„Wie sollen wir das denn wissen?" fragte er. „Er hat noch nie mit mir gesprochen!"
„Nein, Kasjen?" Jakobus hob den Kopf. „Dann bist du taub durchs Leben gegangen."
„Das verstehe ich nicht", sagte er erregt. „Ich glaube ja, daß Gott da ist. Die Sterne und all das Wunderbare draußen — das habe ich ja von dir gelernt. Aber darum weiß ich noch lange nicht, was er von mir will!"
Jakobus sah ihn still an: „Das weiß ich auch nicht, Kasjen. Du mußt ihn selber fragen."

XXII

Kasjen hatte den Anfang seines neuen Daseins überstanden. Ihm hatte davor gegraut. Nicht davor, daß er um halb fünf in der Frühe sich auf den Weg machen mußte, um pünktlich um sechs Uhr zur Stelle zu sein oder davor, daß er abends um sechs wieder anderthalb Stunden für das Nachhausegehn brauchte. Das war ungewohnt, doch das Wandern über die morgenstillen oder abenddunklen Feldwege war ihm nicht zuwider.

Aber vor dem düstern Steinkasten hatte ihm gegraut, der trübäugig aus zahllosen hohen Fenstern mit verschmutzten Scheiben ihn ansah, dessen Tor Menschen in Mengen schluckte.

Auch ihn.

Sein Herzschlag dröhnte ihm in den Ohren, als das sinnverwirrende Vielerlei ihn umfing, und er begriff zunächst nichts von dem, was man von ihm wollte.

Es war gut, daß Eilert Bestmann, dessen Schicht zu Ende war und den er ablösen sollte, ihm zeigte, um was es ging.

Heiß und feucht war es in dem hohen, notdürftig erhellten Raum, und in riesigen Kesseln brodelte es. Kasjen wußte, daß sich hier Stroh in Papier und Pappe verwandelte. Doch er war so benommen von dem Lärm, in dem sich die Maschinen drüben austobten, von der dumpfigen Schwüle, der man nicht entrinnen

konnte, daß er wie ein schwer Träumender dastand und keinen klaren Gedanken fassen konnte.
Erst allmählich war ihm der Ablauf des Geschehens hier aufgegangen und erfaßte er, wie die vielen Einzelnen zum Heer der Arbeit wurden.
Er gehörte nicht zu denen, die die großen Strohballen aus den Harener Pünten, auf denen sie ihre Wasserreise hierher machten, auszuladen hatten; er brauchte nicht das Stroh den Schneidemaschinen zuzuführen, in denen es zerkleinert wurde, mußte nicht diese gelben Schnitzel — war es nicht Häcksel, wie er es früher verfüttert hatte? — in die dickbauchigen Kessel füllen. Er hatte die Glut darunter in Gang zu halten, damit sie zu Brei zerkochen konnten.
Andre Hände waren dann bereit, die fertig gekochte Masse den Pressen zuzuleiten und den Werdegang des neuen Gebildes zu vollenden.
Schwierig war sie nicht, die Arbeit, die seine zwölf Stunden ausfüllte. Aber leicht war es auch nicht, immer wieder die Karre an dem Riesenkohlenhaufen zu beladen und abzuschieben, denn unersättlich waren die eisernen Bäuche, die er zu speisen hatte.
Seinen Muskeln konnte er schon etwas zumuten, die waren noch nie geschont worden. Doch die stickige, von unbestimmten Gerüchen geschwängerte Luft, die Hitze, die den Schlünden entquoll, marterte ihn, der die Luft der freien Weite gewohnt war.
Als er zum erstenmal mit dem Strom der Vielen, die er noch nicht kannte, das Fabriktor hinter sich ließ, schwang in seinem Kopf noch das Zischen und Stampfen und Rattern, die Vielfalt der Geräusche von Kesseln und Maschinen. Er sah nicht rechts noch links, er ging durch die Straße, die ihn aus der Stadt herausbrachte. Sie zerstreuten sich in alle Richtungen, die

mit ihm waren, ein Trupp verließ ihn erst im nächsten Dorf; als er das Feld erreichte, war er allein.
Da blieb er stehen und holte tief Atem. „Dat was de erste Dag!" sagte er laut zu sich selber.
Und plötzlich mußte er daran denken, wie er damals im Rheiderland an der Ziegelei vorbeigegangen war, fast mit Verachtung im Herzen, als einer, der das bessere Teil erwählte: mit Land und Tieren umzugehen. Gewaltsam wehrte er sich gegen ein verzweifeltes Gefühl, das ihn unterkriegen wollte, daß es soweit mit ihm gekommen war.
Was denn? Hatte er nicht noch sein Eigenes? War dies nicht nur ein Übergang? Achtzehn Groschen brachte der Tag ihm ein und jeder folgende. Das mußte ihm voranhelfen!
So steifte Kasjen sich den Rücken gegen sich selber.

Der Novemberabend hatte Mond und Sterne, ein früher Frost härtete den Grund. Kasjens Blick verlor sich in dem breiten, glitzernden Band über ihm, während er Fuß vor Fuß setzte.
Der da oben! Dieser unvorstellbar Gewaltige. Und wenn man auch wie alles andre aus seiner Macht heraus lebte, wie konnte er sich um einen kümmern, winziges Wesen, das man war?
Es wäre gut, Jakobus Winter neben sich zu haben, aus seinem Mund klang alles so einfach. „Du mußt ihn fragen!" hatte er gesagt. Ach, der vergaß, daß man nichts gelernt hatte als sein bißchen Land bestellen. „Opfern muß man", hatte er gesagt. Das Wort hatte einen unheimlichen Klang. In einer alten Geschichte kam es vor, da hatte ein Vater Abraham seinen Sohn opfern sollen und hatte ihn dann behalten dürfen. Hatte er nicht Engel hergeben müssen, sein kleines Mädchen? Keiner hatte gesagt: behalte es! Er hatte ge-

opfert, das wollte er Jakobus noch einmal sagen, es war ihm neulich nicht gleich eingefallen — er hatte verloren und nichts gewonnen! Doch was man dem Alten auch entgegenhielt, er hatte immer wieder Neues dagegen zu setzen. Jakobus Winter wußte viel, es tat gut, mit ihm zu sprechen.

Amke war dieser erste Tag, an dem sie ihren Mann fern von sich wußte, nicht lang geworden. Sie war sogar um vier Uhr mit ihm aufgestanden, hatte das unter der Asche glimmende Feuer entfacht und ihm einen Napf voll Brei gewärmt.
Als aber seine Schritte im Nachtdunkel verklangen, kroch sie in die Wärme des Bettes zurück und schlief, bis ihres Ältesten Stimme sie wachrief: „Moder, word Tied!" Da ging sie schlaftrunken daran, die Kinder für den Schulweg fertig zu machen.
Dirk, der von Kasjen auf sein Fragen wenn auch nur dürftige Auskunft über dessen neue Tätigkeit bekommen hatte, sah darin ein nicht alltägliches Ereignis. Sein Kindergemüt hatte des Vaters bedrückten Ernst gespürt, und wenn er auch nicht begriff, um was es ging, so hatte die Mahnung: „Verslaapt jo nich!" gestern abend genügt, sein Verantwortungsbewußtsein aufzurufen.
Zur gewohnten Stunde war er hellwach, und als sich nichts in der Küche rührte, trieb der Gedanke: Vader is der nich! ihn zu selbstverständlichem Handeln. Von Stund an mühte er sich um das, was er bisher den Vater hatte tun sehen. Er brachte das Herdfeuer in Gang, er fütterte die Tiere, soweit er das konnte. Er fühlte sich mit seinen zehn Jahren als den Stellvertreter des Vaters, auch dem jüngeren Bruder gegenüber, der es mit seinen Pflichten nicht so genau nahm.

Jans hatte bald heraus, daß da keiner mehr war, der ihm seinen Freiheitsdrang ernstlich beschnitt. Denn eine Woche lang sah er den Vater überhaupt nicht. Am Sonntag war er zwar da, doch wegen des wöchentlichen Schichtwechsels machte er sich gleich nach vier Uhr nachmittags wieder auf den Weg, und die Jungens durften ihn eine Strecke begleiten.
Jans fragte viel, wie es in der Fabrik aussehe und was sie darin täten, und Dirk hörte gründlich zu. Erstaunlich und schrecklich zugleich erschien es beiden, daß der Vater eine Woche lang jede Nacht arbeiten müßte, von sechs Uhr abends bis sechs Uhr früh, und daß er sich erst schlafen legte, wenn sie zur Schule gingen. Dirk wurde beklommen zumute, wenn er von dem großen Haus hörte, das sie Fabrik nannten. Jans machte sich abenteuerliche Vorstellungen von den Dingen, deren Namen sie zum erstenmal hörten.

Kasjen hatte am Sonnabend mit Genugtuung seine erste Lohntüte in der Hand gefühlt.
„Kumm mit, Kasjen!" sagten seine Kameraden, „dar kann en Lüttje up stahn!" Und einer nach dem andern von ihnen verschwand in einer der Kneipen, die an ihrem Nachhauseweg lagen.
Kasjen, nicht minder ausgedörrt von der Hitze als die andern, nicht weniger von Ruß und Staub und Schweiß geplagt, hätte ein Glas Bier oder einen scharfen Genever als Wohltat empfunden. Aber er widerstand der Lockung. Keinen Groschen durfte er für sich vertun, ehe er nicht seine Schuld bei Jakobus Winter abgetragen und Aaltje ihr Geld auf Heller und Pfennig bezahlt hatte!
Die andern lachten und stichelten, als er sie allein ließ. Sie hatten die ganze Woche geschuftet, kam ihnen da nicht eine kleine Aufmunterung zu, bevor sie an den

häuslichen Herd, von dem die graue Sorge so oder so niemals wich, zurückkehrten? Tag für Tag zwölf Stunden lang dieselbe Fron — sie kannten ja noch keinen freien Nachmittag, noch keine Urlaubswoche — für eine Entlöhnung, die zum Leben nicht reichen wollte — berechtigte sie das nicht, einmal diese Handvoll Geld in Freude umzusetzen? Die Freude, die keiner für sie bereit hielt außer den verständnisvollen Wirtsleuten, die sie mit offenen Türen und vollen Gläsern empfingen und nichts dagegen hatten, wenn ihnen all die Groschen und Taler ebenso schnell zuflossen, wie sie schwer verdient waren?

Daß allzuviele von dieser Freude soviel einhandelten, daß sie unterwegs in der Gosse liegenblieben und ihren Rausch ausschliefen, nahmen die vorüberkommenden Bürger mit Empörung und Verachtung wahr. Die Frauen aber, die mit den Kindern zu Hause verzweifelt warteten, empfingen diese Heimkehrer je nach Temperament mit Zornausbrüchen oder mit rotgeweinten Augen, und nicht selten war das kärgliche Brot der kommenden Woche vertrunken und vertan. Sie alle waren zu stumpf und zu müde und zu schicksalergeben, um über ihr Recht auf Menschenwürde nachzudenken und um eine andre Freude zu wissen, als ihr triebhaftes Verlangen zu stillen.

Kasjen aber ließ ihre spottenden Reden an sich abgleiten. Er schloß seine Hand fest um den hart erkauften Lohn und nahm sich vor, daß kein Sonntagmorgen vergehen sollte, an dem er nicht Jakobus einen Teil dessen, was er ihm schuldete, zurückbrachte.

Amke setzte er noch einmal auseinander, daß nur das Allernötigste ausgegeben werden dürfte.

Jakobus Winter klopfte ihm auf die Schulter, als er die kleine Summe zurückerhielt: „Es ist recht so, Kasjen. Nicht meinet-, sondern deinetwegen."

Und Kasjen ging befriedigt in den sinkenden Sonntagabend hinein, um zu arbeiten, wenn andre schliefen.

Amke verlebte ungetrübte Tage. Es war noch dunkel, wenn die Moorkinder ihren Schulweg antraten. Sie bedauerte die armen Kleinen von Herzen, doch sie beugte sich der höheren Gewalt.
Es war aber kein Mensch da, der von ihr verlangt hätte, sie müßte nun zu arbeiten anfangen. Warum sollte sie es da tun, wo es im warmen Bett noch so behaglich war? Wenn sie auch nicht mehr schlief, so ließ sie ihre Gedanken durch den vor ihr liegenden Tag wandern, und sie fanden nichts als eitel Freiheit.
Wenn es hell wurde, dauerte es meist nicht lange, bis Gebkemöh den Kopf durch die Tür steckte. Wo ließ sich so ungestört ein Elführtje trinken wie bei Amke? Derselben Meinung war Berta Kapp, und bald verging kein Tag, an dem nicht die beiden ihr zu irgend einer Zeit Gesellschaft leisteten. Niemand bedauerte es mehr als sie, wenn Kasjen Nachtschicht hatte, und Amke zählte die Tage, bis die Woche wieder vorbei war. Denn länger als bis zum Mittag schlief er nie, und dann fand er stets Arbeit für sich und sie.

Bis in den Februar hinein fror es.
Dann wehte ein weicher Westwind, der trieb Kasjen die Unruhe ins Blut. Sobald das Wetter es irgend zuließ, würde er mit dem Torfgraben anfangen. Er wußte, daß er ganz auf sich allein gestellt sein würde. Lammert hatte schon im letzten Jahr mit Frau und Kindern für sich gearbeitet, Kasjen ahnte zwar nicht, daß Ockje sich geweigert hatte, noch länger „för dat leie Frauminske", wie sie Amke bezeichnete, die Hauptlast sich aufzubürden. So würde er nur langsam vorankommen, darum hieß es früh anfangen. Und gegen Amkes Stöhnen würde er ohne Mitleid sein.

Am ersten trocknen Märzsonntag, der ihm bis zum Nachmittag freie Zeit gab, begann er. Sobald das Morgengrauen über dem Moor dämmerte, stand er in der Pütte und stach die ersten Soden aus der feuchten Wand.
Die Kinder schliefen noch, doch Amke war, wenn auch seufzend, seiner kurz angebundenen Aufforderung gefolgt und bepackte die Karre, um die schweren, nassen Stücke dann zum Trocknen auszulegen. Es war keine Ockje da, die sie vorlaufen lassen konnte, aber Kasjen hatte ja auch keinen Helfer beim Graben, so ging alles langsamer vor sich.
Als der Morgendunst vor der Helligkeit des Märztages wich, kamen die Jungen angelaufen. Dirk berichtete wichtig, daß der Wasserkessel schon singe, das brachte ihm vom Vater ein erfreutes „Büst en Baas, mien Jung!" ein. Die Mutter streichelte ihm die Wange und erklärte, dann würde sie gehn und Tee machen.
„Ja", Kasjen war einverstanden, „breng uns man en Pott vull her!" Der belebende Trunk würde die Müdigkeit, die ihm in Augen und Gliedern hockte, verscheuchen.
Sie lief, der Abwechslung froh, dem Hause zu, Dirk und Jans nahmen voll Eifer ihre Arbeit auf.
Kasjen verschnaufte einen Augenblick und sah hinter seiner Frau her. Es war ihm nie so aufgefallen, wie breit und rundlich ihre kleine Gestalt geworden war. Der weite Fiefschaftenrock, den sie hinten durch das Steertband der wollenen Schürze gezogen hatte, stand bauschig um ihre Hüften und wippte bei jedem Schritt, den sie mit ihrem langsam wiegenden Gang tat.
„Hoh", sagte Dirk und wehrte Jans ab, der noch mehr auf die Karre packen wollte, dann würde das zu schwer. Damit faßte er das kleine Gefährt und krojete es zielsicher davon. Er dürfte zurückfahren, bewilligte

er dem Kleinen gönnerhaft, und der gehorchte begeistert, während sein Bruder die Soden sachverständig auslegte.
„Wat ji moj helpen könen", erkannte Kasjen an und dachte bei sich: noch ein paar Jahre, dann reicht ihre Kraft, so lange muß ich durchhalten.
Stolz auf das Lob machte Jans noch einige Fuhren mit, doch dann wurde es ihm zu langweilig, er fing an, den Älteren zu necken und was er auflud, wieder abzuwerfen. Erbost setzte Dirk ihn zurecht, und als das nichts nützte, verabfolgte er ihm einen kräftigen Klaps, worauf Jans heulend nach der Mutter schrie.
„Wat is los?" fragte Kasjen.
„He krabbt alle tegen, de olle Dwarsbüngel", rief Dirk entrüstet.
Er wäre noch zu klein, tröstete der Vater. „Kannst du denn noch, mien Fent?"
„Ha!" prahlte Dirk, er wollte nicht zugeben, daß ihm die Arme weh taten.
Kasjen wies ihn an, immer nur einige Stücke zu nehmen und sie dann bloß umzukippen, die Mutter würde sie nachher legen. Dem Jüngsten riet er nachzusehn, wo die Mutter bliebe, und der zog noch weinend davon.
„Laat hum lopen", meinte Dirk, „wi könen beter alleen!"
Kasjen sah, wie sein Ältester tapfer weitermachte mit heißen Backen. „Mien Jung", stellte er bei sich fest, der andre artete nach der Mutter, wie es schien.
Amke hielt erst Rast und stärkte sich.
Als Jans kam und ihr laut sein Leid klagte, zog sie ihn auf den Schoß: „Wees man still, Leeve!" und suchte ihm das dickste Kluntje aus.
Endlich machte sie sich mit dem vollen Teetopf auf den Weg, ihn jedoch lockte es, einen Erkundungsgang in die Nachbarschaft zu machen.

In dieser Woche wurde der Schlaf für Kasjen zum Luxus, von dem er sich nur soviel leisten durfte, daß er nicht umfiel.
Wenn er früh um sechs die Fabrik verließ, beschleunigte er den sonst so bedächtigen Gang beträchtlich und trieb sich selber immer wieder an, wenn er in den alten Trott verfallen wollte. So kam er schon bald nach sieben Uhr daheim an zum Erstaunen der Kinder, die gerade zur Schule gehen wollten.
„Du kannst mi mit helpen", sagte er zu Dirk, und der legte bereitwillig die Schulsachen beiseite, obgleich er eigentlich gern hinhing.
Da wollte auch Jans zu Hause bleiben, und Amke hatte schon seinem Betteln nachgegeben. Doch der Vater beförderte ihn unsanft hinaus, da zog er erschrocken ab.
Amke wunderte sich, daß Kasjen am frühen Morgen Tee verlangte, mit dem er sonst so knauserte. Er mußte aber der Müdigkeit Herr werden, die ihn plötzlich überfiel.
Nicht erst schlafen, dachte er, indem er sich einen Guß Wasser ins Gesicht warf, dann bleibt keine Zeit mehr! Und Amke war nicht wenig entsetzt, als er verlangte, daß sie gleich mitkäme. Ihre Ausflüchte halfen nichts, mißmutig sah sie sich wieder eingespannt, während Dirk munter ans Werk ging.
Kasjen schaffte, daß ihm der Schweiß auf den Spaten tropfte. Dirk hatte zu tun, daß er den Püttenrand freihielt, denn der Mutter Fahrten mit der Karre dauerten von Mal zu Mal länger, es war nicht ihre Art, gegen ihr Unbequemes anzugehen.
Dabei sprach sie unermüdlich, doch drang ihr Gerede nicht bis an Kasjens inneres Ohr, er hatte sich längst abgewöhnt, darauf einzugehen. Darum hielt sie sich an den Jungen.

Mit der Zeit fing auch Dirk an, Pausen zu machen, einer so anhaltenden Krafthergabe war sein junger Körper nicht gewachsen. Kasjen, der stur und besessen vom Muß arbeitete, sah es, und sein väterliches Gewissen regte sich.

„Verpuust di man eben, mien Vaderke", sagte er, indem er sich mit dem Ärmel über die nasse Stirn fuhr.

Ob er heute nicht nach der Fabrik hin müßte, wollte der Junge wissen.

„Ja, mien Fent", seufzte er, „um veer Uhr."

Amke, die grade mit der leeren Karre landete, hörte es: „Wullt du denn nich slapen?" fragte sie.

„Ja, na Middag", sagte er. Eigentlich hatte er durcharbeiten wollen, aber er fühlte, wie seine Kraft nachließ und wußte, daß er sich nicht ganz verausgaben durfte.

Er knotete Amke ein, daß sie ihn eben vor vier wecken müßte. Und sein Kopf berührte kaum das Kissen, da umfing ihn schon der Schlaf.

Sie hörte sein Schnarchen mit Erleichterung. Die Anstrengung, die sie sich hatte zumuten müssen, lastete in ihren Gliedern. Meinte Kasjen etwa, daß sie kein Ausruhen nötig hatte?

„Um veer Uhr mutt Vader up!" sagte sie zu ihrem Sohn. Und während der Zehnjährige, nicht minder müde, sich in den Stall verzog und die Tiere versorgte, ließ sie sich in den Hörnstuhl gleiten, um gleich darauf sanft zu entschlummern.

Dirk rief sie in den Tag zurück: der Vater müßte aufstehn! Sie sammelte mühsam ihre Sinne.

Sie mußte aber den Mann rütteln, bis er aus schwerem Schlaf zu sich selber fand.

Mit benommenem Kopf ging er zur Nachtschicht.

Amke sehnte den Schichtwechsel am Montagmorgen herbei. Kasjen tat es auch im stillen, obwohl die Tatsache, daß er dann sechs Tage lang kaum vorankommen würde, ihn bedrückte.

Doch die Müdigkeit nahm so von ihm Besitz, daß er sich knapp noch hoch hielt. Wie im Traum lud er seine Kohlen, mechanisch schlurte er hinter der Karre her, mühsam schaufelte er die schwarze Masse in die gefräßige Glut.

Am Sonntagmorgen brachte er nicht die Kraft auf, rüstig auszuschreiten, er trabte gebückt wie einer, an dessen Armen Lasten zerren.

Schlafen, dachte er verlangend, den ganzen Tag schlafen! Doch unterwegs sah er umgebrochene Äcker, die längst keimende Saat bargen.

Da riß er sich zusammen: heute sollte der Pflug durchs Land, er mußte ja im Herbst ernten können!

Und als er dann wirklich hinter der vorgespannten Kuh über seinen Acker ging und das Eisen Furche um Furche warf, da sog er den Endgeruch tief in sich hinein, und er fühlte nicht mehr die bleierne Schwere, die ihn bezwingen wollte.

Fern setzte eine Kirchenglocke ein, ihr Klingen traf sein Ohr mit den Lerchenliedern. Ihm war feierlich zumute.

Wie von ungefähr kam ihm das Wort aus Kindertagen: Du sollst den Feiertag heiligen.

Und ihm war, daß man das hier und auf solche Weise besser tun könnte nach der Fron der Woche als irgendwo anders in der Welt.

XXIII

Mehr als den Eigenbedarf an Torf hatte Kasjen nicht herausgraben können.

Er tröstete sich, hätte er denn Zeit gehabt, seine Kunden zu beliefern? Zwar würde er diese Abnehmer verlieren, nun er sie im Stich ließ. Doch mit der Sorge wollte er sich jetzt nicht belasten. Nur Ellermanns durften nicht im Ungewissen bleiben; was würde Aaltje von ihm denken, wenn er einfach ausblieb? Sie wußte ja noch nicht, in welches Joch er sich hatte einspannen lassen.

Amke mußte sich zu dem Weg in die Stadt bequemen, beschloß er bei sich, sie sollte der Schwester erklären, wie es in diesem Jahr bei ihnen aussah.

Vielleicht hatte Jakobus Winter die paar Fuder über, fiel ihm ein. Er mußte sowieso mit ihm sprechen, denn die kleine Restsumme seiner Schuld würde er ihm stunden müssen, bis er die Zinsen zusammen hatte. Sie waren das Wichtigste, damit er wieder für ein Jahr atmen konnte.

Ein neues Heidestück hatte er zwischendurch abgebrannt und besät; es blieb abzuwarten, ob es ein Buchweizenjahr würde.

Die Kartoffeln hatte Amke mit den Kindern gepflanzt, Dirk war sehr stolz auf diesen Acker. Aber das Korn war viel zu spät hineingekommen. Wenn er auch mit fliegenden Händen schuftete, alles verlangte seine Zeit. Und Amke hätte die Rüben eher versetzen müssen, viele Pflanzen waren ausgegangen, und ein Teil wuchs sich zu einem verwilderten Feld aus. Ihm kam die Galle hoch, wenn er ihre Nachlässigkeiten gewahr wurde.

Amke war von ihres Mannes Auftrag, die Schwester zu besuchen, ebenso überrascht wie erfreut. Seit Mutter Menas Tod hatten sie sich nicht mehr gesehen, und den Weg in die Stadt hatte sie überhaupt noch nicht gemacht, dazu war nie Anlaß gewesen.

Mit einem Mal standen die Straßen, die Häuser, die Läden in ihrer Erinnerung auf, und sie sprach den ganzen Tag davon.

Dirk hörte freudig erregt zu, die eindruckreichste Fahrt seines Lebens wurde neu überglänzt, und Jans Einbildungskraft bemalte das nie Geschaute mit schimmernden Farben. Er war der erste, der stürmisch verlangte, mitgenommen zu werden, und als die Mutter das als selbstverständlich zusagte, stimmte Dirk in den Jubel ein.

Kasjen meinte, es ließe sich in einem Nachmittag erledigen, doch da hatte er die Rechnung ohne seine Frau gemacht. Sie wollten Zeit haben, um alles gründlich anzusehen, so lange würden sie den fremden Leuten nicht zur Last fallen, wie er fürchtete. Und abends um sechs wollten sie den Vater bei der Fabrik abholen, so forderte es Dirk, und Kasjen schmunzelte über den Einfall.

Der Julimorgen, an dem sie loszogen, versprach einen heißen Tag. Es war das erste Mal, daß Amke mit den Kindern einen Ausflug machte, und sie waren alle drei gleich erwartungsfroh und erlebnisbereit. Die Mutter und ihr Jüngster redeten um die Wette, Dirk warf nur ab und zu eine sachliche Frage dazwischen. Er sah über die Felder, die den Weg säumten, und staunte, wenn

sie nicht selten an mannshohem Korn vorbeikamen, das Ähren trug, wie er sie nicht kannte.
Sie fieberten alle drei der Stadt entgegen und waren froh, als sie das harte Pflaster unter den Sohlen fühlten. Und ihre kühnsten Erwartungen blieben weit hinter der Wirklichkeit zurück, die ihre buntesten Bilder entfaltete.
Jans zerrte sie von Schaufenster zu Schaufenster, seine Augen wurden immer hungriger angesichts der Spielsachen und der ungeahnten Herrlichkeiten in den Bäckerläden.
Ging es Amke etwa besser? Lief ihr nicht das Wasser im Munde zusammen?
Fast ehrfurchtsvoll musterte sie die Leute, die mit Körben und Tüten in den Läden aus- und eingingen. Glückliche Menschen, die hier in der Stadt!
„Moder, koop uns doch wat!" bettelte Jans unaufhörlich.
Amkes Finger strichen unschlüssig über die Silbermark, die sie wohlweislich eingesteckt hatte. Kasjen hätte es ja nicht gelitten, aber konnte man ohne Geld in die Stadt gehen?
In einem besonders verführerischen Laden erstanden sie Süßigkeiten, und Amkes Blick merkte sich die Backwaren, die sie auf dem Rückwege mitnehmen wollten.
So wurde es Mittag, bis sie bei Aaltje ankamen.
Die schlug die Hände über dem Kopf zusammen, als sie den unerwarteten Besuch sah. In ehrlicher Freude umarmte sie die Kinder, doch vorerst verfrachtete sie die drei hinter dem Küchentisch, denn sie hatte Mittagsgäste zu versorgen.
„He!" sagte Amke und ließ sich auf den weißgescheuerten Binsenstuhl fallen, „goot, dat ik to sitten koom!"
Sie merkten erst jetzt, wie müde sie waren.

„Rüst jo wat!" sagte Aaltje, während sie fettglänzende große Bohnen in Schüsseln verteilte und mit einer Riesengabel ein nicht minder riesiges Stück Speck aus dem Topf spießte und auf einem Teller zerschnitt, gleich sollten sie auch versorgt werden.
Die drei berauschten sich an den lieblich kräftigen Gerüchen und warteten in begehrlicher Vorfreude.
Zwischendurch mußten sie Frau Ellermann begrüßen, die Aaltje noch nachdrücklich anwies, ihre Gäste gut zu bewirten. Und dann war es soweit, daß der köstliche Duft von den Tellern vor ihnen aufstieg, und sie aßen mit Hingabe.
Aaltje sah es mit Behagen. Sie sah aber auch das ungepflegte, unordentliche Äußere der Kinder, und sie konnte nicht umhin, die Schwester zu fragen, warum sie sie heute nicht sonntäglich angezogen hätte.
Andre Kleider hätten sie nicht, sagte Amke, Zeug kostete Geld, und Geld hätten sie auch nicht.
Dabei fiel ihr ein, zu welchem Zweck Kasjen sie auf die Reise geschickt hatte, und nun fing sie an zu erzählen, lang und breit, wie sie es liebte, warum kein Torf geliefert und das geliehene Geld noch nicht zurückgegeben werden könnte.
Aaltje erstarrte; so unglaublich erschien ihr, was sie da hörte. Sie erfaßte alles: Kasjens verzweifeltes Beginnen, um zu halten, was er hatte und das Versagen dieser Frau, die den Mann im Lebenskampf allein ließ. Sie sah plötzlich das Kind Amke, das vor jeder Arbeit davonlief, und sie wußte mit einem Male, daß sich nichts geändert hatte.
Und der Groll, der schon damals, als sie Kasjen das Geld gab, in ihr aufquoll, erfüllte sie bis obenhin.
„Du!" Sie schleuderte das Wort in den Redefluß der andern, daß die erschrocken innehielt. „Du hest Schuld, nümms anners as du!"

Amke fragte verwundert, woran sie Schuld hätte.
„Dar fragst noch na?" rief Aaltje zornig.
Da fiel ihr Blick in Dirks ängstlich aufgerissene Augen, und sie bezwang sich.
Ob sie meine, daß sie ihr Geld nicht zurückbekäme, warf Amke ein.
„Och, dat is nich um mien Geld!" sagte sie, „man dat dien Mann as Fabrikjer arbeiden mutt!"
Die frohe Stimmung war zerrissen, das spürten auch die Kinder.
Und Jans fing an: „Wi willen weg, Moder!"
Aaltje fühlte sich bemüßigt, sich um die Jungen zu kümmern, und als die kleine Magd in die Küche kam, gab sie ihr die beiden mit, denn es galt, Pollo, dem Hund, das Mittagsmahl zu verabreichen.
Amke schickte sich an, hinterher zu gehen, doch die Schwester hielt sie zurück. Und als sich die Tür hinter den willig folgenden Kindern geschlossen hatte, da sagte Aaltje der Jüngeren so schonungslos die Wahrheit, wie es noch keiner getan hatte. Und wenn sie sich nicht von Stund an änderte, schloß sie, käme es noch so weit, daß sie von Haus und Hof weg müßten.
„Un wat dann?" fragte da Amke, die bedrückt den Ausbruch hatte über sich ergehen lassen.
„Wat dann?" Aaltje holte tief Atem: dann müßten sie irgendwo in der Stadt unterkriechen, und Kasjen könnte sein Leben lang in der Fabrik arbeiten!
Mit einem Schlage hellte sich Amkes Gesicht auf: das wäre ihr ganz recht, dann hätten sie mit dem elenden Moor nichts mehr zu tun!
Diese Antwort empfand die Ältere als so ungeheuerlich, daß sie nichts zu entgegnen wußte. Doch wären nicht in diesem Augenblick die Kinder zurückgekommen, ihre zuckende Hand hätte zugeschlagen.

Amke strebte aus der gewittrigen Luft fort, und Jans und Dirk waren auch froh, als das aufregende Leben der Straße sie wieder umbrandete. Die Mutter handelte ganz in ihrem Sinn, die weiße Brötchen und Zuckerzwiebäcke kaufte und gerade warm aus dem Ofen gekommene dreieckige Kuchen, die man „Pluumtortjes" nannte. Sie bedauerten alle, daß damit die Mark ausgegeben war.
Sie probierten alles ausgiebig, obwohl sie sich bei Tante Aaltje dick satt gegessen hatten, und waren so den ungewohnten Genüssen hingegeben, daß sie immer aufs neue in den Beutel griffen, der die Schätze barg.
„Wi mutten Vader ok wat sparen!" fiel Dirk plötzlich ein.
„Och wat", meinte die Mutter, „de mag sowat nich!"
Ihr war nicht ganz wohl bei dem Gedanken, daß Kasjen hinter ihre Ausgaben käme.
Sie waren bei dem Bahnübergang angelangt, wo der Weg nach des Vaters Fabrik abzweigte, die die Jungen unbedingt sehen wollten. Amke war aber müde, die sommerliche Wärme lag schwer zwischen den Mauern der Stadt, die sie nun verließen, und sie setzten sich an den Rand des breiten Grabens, der den baumbeschatteten Weg vom Bahndamm trennte.
Pustend und schnaubend lief ein Zug vorbei, ein neues, aufregendes Erlebnis, das sich ein paarmal wiederholte. Es war erst fünf Uhr, aber die Stunde wurde ihnen nicht lang. Schließlich drängten die Kinder: „Wi willen Vaders Fabrik sehn!"
„Och —" die Mutter mochte nicht aufstehn, „loopt dar man en Endje runner —" sagte sie.
Nach kurzer Zeit sahen sie einen riesigen Schornstein aufragen und daneben ein mächtiges Haus, und in dem Augenblick strömte es daher: Scharen von Männern mit geschwärzten Gesichtern, und diese dunkle Masse

erschien ihnen so unheimlich, daß sie erst langsam, dann immer schneller den Rückzug antraten, bis sie atemlos bei der Mutter anlangten: „Dar komen sovööl swarte Unkels an!"
„Wat — wor?" Jetzt konnte Amke hochkommen. Doch an dem blechernen Henkelmann, den jeder bei sich trug, merkte sie, daß diese alle ihrem Manne gleich Fabrikarbeiter waren.
Und da sah Dirk den Vater, der etwas abseits ging, und schnell faßte er seine Hand.
Jans, der sich zwischen die Eltern gehängt hatte, erzählte unermüdlich, doch Kasjen war zu abgespannt, um viel darauf zu achten. Er wollte nur wissen, wie Aaltje die Eröffnungen aufgenommen hätte.
„Och", meinte Amke, um das Geld wäre sie nicht verlegen.
„So —" Kasjen räusperte sich, „un de Törf?"
Ja, da könnte dann ja keiner was dran machen, hätte sie gesagt, gab Amke Auskunft. Brauchte er zu wissen, wie die Schwester sie abgekanzelt hatte?
Jans zählte auf, was für Köstlichkeiten sie tagsüber genossen hatten und holte zu Amkes Schrecken aus dem Beutel, was seine kleine Hand fassen konnte; doch der Vater nickte lächelnd in dem Glauben, daß Tante Aaltje sie so versorgt hätte.

Der Schwester schwere Vorwürfe waren an Amkes dickfelliger Eigensucht abgeprallt; nur zweierlei war in ihr haften geblieben: die Kinder hatten keine Sonntagskleider, hatte Aaltje bemängelt, und damit hatte sie eine verwundbare Stelle berührt.
Sie hatten in verschiedenen Schaufenstern der Stadt Anzüge ausgelegt gesehen, und ihre Augen hatten die schönsten ausgesucht, aber die Preise, die daran standen, hatten ihr gezeigt, wie unerschwingbar sie waren.

Doch sie war nun so überzeugt, daß Dirk und Jans schön gekleidet werden mußten, daß sie beschloß, diese Frage mit Berta und Gebkemöh zu besprechen.
Aaltjes Drohung aber, sie würden noch Haus und Hof verlassen müssen und in der Stadt landen, war Musik für ihre Ohren gewesen. Denn das erschien ihr nach dem heutigen Gang als erstrebenswertes Ziel. Sie war so benommen von all den neuen Eindrücken und Ausblicken, die dieser Tag ihr gebracht hatte, daß sie gegen ihre Gewohnheit wenig sprach auf diesem Heimweg.

In der Mägdekammer von Ellermanns Gasthof schlief in dieser Nacht nur die kleine Magd ruhig und sorglos. Die Große wurde nicht fertig mit dem Aufruhr, den die Schwester in ihr entfesselt hatte.
Sie zergrübelte sich den Kopf, wie sie dem Mann helfen könnte, den seine Frau auf dem Wege war zugrunde zu richten, und fand doch keinen Rat.
Sie, Aaltje Veerkant, mußte mit ihrer Hände Kraft fremder Leute Gut und Wohlstand mehren helfen. Dafür hatte sie reichlich zu leben, und von den Silbertalern ihres Lohnes konnte sie die meisten zurücklegen für eine Zeit, da sie alt und einsam sein würde. Ihre Tage waren voll Arbeit und die Abende so voll Müdigkeit, daß der Schlaf kam, ehe sie zu sich selber fand. Wann hatte sie je die alte Standuhr in der Gaststube die Nacht in Stunden zerschlagen hören?
Nun lag sie untätig und wach, darum konnte sie den Gedanken nicht entfliehen und nicht den Gefühlen, die sie überwältigten. Heiße Scham rang mit kalter Verachtung, wenn sie an die Schwester dachte. Sie, Aaltje, hätte mit Freuden ihre sorgenfreien Tage hingegeben, hätte Entbehrungen und Verzicht getragen, wenn so ein Starker, Wollender Seite an Seite mit ihr im

Schweiße des Angesichts sich um etwas gemüht hätte, was Heimat und Eigentum bedeutete. Aaltje spürte einen Hunger tief innen, der von keinem Wohlleben satt wurde.

Sie saß aufrecht in ihrem Butzenbett, die Kleine neben ihr schnarchte leise. Sie starrte auf den hellen Streifen, den der Vollmond durch das Fenster zwängte, das klein und viereckig oben in der Mauer war. Hier war sie seit Jahr und Tag und war wohl gelitten und hatte über nichts zu klagen. Und wo war sie zu Hause? Einmal war da eine alte Frau in einer ärmlichen Küche, da war Heimat und Geborgensein gewesen.

Das war nicht mehr, keiner war mehr, der ihr gehörte. Auch die Schwester nicht mehr — seit heute.

Die Schwester aber hatte Mann und Kinder und Heim. Und war ihrer nicht wert. Nein, war ihrer nicht wert! Hart pochte Aaltje das Herz zu diesem Gedanken. Spielzeug war ihr, was andern Gottesgabe wäre. Und die kleinen, lässigen, eigensüchtigen Hände hielten diesen Reichtum und vergeudeten ihn und merkten nicht einmal, was sie taten.

Oder wollten sie es so? War sie so töricht, die kleine Amke, oder — war sie schlecht?

Aaltje stöhnte leise, sie kannte sich nicht mehr aus. Und sie wußte nicht, wie da zu helfen war.

Konnte sie es mit ihren gesparten Talern? Sie würde sie opfern, wenn sie Kasjen helfen könnten; doch ihr war, als ob es damit nicht zu tun wäre.

Aaltje faltete die Hände in Ohnmacht und Ratlosigkeit. „Leeve Gott“, schluchzte sie lautlos, „leeve Gott!“

So brannte Kasjens Not in einem andern Herzen. Und er wußte es nicht.

XXIV

Amke, der so wenig wandergewohnten, lag die Stadtreise noch tagelang in den Gliedern. Doch sie dachte an nichts andres als an die bunten Auslagen der Schaufenster, und ihr Gaumen war schier krank nach den erlebten Genüssen. Sie hörte nicht auf, den beiden Frauen, die sich bei ihr trafen, davon zu reden. Gebkemöh hörte sich das neuigkeitsfroh aber neidlos an; die Kärglichkeit ihres langen Lebens war ihr so selbstverständlich geworden, daß ihre Sehnsucht in ausgiebigem Teetrinken —„Tee as Öllje" sagte sie — gipfelte. Wünsche, die Amke plagten, reizten sie nicht.
Berta Kapp aber lächelte verstehend, und in ihren grünlichen Augen blitzte es auf. Sie erkundete sorglich, wonach Amke Verlangen trug, und ganz nebenbei erwähnte sie, daß in allernächster Zeit sie, Berta Kapp, allwöchentlich einmal frische Backwaren aus der Stadt mitbringen werde, damit die Leute im Moor auch mal Weißbrot und Zwieback zum Sonntag kaufen könnten. Sie tat, als ob ein langgehegter Plan damit verwirklicht würde und ihr dieser fabelhafte Einfall nicht eben erst gekommen wäre. Wenn alle ihre Kunden nur halbwegs so begeistert davon waren wie Amke, dann versprach es ein gutes Geschäft zu werden. Doch sie kannte die andern Frauen, die den Pfennig dreimal umdrehten, bevor sie ihn ausgaben; umsonst scheute nicht die alte Stutenjantje den weiten Weg vom Dorf ins Moor.

Auch die Kleiderfrage wurde angeschnitten und erwies sich als nicht so unlösbar, wie sie Amke erschienen war. Berta machte ihr klar, daß, wenn ihre Vermittlung in Anspruch genommen würde, so etwas nicht auf einmal bezahlt zu werden brauchte. Jede Woche eine kleine Abzahlung ergäbe auch schließlich die ganze Summe. Natürlich ließe sich nicht jeder Kaufmann darauf ein, aber sie hätte ihre Beziehungen, und für wen sie gutsagte, der wäre dann auch vertrauenswürdig.
Amkes Lebensmut stieg gewaltig; sie sah ein Hindernis nach dem andern sich verflüchtigen.
An dieser Frage zeigte sich auch Gebke interessiert. Sie brachte in Erinnerung, daß von ihrer Hand schon manche Jungenhose und -jacke genäht worden war, und sie ließ durchblicken, daß sie sich ein solches Werk wohl noch getraue in Angriff zu nehmen, wenn nur das nötige Zeug da wäre, das zu beschaffen gewiß nicht so kostspielig wäre wie ein fertiger Anzug aus dem Laden. Dem stimmte Berta durchaus zu, und sie erbot sich, nach geeignetem Stoff Ausschau zu halten, was Amke mit Freuden annahm. All diese Gespräche und Pläne füllten eine Reihe von Tagen aus und machten manche gemeinsame Tee- und Kaffeestunde notwendig. Sie waren sich auch darin einig, daß Männer von solchen Sachen nichts verstünden und am besten gar nicht damit behelligt würden, wenn auch Opa Bestmann seiner Gebke nie Anlaß zu dieser Behauptung gegeben hatte.

Kasjen schleppte seinen müden Körper durch die Wochen. Seine Arbeitskameraden schüttelten den Kopf über ihn, mit dem sie nicht recht warm wurden. Redselig waren sie alle nicht, aber sie kannten sich und nahmen Anteil aneinander und verhehlten einander ihre Sorgen nicht.

Von Kasjen wußten sie nur, was Eilert Bestmann ihnen sagte. Er sprach nur das Nötigste und schwieg sich aus über seine häuslichen Angelegenheiten, die wohl nicht allzu erfreulich waren, sonst wäre er nicht so bedrückt und verdrossen gewesen.

Kasjen aber merkte gar nicht, wie allein er in der Menge war, er war zu müde dazu. Der Schlaf, den er immer wieder zu überlisten strebte, rächte sich an ihm, indem er seine Kraft fraß, seine Frische und seine Freudigkeit.

Wie sollte er Teilnahme für seine Umgebung aufbringen, wenn er unsägliche Mühe hatte, die Sinne für das zu Bewältigende wach zu halten?

Der Schritt aus der Stickluft und dem Lärm der Fabrikhalle heraus in den Feierabend oder den dämmernden Morgen hinein war ihm jedesmal Erlösung, da erschlafften die krampfhaft angespannten Muskeln, mechanisch setzte er Fuß vor Fuß auf dem bekannten Weg, und er ließ den gewalttätigen Schlaf bis an die Grenze des Möglichen vorrücken, so daß er im Kampf mit ihm oft schwankte und stolperte.

Schließlich, wenn er frühmorgens zu Hause ankam, erlag er der Versuchung, sich hinzulegen. Aber nie geschah es ohne die Weisung, wann er geweckt werden müßte.

Amke kam es nicht in den Sinn zu überlegen, daß der Mann zu Tode erschöpft sein mußte. Wenn er das so anordnete, dann war es recht; wie sollte denn auch die Landarbeit fertig werden, wenn er nicht sein Möglichstes tat? Dann verlangte er wieder, daß sie das und jenes machte! Darum weckte sie ihn lieber eher als später. Der allzeit schaffende Mann war für sie eine gegebene Tatsache und eine notwendige dazu.

Sie begriff nur plötzlich nicht mehr, warum er mit ihr ins Moor gezogen war und was ihn hier noch länger hielt. Wenn er doch in der Stadt sein Geld verdiente, wäre es denn da nicht viel einfacher, dort auch zu wohnen? Dann brauchte er keine Zinsen zu wissen, und die ganze Plackerei da draußen hätte mit einemmal ein Ende. Wie konnte Aaltje darin etwas Schlimmes sehen? Die hatte gut reden. „Se sitt mit Neers int Botterfatt!" sagte Amke zu sich selber. „Warum sall ik dat nich?"

Ihre Phantasie hatte neue Nahrung bekommen. Sie sah sich schon in einem Stadthaus wohnen, sie sah sich in die Läden gehn und kaufen, denn Kasjens Geld konnte dann ja ausgegeben werden, wofür brauchte er dann zu sparen?

Sie wunderte sich nur, daß weder Gebke noch Berta ihrem Verlangen Erfüllung wünschten. Doch die Alte war zu sehr verwachsen mit der Stelle, die ihres einfachen Daseins Inhalt umschloß, um für ein Leben in der Stadt Verständnis zu haben, und die Junge war viel zu geschäftstüchtig, um solche Pläne gutzuheißen. Aber in dieser Frage ließ Amke sich nicht beraten. Als sie an den beiden keinen Rückhalt fand, hielt sie sich an die Kinder, die ihre Gedanken mit Eifer aufgriffen und fortspannen.

Jans war so hingerissen von all dem Lockenden, das die Mutter vor ihnen ausbreitete, daß er immer wieder fragte, wann es denn soweit wäre und war ebensooft enttäuscht von der Antwort: „Wenn jo Vader dat man wull!"

Dirk konnte sich dem Zauber dieser Vorstellungen auch nicht entziehen, doch machte es ihn nachdenksam, daß der Vater nicht in die Stadt wollte. Und er hatte den großen Wunsch, ihn zu fragen, warum nicht.

Wann aber konnte man den Vater nach etwas fragen? Eine lange Woche sah man ihn überhaupt nicht, und die andern Tage waren seine Augen so abwesend, daß man das Gefühl hatte, er sähe einen gar nicht. Da gebrach es dem Jungen an Mut, ihm nahe zu kommen. So ahnte Kasjen nichts von dem, was Frau und Kinder bewegte. Denn Amke hatte es sich abgewöhnt, gegen ihn allzu offenherzig zu sein.

Vorläufig hielt sie es auch so aus. Am Sonnabend stiegen aus Bertas kleinem Armkorb verführerische Düfte, und zwischen Papier und Handtuch verbarg sich, was Amkes schwelgerische Sinne eindringlich ansprach: Zuckerzwiebäcke und frische Korinthenbrötchen.

Sie hatte wohlweislich zuerst ihre Runde durchs Moor gemacht, und hier und da hatte man sich auch verleiten lassen, ihr eine Kleinigkeit abzunehmen. Doch Berta kannte ihre Leute, sie hatte ihren Vorrat genau bemessen. Sie hatte sich auch von Lieske Görtemakers scharfer Zunge „Gah man na Kasjen sien Wief, wi sünd kien Upmakers!" sagen lassen und hütete sich wohl, diesen Ausspruch weiterzugeben, denn wer hätte noch in solchen Verdacht kommen wollen? Berta war nicht übelnehmerisch, und ihren Tee wurde sie auch bei Lieske los.

Was sie nun aber in Amkes Küche auskramte, das trug ihr Korb nicht wieder mit weg. Es gab eine genußreiche Teestunde, denn Amke war nicht knauserig, und wenn die alte Gebke auch zu sünig war, so etwas zu kaufen, was ihr als Gast angeboten wurde, verschmähte sie nicht. Und warum sollte Jan Kapps Frau sich das, was ihr zu Hause abging, nicht nehmen, wenn es nichts weiter bedurfte als ihrer Kunst, andrer Schwächen auszunutzen? Sie nahm Eier oder Wolle in Kauf, um Amke das Abnehmen zu erleichtern.

Aber die hatte jetzt ein Mittel, um die Sorge, Kasjen könnte die vermehrte Geldausgabe entdecken, zu verscheuchen — was konnte Schlimmeres dabei heraus-

kommen, wenn die Abgaben nicht zusammenkämen, als daß sie von hier fort in die Stadt müßten?
Ein Trotz wuchs in ihr auf und ein gewisses Triumphgefühl: mochte er wollen oder nicht, Kasjen — einmal würde er müssen! Sie kam sich sehr klug vor, die kleine Amke, und manchmal mußte sie kichern, wenn sie daran dachte.

Kasjen legte unentwegt an jedem Wochenende etwas von seinem Lohn in den kleinen Pappkasten, den er als Kasse für das Zinsengeld in der oberen Kommodenlade verwahrte. Amke wußte, daß daraus nichts entnommen werden durfte.
Als er jedoch an einem Augustsonntag nachzählte, ob seine Kopfrechnung mit dem Bestand übereinstimmte, fand er zu seinem Schrecken weniger, als er angenommen hatte.
„Hest du dar wat utnomen?" herrschte er Amke an.
„Ja", gestand sie kleinlaut, sie hätte Geld für das Zeug haben müssen.
Seine Stimme war heiser vor Erregung — das Zeug? Was für Zeug?
Ja, Aaltje hätte gesagt, sie müßte sich schämen, daß die Kinder so schofel herumliefen, setzte sie sich zur Wehr.
„Aaltje?" fragte er gedehnt.
Sie erzählte ausführlich und übertrieben, und sein Zorn, der sich über sie ergießen wollte, ebbte langsam ab und wich einem plötzlichen Schamgefühl: mußte Aaltje ihnen sagen, daß sie Pflichten gegen die Kinder hätten? Hatte er denn noch Augen für die Kinder? Natürlich brauchten sie Kleider, wenn sie größer wurden. Warum sie ihm davon nichts gesagt hätte, brummte er. „Och, du schellst ja gliek un giffst mi doch kien Geld!"

trumpfte sie auf, sie hatte nicht erwartet, daß er so einsichtsvoll sein würde.
Er schwieg. Hatte sie nicht recht? Aber Herrgott, woher sollte er es denn nehmen! Er konnte doch nicht noch mehr aus sich herausschuften!
Ohne ein Wort ging er nach draußen. Er sah die rote Heide, die in der Sonne leuchtete, und sah sie doch nicht. Er stand an seinem Buchweizenfeld und suchte zu errechnen, was es einbringen könnte.
„Was für ein schöner Tag heute", sagte Jakobus Winter hinter ihm. Kasjen fuhr herum und sah ihn verwirrt an.
„Man sieht dich gar nicht mehr, Kasjen", sprach der andre weiter.
„Was Wunder", kam es mißmutig, „hast auch Zeit?"
„Ich weiß wohl", begütigte er, „du hast nicht mehr Sonntag noch Feierabend, Kasjen. Darum hab ich Sorge um dich."
Die warme Stimme trieb eine Welle in ihm hoch, daß er schlucken mußte, so wenig war er Teilnahme gewohnt.
„Was willst machen?" sagte er rauh.
Jakobus sah ihm in die mutlosen Augen, die so tief in den Höhlen lagen.
„Ich bin bange, du hältst das nicht aus, Kasjen."
„Das muß ich!" stieß er hervor. „Aber du kannst dich totmachen, es langt doch nicht!"
„Kasjen", die Stimme wurde zögernd, „ich menge mich nicht gern in andrer Leute Sachen, wenn ich nicht gerufen werde. Aber wenn du meinst, daß ich mal mit Amke reden soll —."
Kasjen zuckte mit den Schultern: „Das nützt doch nichts. Sie ist nun mal so. Und — sie hat ja manchmal auch recht —."

Er, der Schweigsame, fing an, die neue Sorge vor dem andern auszubreiten, es tat ihm wohl, mit einem Menschen darüber zu reden, und der hörte geduldig zu. „Ja", sagte er dann, „du bist auf einen schweren Weg gestellt, Kasjen. Aber ich glaube, so kannst du ihn nicht zu Ende gehen, so bleibst du eines Tages auf der Strecke. Es steht nicht umsonst geschrieben: man kann nicht zwei Herren dienen."

„Das kannst du wohl sagen", ereiferte sich Kasjen, „wie soll ich's denn machen?"

„Ja —", sie waren langsam an einen buschbestandenen Wall gekommen, und Jakobus setzte sich in das dürre Gras, indem er eine Brombeerranke mit noch blassen Früchten zur Seite schob, „siehst du, Kasjen, wir wollen uns nichts vormachen. Eigentlich müßtet ihr es auf eurer Stelle schaffen, so gut wie alle andern das können. Aber du hast nicht die Frau danach. Und ohne die geht es nicht. Wenn der Wagen im Dreck sitzt, dann bringen zwei Pferde ihn leicht heraus; vielleicht auch eins; wenn aber das zweite nicht mitzieht oder quer geht — dann hilft alles nicht. So ist das doch bei dir, Kasjen, du hast es mir selber gesagt."

„Ja", stöhnte Kasjen; er ließ sich schwer neben dem andern nieder, und ein wilder Rosenbusch schlug seine Dornen in die verschossene schwarze Mütze, daß sie ihm in den Nacken rutschte; er achtete nicht darauf.

„Wenn du die Stelle frei hättest, ginge es noch. Aber die Zinsen, die könnt ihr nicht erhungern. Nun hast du einen Ausweg gefunden, die Fabrik. Die kann dir ein Auskommen geben, aber mehr auch nicht. Doch dafür fordert sie deine Kraft. Ich kann dir nur eins raten, Kasjen: gib es auf hier, das Moor. Es verlangt dich ganz, und du gibst dich ihm nur stückweise, und daran zerbrichst du!"

Kasjen starrte ihn an: „Hier weg? Nee —", ächzte er, „nooit!"
„Ich weiß, Kasjen", redete ihm Jakobus zu, „du bist ein Landkind, und es ist schwer für dich, deine Wurzeln aus der Erde zu reißen, ich verstehe das wohl. Aber du bist nicht für dich allein verantwortlich, du kannst deine Familie nicht dran wagen!"
„Und dann nichts — als die Fabrik?" Kasjen schüttelte sich. „Lieber tot!"
„Nun sei mal vernünftig", sagte Jakobus Winter. „So kann man eine ernste Sache nicht abtun."
„Du weißt ja gar nicht, was du verlangst", wehrte Kasjen ab. „Das hier — das ist mein Eigen! Davon kann man doch nicht einfach weggehn!"
„Leicht ist das nicht, nein", entgegnete er. „So schwer ist manchmal das Leben."
„Das Leben — ach —", Kasjens Augen brannten, „warum lebt man überhaupt? Warum macht Gott die Erde so schön und gibt einem ein Stück davon und haut es einem dann wieder aus der Hand? Ist da denn Verstand drin?"
„Sei still, Kasjen", sagte Jakobus. „In deinen Fragen ist kein Verstand. Denn man kann nicht Gott die Schuld geben, wenn wir Menschen nicht mit dem Leben zurechtkommen."
„Ach was, Er könnte uns einfach lassen, was wir brauchen, dann wäre all das Elend nicht da!"
Kasjen riß die Mütze vom Kopf, daß der Rosenzweig seine Dornen drin stecken ließ.
Jakobus Winter sah ihn an: „Ich muß dir ein hartes Wort sagen, Kasjen: du sprichst wie der Teufel!"
Kasjen lachte rauh: „Weißt du denn auch was vom Teufel?"
„O ja", sagte er, „der will Gott für seine Zwecke brauchen: Brot soll Er schaffen, aus Ungemach soll Er

retten. Ist es nicht das, wozu du Ihn auch brauchen willst?"

Kasjen schwieg einen Augenblick. Dann fragte er plötzlich: „Gibt es ihn wirklich, den Teufel?"

Jakobus Winter nickte: „Nicht den mit Hörnern und Bocksfuß. Aber es gibt ihn. Es gibt ihn, Kasjen. Alles, was nicht Gott ist, ist der Teufel. In der Welt und in uns, in dir und in mir. Es gibt kein Drittes."

Kasjen verzog das Gesicht wie einer, der Furcht hat: „Dann sind wir schlimm dran, wir Menschen!"

„Ach", sagte Jakobus, „schlimm wird es nur, wenn wir in der falschen Richtung gehen."

Kasjen sah ihn fragend an.

Jakobus sann vor sich hin: „Vielleicht ist es wahr, daß sie beide Söhne Gottes waren, der Teufel und er, der sich den Sohn nannte. Dann ging der eine seinen eigenen Weg hinab — hinab in die Gottesferne — als Widersacher. Der andere aber ging des Vaters Weg hinauf — über das Kreuz — hinauf. Darum kommt es auf die Richtung an, Kasjen!"

Eine Weile hörte man nichts als ein fernes Lerchensingen.

„So", sagte Kasjen dann, „den eigenen Weg hinab? Dann landet man wohl in der Hölle?"

„Ist das nicht die Hölle?" fragte Jakobus. „Vor Sorgen nicht ein noch aus wissen?"

Kasjen starrte vor sich hin: „Ja —."

„Wir können aber auch den andern Weg gehen, Kasjen", sagte er.

Kasjen hob die Achseln: „Wie kann man das?"

„Nicht ohne Ihn", sagte Jakobus leise, „Er ist die Kraft!"

Wieder war es still zwischen ihnen. Dann brach es aus Kasjen heraus: „Aber was soll ich tun! Das sag du mir jetzt!"

„Das kann dir kein Mensch sagen, mein Junge, da mußt du Ihn selber fragen."
Der Alte stand auf und gab ihm die Hand: „Gott befohlen, Kasjen! Und das zurückgezahlte Geld kannst du jederzeit wieder haben, wenn du willst."
Kasjen starrte hinter ihm drein, bis er hinter dem Wall verschwand. Die letzten Worte übertönten alle andern, er verstand sie unmittelbar; die andern fielen in ihn hinein und blieben auf dem Grund seiner Seele liegen, doch sie wußte nichts mit ihnen anzufangen.
Plötzlich schrak er hoch. Er versaß hier die Zeit, um sechs Uhr wartete das Fabriktor auf ihn.

XXV

Die Oktobersonne hatte einen klaren Tag durchwärmt; Kasjens von der Ofenglut entzündete Augen sahen sie nur noch rot und rund entgleiten. Er hatte den Schwarm der gleich ihm Heimtrottenden hinter sich gelassen und stiefelte gedankenlos fürbaß. Dort, wo die letzten Häuser der Stadt sich dem Feldweg näherten, war es absonderlich laut und lebendig. Geschrei brandete gegen seine Schläfrigkeit, daß er aufmerkte.

Was wollten die Kinder dort? Sie rannten ihm entgegen, blieben zurückschauend stehen, lachten und johlten.

Mitten auf dem Weg stand einer, fuchtelte mit einem Stock in der Luft herum und fiel dann plötzlich nieder, worauf die Schar hinstürmte. Deutlich klang es durch den Abend:

Jan Huck, Jan Huck,
magst noch Sluck?

Jan Kapp, dachte Kasjen, er ist betrunken.

Es waren ja allerhand Geschichten über ihn im Umlauf, Kasjen hatte mit darüber gelacht, doch im übrigen hatte er sich stets von diesen Leuten fern gehalten, die in seinen Augen Tagediebe waren.

Wütendes Bellen drang durch den Lärm, und jetzt sah er den Hundewagen quer über dem Weg stehen, und neben dem aufgeregten Tier mühte sich der Betrunkene, wieder auf die Beine zu kommen, wobei seine heisere Stimme die grölenden Quälgeister zu übertönen suchte.

Kasjen blieb unschlüssig stehen, halb belustigt, halb angewidert.

„Kasjen", keuchte der Steifbeinige, „help mi — de Blixems — ik hau hör kwatterg!"

Eigentlich widerstrebte es ihm, sich da einzumischen, aber er brachte es auch nicht fertig, den Hilferuf zu überhören.

„Gaht na Huus!" wandte er sich an die Kinder.

„Och Unkel, he is ja so duun!" rief ein Dreikäsehoch.

Kasjen faßte den Hochstrebenden am Arm, bis er am Wagen Halt fand.

„Sullst di wat schamen, Jan Kapp!"

„Och Kasjen —", der Zorn schlug um in Rührseligkeit, „büst en Baas — hest mi redd — för de Drummels!"

Der Hund, der seinen Herrn wieder beinig sah, zog an, und Jan Kapp torkelte neben seinem Fuhrwerk, das er krampfhaft hielt, und redete ununterbrochen hinter Kasjen her, der sich schnell aus seinem Bereich entfernte. Die Kinderschar verlief sich.

„Swien van Kerl!" murmelte Kasjen vor sich hin und mußte an die Frau denken, die mit diesem Mann nachher fertig zu werden hatte. Und zum erstenmal wallte etwas wie Mitleid in ihm auf und sah er ihre Geschäftemacherei in einem neuen Licht.

Hatte sie nicht für die Familie hereinzubringen, was er durchbrachte? Seine hochmütige Verachtung für Berta Kapp kam ins Wanken, das Weib des versoffenen Jan Huck, das mit seinem Warenkorb die Moorleute brandschatzte, schien ihm plötzlich menschlich nahe gerückt. Was tat sie denn Schlimmeres als er selber, wenn sie ihre Sorgenlast zu mindern suchte? Sie schlug sich auf ihre Art durch.

Kasjen wußte nicht, daß Berta zur selben Stunde diesen ihren Versuch bei seiner Amke wieder erfolgreich beendete und ihre Last mit seinen sauer verdienten Groschen erleichtert hatte. Er wußte nichts von Korinthenstuten und Zwiebäcken, die den Weg in seine Küche fanden. Amke war gewitzt genug, ihn von diesen Genüssen, denen sie neuerdings frönte, nichts merken zu lassen. Nicht, als ob sie sie ihm nicht auch gegönnt hätte — warum nicht? Mit Freuden sogar, wenn er nur vernünftig gewesen wäre.

Aber hatte der Mann denn noch für anderes Sinn als für Arbeit? Und glaubte er nicht, daß auch sie nur dafür auf der Welt wäre, um sich abzuschinden? Wenn sie das gewollt hätte, das hätte sie auf Esders Plaatze auch haben können.

Was tat er hier im Moor, wo die Arbeit von allen Seiten auf ihn zuwuchs und doch nichts einbrachte? Verdiente er nun nicht sein gutes Geld? Und bloß, um es wieder in diese alte Kate zu stecken? Konnte sie dafür, daß es an Futter fehlte, um die Kuh durch den Winter zu bringen? Daran änderte Kasjen auch nichts mit seinem Sorgengesicht und dem mürrischen Schweigen, mit dem er ihr begegnete, seitdem sie seine Befürchtung, die Kuh verkaufen zu müssen, gleichmütig hingenommen hatte. Sollte er es doch tun, dann hatte sie die Arbeit weniger! Auf diese Antwort hatte er ihr nur einen bitterbösen Blick zugeworfen.

Warum zogen sie nicht in die Stadt? Amke nährte diesen ihren Wunschtraum mit Wollust. Dann wären solche Kümmernisse nicht da, die jetzt ihr Eheleben überschatteten.

Kasjen aber hatte viel Bitterkeit in sich hineingewürgt, ehe er sich den Entschluß abrang, das Tier zu verkaufen. Doch es mußte sein. Er konnte es nicht hungern lassen, es hatte so schon nicht die regelmäßige Pflege, die ihm zukam. Nicht einmal darin war sie zuverlässig, diese Frau; schön reden konnte sie mit dem Vieh, doch an Arbeit schob sie schon auf den Ältesten ab, was sie konnte.

Er wütete in seinen Gedanken gegen sie, aber er kniff die Lippen zusammen. Er hatte so viele harte Worte an sie verschwendet, sie glitten an ihr ab wie der Hagel an der Wand.

In ihm wühlte es: wann würde er wieder eine Kuh zu eigen haben können? Wenn der Junge soweit ist — daran klammerte er sich, wenn wir zu zweien schaffen! Zwei — drei Jahre würde es noch dauern, dann könnte er ihn schon — wenn auch erst den Sommer über — aus der Schule nehmen!

Und einem plötzlichen Einfall folgend, wickelte er die paar Taler, die ihm das magere Tier eingebracht hatte, in Papier und verstaute sie in die Kommodenlade.

„Dat Geld word nich anröögt!" befahl er Amke.

Sie fragte verwundert, was er denn damit wollte. Das bliebe liegen, bis sie eine Kuh wiederkaufen könnten, sagte er rauh, und er glaubte in diesem Augenblick selber an das, was er sagte.

„Denn man to", meinte sie gehorsam.

Als Dirk dem Tier nachtrauerte, tröstete sie ihn: in der Stadt könnten sie doch keine Kuh brauchen. Durch diese Aussicht aber wurde seine gute Meinung von dem Leben in der Stadt beträchtlich getrübt.

Verschneit lag das Moor.

Es glitzerte im Mondsilber, wenn Kasjen früh um vier Uhr durch die schweigende Nacht ging. Aber in seinen Augen hockte der Schlaf.

Er fühlte nur die Kälte, die seinen Körper suchte und fand. Was scherte ihn früher der Frost? Der Großknecht auf Esders Platz hatte es nicht nötig, sich um ihn zu

kümmern. Da war der Stall voll von warmem Leben, und selbst der Sturm über der hartgefrorenen Marsch tat ihm nichts, wenn er sich ihm stellte — wie hätte er einem Bauernknecht an die Haut kommen können?
Aber das dickste wollene Unterzeug verschliß mit den Jahren, und auch der derbste Rock wurde fadenscheinig, wenn er tagein, tagaus der Arbeit standhalten mußte. Amkes fragwürdige Stopf- und Flickkünste konnten da auch nicht helfen.
Darum betastete nun die Kälte mit eisigen Fingern den Körper, dem auch die Kraftzufuhr fehlte, die ihm zugekommen wäre.
An solchen Tagen war Kasjen froh, wenn die Hitze der Fabrikhalle ihn umströmte, und er fand die Glut der Öfen nicht so unerträglich.
Als er durch den sternklaren Abend zurückging und ein steifer Ostwind alle angesammelte Wärme im Nu zerblies, dachte er darüber nach, ob denn von der Wolle der zwei Schafe nicht soviel über wäre, daß sein Unterzeug erneuert würde. Er hatte sich nie darum gekümmert, aber er hielt es für sicher, daß andre Frauen für so etwas sorgten.
Und er erboste sich über solchen Gedanken derart, daß er Amke mit Vorwürfen überfiel, als er in die Küche trat.
Amke erschrak, als er von der Wolle anfing; sie konnte doch nicht verraten, wieviel Berta davon in Zahlung genommen hatte. Sie war aber nicht um Worte verlegen und versicherte, daß Gebkemöh ihm einen Bostrock, dick und warm, stricken würde.
Kasjen knurrte ungläubig. Doch er war froh überrascht, als Amke ihm wirklich eines Tages das neue Stück vorlegte; er bemängelte nur, daß ihre jungen Hände nicht fertigbrächten, was die alten so meisterlich verstünden. Dabei hatte aber Gebke diesmal nicht mitgewirkt, weil

nicht mehr genügend Wolle da war. Berta jedoch hatte für den Rest das Passende herbeigezaubert. Natürlich mußte sie ihre Unkosten bezahlt haben, doch bewies sie Verständnis für Amkes schwierige Lage und gab ihr Zeit, die Schuld abzutragen.
Amke war sehr angetan von dieser neuen Regelung, die jede Abzahlung durch einen neuen Kauf versüßte. Und sie verließ sich dabei ganz auf Bertas Rechenkunst. Daß sie dabei, wenn sie einen Schritt voraus tat, zwei zurück machte, war ihr nicht des Nachdenkens wert.

Ein Gutes brachte dieser frostkalte Winter; er gab Kasjen das Bewußtsein, nichts zu versäumen, wenn er seine Freizeit verschlief. Und er ergab sich dem Schlaf mit der Inbrust dessen, der ihm lange entsagte.
Als aber Ende Februar ein linder Wind den scharfen Ost vertrieb und die weiße Herrlichkeit dahinschmolz, fiel die alte Unruhe über ihn her. Das Land, das sein war, verlangte nach ihm, und er gab ihm, was er an Kraft erübrigen konnte, was ihm das steinerne Untier in der Stadt nicht wegzehrte.
Da lag die braune Weite, die er zwingen wollte, unerschlossen; er ging ihr zähneknirschend zuleibe und stachelte seinen Willen an, daß er Müdigkeit und Schlafbedürfnis verjagte. Er spannte seinen Jungen ein, dessen kindliches Wollen nicht dem Können entsprach. Er trieb Amke scheltend an, daß sie verdrossen zupackte, solange er da war. Doch wenn er außer Sehweite war, benötigte sie den übrigen Tag, um sich von der Schinderei zu erholen.
Und als die Zeit kam, da alle Torfspaten das mühsame Werk begannen, da erzählte Amke ihrem Mann mit frohen Augen, daß sie wieder Mutter würde.
Hatte nicht Kasjen einmal bei solchem Geständnis sein junges Weib, übervoll der Freude, in die Arme ge-

nommen? Diesmal machte ein Erschrecken ihm den Herzschlag stocken: neue Sorge würde aus neuer Pflicht erwachsen!
Amke aber hieß das werdende Leben willkommen, und die Mutterfreude in ihr wiegte sich in der beglückenden Aussicht, für absehbare Zeit gegen unliebsame Anforderungen gewappnet zu sein.
Ihre zur Rundung neigende Gestalt war in den letzten Jahren sehr füllig geworden, und ihr Hang zur Trägheit wuchs mit dem Umfang ihrer kleinen Person, wobei das eine wohl das andre bedingte und unterstützte.
Als nun in den kommenden Monaten die Last ihres Körpers immer größer wurde, überstieg sie anscheinend das von der Natur vorgesehene Kräfteverhältnis. Krampfadern machten ihr zu schaffen, und wenn sie über Beschwerden klagte, so täuschte sie nichts vor.
Kasjen jedoch hielt alles, was sie vorbrachte, für Ausflüchte, er war ja nichts andres von ihr gewohnt. Und die Verbitterung in ihm stieg immer höher.
Zuweilen, wenn er daran zu ersticken drohte, brach es aus ihm heraus; dann schrie er sie an und wollte sie an die Arbeit zwingen. Sie aber weinte und flüchtete sich ins Bett. Und die Kinder schoben sich verschüchtert und hilflos beiseite.
Sie atmeten alle erst wieder auf, wenn der Vater seines Weges gegangen war. Dann schmeichelte sich Jans an die Mutter heran. Und Amke fand, daß sie alle jetzt eine Stärkung nötig hätten, und bei Tee und Weißbrot und dicken Zwiebäcken — Herrlichkeiten, die dank Berta Kapp nie zu Ende gingen — tröstete sich der kleine Kreis; wenn auch bei Dirk der Druck nicht weichen wollte, der sein Kinderherz beängstigend umklammerte.

Gebkemöh beschwor Amke täglich, ihr Beinleiden nicht leicht zu nehmen und empfahl ihr viel Ruhe, welchen Rat ihre Ohren willig aufnahmen, um so mehr, als Gebkes Erfahrungen auf diesem Gebiet alle schlimmen Möglichkeiten beleuchteten.

Berta hingegen hielt sich verpflichtet, zur guten Pflege beizutragen. Und sie trug nach Kräften herbei, und die Zahlen, die sie auf eine eigens dafür angelegte weiße Papiertüte untereinanderschrieb, wuchsen sich zu einer stattlichen Reihe aus. Amke erleichterte ihr Herz, indem sie ihren Ärger über den Mann, mit dem kein Auskommen mehr war, vor den beiden mitfühlenden Seelen ausbreitete.

„He is rein un dall mall!" klagte sie, er hätte die Kuh verkauft, und das Geld sollte nun für eine neue gespart werden!

„Is ja wall nich wahr!" sagte Gebke, wenn sie auch im geheimen Verständnis dafür hatte, daß Kasjen nicht ohne Kuh bleiben wollte.

Berta sagte nichts dazu.

Doch nach einiger Zeit legte sie Amke die Zahlentüte vor und gab ihr, indem sie die Endsumme mit einem Bleistift unterstrich, den guten Rat, erst mal diese Schuld aus der Welt zu schaffen. Denn der Bäcker wollte Geld sehen, sonst gäbe er keine Ware mehr her. Und eine neue Kuh käme doch in Jahr und Tag nicht in Frage. Das war ein Schreckschuß. Amke dachte nicht daran, auf das zu verzichten, was ihr die Tage lebenswert machte, erst recht nicht zugunsten einer Kuh, die Kasjen wieder hier festbinden würde!

Zwar war ihr etwas beklommen zumute, als sie das eingewickelte Geld aus der Kommode nahm, doch ihre Bedenken schwanden dahin, als sich unter Zuhilfenahme von Bertas Rechenkunst herausstellte, daß immer noch einige Taler übrigblieben, die sie, sorgsam eingehüllt, an ihren Platz zurücklegte.

Kasjens Tage und Nächte standen wieder im Zeichen des Kampfes gegen den Schlaf.

Die Arbeit, die ihm mechanisch von der Hand ging, tat seinem Denken keinen Zwang an. Wenn er seine Kohlen karrte oder den Eisenhaken in die Glut stieß, mühten sich seine Gedanken um den Zins, der bald wieder fällig war. Wenn sein Spaten in den Acker stach und sein Blick die paar Torfbülten überflog, die knapp die eigne Küche wärmen würden, dachte er daran, daß noch ein Kind satt werden müßte.

So liefen die Gedanken im Kreise und fanden kein Ende.

Ausgang Oktober überzählte Kasjen seine Barschaft und wunderte sich nicht, daß es wieder nicht reichte. Hatte er nicht, wenn er es auch vor sich selber nicht wahrhaben wollte, sich heimlich auf den Erlös des Kuhverkaufs gestützt? So blieb denn nichts übrig, als ihn anzugreifen.

Er nahm den eingewickelten Schatz, und seine zerschundenen Finger zählten.

Zählten — und Kasjen wußte.

Er hob die Augen nach Amke, die am Tisch hantierte und scheu zu ihm herübersah.

Da verließ ihn alle Kraft, er fühlte nichts als eine Leere. Ganz leer war es in ihm.

Endlich stand er auf und ging hinaus. Er ging in den Stall und warf sich auf den Haufen Heu, der da noch lag. Aber er konnte nicht schlafen. Früh erhob er sich mit schmerzendem Kopf. Er ging seinen Weg, ging mit schweren Schritten, ohne viel zu denken, wie eine Maschine, die in Gang gesetzt ist.

So tat er auch seine Arbeit.

Es war Sonnabend, und sie empfingen ihre Lohntüten. Kasjen wog sie in seiner Hand.
„Schad di wat, Kasjen?" fragte einer. Und als er in ein paar verzweifelte Augen sah, nahm er seinen Arm: „Kumm mit, olle Baas! Drink der eene up, dat spölt de Verdreet weg!"
Und Kasjen folgte der teilnehmenden Stimme, und dann saß er in einem niedrigen, verräucherten Raum, und dann stand vor ihm auf der nicht ganz sauberen Tischplatte ein volles Glas, das setzte er gierig an die Lippen.
Das tat gut. Wann hatte er sich das gegönnt?
Nichts, nichts hatte er sich gegönnt, aber sie — sie! Sie verdiente nichts und nahm alles!
Das Glas vor ihm füllte sich wieder, durchsichtig und klar. Kühl fühlte er es durch seine ausgedörrte Kehle rinnen.
Etwas löste sich in ihm; was dumpf und hart in ihm gelegen hatte, das regte und empörte sich.
Was half denn all sein Schuften und Sparen, wozu riß er sich auseinander! Wenn sie doch alles nahm, warum sollte er dann nicht auch nehmen? War es nicht sein sauer verdientes Geld?
„Noch eene!" rief er und haute das Glas auf den Tisch, daß die andern überrascht auf ihn sahen.
„Kiek ins, Kasjen!" klang es. „So is't recht, Brör, günn di wat!"
Die Jungen lachten und hatten ihren Spaß an ihm, der sonst nie mitmachte. Ein paar Alte sahen ihn mitleidig und verstehend an.
Ob seine Alte nicht so wolle wie er, rief einer ihm gegenüber.
„Laat hör lopen, Kasjen!"
Gelächter umbrauste ihn, er lachte mit und sah in die rußgeschwärzten Gesichter. Wie sollten sie wohl leben,

wenn sie dies hier nicht hätten? fuhr es ihm durch den Sinn.
Und er trank.
Als er aber einige bezahlen sah, ernüchterte ihn ein plötzlicher Schreck. Zu tief saß das Bewußtsein des Sparenmüssens in ihm verankert, als daß er es gänzlich hätte hinwegschwemmen können.
Er zahlte auch und ging, und niemand hielt ihn, er war zu wenig heimisch in ihrem Kreise.
Nicht ganz sicheren Schrittes lief er durch den dunklen Oktoberabend. Das ungewohnt Genossene aber wirkte in ihm und zerbrach vollends den Staudamm, der seine Gefühle drosselte. Alles, was er in sich verschlossen hatte an Ärger, Sorge und Angst, brodelte in ihm wie eine nicht mehr zu bändigende Flut, die sich über die Schuldige ergießen wollte.
Amke! Sie war der Teufel, der sein Leben zerstörte! Faul war sie und ließ verkommen und verderben, was er mühsam zusammentrug, sie brachte sie alle um Haus und Hof!
So wütete er in seinen Gedanken gegen die Frau, die er sich zu seinem Unglück geholt hatte. Er drängte dem Augenblick entgegen, wo er ihr das alles ins Gesicht schleudern konnte.
Und er hatte noch die Tür in der Hand, da fiel schon seine heisere Stimme in die stille Küche, die nur vom glimmenden Herdfeuer spärlich erhellt war.
Amke, die im Hörn eingedummelt war, kam erschrokken hoch. Noch nie hatte sie den Mann in der Verfassung gesehen.
„Wat wullt du?" fragte sie bestürzt.
Ihre Augen, weit aufgerissen und ahnungslos fragend, brachten ihn noch mehr auf. Hatte sie ihn nicht von Anfang an eingewickelt mit ihrer erschrockenen Unschuldsmiene?

In neu aufflammender Wut griff er sie, und klatschend schlug seine Hand zu.
Da schrie sie gellend auf, und aus der Butze klang ein angstvolles Echo, Dirk stand plötzlich im Hemd und mit bloßen Füßen neben ihnen. Seine entsetzten Augen bohrten sich in Kasjens.
„Vader —!"
Da sank Kasjen die erhobene Hand nieder, mit einem Schlag war er nüchtern.
„Maak, dat du up Bedde kummst!" schnauzte er den Jungen an, und ängstlich verzog der sich zu seinem Bruder, der mit einem Gemisch von Neugierde und Schrecken vom Bett aus zusah.
Kasjen ging in den Stall, ohne Amke eines Blickes zu würdigen, und warf sich auf den Heuhaufen.
Der Sturzbach in ihm hatte ausgetobt. Er dachte an nichts mehr als an die Augen seines Sohnes. Da überwältigte ihn der Jammer seines verpfuschten Lebens, und er weinte wie ein Kind.
Amke in ihrer Butze weinte auch. Kasjen hatte sie geschlagen. Ihr war zumute wie einst, wenn der Lehrer sie über einem Unrecht ertappt und sie bestraft hatte. Aber genau wie damals war es nicht die Reue, die ihr Tränen erpreßte, es war der Ärger über das Erwischtsein und das Sichselbstbedauern wegen des ihr zugefügten Schmerzes.

Ein Spätoktobersonntag entstieg dieser Nacht, wie er freundlicher nicht sein konnte.
Kasjen erwachte mit benommenem Kopf und atmete tief die herbe Morgenkühle, als er aus der dumpfen Stalluft kam.
Er ging den Seinen aus dem Wege mit dem unbehaglichen Gefühl dessen, der, obwohl er im Recht war, nicht schuldlos blieb. Ein Teil Kartoffeln saß noch in

der Erde. Gab es eine Frau ringsum, die die Arbeit nicht mit den Kindern bewältigt hätte?

Er fing an zu roden.

Das Schaffen in der sonntäglichen Stille war ihm Wohltat, und er freute sich über die unerwartet gute Ernte. Er dachte nicht daran, zum Essen zu gehen, er hatte keinen Hunger. Da kam Dirk gelaufen und brachte ihm Buchweizenpfannkuchen: „Du mußt eten, Vader!"

Scheu glitten seine Augen zu dem in der Erde buddelnden Vater, dessen Gesicht ihm die Nacht so entstellt zeigte wie in einem wüsten Traum.

Kasjen sah zu seinem Jungen auf, und warm quoll es in ihm hoch: „Hebb heel kien Smacht, mien Keerlke!"

Das war der gewohnte gütige Klang, und des Kleinen Mienen entspannten sich.

„Doch, mußt eten!" sagte er erleichtert. „Wacht, ik help di!" Und während der Vater aß, wühlten seine Hände schon sachgemäß in den Knollen. Er sagte nichts davon, daß er es gewesen war, der darauf bestanden hatte, dem Vater sein Mittagsmahl zu bringen. Sie arbeiteten gemeinsam ohne viele Worte.

Da rief Dirk: „Kiek eben, Vader, dar geiht ene na uns hen!"

Kasjen richtete sich halb auf, ja, eine Frau kam daher, grade verschwand sie im Hause.

Solch ein Ereignis mußte Dirk nahebei erleben: „Eben sehn, Vader, well dat is!"

Und schon stob er davon.

„Aaltje —", ging es Kasjen durch den Kopf; wem anders konnte es einfallen, sie zu besuchen.

Ein wunderliches Gefühl beschlich ihn — wie Freude, die mit Angst durchsetzt ist. Aaltje — das war für ihn der Inbegriff der Verläßlichkeit, der schwesterlichen Güte. Wie wohl würde es tun, all seine Not vor ihr ausbreiten zu dürfen!

Nicht, weil sie vielleicht helfen konnte, o nein. Sie hatte ja geholfen, und er — war ihr Schuldner geblieben!

Nun konnte er nicht vor sie hintreten mit seinen leeren Händen, die nichts zurückgeben konnten.

Und doch — wenn er seine Last vor ihr niederlegen könnte, meinte er, müßte ihm leichter werden.

Aaltje, die sich durch den schönen Sonntag hatte hinauslocken lassen, wie sie sagte, merkte bald die Gewitterluft im Hause ihrer Schwester. Ihr erster Blick überflog Amkes schon recht unbeholfene Gestalt, und es dauerte nicht lange, da wußte sie auch, was geschehen war, denn Amke brauchte jemanden, der sie bedauerte.

Aaltje war aber weit davon entfernt, sie zu bemitleiden. Wohl erschrak sie zutiefst, als sie erfuhr, wozu Kasjen sich hatte hinreißen lassen. Darin offenbarte sich ihr das ganze Elend, das dies Haus umschloß.

Sie schluckte die heftigen Worte, die ihr auf die Zunge sprangen, hinunter und sprach mit eindringlichem Ernst zu der Jüngeren. Amke aber hörte nur heraus, daß sie Kasjen in Schutz nahm. Da war Gebkemöh andrer Meinung gewesen, die hatte ihr das Stichwort gegeben, als sie ausrief: „In dien Tostand — wo kunn he wall so groff wesen!“ Nun hatte sie Ursache, Kasjen die Schuld aufzubürden.

Doch damit kam sie bei Aaltje schlecht an, die ersparte ihr nichts und behauptete, sie hätte verdient, was Kasjen ihr zufügte.

„Wor is jo Vader?“ fragte sie die Kinder, die wieder hereinkamen, nachdem sie dem Vater die Neuigkeit erzählt und ihm die Mitbringsel gezeigt hatten.

„Bi Tuffelrüden", sagte Dirk, und diese selbstverständliche Feststellung erschütterte sie. Das war Kasjens Sonntag!

Sie dachte, er würde kommen und sie begrüßen, aber er ließ sich nicht sehen.

Er wußte, daß sie früh aufbrechen würde, um vor Dunkelwerden in der Stadt zu sein. Sie hätten zusammen gehen können, um sechs fing seine Schicht an. Aber nicht um die Welt wollte er ihr gegenübertreten, sein Stolz krümmte sich bei dem Gedanken.

Er verließ den Acker und ging feldein. Dann trat er hinter einen hohen Wall und sah durch die Geißblattbüsche zurück, bis er Aaltje aus dem Hause kommen sah. Sie legte die Hand über die Augen, und die Kinder liefen suchend bis an den Acker.

Dann sah er, daß sie heimwärts ging.

Aaltjes Herz war schwer wie nie zuvor. Und ratlos war sie. Helfen — war es menschenmöglich, da zu helfen?

Es schmerzte sie, daß Kasjen sich fern gehalten hatte. Sie hätte ihm so gern gezeigt, daß sie auf seiner Seite stand.

Sie ahnte nicht, daß er kurz darauf denselben weiten Weg pilgerte. Ganz allein.

XXVI

In der Woche vor Weihnachten brachte Amke ihr Kind zur Welt. Es war ein Mädchen, kräftig mit dichtem rotblondem Haar, und sie lächelte glücklich: „Nu hebb ik en Engel weer!"

Doch Gebkemöh hob abwehrend die Hände: um Gottes willen nicht das Kleine nach der toten Schwester benennen, die könnte es nach sich ziehen!

Da schlug Kasjen vor, es sollte Aaltje heißen, und Amke stimmte zu.

Er, der sich nicht auf dieses Kind gefreut hatte, konnte sich einer zärtlichen Wallung nicht erwehren, als das Menschlein vor ihm lag. Aber die stolze Freude, mit der er einmal den Erstgeborenen im Arm gehalten hatte, erstickte im Sorgengestrüpp, ehe sie aufkeimen konnte.

Ein Nebel lag über dem Moor, es war viel zu warm für die Jahreszeit.

„Kannst kien Hand vör de Ogen sehn", brummte Gebke, die früh kam, um nach Mutter und Kind zu sehen.

Amke fragte besorgt, ob die Moorhexe ihr nichts antun könnte. Die Alte beruhigte sie, sie käme nicht über die Schwelle, sie hätte ja vorgesorgt.

Amke klagte über Schmerzen im Bein, und Gebke besah sich die wunde Stelle. „Dat sölen wi wall kriegen", tröstete sie; sie hatte nicht umsonst jahrzehntelang die Leute hier verarztet. Den Doktor kannten sie kaum

in diesem abgelegenen Winkel, wer hätte den auch bezahlen können? Hier kurierte man mit Hausmitteln, und Gebkemöh war dafür bekannt, daß sie noch Rat wußte, wenn er andern ausgegangen war.
So kochte sie denn aus allerhand Kräutern, die sie aus verstaubten Beutelchen ans Licht holte, einen Sud, förderte aus einem Sack, der sämtliche Reste barg, die sie in ihrem langen Leben aus dem Wäschebestand ihres Haushalts für solche Zwecke aufbewahrt hatte, ein Stück vergilbtes Leinen zutage, von dem sie Streifen abriß und machte davon, indem sie einen mit der braunen Flüssigkeit tränkte, einen Verband um das kranke Bein.
Amke war nicht gewohnt, Schmerzen zu ertragen, sie jöselte den ganzen Tag vor sich hin.
Als Kasjen abends heimkam, fand er sein kleines Mädchen schlafend, und ihm ging wieder das Herz auf über diesem Anblick. Amke klagte mit weinerlicher Stimme über ihr Bein, aber er wußte, wie wehleidig sie war und dachte ergrimmt: so hält sie es lange aus und läßt andere arbeiten!
Todmüde warf er sich auf sein Lager im Stall, das er sich eingerichtet hatte.

Gebke hielt es für an der Zeit, daß Amke einmal aufstünde. Doch sie behauptete, sie wäre so müde und krank, und sie blieb liegen.
Die Alte kramte wieder in ihren Vorräten und kochte ihr einen Tee, den sie mit Widerwillen trank.
Kasjen sah abends seine Frau mit roten Backen liegen.
„Büst up west?“ fragte er sie.
Sie schüttelte den Kopf: „Kann nich!“
Wieder stieg Ärger in ihm hoch, und nur der Gedanke an die schlafenden Kinder hielt das unsanfte Wort zurück, das ihm über die Lippen wollte.

Allmählich verlor auch Gebke die Geduld, und sie setzte Amke so lange zu, bis sie sich bequemte aufzustehen.

Sie schlurte durch die Küche, nahm das Kind aus der Wiege und steuerte mit ihm auf den Hörnstuhl zu.

Plötzlich wankte sie, und Gebke, die neben ihr stand, nahm das Kind, Amke aber sank mit einem merkwürdigen Laut in den Stuhl.

Die Alte stand bestürzt, legte die kleine Aaltje in das Bettchen zurück und mühte sich um die junge Frau: „Wat is der, Kind, wat is der?"

Amke antwortete nicht.

Da lief Gebke mit zitternden Knien aus der Tür, und weil die Jungen nicht da waren, die sie hätte schicken können, hörte sie nicht auf zu laufen, bis sie bei Lammers Haus war, wo sie die Küchentür aufriß: „Kumm gau, gau!"

Ockje sah sie entgeistert an: „Wat is der dann?"

„Amke —", stöhnte die alte Frau, „Amke is flau worden —."

Ohne ein Wort eilte Frau Lammers mit, und ihrer jungen Kraft gelang es im Verein mit der Alten, den schweren Körper ins Bett zu tragen.

Sie taten alles Erdenkliche, um Amke aus ihrer Ohnmacht zurückzurufen, bis sie mit Entsetzen inne wurden, daß das Leben entflohen war.

Ob Gebkemöhs Heilkunst sich unheilvoll auswirkte, ob Ockje recht hatte, die von Kindbettfieber sprach, oder ob die Moorhexe die Hand im Spiel hatte, wie es die Alte heimlich befürchtete, blieb ungeklärt. Das Leben, dem Amke immer die beste Seite abgewann, weil es für sie nur dazu da war, um genossen zu werden, hatte sie im Stich gelassen, ohne zu fragen, ob sie damit einverstanden war.

Am Abend dieses Tages fand Kasjen das Haus voller Menschen. Und Jakobus Winter sagte ihm, was geschehen war.

Kasjen war wie betäubt. Er stand und starrte auf die Frau, die mit geschlossenen Augen und gefalteten Händen im Bett lag.

Tot — sagten sie, tot?

Jans hängte sich weinend an ihn, Dirk faßte seine Hand und suchte angstvoll des Vaters Augen. Er dachte an Engel, er wußte schon, was es bedeutete, tot sein.

Die Nachbarn gingen einer nach dem andern fort. Sie drückten ihm die Hand oder klopften ihm schweigend die Schulter. Frau Lammers sagte ihm, daß sie das Kleine zu sich genommen hätte.

Da erst fand Kasjen Worte. Er wollte wissen, wie das kommen konnte.

Gebke erzählte ihm lang und breit, wie es sich zugetragen hatte, sie schluchzte und konnte sich gar nicht beruhigen.

„Das sind wir Menschen", sagte Jakobus Winter. „Mitten im Leben vom Tode umfangen."

Jetzt erst sah Kasjen, daß auch Dina Winter da war, sie trat zu ihm und sagte, daß sie die beiden Jungen mitnehmen möchte, damit sie bei ihnen schliefen.

Unwillkürlich faßte Kasjen die Kinder fester, doch dann kam ihm die Überlegung, daß sie dort wohl besser aufgehoben wären als bei ihm und der toten Mutter.

Dirk sah zögernd von einem zum andern, er wäre lieber beim Vater geblieben, so gern er bei Winters war. Doch als Kasjen ihn mitgehen hieß, fügte er sich, und Jans war des neuen Erlebnisses froh.

Ockje Lammers hatte währenddessen in der Küche herumhantiert, sie hatte Tee gemacht und schob ihn

Kasjen hin, und er empfand dankbar ihre stille Fürsorge.
Dann nahm Jakobus Winter Kasjens Hand in seine beiden: „Ich will auch gehen. Wenn du mich brauchst, Kasjen, ich bin immer für dich da, Tag und Nacht, hörst du?"
„Ja", nickte Kasjen.
„Du brauchst jetzt das Alleinsein, damit du dich finden kannst."

Sie waren alle gegangen.
Er stand in dem kleinen Raum, der ihm plötzlich so leer vorkam.
Leer war es auch in ihm. Da war nicht Schmerz oder ein andres Empfinden, nur ein ohnmächtiges Fragen: was nun?
Er war allein, so allein wie nie in seinem Leben.
Kasjen stützte die Arme auf die Knie und den Kopf in beide Hände. Ihm stand der Tag vor Augen, als er den Vater verlor. Wie es damals in ihm gärte und wühlte, wie er aufbegehrte gegen das Schicksal!
Ja, da war er voll unverbrauchter Kraft, die ihm das Tor in die freie Weite aufstieß. Da war er jung.
War er jetzt alt? Noch nicht vierzig — und alt? Ja, wenn man nicht Kraft noch Mut mehr hatte, zählten wohl die Jahre nicht. War er nicht damals ein Kerl gewesen? Hatte er sich nicht über seinen Onkel Tönjes erhoben, hatte er ihm nicht zeigen wollen, wie man die Zukunft eroberte?
Onkel Tönjes — der hatte mit seiner Knechtearbeit ein kleines Vermögen erspart — für ihn! Und er — hatte es vertan.
Nein — jetzt steilte sich etwas in ihm hoch — nicht vertan, nicht er! Sie — sie, die nun da lag —.

Er hob den Kopf, und seine brennenden Augen hefteten sich auf die Frau. Die Laterne, die jemand an die Decke gehängt hatte, warf ein spärliches Licht über die Regungslose. Und was sich in ihm bäumte, duckte sich scheu.

Er sah auf das kindlich friedliche Gesicht, das noch zart gerötet war, und mit einem Male versank alles, was die kleine Gestalt plump entstellte.

Er sah die junge Amke, wie sie auf Esders Platz ihm begegnet war: mit den strahlenden Blauaugen, den Grübchen und dem frischen Mund, der sein perlendes Lachen hinausschmetterte. Er sah sich mit ihr in seines Bruders Haus, wie er sie stolz Freerk und Gerdje vorstellte. Er dachte an Mutter Mena, die ihm ihre Jüngste mit soviel Liebe übergab. Kirchenfenster sah er, durch die die Sonne brach, als eine kleine Hand sich in seine schob.

Kasjen schloß die Augen, als ob er diese Bilder nicht verlieren möchte vor dem, was dann wurde.

War sie ihm nicht schon gestorben, diese Amke, als der Alltag kam, dem sie nicht gewachsen war?

Ja, nickte er. Und es überkam ihn wie Heimweh nach dieser fernen Liebsten, die einst sein Herz wärmte. Sie hatte ihn allein gelassen, damals schon.

„Einer trage des andern Last", hatte der Pastor gesagt. Last — er hatte sie redlich getragen, für sie mit! Wieder wallte es anklagend in ihm auf. Wenn sie gewollt und gewerkt hätte wie er, er stünde jetzt nicht, wo er stand.

Ihn fröstelte. Das Torffeuer fiel zusammen, die Glut wurde langsam zu Asche.

Wen hatte er nun noch? Freerk? Würde er nicht bald vor ihm da stehen als einer, der sein Gut nicht zusammenhielt? O wie das wurmte, an Gerdjes überlegenes Mitleid zu denken!

Die Kinder — ach! Sein Herz hing an ihnen. Aber — wenn sie nicht wären, würde es dann nicht leichter sein, das Leben neu zu gestalten? Die Kinder — das war Verpflichtung. Und niemand war da für sie.

Sie hatten nicht entbehrt, ihnen hatte Amke gegeben, was sie konnte, ja, er mußte gerecht sein, darin hatte sie nicht gefehlt.

Er stöhnte auf. Wer sollte sich der Kinder annehmen! Ausweglos war das — ausweglos.

Die Freunde sprangen helfend ein, aber diese Hilfe hatte ihre natürlichen Grenzen.

Jakobus Winter. Ja, wenn der nicht gewesen wäre, er wäre längst verzweifelt. Der gab, was er hatte. Und er hatte auch, was keiner sonst geben konnte, er hatte Worte, die man nicht vergaß.

O, Kasjen hatte sie alle behalten, diese Worte. Waren sie nicht wie Brot gewesen für einen, der Hunger hat? Hartes Brot, wenn man davon nahm, hatte man oft lange daran zu beißen.

Aber seitdem er zwei Leben führte, das Fabrikleben und das andere, das sein eigenes war, blieb ihm keine Zeit mehr für Jakobus Winters Worte. Sie lagen übersponnen von den Fäden der grauen Sorgenspinne, die unaufhaltsam durch seine Gedanken kroch. Und aller Raum um ihn her war voll von dem Raunen, das seine Ohren füllte, wo er ging und stand, das alles Lärmen der Maschinen übertönte: arbeiten — verdienen — und doch verlieren! Krank war sein Hirn von diesem quälenden Getön.

Jetzt aber — hier war Stille. Hier war der Tod, vor dem schwieg auch die Unrast seines gespaltenen Lebens.

Ihm war, als ob Jakobus Winter neben ihm säße, er hörte seine Stimme in der Stille.

Zog sie ihn nicht zur Rechenschaft, diese Stimme: „Hast du sie lieb gehabt, Kasjen?"

„Einmal", rechtfertigte er sich, „da hat sie sich in mein Herz gelacht. Aber dann merkte ich, daß sie nichts weiter konnte als lachen."

„Und du, Kasjen? Dann hast du sie gewähren lassen?"

„Was konnte ich anders tun als arbeiten, doppelt und dreifach arbeiten. Das konnte ich, ich hatte ja Kraft für drei. Aber sie vergeudete und vertat alles. Und nun hab ich nichts mehr. Nun arbeite ich mir die Seele aus dem Leibe, und es nützt alles nichts. Ihre Schuld — . . ."

„Und du, Kasjen?" bohrte die Stimme. „Manchmal meinen wir mit unsrer Liebe nur uns selbst. Meintest du nicht dich selbst, als du sie nahmst?"

„Mein eigen wollte ich — für mich und sie."

„Und hast du es nicht bekommen? Hast du dafür Dank gewußt?"

„Dank —?"

„Nahmst du nicht alles selbstverständlich in guten Jahren, und in den schlechten hadertest du?"

„Ja, dann haderte ich."

„Wir können nicht Ihm die Schuld geben, wenn wir nicht vorankommen."

„Hab ich denn Schuld? Hab ich denn Schuld?" stöhnte es in Kasjen.

„Du gingst nicht den Weg mit ihr hinauf, darum hat sie dich so tief hinab gebracht", sagte die Stimme. „Auf die Richtung kommt es an, Kasjen, die falsche Richtung bist du gegangen."

Ja, hinab, ganz hinab. Da ist die Hölle: nur noch Sorge.

„Gib es auf, das Moor", flüsterte die Stimme, „du zerbrichst daran."

Ich bin ja zerbrochen, aber nicht daran — an ihr bin ich zerbrochen!

Wieder liefen Kasjens Augen über die stille Frau; der Mund, der mit soviel Lust geredet hatte, schwieg nun — für immer.

Toten soll man nichts Böses nachsagen, ging es ihm durch den Sinn.

Nein, sie soll ruhen, dachte er. Und ihn faßte plötzlich der Neid: wenn er so ruhen könnte! Dann wäre nichts mehr, nicht Sorge, nicht Kummer, nicht Not.

Nichts? War da nichts mehr?

Wo waren sie alle, die gegangen waren: der Vater, Tante Sievertje, Mutter Mena, Engel — und nun Amke?

„Da stehn wir an der Grenze", sagte Jakobus, „und dahinter ist Er."

Er — hinter allem immer Er — unbegreiflich! Warum schlägt Er immer wieder zu, bis wir am Boden liegen! Warum? Was will Er?

„Du mußt Ihn selber fragen", sagte Jakobus.

Kann man das, wenn man in der Hölle ist? Ohne Kraft, ein Zerbrochener?

„Er ist die Kraft", sagte Jakobus.

Kasjen erschauerte in der Stille, die wieder um ihn war. Sein Hirn war wie ausgebrannt, die marternden Gedanken schwiegen.

Da saß er auf Trümmern. Alles, was er mit so hohem Mut, mit so unbändiger Kraft begonnen — Trümmer, nichts als Trümmer.

Gab es noch einen Weg dahinaus?

Er ist die Kraft — Er ist die Kraft —.

Und plötzlich vergrub der einsame Mann den Kopf in die Hände, und lautlos quoll aus Tiefen das erste Gebet seines Lebens.

Berta Kapp weinte aufrichtige Tränen. Sie war bestürzt über das jähe Erlöschen dieses Lebens, das noch seiner

Höhe zuging. Dann war da die Sorge, wie sie nun zu ihrem Geld kommen sollte, das Amke ihr schuldete und auf das sie nicht verzichten konnte, so gern sie in diesem Fall dazu bereit gewesen wäre. Wie sollte sie Kasjen das beibringen?

Zunächst suchte sie sich nützlich zu machen. Sie veranlaßte ihren Mann, am nächsten Morgen — es war der Tag, der dem Heiligen Abend voranging — Amkes Schwester Bescheid zu geben von dem, was sich ereignet hatte. Und Jan Kapp machte sich ohne Zögern auf den Weg, was hätte er lieber getan, als eine Botschaft in Ellermanns Gasthof zu bringen? Über dem zu erwartenden Lohn vergaß er fast, daß es eine Trauerbotschaft war.

Aaltje konnte es nicht glauben, was dieser Mann ihr da sagte. Sprach er von ihrer jungen Schwester?

Der Schrecken fuhr ihr so in die Glieder, daß sie sich setzen mußte. Und wenn Frau Ellermann nicht gewesen wäre, Jan Kapp wäre nicht auf seine Kosten gekommen.

Aaltje quälte sich mit ihrem schweren Herzen durch den Tag. Ihre Gedanken kreisten um Amke und wollten es nicht fassen, daß sie, die allzeit bereit war, das Leben anzulachen, weil sie nur seine Sonnenseite zu sehen und zu gehen gewillt war, nun plötzlich in den kalten Schatten getreten war.

Und sie kreisten um Kasjen, der nun allein war. Allein mit den zwei Kindern und dem Neugebornen, von dessen Ankunft sie auch erst heute erfuhr.

Und zu dem erschrockenen Staunen gesellte sich der Schmerz um die tote Schwester und um den verlassenen Mann, und sie wußte nicht, um wen er bittrer brannte.

Aaltje hatte keinen traurigeren Heiligen Abend in Erinnerung. Seitdem sie nicht mehr bei der Mutter feiern konnte, erlebte sie ihn prächtiger und geräuschvoller bei Ellermanns unter einem großen Weihnachtsbaum. Doch bei aller freundlichen Fürsorge, die man der guten Helferin in Küche und Haus zuteil werden ließ, blieb sie die Fremde, die, wenn Lieder und Bescherung vorüber waren, das Teil, das ihr zukam, empfangen hatte.

Heute empfand sie das qualvoller als sonst, und sie war froh, als sie allein in ihrer Kammer lag, denn die kleine Magd war nach Hause gegangen.

Was soll nun werden? dachte sie. Wie will Kasjen sich helfen mit den Kindern?

Und sie quälte sich mit der Frage: kann ich ihm helfen? Ganz tief innen klang es in ihr: Ja, ich muß ihm helfen! Und dies Klingen schwoll an, bis es alles übertönte: Ich muß ihm helfen!

Und darin schwang eine zitternde Seligkeit.

*

Frau Ellermann war froh, daß dieser Trauerfall in die Festtage fiel, da konnte sie die Magd am besten entbehren. Und sie ließ sie nicht ohne eine nahrhafte Beihülfe für den Leichenschmaus, das Ofdanken, ziehen.

Jakobus Winter war bei Kasjen, als sie kam.

Der Anblick der toten Amke überwältigte sie; ihr Weinen trieb auch Kasjen das Naß in die Augen.

Die Moorleute hatten Zeit in diesen Tagen, man merkte es; es sah immer mal jemand herein, denn es war keiner, der nicht aus vollem Herzen Kasjen bedauerte.

Aaltjes Schaffensdrang fand nicht viel zu tun, die Nachbarn taten mehr als ihre herkömmliche Pflicht.

Kasjen spürte zum erstenmal, wie sie ihn als zu ihnen gehörig betrachteten, und das tat ihm wohl.

Am zweiten Weihnachtstag wurde Amke Kasjens begraben.

Lammert Lammers Wagen, auf dem sie an ihrem Hochzeitstag ihren Einzug ins Moor gehalten hatte, trug sie wieder hinaus. Und der Kranz, der ihn auch diesmal schmückte, von Dina Winters Hand gewunden, deckte ihr letztes Haus. Alle Nachbarn gaben ihr das Geleite, und wenn sie auch zu ihren Lebzeiten nicht viel von ihr hielten, sie gaben ihr die Ehre, die einer Toten ziemt.

Das Ofdanken, das die kleine Küche bis in den letzten Winkel füllte, wurde recht und schlecht gehalten, wie es sich gehörte. Nur sie, die es am innigsten genossen hätte, hatte nichts davon.

Kasjen saß zwischen den Teilnehmenden wie einer, der alles mit sich geschehen läßt. Ihm war, als müsse er bald aufwachen, und dann wäre das alles nicht gewesen.

Dina Winter setzte ihm auseinander, daß sie vorerst die beiden Kinder weiter betreuen würde, darum solle er sich nicht sorgen. Und Ockje Lammers wollte das Kleine behalten, bis man wüßte, wie alles werden sollte.

Wie alles werden sollte — mit einem Schlage stand die Sorge wieder da, die sich hinter den Aufregungen der letzten Tage verkrochen hatte: ausweglos — raunte sie.

Sie gingen einer nach dem andern. Nur Aaltje war noch da.

Er fragte, wie lange sie bleiben könnte.

Sie müsse gleich gehn — ihre Stimme schwankte ein wenig, es kam, weil ihr Herz plötzlich rasend klopfte, „mörgen — is Wiehnachten vörbi."

Ja, dachte Kasjen, auf ihn wartete morgen in der Frühe das Fabriktor.

Sie wolle ihn noch was fragen, setzte sie wieder an.

Und schnell, als müßte sie den Mut festhalten, sagte sie:

„Wo wullt du di nu helpen, Kasjen? Hest du dar al an docht?"

Er schüttelte den Kopf: „Helpen? Well helpt mi —", sagte er schwer.

„Ik —", sie schluckte.

Eine Blutwelle schoß ihm ins Gesicht. Nun wollte sie wieder opfern, und er war noch in ihrer Schuld.

„Aaltje", sagte er heiser, „ik kunn di dat Geld noch nich geven, un du sallst nich noch mehr — . . . "

„Och, dat Geld!" schnitt sie ihm das Wort ab, daran denke sie doch nicht. Er brauche eine im Haus und bei den Kindern, und sie meine, sie wäre wohl die Nächste —.

Seine Augen wurden groß. Wie ein entfesselter Strom brach etwas in ihm auf, aber er dämmte ihn. Schwer atmete er.

„Nee —", stieß er hervor.

Tödlich erschrocken sah sie ihn an, ein Schmerz würgte sie.

„Nee, Aaltje", sagte er, sie hätte die gute Stelle, und er — ein Verbrechen wäre es, wenn er das annehmen wollte!

Der Schmerz ließ los. Sie holte tief Atem. Dann sagte sie:

„Proot nich, Kasjen! Ick help di. Laat mi goot maken, wat Amke — nich mehr kann."

„Aaltje —." Mehr konnte er nicht sagen. Er schloß die Augen, eine unsinnige Freude hob eine große Last.

Und nun würde es Zeit für sie. Aber es bliebe dabei.

„Ja, wenn du dat wullt —", sagte er unbeholfen. Er wolle sie noch ein Stück auf den Weg bringen, dann könnten sie darüber sprechen.

Als Kasjen zurückging, dachte er daran, daß Weihnachten war.

Diesmal ging er allein durch das Dunkel, aber seine Augen gruben sich in die leuchtenden Welten über ihm.

Die Grenze — klang es in ihm — dahinter ist Er.

Ließ sich der Weg doch noch finden, der Weg in freie Weite?

Wie sagte Jakobus Winter?

Auf die Richtung kommt es an.

Ende

W O R T E R K L Ä R U N G E N

A

achterto, hinterher
alleen, allennig, allein
Alruuntje, Alraune
amenne, am Ende
Arve, Erbe
anrekumdeert, empfohlen

B

Baas, Meister, guter Kerl
Beest, Tier, Untier
besöken, besuchen
blarren, weinen
bliede, froh
blifft, bleibt
Blixem, Teufel
Bookweite, Buchweizen
Bostrock, Unterhemd
Botterfatt, Butterfaß
Bree, Brei
Brör, Bruder
Brügen, Brügam, Bräutigam
Buddelee, Wandschränkchen
Buseruntje, buntes Hemd

D

deep, tief
deelen, teilen
Deer, Tier
Deele, Diele
Deeven, Diebe
drock, geschäftig
Dwarsbüngel, Querkopf
dwingen, zwingen
Duum, Daumen
duun, betrunken
düür, teuer

E

Eegens, Eigentum
eerder, eher
Elführtje, Elfuhr-(Tee usw.)

F

Fent, Junge
Fiefschaften, Beiderwandart
flau, ohnmächtig
Fleeß, Fleisch
froom, fromm
Fohlen, Füllen
Fründskup, Freundschaft
Free, Frieden
futt, sofort

G

gapen, gaffen
Gasthuus, Armenhaus
galstrig, ranzig
Gatt, Loch
gau, schnell
gebört, geschehen
Graft, Grab
groff, grob
gütt, gießt

H

Haalboom, eis. Tragstange überm Feuer
hannig, schnell, bei der Hand
heel, ganz
heelneet, gar nicht
Horens, Hörner
Hörn, Ecke
Hemel, Himmel
Harvst, Herbst

J

jöseln, klagen
Jüffertje, Fräuleinchen

K

Kalver, Kälber
Karke, Kirche
Karkbrut, Kirchenbraut
Karkensönndagse, Sonntagskleid
kaueln, dumm reden
Kippkappkögel, Martinilicht
Kluntje, Kandis
Klei, Marsch
Kleibur, Marschbauer
Kniephusen un Hollfast, Geizkragen
knojen, schuften
klook, klug
Köken, Küche
Koohsteert, Kuhschwanz
Koppke, Tasse
krabbt tegen, ist widerspenstig
Krallen, Perlenkette
Kroes, Krug
Krüden, Bittern
Kumpelment, Gruß
Kuper, Böttcher
kwatterg, windelweich
kwiet, los

L

laat, spät
leep, schlimm
Leeve, Liebe, Lieber
lei, faul
Leiwams, Leeglooper, Faulpelz
Loog, Dorf
Loop, Lauf
Lüchterkarke, Lichterkirche

M

mall, schlecht, verrückt
Mallör, Unglück
Melkemmer, Milcheimer
Mengsel, Teig
miteens, plötzlich
moin, ostfr. Gruß zu allen Tageszeiten
Möhke, Möh, Tante
moj, schön
möj, müde
Mörbra, Mürbebraten
Mutt, Mutterschwein

N

Naber, Nachbar
Naberplichten, Nachbarpflichten
naast, nachher
Nahste, Nächste
Neers, Hinterteil
neeje, neue
neesgierig, neugierig
nooit, nie
nümms, niemand

O

Ofdanken, Trauerfeier
ofwachten, abwarten
Öllje, Öl
Ollske, Alte
Ollwievenkwetelee, Altweibergerede
Ootje, Großmutter

P

Pingelsööpke, Branntwein mit Zucker
Plaatze, Bauernhof
Pleseer, Vergnügen
Pluumtortjes, Pflaumentörtchen
Poller, Polder, eingedeichtes Land
Puffert, Mehlgebäck
Püüt, Beutel
proten, protjen, sprechen
Proot, Gespräch

R

raken, treffen
Reemtism, Rheumatismus
Riege, Reihe
Rewe, Sachen
rein un dall, vollkommen
Rieksdaler, Reichstaler
rödeln, dumm reden
rögen, rühren
rüsten, ausruhen

S

Saterdag, Sonnabend
Schaapwulle, Schafwolle
schellen, schelten
Sweet, Schweiß
Schummeltiet, Reinmachezeit
seer, wehe
schei ut, hör auf
schillen, schälen
simeleeren, sinnieren
Sloot, Graben
Sluck, Branntwein
Slaapdotte, Schlafmütze
Smacht, Hunger
Smeet, Sinn
Smeerbudel, Schmierkram
Snooer, Schnur
Spinnweel, Spinnrad
Spölkalver, Spielkälber
spölt, spült
Stee, Stelle
spietelk, schade
Stowe, Heizfußbank
stur, schwer
süchst, siehst
smetts, zuweilen
Soscheere, Sauciere, Tunkeschüssel
stött, stößt
sünig, sparsam
Sünnerklaas, St. Nikolaus
Sünnermarten, Martini
Sied, Seite
Swientje, Scheuerbürste
Stipp, Tunke

T

Tafel, Tisch
Teeken, Zeichen
tohope, zusammen
Torens, Türme
tominsten, mindestens
Tostand, Zustand
traut, verheiratet
Trüürjahr, Trauerjahr
Treck, Sehnsucht
Tuffels, Kartoffeln
Tuffelrüden, Kartoffelroden
Tüüg, Zeug
tülen, ziehen

U

umliek willen, parieren
Unfree, Unfrieden
unsereen, unsereins
Upmaker, Verschwender
upscheppt, auf den Teller gegeben

V

Vandage, heute
vanmiddag, heute mittag
Verbreken, Verbrechen
verdann, von neuem
Verdreet, Verdruß
Voß, Fuchs

W

Waalrider, Nachtmahr
wassen, wachsen
wacht, warte
wesen, sein
well, wer, wen, wem
wennst, gewöhnst
weer, wieder
Weer, Wetter
wepel, übermütig
Wicht, Mädchen
wor, wo

Z

Zimpatie, Sympathie (Zaubermittel)
Zückerla, Schokolade

NACHWORT

Wie kam ich dazu, diesen Roman zu schreiben?
Da müssen meine Gedanken eine gute Strecke zurückwandern bis in die Tage, als ich aller Pflicht entbunden und allen Rechts beraubt war, sogar des Rechts zu schreiben, wenigstens Geschriebenes zu veröffentlichen; als mir im Überfluß zuteil wurde, was mir sonst allzeit karg bemessen war: Zeit. Da Verbote dazu reizen, umgangen zu werden, schrieb ich doch, weil ich es nicht lassen konnte, wenn es auch unter dem Decknamen Wilmke Anners geschah. Damals entstand auch der Roman „Keerlke"; daß er erscheinen durfte, verdankte er dem Glücksfall, daß er bei einem Preisausschreiben für plattdeutsche Romane preisgekrönt wurde, wobei erst nach vollendeter Tatsache mein Name zum Vorschein kam.
Aber zwölf Jahre sind lang, und sie sinnvoll auszufüllen, war nicht immer leicht. Auf Wandergängen durch das heimatliche Land kam ich bis weit ins Königsmoor. Da stand ich eines Sonntags vor einem der alten Kolonistenhäuser, und im Gespräch kam die Rede auf einen früheren, längst verstorbenen Bewohner, der sich hier abgerackert hatte und der doch nicht hatte vorwärtskommen können, weil seine Frau zu träge war. Dies in dürren Worten angedeutete Schicksal eines Mannes, der an der Frau, die ihm zugesellt war, scheitern mußte, ließ mich innerlich nicht mehr los. Ich sah den jungen Menschen vor mir, der als Landarbeiterkind aus der Geest groß wurde, der um des höheren Lohnes willen sich in die Marsch verdingte, der nach Jahren fleißigen Schaffens durch eine kleine Erbschaft sich das Eigentum im Moor erstehen konnte, und es

ging nicht anders — ich mußte seine Geschichte schreiben.

Ob die äußeren Zusammenhänge stimmten, war nicht wichtig; aber wie zwei so wesensfremde Menschen sich fanden, um dann doch immer weiter auseinander zu gehen, das zu gestalten, so wie es nur das Leben fertigbringt, darauf kam es an.

Und die Zeit, in der jenes Geschehen sich abspielte, die nun etwa achtzig Jahre zurückliegt, erschien mir mit ihren noch ausgeprägten Sitten und Bräuchen, Einrichtungen, sozialen und menschlichen Beziehungen wohl auch wert, dem Vergessen entrissen zu werden. Wer weiß heute noch, wie ehedem Gallimarkt gefeiert wurde, als die Polderknechte und -maiden in ihren Trachten singend durch die Straßen zogen? Wir Alten erinnern uns noch der selig versunken Karussell fahrenden Paare, für die dieser eine Tag das Fest des Jahres bedeutete, wenn auch immer „en Marktbruut noch kien Karkbruut" war. Oder wer weiß noch etwas vom Moorbrennen und der Mühsal jener „Moorhahntjes", für die „Bookweitenschubbers" zum täglichen Brot gehörten? Ist es nicht reizvoll und überdies eine kulturgeschichtliche Notwendigkeit, das und vieles andere sich einmal wieder zu vergegenwärtigen? Wie das Rad der Entwicklung diesen verhältnismäßig kleinen Zeitraum durchrollte, wird man dabei manchmal bedauern, doch wohl noch öfter begrüßen.

So fing ich an, die Geschichte von „Kasjen und Amke" zu schreiben. Es kamen mir Begebenheiten und Erzählungen aus meiner Kinderzeit in Erinnerung, die Menschen und Dingen den Rahmen geben konnten, die ihre Eigenart forderte. Die Namen sind alle erfunden. Der Krieg unterbrach die Arbeit. Bomben und Beschuß vernichteten viel, aber die fertigen Kapitel dieses Bu-

ches rettete der Luftschutzkoffer. Und als Muße und Kraft zurückkehrten, konnte es vollendet werden.
Von dienenden und geringen Leuten wird darin erzählt und von ihrer Art, das Leben zu sehen, zu genießen und erleiden. Zeiten und Verhältnisse ändern sich, es bleibt der Mensch im Ringen mit seinem Schicksal, das ihn zwischen Himmel und Hölle stellt, damals wie heute.
So gesehen ist auch dieses Buch, das nun in neuem Gewand ein zweites Mal seinen Weg zum Leser geht, zeitnah.

Wilhelmine Siefkes

Das Gesamtwerk
von
WILHELMINE SIEFKES

Bücher

* Dor was ins mal (Ndd. Märchen)
Erinnerungen (Hdt.) 221 S.
* Hör eenzig Eegen (Zwei ndd. Erzählungen) 64 S.
Jan Stiekelswien (Ndd. Märchen und Vertellsels) 96 S.
Kasjen und Amke (Hdt. Roman) 333 S.
Keerlke (Ndd. Roman) 255 S.
Ostfriesische Sagen (Schulausgabe) 36 S.
* Ostfriesische Sagen (Große Ausgabe) ca. 300 S.
Rena im Königsmoor (Hdt. Erzählung) 125 S.
Tant Remda fahrt na Genua (Ndd. Erzählungen) 85 S.
Tüschen Saat un Seise (Ndd. Gedichte) 48 S.
Uke setzt sich durch (Hdt. Erzählung) 172 S.
Van de Padd of (Ndd. Erzählung) 176 S.
Van lüttje un grote Knevels (Ndd. Erzählungen) 140 S.

* *z.Zt. vergriffen*

Schallplatten

Tant Remda in Tirol un De Levenstiet
Best.-Nr. S 25-0001 (vergriffen)

Keerlke (Ausschnitte) und Gedichte
Best.-Nr. S 25-0003

Plattdeutsche Märchen
Best.-Nr. S 25-0005 (vergriffen)

ist erschienen im

VERLAG SCHUSTER LEER

Norddeutscher Humor

Johann Haddinga / Theo Schuster
Das Buch vom ostfriesischen Humor
Bd. I: 163 Seiten, Linson geb.
Bd. II: 161 Seiten, Linson geb.
Bd. III: 232 Seiten, Linson geb.

Krüschan Holschen
De gesunne Karkenslaap
un annere Smüüstergeschichten
119 Seiten, Efalin geb.

Krüschan Holschen
Hochtietsgrusen
112 Seiten, Efalin kart.

Krüschan Holschen
Holschen
103 Seiten, Efalin kart.

Hinrich Kruse
Dumm Hans weet Bescheed
Volksvertellen. 100 Seiten, Efalin kart.

Bruno Loets
Uns Kea un anner Vertellsels
80 Seiten, Efalin kart.

Enno Nüms
Dööntjes van Blied Jan
80 Seiten, Efalin kart.